HEINZ G. KONSALIK

Die Straße ohne Ende

Heinz G. Konsalik

DIE STRASSE OHNE ENDE

1.– 2. Auflage 1977
3.– 5. Auflage 1978
6.– 8. Auflage 1979
9. Auflage 1980
10.–12. Auflage 1981

© Copyright by Hestia-Verlag GmbH, Bayreuth
Lizenzausgabe: Gustav Lübbe Verlag GmbH,
Bergisch Gladbach
Printed in Western Germany 1981
Titelfoto: Art reference
Einbandgestaltung: Manfred Peters
Druck und Verarbeitung:
Mohndruck Graphische Betriebe GmbH, Gütersloh
ISBN 3-404-00554-6

Der Preis dieses Bandes versteht sich einschließlich
der gesetzlichen Mehrwertsteuer

Um ein Haupt zu beugen, genügt ein Schwert.
Um aber ein Herz zu beugen, bedarf es eines Herzens.
(Altes arabisches Sprichwort)

ERSTER TEIL

Der Sand!

Oh, dieser Sand!

Wie ich ihn hasse, diesen Sand! Wie ich sie hasse, diese gnadenlose Sonne, die die letzte Vernunft aus dem Gehirn saugt!

Die Felsen sogar schwitzen in der Hitze, die Luft ist ein brodelnder Kessel, der Himmel ist fahl, farblos, versengt.

Und dieser Wind ... seit Stunden ... ununterbrochen weht er über die Sahara, treibt den Sand, diesen widerlichen, feinen, staubfeinen Sand, vor sich her wie eine glühende Wolke. In jede Ritze dringt er, in jedes Zelt, in jede Höhle ...

Und auch zu mir dringt er ... wenn ich mit der Zunge über die Lippen wische, knirscht es zwischen den Zähnen. Mit den Fingernägeln kann ich durch die Sandschicht meines schweißnassen Gesichtes tiefe Rillen ziehen ... Wie schwer und mühsam man atmen muß, um in dieser Hölle leben zu können ...

Leben! Ist es denn noch ein Leben, das ich führe?

Oh, hätte ich doch einen Spiegel hier ... Wie lange habe ich mich nicht mehr gesehen? Vier Wochen? So lange ist es her? In Oued-El-Haâd war es, in einem Brunnen ... da warf das brackige Wasser mein Gesicht zurück ... ein mageres, eingefallenes, von einem blonden Bart umrahmtes Gesicht, ein Gesicht voll Leid, Angst, Hunger und Zerstörung ... Und hinter mir saß auf seinem Rennkamel Amar Ben Belkacem und lachte.

Er lachte ... Und vier Wochen ist das jetzt her! Was sind vier Wochen in der Wüste? Eine Ewigkeit für mich ... ein Atemzug für Amar Ben Belkacem.

Wer weiß eigentlich noch, daß ich Hans Sievert heiße? Dr. Hans Sievert? Diplom-Ingenieur. In Berlin ist meine Wohnung ... mein Gott, wo ist jetzt Berlin? Das letztemal sah ich die Joachimsthaler Straße im Mai 1942, genau am 23. Mai. Es war ein wunderschöner Frühlingstag, und ich ging mit Hilde spazieren. Wie genau ich das noch weiß ... Hilde trug ein großgeblümtes Lavabelkleid ... hellblau, im Grund mit vielen farbenfrohen Blüten. Und eine weiße Kappe trug sie auf den dunklen Locken. Stolz hatte sie mich untergefaßt, mich, den großen, berühmten Bruder, den Ingenieur, der gerade seine Entdeckung auszuwerten begann ... Im Wannsee schwammen wir dann über eine Stunde, lagen in der schon warmen Sonne und träumten von der Zukunft, von dem schönen, fernen, wundervollen Tag, an dem in der Welt Frieden sein würde und die ersehnte Fabrik ihre Tore öffnen sollte ...

Und das ist nun fünfzehn Jahre her? Fünfzehn Jahre, in denen der Dr.-Ing. Hans Sievert als vermißt gilt?! Vermißt irgendwo in Afrika ... Gestern kam Amar Ben Belkacem zu mir in die Höhle, als die Wärter mir neues Essen brachten. Sein Gesicht war freundlich wie immer, seine Manieren sind die eines Weltmannes ... es geht das Gerücht, daß er in Frankreich erzogen wurde und dort sogar studierte, ehe er zurückging in die Wüste, um der Scheik seines Stammes zu werden. Seine weiße Djellabah war ein wenig fleckig ... er kam von einem langen Ritt, wenn er auch nicht die geringste Müdigkeit zeigte.

»Ich habe eine Neuigkeit für Sie«, sagte er in seinem etwas rauhen, kehlköpfigen Französisch zu mir. »Ich habe gestern Babaâdour Mohammed Ben Ramdan getroffen ... in Bir-Adjiba. Er läßt Sie grüßen.«

Ich nickte. »Danke«, sagte ich leise. »Was wollt ihr bloß alle von mir?«

»Nichts. Sie werden sich wundern ... aber es ist so.« Amar nickte und zündete sich eine seiner starken Zigaretten an. Er bot mir auch eine an ... aber ich lehnte ab. Ich bin längst zu schwach, um solch eine Zigarette noch vertragen zu können. »Sie sind 1944 in die Wüste gekommen, um etwas zu tun. Sie haben die Sahara durchzogen. Sie haben etwas entdeckt ... Das wissen wir, Herr Doktor. Aber Sie sollen das, was Sie planen, nicht tun!«

»Und deshalb haltet ihr mich jetzt zwei Jahre fest?« schrie ich unbeherrscht. Aber dann bereute ich den Ausbruch ... er verbrauchte nur Kraft, und er half ja doch nicht. Das Lächeln auf Amars Gesicht blieb. Wie diese Völker lächeln können! In China sah ich dieses Lächeln ... in Japan, in der Mongolei, in Persien, in Ägypten, und jetzt hier in der Sahara. Ein Lächeln wie eine Maske, hinter der das Grauen lauert. Ein Lächeln, so freundlich, daß man in solch ein Gesicht hineinschlagen möchte und brüllen: Aufhören! Aufhören!

Ich sah zu Boden ... ich konnte diese kleinen, vergnügten Augen Amars nicht mehr ertragen. Wirklich, ich bin am Ende, ich kann nicht mehr ... zwei Jahre werde ich jetzt durch die Wüste geschleppt ... kreuz und quer durch Sand, Felsen, Kies und Gebirge ... Auf die Kamele werde ich festgebunden ... in den Zelten schlafe ich mit zwei stinkenden, unheimlich schmutzigen Wächtern zusammen ... nur in den Felshöhlen des Atlas oder des Hoggar bin ich endlich allein ... dann habe ich Zeit, ich kann denken, kann mich erinnern, kann hoffen ... und ich kann mein Dasein verfluchen, das so sinnlos ist wie alles um mich herum ...

Und Amar Ben Belkacem lächelte.

»Hat es Ihnen bis heute an irgend etwas gefehlt?« fragte er mit seiner schleimigen Freundlichkeit. »Sie haben immer zu essen ... Hammelbraten, Oliven, Feigen, Früchte, Milch ... Sie bekommen unseren Kaffee, Sie schlafen auf guten Teppichen ... siebenmal haben Sie sogar Wein bekommen ...«

»In zwei Jahren ...!«

Amar sah an die feuchte, warme Höhlenwand. »Zwei Jahre ist es schon her? Allah läßt die Zeit schnell vergehen! Es war eine gute Zeit...«

»Für Sie, Amar!«

»Für Sie nicht, Doktor?«

»Soll ich als Gefangener ja sagen? Das wäre zuviel an Freundlichkeit!«

Amar hob abwehrend die Hand. An seinem Ringfinger glänzte ein dicker Brillant. Er muß unschätzbar reich sein, dachte ich. Ihm gehören riesige Güter, große Herden, über zweitausend Kamele – er unterhält Handelsbeziehungen nach Frankreich, England, Amerika – und Deutschland!

»Sie sind unser Gast«, sagte er sanft. »Daß wir Sie so ›umsorgen‹ müssen, ist Ihre Schuld, Doktor. Sie haben auf unser Angebot mit einem Nein geantwortet ... und wir boten Ihnen 100 000 Dollar!«

»Die Wüste ist mehr wert!«

»Ich weiß, Herr Doktor. Sie haben entdeckt, daß man die Wüste fruchtbar machen kann. Sie haben die unterirdischen Wasseradern aufgespürt ... unser größtes Geheimnis. Sie haben es in der Hand, aus der Sahara einen großen, einmalig fruchtbaren Garten zu machen, mit zwei oder gar drei Ernten im Jahr! Sie haben entdeckt, daß bis hinter dem Hoggar, bis zum Beginn der Steppe am Niger, die ganze Wüste ein kultivierter Boden sein könnte ... Warum haben Sie dieses Wissen nicht für sich behalten!«

Ich richtete mich auf ... jetzt saßen wir uns gegenüber und sahen uns in die Augen. Amar Ben Belkacem hatte die Arme unter der Djellabah verschränkt, seine schmalen Lippen waren zusammengepreßt. Wie eine Statue saß er vor mir auf dem Höhlenboden ... die Spitzen seiner reich verzierten, schnabelförmigen Reitstiefel sahen unter dem Mantelrand hervor.

»Die Menschheit braucht Land!« sagte ich scharf. »Die Völker werden verhungern, wenn man kein neues Kulturland erschließt! Die Zahl der Menschen übersteigt das Maß ihrer eigenen Länder! Wir *müssen* neues Land gewinnen!«

»Und wir?« Amar sagte es ganz ruhig, ohne Leidenschaft, und doch wurde mir in diesem Augenblick bewußt, daß ich einer anderen Welt gegenübersaß. »Wenn die Wüste fruchtbar wird, kommt der weiße Mann nach! Man wird uns vertreiben, man wird uns vernichten mit den modernsten Waffen, weil wir unser Land lieben und nicht hergeben wollen. Man wird uns zusammenschießen wie die Kaffern und Indianer, wie die Mahdisten und brasilianischen Indios. Was uns bleibt, ist der Tod! Solange die Wüste aber Sand und Stein ist, gehört sie uns. Niemand stört uns, frei können wir über die Sahara herrschen ... Allah hat die Wüste geschaffen als Grenze für den weißen Mann!«

»Aber Sie nützt euch doch nichts!«

»Sie ist da! Das genügt. Sie bringt uns Datteln, Melonen, Oliven, Kamelmilch und Hammelfleisch ... mehr brauchen wir nicht. Wir sind glücklich, wenn wir das haben ... Und da kommen Sie in unser Land und decken die Geheimnisse auf, die seit Jahrhunderten in der Seele unseres Volkes schliefen.« Amar erhob sich, seine Djellabah raschelte leise. Groß, hager, wie aus den Felsen seiner Sahara geschlagen, stand er in der heißen Höhle. Draußen wehte der Wind, trieb der Sand über die Wüste, glühte die Sonne. »Was darf ich Ihnen noch bringen lassen?« fragte er höflich.

»Die Freiheit!« schrie ich und sprang auf.

»Wenn Sie uns Ihr Ehrenwort geben, Herr Doktor ...«

»Ich würde meine Welt verraten!«

»Und ich die meine ...«

Er verließ schnell die Höhle ...

Das war gestern ... am 23. Juli 1957! Ich muß mir dieses Datum merken – vielleicht ist es einmal wichtig, wenn man meine Tagebücher findet ... irgendwo verblichen im Wüstensand oder in einer Atlasschlucht zwischen Ghardaia und Chiffa.

Ich habe in der Nacht viel Zeit gehabt, darüber nachzudenken, ob es Sinn hat, mir diese Leiden aufzubürden. Warum gebe ich denn nicht mein Ehrenwort, nichts zu verraten von der möglichen Fruchtbarkeit der Sahara? Ist es wirklich das Bewußtsein, der hungernden Welt zu helfen – oder ist es der persönliche Stolz, das Entdeckte nicht herzugeben und sich nicht zu beugen vor dem Befehl eines »Wilden«? Ist es dieser verdammte Stolz der weißen Rasse, der mich alles ertragen läßt? Amar Ben Belkacem hat in Paris studiert ... Babaâdour Mohammed Ben Ramdan, der höchste Scheik der Wüste, besitzt eine Villa bei Monte Carlo und lebt das halbe Jahr über in Europa ... angezogen wie wir, geachtet, sehr weise, ein alter Herr mit weißem Bart und weißen Haaren, die den schönen Kopf wie eine Löwenmähne umwehen. Er hat sogar eine weiße Frau ... er hat seinen Harem abgeschafft ihr zuliebe ... mit straffer Hand leitet sie das große Haus in Ghardaia und den Palast in Biskra, der herrlichen Oase an den Ausläufern des Atlas. Und Khennef Said, der Pascha von Algier? Seine weiße Jacht kreuzt im Mittelmeer, er sitzt in Venedig bei den Filmfestspielen, er spielt Golf in England und fuhr bei einem Besuch Deutschlands in eine Kohlengrube bei Recklinghausen ein ...

Sind das Wilde? Bekämpfen sie den weißen Mann, den sie achten und dem sie ein Freund sein wollen? Der weiße Mann, der in ihrem Land herumzieht und auf kleinen Karten viele Punkte einträgt ... Brunnen, Wassergräben und Wasseradern, die einmal aus der Sahara einen Garten machen ... den größten, fruchtbarsten Garten der Welt ... einen Garten, durch den das Blut von Amar, Babaâdour und Khennef fließen wird. Denn der weiße Mann braucht Land. Und Land ist wichtiger als Freundschaft. Es war eine schreckliche Nacht für mich. Alles in mir sträubte sich, Amar recht zu geben. Ich rannte in meiner Höhle herum, legte die Stirn an die schwitzenden Steine und spürte die Wohltat der lauwarmen Feuchtigkeit.

Ich habe nicht geschlafen ... lauschend saß ich am Eingang der Höhle, starrte auf die Lagerfeuer meiner Wächter und auf die dunklen, gestreiften Wollzelte, die Heimat der Nomaden. Vom Kamellager herüber scholl das Brüllen einiger störrischer Tiere. In ihre Djellabah gehüllt, die weiße Seite nach außen, saßen die Araber um die Feuer herum. Unten, am Fuße des Felsens, sah ich Amar Ben Belkacem. Er saß allein auf einem Stein und hatte den Kopf in die rechte Hand gestützt. Neben ihm lag ein modernes Gewehr, eine der neuen amerikanischen Schnellfeuerwaffen. Daß er allein in der kalten Wüstennacht saß, verwunderte mich. Langsam stieg ich den schmalen Pfad, der zu meiner Höhle führte, hinunter und setzte mich neben ihn, während die beiden Wächter, die mir gefolgt waren, sich zurückzogen hinter einen großen Felsblock. Amar sah nicht auf. Über uns leuchtete der Himmel ... wo gibt es herrlichere Sterne als in der Wüste? Tiefe Schweigsamkeit lag über dem unendlichen Land ... es war, als habe Gott hier den Atem angehalten, um in der Stille die Schönheit seiner Schöpfung selbst zu bewundern.

»Sie können nicht schlafen?« fragte ich leise.

»Sie auch nicht?« antwortete er.

»Der Besiegte hat immer einen unruhigen Schlaf.«

»Weil ihm das Gewissen schlägt?«

»Nein – weil er unglücklich ist, besiegt zu sein.«

Amar zog sein Kopftuch etwas straffer. Es war eine Bewegung, als bände er sich einen unsichtbaren Helm fester. Sein scharfes, kantiges Gesicht wurde im Widerschein des Feuers zerklüftet wie die verwitterten Felsen bei Palestro.

»Unser Sieg ist nur ein kurzer Stillstand der Zeit!« sagte er einfach. »Allah zürnt. Auch die Wüste wird uns einmal nicht mehr gehören. Das Leben auf der Erde ist stärker als die Liebe einiger Herzen.«

»Und deshalb schlafen Sie nicht?«

»Ja.«

»Was geschieht mit mir?«

»Sie werden weiter mit uns ziehen, Doktor.«

»Wie lange noch, Amar?«

Er zuckte die knochigen Schultern. »Solange Allah es will...«

»Das kann ein ganzes Leben lang sein...«

»Vielleicht, Doktor!«

Ich fühlte, wie es mir im Hals würgte. Ein Leben lang Gefangener dieser Araber?! Immer auf der Wanderschaft durch die Wüste, Tag um Tag auf dem Rücken des Kamels, festgebunden mit Lederschnüren aus Eselsleder. Und draußen, jenseits der Sand- und Steinberge der Sahara, ging das Leben weiter, saß in Berlin ein Mädchen und glaubte nicht an das Schreiben einer englischen Dienststelle, in dem nüchtern mitgeteilt wurde, daß der Kriegsgefangene, der deutsche Hauptmann Dr. Hans Sievert, nach seiner Flucht aus dem Lager Tunis seit 1944 vermißt wird und mit seinem Tod in der Wüste gerechnet werden kann. Das Leben ging weiter, wie es seit 15 Jahren weitergegangen war ohne mich; 15 Jahre, in denen ich die Wüste lieben und hassen lernte.

Klingt nicht schon das nach Irrsinn? Lieben und hassen?

Aber wer die Wüste kennt, wird wissen, daß auch dieser Haß nur Liebe ist...

Ich erhob mich schnell, so ruckartig, daß Amar Ben Belkacem zusammenzuckte. Sein Gesicht lag jetzt im Schatten, ich konnte seine Augen nicht sehen, aber ich ahnte, daß er mich anstarrte.

»Wie ich Sie kenne, Doktor, möchten Sie mich jetzt umbringen«, sagte er plötzlich.

»Nein. Dazu fehlen mir alle Mittel... oder auch bloß der Mut. Neben Ihnen liegt Ihr Gewehr... ich hätte es längst ergreifen und auf Sie anlegen können. Ich bin vielleicht feig, Amar, feiger, als Sie denken.«

»Oder ist es Klugheit? Denn was wäre mit meinem Tod für Sie gewonnen?«

Ich wandte mich ab und ging den Pfad zu meiner Höhle hinauf. Ich blickte nicht zurück zu den Feuern und den gestreiften Zelten, ich wollte auch die Pracht der Sterne nicht mehr sehen und die unvergleichliche stille Majestät der nächtlichen Wüste ... Irgendwo zwischen den Zelten begann plötzlich ein Araber zu singen ... ein Tamtam begleitete ihn. Eintönig schrill und dann wieder wie ein Wimmern durchbrachen die Laute das Schweigen der Nacht.

Ich kroch in meine feuchte Höhle und fror. Eingewickelt in zwei dicke Decken rollte ich mich auf den Teppich und zwang mich, die Augen zu schließen.

Morgen wird es weitergehen. Nach Bir-Adjiba.

Ach Gott, ist es nicht gleichgültig, wohin es geht?

Überall ist Sand. Überall brennt die Sonne.

Dazwischen liegen einsam die Oasen wie Inseln im weiten Meer.

Palmen, weiße, flache Häuser, ein Brunnen, ein Flußbett, ausgetrocknet, voll gebleichter, abgeschliffener Steine.

Ein Wadi ...

Und überall ist Wüste.

Dann schlief ich ein ...

Heute rast der Sturm wieder um die Felsen. Der Sand fliegt bis in meine Höhle, die Luft ist satt von Staub. Die Kamele knien im Schutz der Felsen in kleinen Schluchten, die Zelte zittern unter dem Anprall des Sandes.

Wer wird einmal die Blätter finden, die auf meinen Knien liegen? Wird sie jemals einer lesen und sich erinnern, wie die Welt im Jahre 1957 ausgesehen hat? Wenn es morgen nach dem Sandsturm weitergeht nach Bir-Adjiba, werde ich die Blätter an einem Brunnen unter Steinen vergraben oder in einer Oase unter eine Palme legen.

Ich fühlte, daß ich nichts mehr auf dieser Welt bin ... nur ein Sandkorn noch in der Sahara, ein Stäubchen aus der Wüste, das der Wind vor sich herbläst.

O mein Gott ... hätte ich dieses Land doch nie gesehen ...

In einem der hohen Häuser in der Wilmersdorfer Straße lagen die Büroräume der »Transatlantik«. Es war ein neues Unternehmen und in Berlin nur wenigen bekannt geworden durch eine nicht allzu auffällige Anzeige, die in einigen Tageszeitungen erschienen war:

Die Künstleragentur Transatlantik sucht noch für die Zusammenstellung von Tourneen nach Südamerika, Nordafrika und Nordamerika begabte junge Tänzerinnen und Artistinnen (auch Anfänger) bei guter Gage und freier Überfahrt. Meldungen täglich zwischen 10 und 12 Uhr bei »Transatlantik« Baron Ewald von Pertussi, Wilmersdorfer Straße, B.-Charlottenburg.

Ein Vermittlungsbüro mehr in der Riesenstadt – wem fällt es schon auf? Der Straßenverkehr flutete an dem kleinen Goldschild am Haus in der Wilmersdorfer Straße vorbei – der Milchmann stellte seine Flaschenmilch vor die Tür, der Brötchenjunge füllte die kleinen Leinensäcke, die an den Klinken hingen, der Briefträger ächzte ein wenig, wenn er vier Stockwerke hochsteigen mußte, um die spärliche Post abzugeben ... und zweimal in der Woche erschien eine alte, dicke, etwas kurzsichtige Putzfrau und schrubbte die drei Büroräume der »Transatlantik« mit einer schnellen Verbissenheit. Um 9 Uhr morgens erschien dann Baron von Pertussi, ein schlanker, großer Mann Mitte der Vierzig, mit schwarzen, etwas auffällig pomadisierten Haaren, einem eleganten Maßanzug und hellen Schweinslederhandschuhen, warf seine Aktentasche auf den Tisch des Zimmes Nr. 3, an dessen Tür das Schild »Direktion« klebte, blickte in die Maschine der Stenotypistin, die seit 8 Uhr die Diktate schrieb, die ein Diktiergerät monoton herunterrasselte, und schob dann die Unterlippe etwas vor.

»Etwas Neues, Fräulein Dora?« fragte er dann.

Und wie jeden Morgen blickte Dora Bader auf und schüttelte den weißblonden, mit Wasserstoff gebleichten Kopf.

»Nein, Herr Baron. Die Post liegt auf Ihrem Tisch.«

»Danke.«

Es konnte vorkommen, daß man von Pertussi dann bis zum Mittag nichts mehr sah. Er arbeitete in seinem Büro. Um 10 Uhr aber – und das war in fünf Monaten siebenmal vorgekommen – standen zitternd und befangen oder keck und herausfordernd einige Tänzerinnen in der Tür zum Sekretariat und baten um Vorstellung bei dem Herrn Direktor. Dora Bader ließ sie dann alle zusammen in das Chefzimmer treten, wo sie nach einer Viertelstunde wieder herauskamen, enttäuscht, wütend oder im Gesicht die große Hoffnungslosigkeit, die Hunger und Angst um das weitere Leben prägen. Dann pflegte Baron von Pertussi seufzend ins andere Zimmer zu kommen und zu sagen:

»Es ist erschreckend, wie wenig hübsche Mädchen es in Berlin gibt! Meine Auftraggeber suchen ausgesucht schöne Mädchen! Ja, ja – die Schönheit stirbt in der Welt!«

An jenem Tag – es war der 17. Juli 1957 – trat in die Räume der »Transatlantik« ein großes, schwarzlockiges Mädchen. In der Hand hielt es eine Tageszeitung, so gefaltet, daß der Annoncenteil nach außen stand. Es nickte der erstaunten Dora Bader freundlich zu und entfaltete das Blatt.

»Sie suchen Tänzerinnen?« fragte die junge Dame.

»Allerdings.« Dora Bader hörte mit dem Klappern der Schreibmaschine auf und drehte sich vollends um.

»In der Zeitung steht: Für Nordafrika. Ich hätte dran Interesse.«

»Und Sie sind Tänzerin?«

»Nein.«

»Oje!« Dora Bader schüttelte den Kopf. »Das wird schwer

sein, Fräulein. Der Chef sucht seit Monaten, um eine Truppe zusammenzustellen. Bis heute haben wir erst 12 Tänzerinnen ... und wir brauchen 23!« Sie zuckte mit den Schultern und schob die Unterlippe so vor, wie sie es von dem Baron gesehen hatte. »Aber versuchen Sie's mal! Vielleicht haben Sie mehr Glück als die anderen.« Ein prüfender Blick glitt schnell über die Gestalt. »Hübsch sind Sie ja.«

Baron von Pertussi saß hinter seinem Schreibtisch und las eine Illustrierte, als Dora Bader die junge Dame hereinführte. Er sah nur kurz auf, ein Blick, gelangweilt und interesselos, und stierte dann wieder in das Blatt.

»Wo bisher engagiert?« fragte er dabei.

»Noch nie. Es soll meine erste Stelle sein.«

»Wo studiert?«

»Überhaupt nicht. Ich möchte nur nach Afrika.«

Pertussi warf die Illustrierte auf die blanke Tischplatte zurück, wo sie, mit dem Titelbild nach oben, in der Sonne liegenblieb. Ein Titelbild mit dem Kopf eines lachenden Mädchens.

»Sie wollen nach Afrika? Mit anderen Worten: Sie suchen einen Job, um auf billige Art übers Mittelmeer zu kommen.«

»Ganz richtig.«

Pertussi erhob sich steif. »Ich bewundere Ihren Mut, mein Fräulein, mir dies so einfach ins Gesicht zu sagen. Ich brauche Tänzerinnen, aber keine Abenteuerinnen.«

Das Mädchen lachte ein wenig gequält und spielte nervös mit einer Tasche aus Eidechsleder.

»Darf ich mich setzen?« fragte sie, weniger siegessicher als vorher. Als Pertussi ihr zuwinkte, ließ sie sich in den Sessel fallen und schlug plötzlich beide Hände vor das Gesicht. Es war, als schluchze sie.

Pertussi stand steif hinter seinem Tisch und kam sich hilflos vor. Er zögerte, ein paar Trostworte zu sagen, aber da blickte sie schon auf. In ihren Augen war nackte Angst.

»Sie müssen mich mitnehmen«, sagte sie leise. »Ich *muß!*«

Sie schnellte den kleinen, schmalen Kopf etwas vor. »Verstehen Sie ... ich muß!«

»Sie werden gesucht? Polizei?«

»Nein! Ich will suchen.«

»Sie? Ich verstehe nicht.«

»Kennen Sie Dr. Hans Sievert?«

»Bedaure – nein.«

»Sie sind noch nicht lange in Berlin ...«

»Seit einem Jahr, knapp.«

»Vor fünfzehn Jahren war dieser Dr. Sievert eine große Hoffnung der deutschen Industrie. Er hatte Erfindungen gemacht, die eine Umstellung im gesamten Radarwesen herbeiführten. Zur Erprobung bestimmter Teile wurde er nach Afrika geschickt ... zum Afrikakorps ... er geriet in englische Gefangenschaft, floh aus dem Lager Tunis und verschwand in der Wüste.«

Pertussi nickte. »Ein Kriegsschicksal, mein Fräulein. Er wird in der Wüste verdurstet sein.«

»Das schrieben mir auch die Suchstellen. Aber ich glaube nicht daran!«

»Und wie kommen Sie zu diesem – Glauben?«

»Ich träume von ihm. Verstehen Sie das? Nachts wache ich plötzlich auf ... da steht er vor meinem Bett und streckt beide Arme nach mir aus! Schrecklich sieht er aus ... sein Gesicht ist eingefallen und bleich, immer will er etwas sagen ... doch wenn ich mich aufrichte, löst sich die Gestalt in Nebel auf ... und nur der Mond scheint ins Zimmer ...«

»Sie sind anfällig.« Pertussi steckte sich eine Zigarette an. »Eine Art von Mondsucht.« Er lachte. »Wenn es nach den Träumen ginge ... Ich träume oft von Millionen, ohne Aussicht, sie jemals zu bekommen!«

Das Mädchen sah zu Boden. »Ich bin seine Schwester«, sagte sie leise. »Hilde Sievert heiße ich. Ich war ein Kind, als Hans vermißt wurde. Jetzt bin ich fünfundzwanzig Jahre. Und ich spüre, daß er noch lebt.« Pertussi kaute an seiner

Unterlippe. Sein Gesicht war verschlossen und eigentümlich abweisend. »Und ich soll Ihnen helfen? Ich! Wie kommen Sie gerade auf mich? Ich denke doch, daß dies eine Angelegenheit des Internationalen Roten Kreuzes ist.«

»Ich habe alles versucht.« Hilde Sievert kramte in ihrer Tasche und zog einen Stapel Briefe hervor, die von einem doppelten Gummibändchen zusammengehalten wurden. »Rotes Kreuz, Suchdienst, britische Gefangenenforschungsstelle, Schweizerisches Konsulat in Tunis, Algier und Marrakesch. Vermißt. Mit dem Tod ist fest zu rechnen. Fünfzehn Jahre bleibt keiner freiwillig in der Wüste, ohne Nachricht zu geben! Wenn er noch lebte, würde er bestimmt geschrieben haben!«

»Und das genügt Ihnen nicht?«

»Nein! Denn er lebt!«

»Nur, weil Sie das geträumt haben?!«

»Ja.«

»Sie sind ein hartnäckiges Mädchen!« Pertussi blickte aus dem Fenster. Die Hände hielt er auf dem Rücken gekreuzt. »Und was soll ich dabei tun?«

»Sie sollen mich für die Tanztruppe engagieren, die nach Nordafrika reist. Bin ich erst einmal drüben in Afrika, dann komme ich auch allein weiter. Aber ich habe so das Geld nicht, um nach Afrika zu fahren! Als die Russen Berlin eroberten, wurde unser Haus zusammengeschossen. Ich wohne jetzt möbliert in einem kleinen Zimmer in Dahlem.«

»Und wovon leben Sie?«

»Ich bin Kunstgewerblerin. Ich bemale Kacheln, zeichne Porzellanmuster und webe auf einem kleinen Handwebstuhl Tischdecken und Stoffe.«

Baron von Pertussi wandte sich langsam um. Sein musternder Blick glitt über sie hinweg mit einer Steifheit, die innere Ablehnung signalisiert.

Was soll ich mit ihr tun, dachte er dabei. Sie ist hübsch, sie ist eines jener Mädchen, die ich suche. Ich könnte sie engagieren ... aber da ist im Herzen doch noch ein wenig Anständigkeit, die es mir verbietet, sie dorthin zu schaffen, wohin die anderen Mädchen gebracht werden sollen. Was weiß sie denn von den Lokalen, die die »Transatlantik« mit Mädchen beliefert? Ahnt sie überhaupt, vor wem sie steht, vor welch einem mitleidlosen Seelenverkäufer, den Hunderte von Mädchen in aller Welt verfluchen, wenn sie statt in einem Kabarett in einer südamerikanischen kleinen Gasse landen, in Häusern, wo man nicht nach tänzerischem Können fragt ... in São Paulo oder Rio, in Algier oder Tablat, in New Orleans oder Vera Cruz, in Palma oder Lima ... überall findet man sie, die Pertussi-Mädchen, ... die dummen, schönen Mädchen aus Deutschland.

Pertussi drückte die Zigarette in dem bronzenen Aschenbecher aus und sah von unten zu Hilde Sievert hinauf.

»Sie wollen freiwillig nach Nordafrika?«

»Ja.« Hoffnung glomm in ihren Augen auf.

»Auf eigene Gefahr?«

»Ja.«

»Sie werden tanzen und sich uns unterordnen müssen.«

»Das will ich, wenn ich nur nach Afrika komme.«

Pertussi spürte, wie seine Handflächen feucht wurden. Er rieb sie an seiner Hose ab und setzte sich dabei. »Sie werden uns unterschreiben müssen, daß Sie im Falle von – sagen wir – Schwierigkeiten keinerlei Anspruch auf Entschädigung uns gegenüber besitzen.«

»Natürlich nicht.« Hilde Sievert umklammerte die Tasche und starrte Pertussi an. »Soll das heißen, daß ... daß Sie mich engagieren ... nach Afrika?«

»Vielleicht.« Pertussi sah auf seine manikürten Hände. Lange Hände mit schmalen, krallenartigen Fingern, sehr bleich und vornehm, aber erschreckend in ihrer Tierhaftigkeit. »Ich möchte mir die Sache bis morgen überlegen. Schließlich haben wir Kosten dadurch, die Sie ja nicht wieder einspielen können.«

Hilde Sievert erhob sich. Sie nahm aus ihrer Tasche ein flaches, kleines Päckchen und legte es auf den Tisch vor Pertussi.

»Ich habe gespart«, sagte sie leise. »Es sind nur dreihundert Mark. Mehr kann ich nicht geben. Nehmen Sie es ... wenn ich Hans gefunden habe, wird er Ihnen alles ersetzen.«

In ihren Worten, in der Gebärde, mit der sie das Geld auf den Tisch legte, lag so viel Kindlichkeit und Naturhaftes, daß sich Pertussi beschämt mit der Illustrierten beschäftigte und sie sinnlos zerdrückte. Die Welt ist gemein, dachte er. Und ich bin so ziemlich der gemeinste Teil in ihr. Ich suche Tänzerinnen, verspreche ihnen goldene Berge, freudig und voll Zukunftshoffnungen fahren sie mit den Schiffen in fremde Länder und landen in einem Hafenbordell ... denn keine von ihnen hat das Geld zur Rückfahrt. Verdammt, das ist eine große Schweinerei, man nennt es Mädchenhandel ... aber man sieht dem Geld, das man dabei verdient, nicht an, woher es kommt. Wie schmierig stände sonst mancher da, den man heute als ein Vorbild der Lauterkeit verehrt ...

Er schob mit einer zagen Bewegung das flache Päckchen zurück und trommelte mit den Fingern auf die Tischplatte.

»Nehmen Sie das Geld, Fräulein Sievert. Was uns an Kosten entsteht, werden wir zur gegebenen Zeit verrechnen. Kommen Sie morgen wieder ... Mehr kann ich Ihnen noch nicht sagen ...«

Die Wilmersdorfer Straße ist lang. Doch was sind Entfernungen für ein junges, glückliches Mädchen?

Die Handtasche um die Hand schleudernd, ging Hilde Sievert durch Berlin. In ihr waren Jubel und überströmende Freude. Die Last der langen kargen Jahre war in wenigen Stunden abgefallen, ein neues Leben öffnete sich dem inneren Blick, der es vorauszuschauen meinte: Ein Leben an der Seite Dr. Hans Sieverts, des großen Bruders, den sie in der Wüste finden würde.

In der Wüste. Sie dachte an die vielen Karten, die sie sich schon gekauft hatte, an die Speziallandkarten, die oft den Erlös einer Woche harter Arbeit kosteten; sie dachte an die Bücher, die sie über Afrika gelesen hatte, an die Berichte der Männer, die die Sahara durchzogen, und an den einen Satz, der sie stutzig gemacht hatte:

»*Noch heute hält die Wüste Geheimnisse zurück, die wir nicht lösen können, wie etwa jenen blonden, stillen Mann, den ich inmitten einer ziehenden Nomadenschar entdeckte, einen Mann, der aussah wie ein Europäer und den man am nächsten Tag, als ich ihn sprechen wollte, nicht mehr im Lager sah. Niemand wußte auch, wie er hieß und woher er kam ... ein Mensch am Rande der Welt ...*«

In diesem Augenblick wußte sie, daß ihr Bruder lebte! Es konnte niemand anderes sein als Dr. Hans Sievert, der Vermißte, nach dem man 1944 ganz Tunesien durchsuchte, auf dessen Ergreifung die Engländer 1000 Pfund setzten, auf einen Kopf, der die Geheimnisse neuer Strahlen nicht preisgab. Südlich Bou Saâda, in der Sandwüste nach Laghouat, hatte man den fremden blonden Mann gesehen ... aber die Welt las darüber hinweg ... es war ja nur ein kleiner Abschnitt in einem Bericht, der am Rande des Feuilletons veröffentlicht wurde.

Von diesem Tag an arbeitete sie nur für den Gedanken der Befreiung. Sie suchte sich Arbeit, an der sie in ihrer kleinen Dachkammer die Nächte hindurch saß und sich wachhielt mit Kaffee und Zigaretten. Sie webte und stickte, bis ihre Fingerspitzen dick und hornig wurden, sie zeichnete und entwarf, bemalte Porzellan und spritzte Goldverzierungen auf seidene Cocktailkleider, sie rannte in Berlin die Kunstgeschäfte ab und bot Aquarelle und kleine Tonplastiken an ... und wenn sie müde war und die Arbeit aus der Hand legte, nahm sie die Bücher und Karten und studierte die Wüste.

Sie besuchte die Bibliotheken, sparte sich das Geld ab, um in den Volkshochschulen Geographie zu hören, und verbiß sich mit dem Trotz, den eine schwere Aufgabe erzeugt, in das unbekannte Gebiet der Sahara. Sie lernte die Oasen auswendig, studierte auf den Spezialkarten die Karawanenwege und begann, in mühseliger Arbeit, ein wenig Arabisch zu lernen, die Sprache der Kehl- und Rachenlaute, die gerade dem Deutschen so schwer wie kaum eine andere Sprache fällt.

Zwei Jahre lang bereitete sie sich auf die Reise nach Afrika vor, zwei lange Jahre ohne Erholung und Ruhe ... Und nun war es endlich soweit, nun hatte sie ein Engagement als Tänzerin, kam billig über das Mittelmeer und konnte die Suche aufnehmen.

Die Suche durch eine Wüste, die größer als Europa ist!

An einer Ecke blieb sie stehen und öffnete den Schnappverschluß ihrer Tasche.

Verstohlen zählte sie das Geld in dem Seitentäschchen.

8,67 DM.

Man müßte heute leichtsinnig sein, durchfuhr es sie.

Man müßte einmal essen gehen.

An der anderen Ecke leuchtete ein Schild: Paulaner-Bräu.

Die Drehtür schlug ihr gegen die Hacken, als sie in das Lokal wirbelte. Mit einem Lächeln erwiderte sie den erstaunten Blick des Obers.

Mit einer Fröhlichkeit, die Nichteingeweihten rätselhaft sein mußte, verlangte sie die Speisekarte und suchte sich ein Gedeck aus der langen Auswahl.

Nur einen Augenblick zögerte sie, ehe sie zu essen begann. Das Geld tat ihr leid ... aber dann aß sie und vergaß, daß sie für diese 8,– DM zwei Stunden hatte arbeiten müssen ...

Hauptmann Pierre Prochaine hatte seinen schlechten Tag. Mißmutig saß er in dem kleinen Zimmer im linken Flügel der Kaserne und studierte die Karten, die auf einem breiten Tisch lagen.

Neben ihm, an die roh verputzte Wand gelehnt, stand Emile Grandtours. Ihre khakifarbenen Uniformen waren mit Staub bedeckt. Die runden Käppis mit dem Nackentuch und dem breiten Schirm lagen auf der Erde.

Dumpfe Hitze brütete in dem Zimmer. Draußen, auf dem Hof des Wüstenforts, einem festgetretenen Sandplatz, standen im Schatten weniger Palmen und Oliven die niedrigen Fahrzeuge: Jeeps, Feldkanonenlafetten, ein Mannschaftswagen. Vereinzelt lehnten erdbraune Männer im Schatten der Haustüren und rauchten.

»Neun Legionäre vermißt«, sagte Hauptmann Prochaine und sah dabei seinen Leutnant an, einen jungen Südfranzosen mit dem verträumten Blick provençalischer Landschaft. »Es ist das zweitemal innerhalb sechs Wochen!«

Emile Grandtours winkte ab. »Amar Ben Belkacem.«

Prochaine zuckte mit den Schultern. »Können Sie es beweisen? Nichts deutet darauf hin, daß ein Kampf stattgefunden hat. Die Leute gingen auf Patrouille und kamen nicht wieder. Das andere weiß nur die Wüste, und die schweigt.«

»Unter den Vermißten befanden sich vier Deutsche, Herr Hauptmann.«

»Das beweist noch gar nichts!« Prochaine blickte plötzlich auf. »Sie denken: Flucht?«

Grandtours schüttelte den Kopf. Über sein staubiges Gesicht tropfte der Schweiß. Er hob den Arm und wischte sich mit dem Ärmel über die Stirn. Ein klebriger Brei von Staub blieb zurück.

»In der Wüste ist etwas los! Man spürt das, Hauptmann. Ich bin jetzt vier Jahre in Algier, davon drei in der Sahara. Da weiß man, wenn etwas in der Luft liegt. Es ist wie vor einem Sandsturm ... der Himmel wird fahl, grau, bleiern. Dann hört man ein Pfeifen, ein helles Singen, und dann besteht die Welt nur noch aus fliegenden Sandbergen, die nicht zu bezwingen sind. Genauso ist es jetzt ... Es ist still in der Wüste ... unheimlich still. Hier und da sieht man friedliche

Nomaden ... sie sitzen vor ihren gestreiften Zelten und braten sich ihren Hammel, oder sie mahlen zwischen flachen Steinen ihr Mehl. Und dann verschwinden plötzlich neun Legionäre ... davon vier Deutsche ...« Emile Grandtours sah Prochaine groß an. »Haben Sie noch nichts von einem großen, blonden Mann gehört, der in der Sahara leben soll?«

»Ammenmärchen, Grandtours«, winkte Pierre Prochaine ab. »Die Legionäre müssen sich solche Geschichten erzählen, sonst ertragen sie die Eintönigkeit der Wüste nicht!«

Er warf den Bleistift auf die Karte, mit dem er die Linien in die Gebiete eingetragen hatte, in denen das geheimnisvolle Verschwinden entdeckt wurde, setzte sich seine staubige Kappe auf und trat aus dem ebenerdigen Raum hinaus in den Hof.

Die weißen Mauern des Forts blendeten in der Sonne. Auf den vier Wachtürmen, zwischen denen die starken Mauern sich entlangzogen, hockten unter einem Schutzdach die Wachen vor ihren mit einer Zeltplane abgedeckten Maschinengewehren. Das einzige breite Tor, das aus dem Fort hinaus in die Wüste führte, war geöffnet. Eselstreiber mit Verpflegung trieben ihre Tiere laut schreiend auf den staubigen Hof, und ein großer Araber mit einem starken, schwarzbraunen Lastkamel schritt würdevoll an der Wache vorbei und nickte den beiden Offizieren zu. In den Körben, die zu beiden Seiten des Kamels mit Hanfstricken festgezurrt waren, glänzten Melonen, Apfelsinen und dicke blaue Weintrauben.

»Auch so ein Lump«, sagte Prochaine leise und nickte zu dem Händler hin. »Sie haben die Augen überall, sie sind Freunde der Legionäre, sie wissen jede Patrouille im voraus. Man sollte das Fort einfach abriegeln ...«

»Und die Früchte, Herr Hauptmann?«

»Die müßten eben auch mit der Truppenverpflegung aus Laghouat kommen!«

Grandtours lachte laut. »Sie haben Ideen! Das erforderte einen neuen Wagen! Benzin, zwei Fahrer, Bedeckung! Viel zu teuer, Hauptmann. Bei der Legion muß alles billig sein! Dafür sterben wir um so glorreicher.«

»Eine Schweinerei!« Pierre Prochaine ging langsam durch den Sand vor das Fort und sah einem kleinen Trupp entgegen, der mit zwei Jeeps die Wüstenstraße heraufgefahren kam. Eine hohe Staubwolke hüllte die Wagen ein. Vor dem Fort verlangsamten sie die Fahrt und hielten mit knirschenden Bremsen vor den beiden Offizieren. Ein völlig mit Staub bedeckter Mann sprang aus dem Wagen und grüßte lässig.

»Sergeant Viller mit sieben Mann von Patrouille zurück.«

»Danke. Etwas Neues?«

»Zwischen Oued-El-Haâd und Bir-Adjiba tobt seit zwei Tagen ein verdammter Sandsturm. Es war nicht durchzukommen. Wir sind am Rande des Sturmgebietes entlanggefahren.«

Prochaine klemmte seine dünne lederne Reitgerte unter die linke Achsel und zündete sich eine Zigarette an.

»Und die Nomaden, Sergeant?«

»Wenige bei diesem Sturm. Nur –« Viller stockte und sah zurück zu seinen Leuten, die stumm in den Wagen saßen.

»Was nur?« fragte Leutnant Grandtours.

»Wir haben ihn wieder gesehen.«

»Wen?«

»Den blonden Weißen, Herr Leutnant!«

»Blödsinn!« Hauptmann Prochaine warf die kaum angerauchte Zigarette in den Sand. »Sie fangen auch an, den Koller zu kriegen, Viller!«

»Ich habe ihn gesehen!« Der Sergeant blickte seinen Hauptmann eigensinnig an, mit jenem Starrsinn, den etwas Unwidersprechliches erzeugt. »Wir haben ihn ja alle gesehen ... nicht wahr, Jungs?«

Die grauen Gestalten in den Jeeps nickten. Prochaine sah starr von einem zum anderen, dann wandte er sich ab und ging allein in das Fort zurück. Grandtours sah ihm nach, ohne ihm zu folgen. Dann, als Prochaine im Fort verschwunden war, packte er Viller am Oberarm. »Wo war das, Sergeant«, fragte er heiser.

»Heute morgen auf dem Weg nach Bir-Adjiba. Wir sahen einen kleinen Trupp Nomaden und mitten unter ihnen, hinter den Hauszelten, auf einem Rennkamel einen Europäer. Ich konnte ihn durch das Fernglas gut erkennen ... er hatte einen blonden Bart und schien auf dem Kamel festgebunden zu sein ...«

»Festgebunden?!«

»Ja. Er gebrauchte die Füße und Hände nicht zum Lenken des Kamels ... es wurde von einem Vorreiter gelenkt.«

Grandtours' Gesicht war bleich geworden. Erregung zuckte durch seinen schmalen Körper. »Und Sie haben nicht eingegriffen, Sergeant?«

Viller zuckte mit den Schultern. »Meine Order lautet: Nur beobachten. Keinerlei Anlaß zu Unruhen geben. Das habe ich befolgt.«

»Und der fremde Europäer?«

»Er zog mit den Nomaden weiter. Ich glaube kaum, daß er uns gesehen hat. Wir standen hinter einer Felsnase und beobachteten den kleinen Zug. Außerdem waren wir froh, aus dem Sturmgebiet herauszukommen. Ekelhaft, so ein Sandsturm, Leutnant. Man frißt bei jedem Atemzug Sand.«

»Es ist gut, Viller.«

Grandtours eilte mit großen Schritten Hauptmann Prochaine nach und holte ihn vor dem Truppenmagazin ein.

»Kommen Sie heute nacht mit?« fragte er. Seine Stimme war plötzlich heiser vor Erregung.

»Heute nacht? Wohin denn?«

Prochaine zerrte an seinem Koppel, obwohl es richtig saß. Unter seiner weißen Mütze rann ihm der Schweiß über die Augen. Er wischte ihn weg, aber die Hitze der senkrecht über der Wüste stehenden Sonne ließ die Luft flimmern und kochen.

Grandtours biß die Lippen aufeinander, ehe er antwortete.

»Wir wollen uns den Weißen ansehen, Herr Hauptmann«, sagte er gepreßt.

»Ohne Befehl vom Bataillon? Das gibt Stunk, Grandtours.«

»Bei außergewöhnlichen Vorfällen dürfen wir selbständig handeln, ohne Befehl der vorgesetzten Stelle. Und wenn dieser Weiße nichts Außergewöhnliches ist...«

Prochaine winkte ab. »Schon gut, Grandtours. Und wie denken Sie sich das?«

»Sie und ich und fünf Mann in zwei Jeeps mit Maschinengewehren, Granatwerfern und Schnellfeuerwaffen. Viller weiß den Weg, den sie gezogen sind. Er hat sich die Route genau auf seiner Karte vermerkt. Wir müssen sie treffen, denn während der Nacht ziehen sie nicht weiter.«

»Sie wollen den Weißen sprechen?«

»Ja.«

Prochaine wiegte den Kopf etwas hin und her. Dann faßte er den Leutnant unter und schob ihn in einen kleinen Raum, an dessen Decke ein großer Flügelventilator kreiste und die warme, stickige Luft durcheinanderwirbelte. Im Hintergrund des Raumes war ein Schanktisch, wo ein Araberboy hockte und an die Legionäre eisgekühlte Getränke ausgab.

»Wir sitzen hier auf vorgeschobenem Posten, Grandtours – wir sind ein Himmelfahrtskommando«, sagte Prochaine leise. »Die Berber und Araber hätten es nicht schwer, unser Fort einfach mit ihren Menschenwellen zu überrennen. Nur allein die Freundschaft des Marabuts mit Frankreich hält sie ab, uns einfach abzuknallen wie die Kameraden in Indochina. Wir müssen jede noch so kleine Provokation vermeiden...«

Grandtours warf sein Käppi auf einen Stuhl und setzte sich auf die Platte des Tisches. »Mein Gott, Herr Hauptmann – wer provoziert denn? Ist es denn keine Provokation, wenn ein Weißer gefesselt durch die Sahara geschleppt wird?

Warum liegen wir denn in der Wüste? Nur, um sinnlos zu schwitzen?«

Hauptmann Prochaine winkte dem Boy. Er brachte zwei Gläser mit einem eiskalten Aperitif. Die Gläser waren von der Kälte beschlagen ... langsam zeichnete Prochaine mit dem Finger auf die beschlagene Fläche das Gebiet von Bir-Adjiba und sah sie stumm an. Plötzlich verwischte er die Zeichnung mit der Hand und stürzte das Getränk hinunter. »Wann wollen Sie aufbrechen, Grandtours?«

»Ich dachte gegen zehn Uhr abends. Wir können dann um drei Uhr morgens bei Bir-Adjiba sein.«

Prochaine nickte. »Bereiten Sie alles vor, Grandtours. Ich überlasse es Ihnen. Sie kennen den Wüstenkrieg besser als ich. Vergessen Sie aber nicht die Maschinengewehre und eine Kiste Handgranaten. Wenn Sie alles bereit haben, melden Sie es mir.«

Grandtours nahm sein Käppi vom Stuhl und drückte es fest auf das schweißverklebte Haar.

»Sofort nach meiner Rückkehr darf ich Ihnen den Erfolg melden, Herr Hauptmann?«

»Melden?« Prochaine wandte sich ab und verließ den Raum. Aber noch im Hinausgehen sagte er laut: »Ich gehe selbstverständlich mit ...« Mit einem Lächeln sah ihm Leutnant Grandtours nach, wie er, unter der Hitze stöhnend, über den Platz ging, sehr schnell mit ausgreifenden Schritten, und im Kommandohaus in der Nähe des linken Torturmes verschwand.

Durch das Tor zogen noch immer die kleinen, schwer bepackten Esel, angetrieben von den schreienden und mit Stöcken schlagenden Berbern, deren weite, schmutzige Djellabahs durch den Sand schleiften. Das Rot der Feze, die einige trugen, leuchtete in der Sonne. Kaum warfen die Körper Schatten auf den Boden ... senkrecht brannten die Strahlen aus dem hitzefahlen Himmel.

Grandtours öffnete noch einen Knopf seines Hemdes und schob das Käppi weit in den Nacken.

Heute nacht, dachte er, während er den Rauch seiner Zigarette in die heiße Luft blies und verwundert sah, daß er stehenblieb und sich nicht bewegte ... eine kleine Wolke im windstillen, brütenden Raum. Heute nacht werde ich Amar Ben Belkacem sehen ... Amar, den großen Mann mit der Narbe unter dem Kinn ... der Narbe, die mein Dolch in sein Fleisch schnitt ... vor zwei Jahren, südlich von Ghardaia, wir beide allein in der Wüste ... und ich dachte, er hätte diesen Dolchwurf nie überlebt ...

Grandtours wischte sich über die Augen ... sie waren starr in die Ferne gerichtet. Mit einem kurzen Blick sah er dann auf seine Uhr.

Noch acht Stunden ...

In seiner Kommandostube saß Hauptmann Pierre Prochaine hinter einem Morseapparat und blickte auf den dünnen Streifen Papier, der klappernd aus dem Empfangsgerät rollte.

Punkte ... Striche ... Punkte ...

Ein Funker sah von der Seite zu ihm hinüber. Prochaine hatte die Streifen in die Hand genommen und las sie mit gerunzelter Stirn. Er bemerkte Grandtours nicht, der ins Zimmer trat, sondern las die Meldung durch, während der Apparat ununterbrochen tickte.

»Unangenehme Nachricht, Herr Hauptmann?«

Prochaine fuhr herum. »Sie, Grandtours?!« Er reichte ihm die Streifen hin. »Bitte, lesen Sie selbst ... Aus Algier wird gemeldet, daß sich die Anzeichen von Sklavenhandel in unserem Gebiet vermehren. Weiße Sklaven, Grandtours. Mädchen aus Europa für die Tanzhäuser in den Oasen ...« Er warf die Papierstreifen auf die Erde und steckte dann die geballten Fäuste in die Hosentasche. »Eine Schweinerei ist das ... eine ganz verfluchte Schweinerei ... Wir werden heute nacht die Nomadenlager kontrollieren ...«

Durch das Tor rollten zwei Wagen mit Legionären ... die neue Patrouille, die am Abend zurückkommen mußte. Aus den engen, dumpfen Kasematten tönte der helle Klang eines Clairons. Der Trompeter übte für die Nacht ...

Grandtours lauschte auf diese Töne, er bog den Kopf etwas zurück und sah dann zu Prochaine hin.

»Er übt das Sturmsignal«, sagte er leise.

Pierre Prochaine nickte, während der Funker sich über seine Papiere beugte. Seine Hände zitterten. Er war noch neu in diesem Fort ... erst sieben Tage in der Wüste und ein halbes Jahr bei der Legion. Er dachte an die krummen Dolche der Araber, an die Grausamkeit, mit denen Kämpfe in der Wüste ausgetragen werden. Er dachte an die neun vermißten Legionäre, an Peter, Franz, Ewald und Hugo, die vier Deutschen, die nicht zurückkamen aus der Sahara ...

Er hatte Angst, ganz gemeine Angst, der kleine Funker aus der deutschen Pfalz.

Über den Zinnen des Forts IIIa hing schlaff in der Sonnenglut die Fahne Frankreichs: die Trikolore.

Eine Fahne, für die Amar Ben Belkacem hundert silberbeschlagene Pistolen gegeben hätte ... denn das Symbol der Macht ist die Quelle der Kraft in der Wüste.

Die Wüste, über die einmal die grüne Fahne des Propheten wehte ... die Fahne Allahs ...

Nun ist es wieder Nacht.

Ich sitze vor meinem Zelt und starre hinauf in die Sterne. Kühle weht von ihnen herab, wie am Tage die Hölle von ihrer großen Schwester, der Sonne, über uns geschüttet wird. Die Kamele sind getränkt und liegen um den Brunnen herum, die Palmen wiegen sich im leisen Abendwind, der heute wärmer ist als sonst die Luft einer Wüstennacht. Um mich herum brennen die Lagerfeuer ... Kamelmist verheizen sie, steinhart getrocknet in der Sonne ... aber er gibt eine wohlige Wärme und brennt wie bei uns der Torf.

Den ganzen Tag sind wir heute geritten, und ich bin müde, sehr, sehr müde. Nicht nur körperlich ... das wäre zu ertragen, und ein Schlaf würde mich erquicken ... aber mein Geist ist müde, meine Seele ist an der Grenze des Erduldens angelangt ... denn ich habe mich so oft gefragt: Warum?, und es war keine Antwort da, die mich emporreißen konnte aus der Verzweiflung.

Was bin ich für ein Mensch! Feig und kraftlos, zerbrochen an dem Willen Amar Ben Belkacems, vernichtet durch sein Lächeln, seine Güte, seine Höflichkeit und sein urmenschliches Recht. Wenn ich jemals aus der Sahara herauskomme in das freie Leben, werde ich in meinem Hause alles vernichten, was von Afrika spricht. Ich werde aus dem Atlas die Karten der Sahara reißen, aus dem Lexikon das Wort Afrika streichen, ich werde alles, alles zerstören, was mich erinnern könnte an diese fünfzehn Jahre in der Wüste ...

Wie ich es hasse, dieses Land!

Heute abend, vor Einbruch der Nacht, kam Babaâdour Mohammed Ben Ramdan zu mir ins Zelt. Ein gütiger, freundlicher alter Mann mit einem langen weißen Bart und kleinen, lustig blinkernden Augen. Ein guter Alter, wird man denken, wenn man ihm gegenübersitzt, ein fröhlicher Greis der Sahara ... aber dieser lächelnde, zusammengeschrumpfte Mensch, dieses Gesicht aus genarbtem Leder und in Falten gelegtem Pergament ist der größte Schuft von Algier bis Timbuktu ... Ihm verdanke ich meine Gefangenschaft, denn auch er kennt diese Wüste so gut wie ich, auch er weiß, wo die Brunnen liegen, wo die Wasseradern sich tief im Boden unter den Sanddünen entlangziehen, unter dem Sand, den man als unfruchtbar, als für immer tot bezeichnete, und der doch ein blühender Garten sein könnte, wenn ... ja, wenn ich frei wäre! Er kennt alles, was auch ich entdeckte, und er saß mir gegenüber, klein, verhutzelt, in einem langen, schneeweißen seidenen Burnus und spielte mit einer goldenen Kette, die er um den Hals trug. Eine Kette, an der ein kleiner, goldeingefaßter Koran hing. Das Zeichen der Mekkapilger, der Hadj, der Glücklichen, die um die Kaaba in Mekka schritten und Allahs Angesicht schauen durften ...

»Man hat Sie gesehen, Herr Doktor«, sagte er zu mir. Seine Stimme ist widerlich ... hoch wie bei einem Eunuchen, von einem einschmeichelnden Klang und einer Weichheit, die betört. Seine Augen blickten mich gütig an, und ich wußte, daß er jetzt eine Gemeinheit sagen würde, denn niemand kann bei einer Gemeinheit so wohlwollend aussehen wie ein Araber. »Eine Patrouille der Fremdenlegion hat die Karawane gesichtet und Sie erkannt.«

Ich nickte. Es war am Morgen gewesen, wir zogen außerhalb der Windsäule des Sandsturmes nach Bir-Adjiba, als an einer Felsnase ein kleiner Jeep auftauchte, der aber sofort wendete und in die Schlucht hineinfuhr. Ich konnte ihn von da ab nicht mehr sehen und mich bemerkbar machen, denn Amar Ben Belkacem ritt hinter mir und kam sofort an meine Seite, als das Fahrzeug am Horizont aus einer großen Staubwolke herausstieß.

»Rühren Sie sich nicht«, sagte er und lächelte dabei. »Wenn Sie um Ihr Leben rufen, rufen Sie Ihren Tod.« Es war wieder eine seiner blumigen Reden, die scherzhaft klingen, aber ernster sind als eine deutliche Drohung. Ich drehte mich zu ihm um und sah in seiner Hand einen der langen, leicht gebogenen arabischen Dolche. Die Klinge war wie ein Spiegel, sie warf die Strahlen der Sonne vielfach zurück. Der goldene Griff in den langen dürren Fingern war fein ziseliert und mit eingelegten Edelsteinen verziert. Amar bemerkte meinen Blick und nickte stumm. Da sah ich wieder geradeaus und ritt weiter, vorbei an der Felsnase, hinter der die Legionäre warten mußten ... Die Freiheit ... ich ritt an ihr vorbei, als hätte ich sie nie gesehen.

Ja, so feig war ich, so erbärmlich feig, daß ich einen Dolch fürchtete. Ich müßte mich schämen vor mir selbst, wenn ich bloß noch die Kraft hätte, mich zu schämen. Selbst das kann ich nicht mehr, denn mein Gehirn denkt nicht mehr so weit, daß es Schande empfinden könnte oder andere Regungen als Haß ... einfach nur Haß ...

Babaâdour Ben Ramdan machte eine Pause und betrachtete seine Hände, als seien sie das Interessanteste auf der Welt. Ich wußte, was er gleich sagen würde, ich wartete darauf mit dem Genuß eines Irren. Und dann sagte er:

»Wir müssen Sie weiterschaffen, Herr Doktor!«

Ich zuckte empor. Ich sprang hoch und klammerte mich an dem Mittelpfosten meines Zeltes fest.

»Weiterschaffen?!« schrie ich. »Warum denn immer weiter ... immer weiter in die Wüste hinein? Vielleicht ins Hoggar? In das Mondgebirge inmitten der Sahara?!«

»Daran habe ich gedacht«, nickte Babaâdour. »Dorthin ist nie eine Streife gekommen. Es sind Gebiete, die kaum ein Weißer betreten hat!«

»Also lebendig begraben wollt ihr mich?« brüllte ich. Meine Stimme überschlug sich ... ich hörte es selbst, wie sie klirrend zerbrach, als habe man Glas auf einen Steinboden geworfen. »Warum tötet ihr mich nicht?! Es ist doch besser, praktischer, es geht schneller ... ein Schuß, ein kleines Loch ... oder noch besser die Aasgeier ... wer kann später an den gebleichten Knochen erkennen, wer da in der Wüste verreckte?! Warum schießt ihr nicht? Warum schleppt ihr mich in der Wüste herum ...?«

Babaâdour lächelte ... wirklich, er lächelte, während ich am Zeltpfahl stand und vor Erregung zitterte. »Wir brauchen Sie, Doktor«, sagte er leise. Seine Stimme war süß, klebrig, ekelhaft. »Sie haben südlich Mursuk eine Wasserader entdeckt.«

»Ja«, antwortete ich erstaunt.

»Eine Ader, die ich noch nicht kenne ...«

»Ach!« Ich wurde ruhig, als ich dieses hörte, ganz ruhig. Er kennt nicht die Ader bei Mursuk, durchfuhr es mich. Er weiß nicht, daß unter der Sandwüste von Taibet bis zu den Felsen von Tibesti eine große Wasserader liegt, die ein Gebiet, größer als Frankreich, mit Fruchtbarkeit überziehen könnte. Ich sah Babaâdour an, und seine Augen erwiderten meinen Blick mit einem Flimmern. Seine hagere Greisengestalt war ein wenig nach vorn gebeugt – mehr zeigte er nicht an Spannung, an Lauern auf meine Antwort.

Es war eine Wonne für mich, zu schweigen. Ich schwieg mit einem Lächeln, das sich im Gesicht Babaâdours widerspiegelte und es versteinerte.

»Sie haben uns nichts zu sagen, Doktor Sievert?« fragte der Alte.

»Nein.«

»Die Ader interessiert uns.«

»Das weiß ich, Babaâdour.«

»Sie könnte der Preis für Ihre Freilassung sein.«

Da lachte ich. Ich lachte laut, indem ich mich an den Pfahl des Zeltes klammerte. Oh, man kann lachen, auch wenn man weiß, daß alles verloren ist, denn so zermürbt war ich noch nicht, um nicht zu erkennen, daß diese Falle mein endgültiger Tod war.

Amar Ben Belkacem sah mich lange an ... so lange, bis ich das Lachen einstellte. Ich werde diesen Blick nie vergessen ... er war gemischt aus Mitleid, Verwunderung, Trauer und Haß.

»Wir werden die Ader auch ohne Sie finden, Herr Doktor«, sagte er mit verhaltener Stimme. »Sie sehen doch hoffentlich ein, daß dies ein Grund mehr für uns ist, Sie von der übrigen Welt zu isolieren. Wenn Ihr Wissen dem französischen Kolonialministerium bekannt und die Sahara vom Wadi Draa bis Bilma fruchtbar würde, bedeutete dies den Untergang unseres großafrikanischen Reiches.«

»Noch ist das Ihr Traum, Amar!«

»Noch, Herr Doktor. Glauben Sie, daß Frankreich mit Maschinengewehren und Kanonen die natürliche Entwicklung aufhalten kann? Der Lauf eines Umschichtungsprozesses ist nicht aufzuhalten. Es hieße die Erde anhalten. Europa hat uns die Tore geöffnet – wir haben an seinen Universitäten studiert, wir haben es besichtigt, die Industrie, die Kultur, die Landwirtschaft, den Handel ... wir kennen Europa ... seine Stärke und seine Schwäche. Wir haben mit dem unverbrauchten Geist des Naturvolkes gelernt, was nur zu lernen war ... jetzt werden wir das Erlernte verwerten für unser großes Ziel: die Freiheit Afrikas!«

Babaâdour hatte wieder auf seine Hände gesehen, als Amar sprach, und er lächelte dabei, als hörte er eine fröhliche Nachricht. Jetzt blickte er auf und nickte mir zu.

»Sie sind dumm, Doktor Sievert.«

»Ich weiß es, Babaâdour ... Aber ich kann nicht gegen mein Gefühl. Sie haben das Europa des Friedens gesehen. Sie sind durch satte Länder gefahren ... Durch die Schweiz, durch Dänemark, durch den Norden – Sie haben Holland gesehen, Belgien, Italien, Frankreich in seiner Blüte ...«

»Und Deutschland, Herr Doktor.«

»Welches Deutschland?«

»Das besiegte und wiederaufgebaute Deutschland. Ich fuhr durch das Ruhrgebiet ... Es war überwältigend, Herr Doktor. Krupp, Hoesch, Thyssen, Mannesmann, die Zechen, die Stahlwerke in Bochum, die Chemie in Leverkusen, das Volkswagenwerk ... Aber was hat das mit uns zu tun?«

Ich starrte den alten Mann an, diesen vornehmen Greis mit dem Pergamentgesicht, der Deutschland kannte, mein Deutschland, das ich fünfzehn Jahre nicht gesehen hatte. Als der Krieg es zerstampfte, lag ich in der Wüste bei Taudeni und baute für die Oasen neue, moderne Brunnen, die auch bei Sandstürmen nicht versanden. Nur wenig hörte ich dann von Deutschland ... in Berlin sollen vier Siegermächte sitzen, das ganze Land hat man in zwei Teile zerschnitten, der deutsche Osten war unter sowjetischer Kontrolle, ein Bruderkrieg war ausgebrochen, eine Verneinung der primitivsten Menschenrechte. Einmal – es war 1949, und ich hauste in einem Zelt bei Tamanrasset am Fuße des Hoggar – brachte eine Karawane französische Zeitungen von 1947 mit ... Deutschland vor einer Hungerkatastrophe ... Kinder mit Hungerödemen in den Spitälern ... Die Welt war machtlos ... Das große Sterben der Greise und Kinder ... Und hier, hier in dieser glühenden Wüste konnte ein riesiger Garten entstehen, der die Welt ernährt. In meiner Hand allein lagen die Pläne, ich konnte zum Retter von Millionen werden ...

Babaâdour erhob sich und riß mich aus meinen Gedanken.

»Ich verstehe Sie nicht, Dr. Sievert«, sagte er am Ausgang des Zeltes.

»Das werden Sie auch nie, Babaâdour! Denken Sie daran, wie viele Menschen in den letzten Jahren verhungert sind, in der ganzen Welt! Und da reden Sie noch von Menschenrecht?!«

»Dafür soll Afrika büßen?«

»Nein!« schrie ich. »Aber Afrika ist das einzige Land, das eine Kornkammer der Welt werden könnte!«

»Und Südamerika? Australien? Indien? Sie sind reicher als wir. Kultivieren Sie erst den Urwald, ehe Sie an die Wüste gehen ...«

»Es ist leichter, Wasser zu bohren und zu pflanzen, als einen Wald von der Größe eines dreifachen Europas abzuholzen und aus dem Boden Ackerland zu machen.«

Babaâdour nickte leicht. »Auch darin haben Sie recht, Dr. Sievert. Aber wir sehen nicht ein, daß wir, gerade wir heimatlos werden sollen, weil andere Völker hungern! Sie kennen unser Land ... erinnern Sie sich nicht, wie in den Oasen, in den Städten, in den Bergen und Wüsten Tausende von Bettlern und armseligen Kindern leben, die ihr Leben von einer Handvoll Datteln fristen? Haben Sie vergessen, was Sie einmal sagten: ›Nie habe ich solch ein Kinderelend gesehen wie in Nordafrika?‹«

Ich sah zu Boden. Teppiche lagen auf dem Sand ... wertvolle, blutrote Teppiche, fein geknüpft in den Zelten der Nomaden, gefärbt und gewaschen in den flachen Wadis der Frühlingszeit. Vom Zeltdach, an den Pfahl befestigt, hing eine handgeschmiedete kupferne Lampe.

Durch das Wunderwerk orientalischer Ornamentik geisterte der Lichtschein der Ölflamme. Unwirklich sah dies alles aus ... ein dunkles Zelt, Teppiche auf Wüstensand, zwei Araberfürsten in weißen, seidenen Haikhs und ein abgerissener, schmutziger, struppiger Europäer, hohlwangig und ausgesogen von der Glut fünfzehn afrikanischer Jahre. Ich gab ihm keine Antwort mehr ... wie kann man antworten, wenn man nicht weiß, was man sagen soll? Ich sah ihnen nach, wie sie durch das Lager schritten ... ja, sie schritten, sie gingen nicht ... ein Araber, und sei er noch so schmutzig, daß man seinen Körper riecht, ehe man ihn sieht ... ein Araber schreitet wie ein König durch den Wüstensand, mit einer Majestät, die unnachahmlich ist.

Die Wächter hielten mich nicht zurück, als ich das Zelt verließ und ein paar Schritte in das Lager ging. Wo sollte ich auch hin? Flucht war so sinnlos, wie alles um mich herum sinnlos geworden war ... Amár und Babaâdour sahen sich nicht um. Warum auch? Hoffte ich, daß sie mehr für mich empfanden als eine Höflichkeit, die nur so lange währt, wie sie mich brauchen?

Ich blieb stehen und setzte mich auf einen Ballen Stoff, der auf der Erde neben einem knienden Kamel lag. Die Augen des Tieres blickten mich glotzend an ... unter den dicken Nüstern schoben sich die häßlichen, langen, gelben Zähne hervor. In den nassen Augenwinkeln summten einige Fliegen.

Merkwürdig ... ich weiß nicht mehr, was ich in diesen Stunden dachte. Es ist wie ausgelöscht in meinem Kopf. War es die Erinnerung an Berlin, der wehmütige Gedanke an Hilde, meine Schwester, war es die leise Hoffnung, von der Patrouille der Legionäre bemerkt worden zu sein? Ich weiß es nicht mehr. Aber jetzt, wo ich unter den Sternen in der Nacht sitze, jetzt rechne ich und blicke nach innen auf die große Karte Afrika, die mein Gehirn umschließt ... Ich liege hier bei Bir-Adjiba, nicht weit von hier muß ein Fort der Legion sein, denn nur kurze Strecken werden mit dem Jeep in der Sahara gefahren. Wenn mir die Flucht gelingt, wenn ich die Kraft besitze, vier oder fünf Stunden allein durch die Wüste zu laufen, kann ich gerettet werden.

Die Kraft ... Ich sehe an meinem Körper hinunter, an diesem knochigen, fast fleischlosen Körper. Fünf Stunden durch die Wüste? Warum habe ich nicht fünf Tage, Wochen, Monate, Jahre gedacht? Es wäre der gleiche Irrsinn. Oh, man wußte schon, warum man mich auf der Grenze von Leben und Sterben hielt ... zwei Jahre lang ... zum Sterben war es zu früh, zum Leben zu spät ... da brach man meine Kraft, man unterhöhlte mich in den Wüstengluten, man gab mir Essen und brackiges Wasser, das ich angewidert stehen ließ ... und man lächelte dabei, zuvorkommend, mit einer Glattheit, die einen zum Wahnsinn treiben kann. »Es ist die Nahrung unseres Volkes«, sagte man zu mir. »Wir sind genügsam, wir leben einfach ... es ginge Europa besser, wenn es weniger Ansprüche an das Leben stellte ...«

Nie habe ich darauf geantwortet ... man soll sich nicht mit einem fremden Volk streiten. Diese Männer kennen Europa und bewundern seine Technik, seine Kultur, seine übersteigerte Zivilisation ... und sie hassen es aus dem Instinkt des Naturvolkes heraus, weil sie spüren, daß die Entwicklung der Menschheit nicht vor ihren Grenzen aufzuhalten ist und sie überrollen wird.

Ich möchte flüchten. Merkwürdig – nie hat sich dieser Gedanke in den zwei Jahren so festgesetzt wie in diesen Stunden. Immer denke ich daran ... es ist ein Kreislauf in meinem Gehirn ... Flucht ... Flucht ... Flucht ...

Ob es die leise Hoffnung ist, doch von der Patrouille gesehen worden zu sein?

Flucht! Ich müßte mich nach den Sternen richten und nordwärts laufen. Dort müßte der Sand in eine Kieswüste übergehen ... dann in eine Steppe ...

Mein Gott ... hätte ich neben dem Willen doch bloß die Kraft dazu ... Nun sitze ich wieder in der Nacht, die Lagerfeuer aus Kamelmist prasseln in der Stille. In der Mitte des Lagers steht das große runde Zelt Amar Ben Belkacems ... ein Zelt mit einem Vorbau und einem überdachten Stall für sein weißes Rennkamel.

Um uns ist die Wüste ... kalt, leblos.

Ich schrecke auf ... hinter mir steht ein Mensch ...

Amar Ben Belkacem.

»Sie schreiben Ihr Tagebuch, Herr Doktor?« fragte er.

»Ja.«

»Dann schreiben Sie hinein, daß Amar Ben Belkacem Ihr Leben rettete. Babaâdour wollte Sie töten lassen ...«

Ich kann nicht weiterschreiben ... meine Finger zittern, es geht wie ein Krampf durch meinen Körper ... Ich muß den Bleistift fortlegen, sonst zerbricht er unter meinen Fingern.

Es ist soweit. Man will mich töten.

Ich kann einfach nicht mehr weiterschreiben ...

Hilde Sievert erlebte den einen Tag des Wartens in einem Taumel von Hoffnung und ausbrechendem Jubel. Nach dem verschwenderischen Mittagessen war sie weiter durch die Straßen Berlins gelaufen, hatte ihre Freundin angerufen und in den Apparat gejubelt: »Du, ich bin ja so glücklich, so glücklich! Ich komme nach Afrika! Umsonst! Ich kann Hans suchen! Ich weiß gar nicht, was ich mit mir anfangen soll! Ich könnte jeden auf der Straße küssen, ich könnte singen und tanzen ... ich könnte mich umbringen vor Freude! Ganz toll bin ich! Verrückt glücklich!« Und dann hatte sie den Hörer wieder auf die Gabel geworfen und war weitergerannt.

Zu Hause, in ihrer kleinen Mansarde mit dem schmalen Eisenbett, dem wackeligen Kleiderschrank – Eiche geritzt –, dem kleinen Tisch unter dem schrägen Fenster, auf dem ein Bild Hans Sieverts hinter einer winzigen Vase mit Feldblumen stand, der schmalen Waschtoilette mit dem blinden, an vielen Stellen abgeschabten Spiegel, in diesem Zimmer, das zum Leben reichte, warf sie sich auf das Bett und weinte vor Freude. Später lag sie dann auf dem Rücken und sah an die schräge Decke. Hinter ihr, auf einem kleinen Bücherbord, das vollgestopft war mit Landkarten und Büchern über Nordafrika, spielte leise ein Kofferradio, ein winziger Apparat, der ein wenig blechern klang, aber der den einzigen Luxus bildete, den sich Hilde Sievert in all den Jahren des Alleinseins gönnte.

Über den Dächern Berlins lag ein schwerer, sommerlicher Abendhimmel. Es war schwül geworden in den letzten Stunden, eine feuchte Wärme behinderte das Atmen. Die Kellner der Cafés rollten die Schirme, Tische und Korbstühle, die tagsüber auf den Straßen standen, abgegrenzt durch Blumenkästen und Topfpalmen, ins Innere der Häuser. Man erwartete ein Gewitter. Ein Stockwerk unter Hilde sang ein Tenor. Er war Gesangschüler und wirkte im Chor der Städtischen Oper mit. Stundenlang übte er Tonleitern und das schwierige Problem der messa di voce, das An- und Abschwellen der Stimme in einem Atemzug. Hilde lächelte vor sich hin. Wie vertraut und zu ihrem Leben gehörend das alles war! Der Tenor sang. Zwei Zimmer weiter klapperte die Schreibmaschine eines Schriftstellers ... sie klapperte stundenlang am Tag, und die Post brachte jeden Tag ein paar Briefe für den jungen Mann ... zurück ... zurück ... Aber unverdrossen, mit immer neuer Hoffnung, verbissen in dem Glauben, einmal gedruckt zu werden, klapperte die Maschine weiter ... Stunden um Stunden. Und für das Porto der Briefe hungerte er ...

Auf der anderen Seite des Treppenhauses wohnte in der Mansardenwohnung eine Lehrerswitwe mit einer schönen Pension und sieben siamesischen Katzen. Mieter Nr. 2 in der ersten Etage, der Bankkassierer Wuttke, hatte sie schon dreimal verklagt, weil einige Katzen das Fleisch stahlen, das Herr Wuttke auf dem Balkon zum kleinen Hinterhof in einer Glasschüssel für den nächsten Tag abstellte. Die Lehrerswitwe verwies auf die Paragraphen, nach denen Tierliebe nicht strafbar ist, und ersetzte Wuttke dreimal sein gestohlenes Mittagessen.

Die anderen Mieter traten kaum in Erscheinung. Hildes Wirtin, Frau Brehmge – der Mann war eines Tages verschwunden, und niemand suchte oder vermißte ihn –, lebte vom Zimmervermieten und einem Grünkramladen im ausgebauten Keller des Hauses. Hilde sah sie selten – nur an den Tagen, an denen die Miete oder das Wassergeld oder das Lichtgeld fällig waren, und das war gut so, denn Frau Brehmge troff von Neuigkeiten, die man sich in ihrem Laden beim Einkauf von Porree, Sellerie und Wirsing erzählte und die meistens in der Feststellung gipfelten, daß Frau Müller oder Fräulein Semper (nomen est omen) schon wieder einen neuen Liebhaber hätten.

Ja, so war das Leben in diesem Haus. Und es fehlte etwas im Rhythmus des Lebens, wenn es anders geworden wäre. Man erkundigte sich besorgt, wenn die Tonleitern des Tenors nicht durch das Treppenhaus flatterten, man bekam Angst, wenn einen Tag lang nicht mindestens drei Katzen auf dem Hausdach oder den Balkons saßen, und man wurde völlig kopflos, wenn nicht der Briefträger den Hausmeister fragte: »Ist Herr Pfeil oben?«

Herr Pfeil war der Schriftsteller mit dem großen Postverkehr...

An diesem Abend lag Hilde auf dem Bett, und das Radio hinter ihrem Kopf auf dem kleinen Bücherbord spielte leise eine traurige Melodie. Das Schreibmaschinenklappern hatte aufgehört... Herr Pfeil ging noch schnell vor Redaktionsschluß zu einigen Zeitungen, um Kurzgeschichten anzubieten.

Der Tenor war auf der Probe ... Frau Lehrerswitwes Katzen saßen um eine große Schüssel und schlappten.

Es war still in dem großen Haus. Auch Herr Wuttke saß friedlich im Sessel und las Edgar Wallace – das Essen war ihm an diesem Tag von den Katzen nicht gestohlen worden.

Was werde ich in Afrika tun? dachte Hilde und faltete die Hände hinter dem Nacken. Ich werde tanzen müssen ... ja, das muß ich tun, denn wie soll ich sonst die Kosten zurückzahlen? Ein bißchen Übung auf dem Schiff – wie gut, daß ich gut turnen kann –, und es wird schon gehen. In einer Reihe von Girls fällt es nicht auf, wenn man eine Anfängerin ist. Die anderen reißen einen mit ... und es dauert nicht lange, dann wirft man die Beine genauso an die Decke wie die anderen ... eins – zwei ... eins – zwei ... eins – zwei ... Keeehre ... und das aaaandere Bein ... eins – zwei ... eins – zwei ... drei vor, nach links, nach rechts ... und aaaalles keeeehrt ... eins – zwei ... eins – zwei ...

Sie lächelte und zählte die Punkte an der Decke, die die von der Abendsonne beschienenen Sprossen der Feuerleiter von gegenüber auf den Verputz warfen. Die Punkte flimmerten und schwankten ... und plötzlich waren sie ausgelöscht, als habe ein Schwamm sie weggewischt ... die Wolken hatten die Sonne verdunkelt.

Was nimmt man mit, wenn man nach Afrika fährt? Hilde richtete sich auf und nahm ein Stück Papier und einen Bleistift. Sie begann zu schreiben ... aber schon nach wenigen Worten hörte sie auf und legte sich aufs Bett zurück.

2 Shorts
4 bis 6 weiße Blusen
2 Röcke
1 Paar derbe
1 Paar weiße, leichte Schuhe
3 Sommerkleider
   Söckchen usw.

Dummheit das alles! Was nutzt eine lange Liste, die man

nie abkaufen kann? Sie rechnete nach, was sie noch an Geld von den Kunsthandlungen erhielt. Ein Aquarell, eine kleine Tonplastik, zwei handgewebte Tischdecken, 80 x 80 cm, vier handgewebte Schals mit Troddeln ... dann noch ein Dekor auf mattweißem Porzellan, Blumen und Goldblätter ... es mußten 370 DM sein, wenn die Handlungen die Preise zahlten, die sie angegeben hatte.

370 DM! Und davon gingen ab:
Die laufende Miete, Wassergeld und Licht,
das tägliche Leben bis zum Tag der Abreise,
restliches Geld für Pinsel und Farben auf Abzahlung,
das Besohlen des einzigen Paars Schuhe – es ging schnell, sie wartete dann zu Hause in Pantoffeln auf die Schuhe, die in vier Stunden fertig waren. Mehrkosten dreißig Prozent Schnellauftrag!
Was blieb da noch übrig für Afrika?

Hilde sprang vom Bett und ordnete schnell die Haare. Ob mir Kaufholdt & Meyers etwas pumpen, dachte sie. Sie waren immer nett zu mir ... sie waren die ersten in Berlin, die meine Sachen zuerst in Kommission und dann fest übernahmen. Sie zahlen immer sofort in bar und im voraus. Nur 200 DM brauche ich, das würde reichen. Wenn wir erst im August nach Afrika fahren, kann ich billig im Sommerschlußverkauf die Dinge kaufen, die ich am notwendigsten benötige. Nur 200 DM ... für Kaufholdt & Meyers ist das eine Lappalie.

Sie legte ein wenig Lippenrot auf, fuhr sich mit einer runden Nylonbürste durch die Locken und nahm dann ihre Eidechsledertasche. Zum ungezählten Male schaute sie auf die kleine Karte, die ihr Baron von Pertussi beim Abschied in die Hand gedrückt hatte:

Agentur Transatlantik Nr. 13.
Ausweis für Ballettgirl, Route Af.
Lohngruppe III.
Girl-Master Monsieur Taques.

Nicht übertragbar und nur gültig mit Lichtbild.

Dieser Ausweis würde Kaufholdt & Meyers überzeugen. Und die geliehenen 200 DM würde sie abzahlen oder abarbeiten ... wie es ihnen am liebsten war.

Vor sich hinpfeifend verließ sie die Wohnung und stieg das stille Treppenhaus hinunter. Auf der zweiten Etage roch es nach Sauerbraten ... dort wohnte Herr Bitterling, von dem niemand wußte, was er war, wovon er so gut lebte und wie er sein vieles Geld verdiente. Selbst der Hausmeister wußte es nicht ... und das will etwas heißen! Man nahm an, daß er in der Lotterie gewonnen hatte, bevor er vor drei Jahren in dieses Haus zog.

Auf der Treppe des ersten Stockwerkes kam ihr Herr Pfeil entgegen. Sein Gesicht war strahlend wie noch nie.

»Ihr Götter Griechenlands!« rief er laut und pathetisch. »Hoch lebe Schiller: Willst du im Himmel bei mir leben, sooft du kommst, er soll dir offen sein! – Fräulein Hilde – ich habe etwas verkauft!«

»Gratuliere.« Hilde lachte und reichte Herrn Pfeil die Hand. »Ein Gedicht?«

»Eine Kurzgeschichte! Die dritte bis jetzt! Honorar im voraus! So etwas gibt's noch! 80 DM! Ein Vermögen! Zur Feier des Tages« – er klopfte auf seine Aktentasche – »werde ich mir zu meinen Schrippen ein wenig Wurst leisten! Blutwurst, das Pfund zwei Deutsche Mark!« Er schob den Hut in den Nacken und sprang die Treppe hinauf. An dem Knick des Geländers zur nächsten Etage beugte er sich zu Hilde hinunter.

»Aber sagen Sie Frau Brehmge nichts von meinem unverschämten Glück ... sonst will die wieder acht Mark fürs Licht haben ...!«

Mit langen Schritten sprang er weiter die Treppe hinauf ...

Bei Kaufholdt & Meyers war keiner der beiden Chefs im Hause. Sie waren gemeinsam – was selten vorkam – hinaus zu einem Bildhauer nach Tempelhof gefahren, um eine Plastik anzusehen. Sie wollten in zwei Stunden wieder zurück sein.

»Dann warte ich«, sagte Hilde und setzte sich in einen der Gobelinsessel, die im Büro des Kunsthauses standen. Die Sekretärin zuckte mit den Schultern und ging hinaus in ihr Schreibzimmer.

Die Stunden verrannen. Hilde blätterte in Kunstzeitschriften, las die Kritiken neuer Ausstellungen und die Preise der ausgestellten Bilder.

Pferde auf der Weide, Öl, 970 DM

Auf der Baustelle, Tempera, 590 DM

Landschaft in Apulien, Öl, 800 DM

Flötenkonzert in Versailles. Alter Meister, 18. Jahrhundert, Öl, 8450 DM.

Für ein Bild. Ein einziges Bild!

Sie legte die Zeitschrift in den Schoß und schaute hinaus aus dem großen Fenster auf das abendliche, erleuchtete Berlin. Die bunten Lichtreklamen flammten. Wie feurige Schlangen glitten die Straßenbahnen durch die Nacht. Nur schwach hörte man ihr Rattern durch die geschlossenen Scheiben.

An der Wand, neben einem alten Gobelin und zwischen zwei Bildern von Rembrandt und van Dyck, tickte eine Uhr. Bei den vollen Stunden tanzte vor dem Zifferblatt auf einer Marmorfläche ein Rokokokavalier mit seiner Dame in großer Krinoline.

Zehn Uhr abends.

Und Hilde wartete.

Man kann lange warten für zweihundert geliehene Mark.

Leutnant Emile Grandtours musterte noch einmal die Ausrüstung. Die beiden Jeeps standen auf dem Hof des Forts und wurden von drei Scheinwerfern bestrahlt. Sergeant Viller in seiner halb europäischen, halb arabischen Kleidung hockte am Steuer des ersten Wagens und beobachtete den Offizier, der die Gewehre, Maschinenpistolen und Maschinengewehre nachsah, die Munitionskästen zählte und die Magazine für die Pistolen. Neben den Jeeps standen die sieben Legionäre, die man für die nächtliche Patrouille ausgesucht hatte ... ein Engländer, drei Franzosen, ein Grieche und zwei Deutsche. Sie rauchten ihre Zigaretten und unterhielten sich leise. Auf den Wachtürmen stand die verstärkte Wache an den großen Scheinwerfern, die bei einem verdächtigen Geräusch die Wüste in ein blendendweißes Licht tauchten. Das große Tor war durch eine vielfach mit Eisenbändern beschlagene, dicke Bohlentür verschlossen.

Mit langsamen Schritten kam jetzt Hauptmann Pierre Prochaine von seinem Wohnbau über den Hof und trat grüßend in den Lichtkreis der Scheinwerfer an die Jeeps.

»Alles klar?« fragte er leise.

»Alles klar!« Grandtours erwiderte den Gruß.

»Vergleichen wir bitte die Uhren.«

Grandtours, Prochaine und Viller hoben den linken Arm und sahen auf das Leuchtzifferblatt ihrer Uhren.

»Drei Minuten vor zehn Uhr«, stellte Prochaine fest.

»Drei Minuten vor zehn.«

»Um zehn Uhr rücken wir aus. Wir können uns freier bewegen. Ich habe die Kommandantur angerufen.«

»Sehr schön.« Grandtours nickte.

»Man vermutet, daß die Nomaden bei Bir-Adjiba mit dem Mädchenhandel aus Europa verquickt sind.« Prochaine nahm die Maschinenpistole, die auf dem Sitz seines Wagens lag, und hängte sie an dem Lederriemen um den Hals. Metallisch glitzernd schwenkte sie vor seiner Brust ein paarmal hin und her. »Steigen wir ein«, sagte er laut.

Leise summend, mit gedrosselten Motoren, rollten die Jeeps durch das geöffnete Tor hinaus in die Wüste. Hinter ihnen wurde die schwere Tür schnell wieder geschlossen ... nur die beiden Scheinwerfer der vorderen Wachtürme begleiteten, soweit ihr Schein reichte, die Fahrt der beiden einsamen

Wagen in die unendliche, schweigende Sahara. Im ersten Wagen, den Sergeant Viller steuerte, saßen Grandtours und Prochaine nebeneinander. Sie sprachen fast eine halbe Stunde kein Wort, sondern blickten geradeaus, wo die Oase und der Brunnen Bir-Adjiba liegen mußten. Die Scheinwerfer der Jeeps waren abgeblendet und beleuchteten nur die Fahrbahn – im zweiten Wagen hockten die Legionäre und rauchten Pfeife. Als am Horizont die sich dunkel gegen den Sternenhimmel abhebende Kette des Atlas sichtbar wurde, wandte sich Hauptmann Prochaine an Grandtours.

»Ich lag im Zweiten Weltkrieg im Hürtgenwald«, sagte er versonnen. »Es war eine Hölle, und ich hatte keine Hoffnung, jemals aus ihr herauszukommen. Aber wir hatten einen großen Vorteil – wir sahen unseren Gegner. Hier ist es still wie im siebenten Himmel des Paradieses ... aber wir wissen nie, ob ein Sandhaufen lebendig wird und auf uns schießt. Das ist ein ekelhaftes Gefühl, Grandtours.«

»Ich weiß.« Der Leutnant nickte und blies den Rauch seiner Zigarette in die Nacht. »Als ich frisch von der Akademie Lyon nach Sidi Bel Abbès kam und meine ersten Wüstenritte machte, würgte es mir in der Kehle. Damals schossen die Rif-Kabylen jeden Franzosen ab, den sie sahen ... und sie sahen uns immer, nur wir sie nie! Aber man gewöhnt sich daran, Herr Hauptmann. Man lernt mit den Augen der Araber sehen und mit ihrem Gehirn denken, wenn man lange genug im Land ist. Sie sind noch neu in der Sahara, Sie haben noch militärische Ideale, Herr Hauptmann ... das ist ein tödlicher Luxus. Unser Gegner fragt nicht danach, ob Sie Familienvater mit sechs Kindern sind ... er sieht nur Ihre Uniform und zielt auf sie ohne Erbarmen. Und merken Sie sich eins: unser Gegner in diesem Teil der Wüste ist Amar Ben Belkacem. Ein Kavalier, Herr Hauptmann. Ein Mann von Welt. Reicher als mancher reiche Europäer. Er gibt Ihnen lächelnd die Hand und drückt sie ... aber in seiner Hand liegt ein Dolch, dessen Spitze vergiftet ist.«

»Ekelhaftes Subjekt.«

»Sie werden ihn sehen, Herr Hauptmann.«

Pierre Prochaine blickte Grandtours von der Seite an. Seine Augen waren schmal.

»Sie meinen, daß dieser Amar...«

Der Leutnant nickte. »Ich nehme fest an, daß er bei den Nomaden ist, die den unbekannten Europäer mit sich schleppen. Ich kann es nicht begründen ... ich habe nur das Gefühl, verstehen Sie das, Herr Hauptmann?«

»Ja.«

»Ich kenne ihn von früher her. Vor zwei Jahren haben wir uns auf arabische Art unterhalten ... mit zwei Dolchen. Damals wurde er gerettet, weil ich zu unerfahren war und glaubte, er sei tot.«

Prochaine wandte sich voll dem jungen Leutnant zu. Dieser starrte geradeaus in die Wüste und schwieg.

»Und worum ging es?« fragte Prochaine.

Grandtours schien die Frage überhört zu haben. Er schwieg beharrlich.

Prochaine nickte vor sich hin und drückte die vor seiner Brust pendelnde Maschinenpistole etwas zur Seite.

»Also ein Mädchen?« stellte er fest.

»Ja.«

»Eine Araberin?«

»Nein – eine Österreicherin.«

»Ach! Und was ist jetzt mit ihr?«

Grandtours' Backenknochen stachen weit durch die braune Haut. Sein Kopf hatte die Form eines Habichts. »Sie wurde vergiftet.«

»Vergiftet?«

»Ja. In Algier. In Ihrem Hotelzimmer. Niemand hat den Täter gesehen ... kein Portier, kein Kellner, kein Boy. Denn alle waren Araber. Nur der Besitzer und der Maître d'hôtel sind Franzosen. Sie lag im Bett, zugedeckt, als schliefe sie. Man hatte ihr unter die Haut ein Schlangengift injiziert, so zart und fein, daß sie von dem Stich nicht erwachte ... und weiterschlief ... in den Tod. Es war sieben Wochen später, nachdem ich Amar Ben Belkacem als vermeintlich Toten in der Wüste liegenließ.«

»Ein Racheakt?« fragte Prochaine leise.

»Ja. Wir wollten in drei Monaten heiraten ...«

Hauptmann Prochaine, schwieg darauf. Auch er starrte jetzt in die Ferne, wo am Horizont eine fahle, begrenzte Helle auftauchte. Die Jeeps hüpften über die ersten Steine der immer kiesiger werdenden Wüste, die Motoren sangen hell. Im zweiten Wagen fluchte jemand laut ... er war bei einem Hopser mit dem Kopf gegen die Rückwand geschlagen.

»Lagerfeuer«, meinte Grandtours plötzlich.

»Der Schein am Horizont?«

»Ja.«

»Dann sind wir ja bald am Ziel.«

»Sie lagen näher, als ich erwartet habe. Das macht mich bedenklich. So sicher ist nur einer, der nichts zu verbergen hat. Auch Amar Ben Belkacem kann sich Mutproben nicht leisten. Fahren wir etwas langsamer.«

Vorsichtig, ohne Lichter, ratterten die Jeeps durch die Nacht. In Wagen II hatte man in die Fassung an der Windschutzscheibe bereits während der Fahrt ein Maschinengewehr gesteckt. Hauptmann Prochaine lud seine Pistole durch. Sergeant Viller zog an einer erloschenen Zigarette. Der erste Araber, die Wache bei der Herde, stand am Weg und grüßte freundlich. Dann sah er dem Jeep nach und hüllte sich dichter in seine dicke Djellabah.

Grandtours erhob sich etwas im Sitzen. Er beugte sich über den Rücken des vor ihm hockenden Viller, der den Wagen langsam über den Kies lenkte. In sein Gesicht stieg eine leichte Röte der Erregung. Prochaine ahnte, was im Innern des jungen Leutnants vorging, und umfaßte den Schaft seiner Maschinenpistole.

Die ersten Zelte ... dunkel, gestreift, hingeduckt auf den Boden, verschlossen. Wollhügel inmitten der Wüste. Neben den Zelten, angepflockt, kniend, die Kamele und Esel. In großen Haufen lagen die Haushaltsgeräte herum.

Am Eingang des Lagers hielten die Wagen an. Die Legionäre sprangen auf den Kies und scharten sich um die beiden Offiziere, die auf die Mitte, das große Zelt, zugingen. Wie ein Igel bewegte sich der kleine Zug vorwärts, nach allen Seiten sichernd. Grandtours eilte voraus, seine Schritte wurden immer schneller, und Prochaine hatte Mühe, an seiner Seite zu bleiben.

Vor dem Mittelzelt stand eine große, hagere Gestalt, umflossen von einem seidenen Haikh. An der Stirnseite des weißen Turbans glänzte matt ein Brillant.

Grandtours blieb stehen. Seine Brust hob und senkte sich im erregten Atem.

»Amar Ben Belkacem ...«, sagte er leise.

»Leutnant Grandtours. Willkommen, Messieurs. Zu jeder Zeit – auch in der Nacht – ist mir Ihr Besuch eine Freude.« Amar Ben Belkacem reichte Grandtours und Prochaine beide Hände entgegen, nachdem er sie erst grüßend an die Stirn gelegt und sich leicht verbeugt hatte.

Grandtours ergriff die rechte Hand – aber er drückte sie nicht, sondern warf die Handfläche nach oben und sah Amar groß an.

»Deine Hand verrät mir, daß sie Verbotenes getan hat!« sagte er scharf.

Der Araber lächelte mild. Er zog die Hand zurück und legte sie auf seine Brust. »Wer dürfte dann noch seine Hand zeigen?« antwortete er einfach. »Wir sind Menschen, Leutnant Grandtours ...«

Hauptmann Prochaine sah sich schnell um. Sie standen allein im Lager ... wie ausgestorben schien es. Alle waren in ihren Zelten ... die Lagerfeuer, um die sie vor wenigen Minuten noch gesessen hatten, flackerten in der hellen Nacht.

Die Stille war bedrückend ... Prochaine wußte, daß in den Zelten die Männer mit den Waffen in der Hand warteten, um auf einen Ruf Amars hervorzustürzen. Alles dies war so unwirklich in dieser glitzernden Wüstennacht, so märchenhaft, daß es schwer war, sich den Ernst der Wirklichkeit zurückzurufen.

»Meine Patrouille hat heute morgen Ihre Karawane gesichtet«, sagte Prochaine laut.

»Ich weiß. Meine Leute haben auch Ihre Legionäre gesehen.«

»Sie hatten einen Weißen bei sich!«

Amar sah Prochaine lange an, ehe er antwortete. »Wir sind Nomaden und lieben es, allein zu ziehen. Die einzigen Europäer, die wir sehen, sind die Truppen der Legion!«

Grandtours wischte mit einer großen Armbewegung durch die kalte Luft. Seine Stimme war so schmeichelnd wie die Amars, so höflich in der Drohung, daß Prochaine erstaunt zur Seite blickte.

»Sollte Amar Ben Belkacem blind geworden sein?« Er zeigte dem Araber auf den Hals, wo sich unter dem Kinn der lange Schnitt hinzog. Amar kniff die Augen zusammen ... seine Lippen wurden schmaler als ein Strich, sie verschwanden fast. »Soviel ich weiß, bist du heute morgen noch hinter dem Weißen hergeritten. Wir haben gute Ferngläser, Amar. Wir sehen alles!«

Der Araber rührte sich nicht. Er drehte nur den Kopf im Kreise und sagte leise:

»Das Lager steht zu Ihrer Verfügung, Herr Leutnant. Bitte, durchsuchen Sie es. Ich werde Sie begleiten, um die Frauen zurückzuhalten. Wir sind Nomaden ... sonst nichts.«

Grandtours wandte sich ab. Er ging ein paar Schritte zurück und blickte Prochaine achselzuckend an, der ihm gefolgt war.

»Fahren wir«, sagte er leise. »Wenn Amar so spricht, ist der Weiße nicht mehr im Lager. Vielleicht ist er schon etliche

Kilometer im Atlas und sitzt in irgendeiner Schlucht. Hier können wir nichts mehr tun!« Er ballte die Fäuste und drückte sie gegen die Hüften. »Himmel, könnte ich diesen Burschen doch umbringen! Solange er lebt, wird nie Ruhe in der Wüste sein ...«

»Aber wir haben keine Handhabe, ihn festzusetzen ...«

»Eben nicht. Er ist glatt wie eine Viper, die unter den Fingern weggleitet. Ein Mensch aus Schmierseife! Dabei weiß er ganz genau, daß wir den Weißen bei ihm gesehen haben. Aber wir sind machtlos, Herr Hauptmann! Wir können wieder gehen ...«

»Ohne ihm eine Lehre erteilt zu haben? Lassen Sie uns wenigstens das Lager durchsuchen!«

Grandtours schüttelte den Kopf. »Warum? Es würde uns nur blamieren. Sehen Sie bloß, wie dieses Aas dasteht.«

Prochaine sah zurück. Amar Ben Belkacem lehnte an seinem Hauszelt und sah über die Legionäre hinweg in die Wüste hinein. Sein weißer Seidenhaikh glänzte im Licht der Sterne und der Lagerfeuer, die langsam niederbrannten.

Wie ein Symbol der Sahara stand seine Gestalt gegen den nächtlichen Himmel. Ein Bild der Ruhe, der Kraft und des unbeugsamen Stolzes. Hauptmann Prochaine schlug mit der Reitgerte, die er aus dem Stiefelschaft gezogen hatte, gegen seine Beine.

»Zurück zu den Wagen!« sagte er hart.

Er wandte sich ab und schritt, gefolgt von den Legionären, zu den Jeeps. Grandtours blieb als einziger zurück und trat noch einmal an Amar Ben Belkacem heran.

»Amar«, sagte er leise, »daß du leben bliebst, war ein Versehen des Himmels. Ich gäbe mein Leben dafür, dieses Versehen zu korrigieren.«

Der Araber strich sich mit den Fingerspitzen fast spielerisch über seine Stirn.

»Wir werden uns wiedersehen, Leutnant Grandtours«, antwortete er freundlich und lächelnd.

»Bestimmt, Amar!«

»Ich bete diesen Wunsch jeden Tag dreimal zu Allah.« Seine Hand glitt das Gesicht hinunter und tastete die lange, aufgeworfene Narbe ab. »Ich habe Sie nicht vergessen, Herr Leutnant. Ihr Souvenir ist mir wertvoller als alles andere auf dieser Welt. Ich möchte mich für dieses Andenken bedanken.«

Grandtours beugte den Oberkörper vor. »Ich bin sofort bereit, Amar!«

»Nicht sofort. Die Wüste hat Zeit, viel Zeit. Jetzt stehen Sie vor mir als Soldat, mit modernen, grausamen Waffen. Ich möchte Sie wiedersehen, wenn wir beide nichts haben als unsere Hände. Nur das, was Allah uns mitgegeben hat. In der Wüste wollen wir uns dann sprechen ... die Sprache der Jahrhunderte. Jeder von uns hat zehn Finger ... das genügt für eine lange oder auch nur kurze Unterhaltung.« Amar Ben Belkacem verneigte sich leicht. »Und hoffen Sie nicht auf Ihre Ausbildung in Judo ... in Paris, wo ich studierte, lernte ich auch diese Kunst ...«

Grandtours fühlte, wie es ihm trotz der Kühle der Nacht siedend über den Rücken lief. Ein Teufel, durchfuhr es ihn, ein widerlicher Teufel. Seine Stimme klang gepreßt, als er antwortete.

»Leb wohl, Amar.«

»Sie wollen das Lager nicht durchsuchen?«

»Nein.«

»Sie glauben mir also?«

»Heute ja. Du bist mir zu sicher!«

Grandtours wandte sich ab und eilte mit langen Schritten der kleinen Truppe nach. Kurz darauf ratterten die Jeeps durch die Wüstennacht zum Fort zurück. Viller saß fluchend am Steuer und erfüllte die Sahara mit gräßlichen Schimpfworten auf die Araber und Amar Ben Belkacem im besonderen. Prochaine schwieg ... er fragte auch nicht, was Grandtours noch allein mit Amar gesprochen hatte ... er ahnte es und schauderte vor dem Haß und den Leidenschaften, die sich um ihn herum entwickelten und einmal zu einer Katastrophe führen mußten. Er wünschte sich, wieder in seiner stillen Garnison zu sein, in jenem kleinen, verträumten Landstädtchen Grénarde im Süden der Provence, wo der Wein an der Kasernenmauer wuchs und am Abend die Gitarren durch die Pinienhaine wisperten. Dieses Afrika aber ist grausam, erbarmungslos.

Die Wagen sausten durch die Steinsteppe und verlangsamten die Fahrt erst, als die Sanddünen wieder begannen. Im trockenen Flußbett, das einen festeren Untergrund hatte, hüpften die leichten Fahrzeuge auf und ab.

Amar Ben Belkacem sah den Wagen nach, bis sie in einer Staubwolke in der Nacht untergingen. Dann schob er langsam den Teppich zurück, der den Eingang seines Zeltes verdeckte, und trat ein.

Von dem Mittelpfahl warf eine Öllampe einen hellen, runden Schein durch den großen Raum. Im Hintergrund, auf einem Lager aus Kamelfellen und Teppichen, saß Dr. Sievert und rauchte eine Pfeife.

»Sie sind weg«, sagte Amar einfach.

»Ich habe es gehört.« Dr. Sievert klopfte die Pfeife an einem Stein, der neben ihm lag, aus. »Wenn ich nun gerufen hätte?«

Amar hob bedauernd die Schultern. Sein Gesicht war wie verschlossen. »Warum sollten Sie zehn unschuldige Männer opfern? Sie waren sehr klug, Herr Doktor.«

Dr. Sievert erhob sich und trat aus dem Zelt. Sehnsüchtig blickte er in die Wüste, dorthin, wo noch immer die Staubwolke in der Luft hing, die Wolke, hinter der die Freiheit fortfuhr. Amar stand hinter ihm und erriet seine Gedanken. Er legte ihm die lange, schmale knochige Hand auf die Schulter. Deutlich waren die dicken Sehnen der Finger durch die lederne Haut zu sehen.

»Es war besser so, Herr Doktor, glauben Sie es mir. Was

Sie hier erleben – von Ihrer Warte aus gesehen erdulden –
ist ein Stück Weltgeschichte. Wie oft hing das Schicksal der
Völker von einem einzigen Mann ab. Für unseren Traum,
das Großafrikanisch-arabische Reich, sind Sie der Mann. Mit
der Fruchtbarmachung der Wüste sänken alle unsere Aussichten, jemals den weißen Mann aus Afrika zu vertreiben.
Für große Ziele sind alle Mittel recht! Auch das haben wir
von Europa gelernt.« Sein Lächeln war ein wenig zynisch,
aber Dr. Sievert übersah es, weil er spürte, daß Amar die
Wahrheit sagte. »Wenn Sie die Pläne der Sahara vergessen
könnten, wären Sie frei! Wir brauchen nur Ihr Ehrenwort.«

»Und wer sagt Ihnen, daß ich es in der Freiheit halte?«

Amar Ben Belkacem sah Dr. Sievert lange und ernst an,
ehe er antwortete.

»Sie sind doch Deutscher, Herr Doktor...?«

Dr. Sievert blickte zu Boden und trat zurück in das große
Zelt. Mit einem tiefen Seufzer ließ er sich auf die Polster fallen und stopfte wieder seine Pfeife. Er sah auch nicht auf, als
Amar ihm wieder folgte und sich seitlich vor ihm auf ein
Lederkissen niederhockte.

»Das hätten Sie nicht sagen dürfen, Amar«, sagte er endlich.

Der Araber lächelte leicht. »Es freut mich, daß es Sie traf.
Warum sollen wir immer im Kreise reden? Die Patrouille
der Fremdenlegion beweist uns doch, daß die Zeit reif ist.
Man hat Sie gesehen, man wird jetzt nicht wieder von unserer Fährte ablassen, man wird uns verfolgen wie ein Wild.
Die Chancen für Sie und mich stehen jetzt 1:1! Findet man
Sie bei mir, ist alles verloren...«

»Und findet man mich nicht?!«

»Dann ziehen wir weiter in die Wüste, hinunter ins Hoggar, wie es der Plan Babaâdours war. Dort wird es schwer
sein, uns zu finden. Das Hoggar ist zum Teil noch unerforscht! Auch von Ihnen, Herr Doktor«, setzte er mit einem
Lächeln hinzu.

»Und die Offiziere der Legion? Warum haben sie das Lager nicht durchsucht?«

Amar betrachtete seine Hände. »Weil sie wenig vom Pokern verstehen! Ich spielte vabanque. Ich stellte es ihnen anheim, das Lager zu durchsuchen. Diese Sicherheit des Bluffs überzeugte sie.«

Dr. Sievert nahm das Streichholz, das ihm der Araber reichte, und steckte seine Pfeife in Brand. Dabei sah er durch die kleine Flamme in Amars hageres Gesicht.

»Sie sind ein gefährlicher Gegner«, sagte er ehrlich. »Es war wirklich ein Fehler Frankreichs, Sie dort studieren zu lassen . . .

Die Sonne . . .

Es wird mir trotz abgeschlossener Bildung immer ein Rätsel bleiben, wie ein Millionen von Kilometern entfernter Feuerball durch viele atmosphärische Schichten hindurch eine solche Strahlenwärme entwickeln kann, daß der Mensch auf der Erde zu glühen beginnt.

Der Tag war ruhig. Nachdem mir Amar eine Djellabah und ein Kopftuch gegeben hatte, die ich beide anlegen mußte, zogen wir weiter nach Süden, weg von Bir-Adjiba, das meine große Hoffnung gewesen war. In der Ferne sah ich wieder die Staubwolken der Jeeppatrouillen, die uns folgten und einmal nahe herankamen. Ich wußte: Jetzt tasten sie mit den scharfen Prismengläsern die ganze Karawane ab, ob ein weißer Mann zu sehen ist. Aber sie sehen nur Araber . . . Lastkamele, Reitkamele, Lastesel, eine Hammelherde. Und dazwischen die Eingeborenen in den langen, weißen Gewändern.

Wie immer ritt Amar hinter mir und blickte gleich mir zu den Jeeps hinüber, die dunkel einen Fleck in der weißgelben Wüste bildeten.

»Das ist Leutnant Emile Grandtours«, sagte Amar zu mir und nickte zu der Patrouille hinüber. Und als ich ihn groß und fragend ansah, nickte er noch einmal wie zur Bestätigung. »Er war gestern abend auch im Lager. Ich kenne ihn ... er hat mich wiedergesehen und wird uns jetzt folgen.« Er kam an meine Seite geritten und beugte sich zu mir herüber. »Waren Sie schon einmal verliebt, Doktor?«

Erstaunt warf ich den Kopf herum. Ich weiß es genau – ich muß sehr verblüfft ausgesehen haben, denn Amar lachte leise über mein Gesicht. Er legte seine rechte Hand mit dem großen Ring auf den Hals meines Kamels und schien an etwas zu denken.

»Verliebt?« meinte ich. »Ich glaube nicht, Amar. Ich hatte wenig Zeit dazu. Als Student hatte man seine Flammen – man nennt das so bei Studenten –, beim Militär, na ja, es waren Erlebnisse, Amar, flüchtige Eindrücke von roten Lippen und weichen Armen ... aber Liebe – das meinen Sie doch – richtige Liebe ... Ich dachte einmal an sie, aber da kam ich nach Afrika ...«

»Ich habe einmal sehr geliebt.« Amar Ben Belkacem sagte es ohne Pathos, er sprach es aus wie einen Gedanken, den er etwas zu laut gedacht hatte. »Sie war eine Europäerin.«

»Ach.«

»Sie kam mit einer Tanztruppe nach Algier. Aber der Manager war ein Schuft ... er verkaufte die Mädchen in die Oasen, wo sie in den Freudenhäusern untergingen. Dort sah ich sie ... in Taudeni, mitten in der Wüste Tanesruft. Sie mußte tanzen. Ich kaufte sie ab für 70 000 Francs und nahm sie mit auf unseren Zug nach Norden. Dort, in Ghardaîa, traf sie Leutnant Emile Grandtours, – er war gerade ein halbes Jahr in Afrika, frisch von der Kriegsschule Lyon gekommen. Er lebte noch in dem Stolz der weißen Rasse, er fühlte sich als Herr der Wüste – wir Araber waren für ihn nur stinkendes Ungeziefer. Er sah das Mädchen an meiner Seite, erfuhr, daß ich es in Taudeni gekauft hatte, und jagte mich wie ein Raubtier durch die Sahara bis In Salah. Dort standen wir uns in einer Wüstennacht allein gegenüber, erschöpft, am

Ende unserer Kräfte, durstig, Skelette, die atmeten. Wir sprachen nicht mehr viel, denn Sprechen verbraucht ja Kraft ... Wir zogen die Dolche und stürzten aufeinander zu. Grandtours war kleiner und schneller als ich ... er traf meinen Kopf. Blutüberströmt brach ich in den Sand und blieb wie tot liegen. Da ließ er mich liegen und ritt zurück nach In Salah. Eine Sippe Tuaregs rettete mich vor dem Tod und pflegte mich gesund. Ich habe Grandtours seitdem nicht wiedergesehen ... bis gestern nacht!« Ich blickte auf die lange Narbe an seinem Hals und sah dann zur Seite, wo in der Staubwolke die Jeeps neben uns in Sichtweite herfuhren.

»Und was wurde aus dem Mädchen?« fragte ich.

Amars Gesicht war wie ein Stein. »Ich weiß es nicht«, sagte er leise. »Ich habe sie nie mehr gesehen...«

Jetzt, wo ich dies niederschreibe, weiß ich nicht, ob Amar damit die Wahrheit gesagt hat. Wie ich ihn kenne, würde er nach seiner Genesung die Spur wieder aufgenommen und das Mädchen gesucht haben. Daß er es nicht tat, daß er sich zurückzog in die Wüste, war merkwürdig und paßte nicht zu dem Bild, das ich mir aus den Teilen seines Wesens zusammengesetzt hatte.

Ich sitze hier am Rand eines Brunnens und weniger Palmen. Eine kurze Rast hat die Karawane eingelegt, um die Wasserschläuche und Beutel aus Ziegenfell aufzufüllen, denn wir wollen morgen in Gebiete vorstoßen, wo tagelang kein Wasser zu finden sein wird. Amar Ben Belkacem habe ich seit einer Stunde nicht gesehen ... ich habe Angst, daß er im Gefühl seiner Rache den Jeeps entgegengegangen ist und Leutnant Emile Grandtours zu sprechen wünscht.

Meine Uhr zeigt drei Uhr nachmittags.

Die Sonne ist das Grauenhafteste, das ich erlebt habe. In Europa, da dürstet man nach jedem Sonnenstrahl, da zieht man am Sonntag hinaus in die Natur, um in der Sonne zu liegen und zu bräunen, da haben wir einen Hunger auf belebende Strahlen, da fahren wir im Urlaub wochenlang in die

Gegenden, wo Sonne ist... Ich aber sehne mich nach Regen... Nach einem richtigen, stundenlangen, klatschenden Regen, der alles durchnäßt, der alles kühlt, der über die Haut rinnt, der uns durchweicht...

Regen! Den letzten Regen erlebte ich vor drei Jahren in Algier. Es war ein schnurfeiner, warmer, stiller Regen, der wie ein Tüllvorhang über der Stadt hing und nach einer Stunde von der Sonne aufgesaugt wurde.

Es war ein Irrtum der Natur. Man spürte es – die Natur schämte sich und korrigierte den Fehler. Oben im hohen Atlas, in Chréa und Tikjda, liegt im Winter Schnee, dorthin ziehen die reichen Algerier und verleben ihre Winterferien. Dort gibt es wunderbare Hänge, Sprungschanzen, Sessellifts, Luxushotels wie in den Alpen, meterhoch liegt dort der Schnee... Schnee in Afrika.

Wie sieht Schnee überhaupt aus? Ich weiß es kaum mehr. Ich kann mich nur erinnern.

Weiß ist er, ein Meer aus wunderschönen Kristallen.

Lautlos rieselt er aus den grauen, auf die Erde hinabhängenden Wolken... die Flocken tanzen, es ist wie gefrorene Musik.

Wie wundervoll ist Schnee!

Er ist ein geträumtes Rätsel, wenn die Sonne mit 60 Grad Hitze die Erde gnadenlos verbrennt.

Das Wasser in dem kleinen Brunnen, an dessen Rand ich jetzt sitze, ist sandig und trübe. Im weiten Umkreis liegen die weißen, gebleichten Skelette von Kamelen und Eseln, die hier zusammenbrachen und nicht mehr die Kraft besaßen, zu warten, bis der Brunnen vom Flugsand freigeschaufelt wurde. Aasgaier und Hyänen, die Müllabfuhr der Wüste, nagten das Fleisch von ihren Körpern, so sauber und vollkommen, wie es kein Skelettpräparator in Europa mit seinen technischen Mitteln könnte.

Wann geht es endlich weiter? Hier in der Sonne zu sitzen, ist fürchterlich. Die Wüste läßt sich nur auf dem Rücken eines guten Kamels ertragen... man hat das Gefühl, über ihr zu schweben, sie zu besiegen, und man ist doch in Wahrheit nur ein armseliges Etwas, das sich verzweifelt gegen die Macht der Natur stemmt.

Jetzt sehe ich Amar Ben Belkacem wieder!

Er kommt zwischen den Palmen her... von dem Lager der Lastkamele. Ein anderer, mir fremder Araber geht an seiner Seite. Ein kleiner, dicker Mann mit einer viel zu langen Djellabah... er schleift sie hinter sich her wie eine kurze Schleppe. Auf seinem runden Kopf sitzt ein grellroter Fez, umwickelt mit einem Seidentuch, das die Ohren und die Stirn völlig einhüllt. Er scheint älter als Amar zu sein, und sein Gesicht ist brauner. Sie kommen zu mir... was werde ich erfahren...?

Eine Stunde später.

Ich mußte mein Tagebuch unterbrechen, denn die beiden Araber kamen wirklich zu mir und blieben vor mir stehen. Amar Ben Belkacem sprach ein paar Worte in einem mir unbekannten arabischen Dialekt zu dem kleinen Dicken, der mich mit unverhohlener Neugier anstarrte. Dann hob er den Arm und grüßte mich auf seine Landesart, indem er die flache Hand an die Stirn legte und sich leicht, fast nur andeutungsweise, verneigte.

»Ich bin erfreut, Sie kennenzulernen«, sagte er. Sein Französisch war flüssig und gewandt, es war ein reiner Pariser Dialekt, gemischt mit der Nonchalance der Südfranzosen.

»Dr. Ahmed Djaballah.« Amar Ben Belkacem wies auf den neuen Besuch. »Sie kennen ihn, Dr. Sievert?«

»Dem Namen nach.«

Ich sah Dr. Djaballah mit größtem Interesse an. Viel hatte ich in den fünfzehn Jahren meiner Wüstenzüge von ihm gehört... von dem geheimnisvollen Gelehrten der rahmanischen Bruderschaft, die den Priesternachwuchs Algeriens stellt und in der für Europäer verbotenen heiligen Stadt des Islams, El Hamel, südlich der Oase Bou Saâda, ein großes

Kloster besitzt. Dort lernen die Schüler lesen und schreiben und den heiligen Fanatismus für die grüne Fahne des Propheten. Auch Dr. Djaballah sollte in El Hamel wohnen, wenn ihn auch niemand dort gesehen hatte, in diesen großen wehrhaften Steinklötzen, emporgebaut auf die Felsen, die mitten in der Wüste aufragen. Am Tisch des Marabuts sitzt er, des großen geistigen Führers Algeriens, dessen Wort von Algier und seiner Mittelmeerküste bis nach Timbuktu, der alten Karawanenstadt am Niger in Zentralafrika, gilt. Er beherrscht die Sahara, seine Sprache ist die Sprache Allahs und Mohammeds.

Nun stand dieser Mann vor mir, dieser geheimnisvolle Kopf der Wüste, die rechte Hand des Marabuts... ein kleiner, dicker Mann mit einer randlosen, scharfen Brille, einem schütteren, grauen Bart und einer hohen, sehr intelligenten Stirn. Wir standen uns eine Weile stumm gegenüber und musterten uns... dann streckte ich meine Hand hin und war verwundert, daß er sie ergriff und drückte.

»Ich habe Ihre Pläne durchgesehen, Dr. Sievert«, begann Dr. Djaballah die Unterredung. Ich mußte lächeln. Um uns die flimmernde Wüste, hinter mir ein versandeter Brunnen, über uns eine flammende Sonne... und da stehen wir nun, wir kleinen Menschen, wir armseligen Wichte, in dieser Landschaft und beginnen, eine nach gesellschaftlichen Regeln aufgebaute Konversation zu treiben! Auch Dr. Djaballah schien das zu spüren: er lächelte zurück und setzte sich zu mir auf den Brunnenrand, während Amar Ben Belkacem vor uns stehenblieb und seine Arme über der Brust verschränkte.

»Ihre Pläne sind gut«, meinte Dr. Djaballah.

»Ich weiß.«

»Sie sind hervorragend. Das Beste, was ich bisher über das Bewässerungsproblem der Sahara gesehen habe! Alle Theorien, wie Senkung des Mittelmeerspiegels und Umpumpen des Wassers in das Becken der Wüste, die Anlage von artesischen Brunnen als Station von Wassergräben, Elektropumpen, die aus 300 Meter Tiefe das Grundwasser emporsaugen ... das ist alles sinnlos und viel zu kostspielig, um realisiert zu werden. Es gibt für die Sahara nur eine Möglichkeit – und die haben Sie gefunden, Dr. Sievert.«

»Ihre Ansicht ehrt mich, Dr. Djaballah«, antwortete ich höflich. »Leider merke ich nichts von Anerkennung in bezug auf meine persönliche Freiheit.«

»Das ist die Tragik des Entdeckers.« Ich staunte ... auch hier sah ich wieder das unerklärbare tiefgründige Lächeln, das diesen Menschen zu eigen ist, dieses Lächeln aus den Mundwinkeln heraus, wie es ein Leonardo da Vinci nicht besser in seine Mona Lisa legen konnte. »Ihre Gefangenschaft ist eine persönliche Anordnung Babaâdour Mohammed Ben Ramdans.«

»Das weiß ich. Auch die Gründe habe ich in diesen zwei Jahren hundertmal gehört.«

Dr. Djaballah nickte. »Ich zweifle nicht, daß Ihre überragende Intelligenz sie voll anerkennt.«

»Erwarten Sie darauf wirklich eine Antwort?« fragte ich. Dr. Djaballah schüttelte den runden dicken Kopf. Er ließ seine kurze fette Hand klatschend auf seinen Schenkel fallen und nickte zu Amar Ben Belkacem hin, der bis jetzt stumm unserer Unterhaltung gefolgt war.

»Warum ich aus El Hamel zu Ihnen komme, hat einen besonderen Grund, Dr. Sievert. Amar ließ mir sagen, daß Babaâdour die Geduld verloren hat und für eine schnelle Beseitigung Ihrer Person eintritt. Doch das ist gegen den Willen des Marabuts. Auch ich halte dies für verfrüht.«

»Verfrüht ... das haben Sie nett gesagt«, bemerkte ich mit einem zitternden Sarkasmus. »Hier in der Wüste spricht man über Leben und Tod wie über die Datteleernte ... und mehr ist es ja auch nicht ... was gilt schon ein Leben in der Sahara?«

Dr. Djaballah ging auf meine Bemerkung nicht ein. »Wir haben uns sogar entschlossen, Sie von jetzt ab zu beschäftigen. Sie sollen ins Hoggar gebracht werden, um dort nach Wasseradern zu suchen. Finden Sie welche, so werden Ihnen alle Mittel zur Verfügung stehen, diese Gebiete zu bewässern.«

»Ins Hoggar?« staunte ich ehrlich. »Dieses Mondgebirge in der Wüste?«

»Ganz recht. Dort brauchen wir eine Basis ... verstehen Sie? Frankreich hat unsere Küste genommen ... wir werden das Innere der Sahara nehmen! Was wir brauchen, ist nur Wasser. Können wir – oder besser Sie, Dr. Sievert – im Hoggar eine große Oase schaffen, die für 100 000 Krieger eine Aufmarschbasis bildet, so haben wir Afrikaner den Kampf um unser Land gewonnen! Wir bieten Ihnen dann die völlige Freiheit und eine Anerkennung für alle erlittenen Strapazen in Höhe von 250 000 Dollar! Ein glattes Geschäft, Herr Doktor. Die Befreiung des Schwarzen Erdteils!«

»Ermöglicht durch einen Weißen ... das ist ein Witz, Dr. Djaballah.«

»Nein – das ist höchstens eine Tragik unserer Unzulänglichkeit! Aber wir werden lernen, lernen, lernen wie wir es schon seit Jahrzehnten tun. Wir werden unsere besten Köpfe nach Europa schicken und ihnen nicht zwei, sondern hundert Augen und hundert Gehirne mitgeben! Und wir werden siegen ... wenn nicht in diesem, dann im nächsten Jahrhundert! Was sind fünfzig oder hundert Jahre für eine Sahara?! Für Europa aber bedeuten sie Umschichtungen und neue Kriege, durch die wir nur gewinnen können.« Dr. Djaballah sah mich groß an. »Sie sind einverstanden?«

Ich hob die Schultern. Was sollte ich anderes tun?

»Ich bin in Ihrer Hand«, sagte ich langsam. »Ich habe nur zu wählen zwischen Ja – das ist das Leben – und Nein – das wäre der Tod!«

»Sie haben Ihre Lage gut durchschaut«, nickte Dr. Djaballah. »Was darf ich dem Marabut melden, Dr. Sievert?«

»Ich ziehe zum Hoggar. Aber ich brauche Material, Forschungsgeräte, Assistenten...«

»Man wird Ihnen alles geben. Ihre eigenen Geräte sind bei uns aufgehoben. Sie erhalten sie wieder. Assistenten werden in einer Woche bei Ihnen sein... ich lasse sie aus der Universität von Kairo kommen. Geldmittel stehen Ihnen unbeschränkt zur Verfügung. Sie können arbeiten, besser als in Europa und den USA... hinter unseren Forschungen steht der gesamte unschätzbare Reichtum Afrikas.« Dr. Djaballah erhob sich vom Brunnenrand. Wir drückten uns die Hand wie zwei Freunde.

»Wann werden Sie beginnen?«

»Sobald ich im Hoggar bin.«

Amar Ben Belkacem nickte. »Wir werden in einer Stunde weiterziehen und die ganze Nacht durch reiten. In zwei Wochen hoffe ich im Wadi Indegan zu sein. Von dort aus werden wir das Hoggar kreuz und quer durchziehen. Unser Hauptlager wird am Berge Hdjerin sein.«

»Sehr gut. Ich werde ab und zu selbst die Arbeiten besichtigen...«

Das war vor einer Stunde.

Nun werden die Kamele beladen, die Esel stehen schon bereit, die letzten Zelte werden eingerissen. Noch einmal füllen die Araber die Ziegenbeutel mit dem sandigen Wasser nach... die rostige Winde am Brunnen knirscht fürchterlich. Ich schaue in die Ferne, nach Bir-Adjiba, aber die Jeeps sind nicht zu sehen... sie sind vielleicht zum Fort zurück, um die Ablösung vorzuschicken. Ich denke einen Augenblick an den Leutnant Emile Grandtours und seinen Kampf mit Amar Ben Belkacem. Er allein ist meine große Hoffnung, denn der Haß wird ihn auch bis zum Hoggar treiben, und mit ihm wird meine Freiheit kommen.

Ich lasse diese Blätter hier am Brunnen zurück... am Rande lege ich einen Stein darauf und bestreue sie mit Sand, damit sie Amar beim Aufbruch nicht weiß leuchten sieht.

Der Wind wird ihn dann fortblasen, und der erste, der an den Brunnen kommt, wird unter dem Stein die Blätter sehen. Ihr, die ihr diese Zeilen lest, hört meinen Ruf:

Rettet mich! Scheut nicht zurück vor der Wüste, sondern sucht mich! Ich werde warten ... ich werde euch entgegenkommen, so gut ich kann ...

Und solange mich diese schreckliche Wüste leben läßt ...

Als Hilde Sievert an diesem Abend von Kaufholdt & Meyers wieder nach Hause zu ihrer Mansarde ging, hatte sie nicht umsonst gewartet. Sie hatte nicht 200 DM bekommen, sondern sogar 350 DM, denn Herr Kaufholdt, der allein zurückkam, zeigte das größte Verständnis für ihre Lage.

»Hoffentlich finden Sie Ihren Bruder«, sagte er ihr zum Abschied. »Und wegen der Rückzahlung ... machen Sie sich darüber keine Gedanken. Nehmen Sie alle Kraft zusammen. Freude und Leid, Hoffnung und Enttäuschung ... nichts wird Ihnen erspart bleiben. Und schreiben Sie uns einmal, wie es Ihnen bei den Negerlein geht ... nicht wahr?« Er hatte ihr dann die Hand gedrückt und sie bis vor die Tür begleitet. Nun stand sie wieder in dem kleinen Büro der »Transatlantik« dem Baron von Pertussi gegenüber, nicht mehr so scheu wie beim erstenmal, aber ein wenig zitternd vor Erwartung.

Pertussi wühlte in einem Stapel von Papieren, ehe er aufblickte und die Luft hörbar durch die Nase einsog. Seine Augen blickten Hilde ausdruckslos an ... wie ein Fisch, mußte sie denken, wie eine Scholle ...

»Es ist alles geregelt«, sagte von Pertussi. »Vom Konsulat werden die Sammelpässe morgen ankommen, in Algier wird die Truppe von dem dortigen Manager übernommen. Voraussichtlich werden Sie mit dem Schiff ›Esmera‹ ab Bremen nach Algier fahren.« Er blätterte in den Papieren und schaute nach: »Ja. In einer Woche. Sie werden von einem Volkswagenbus abgeholt und nach Bremen gebracht. Vielleicht werden Sie auch nach dem Westen geflogen ... das ist noch nicht sicher. Auf jeden Fall sind Sie engagiert.«

Den Dank Hildes wehrte er weltmännisch überlegen ab und klopfte ihr an der Tür auf die Schulter. »Ich wünsche Ihnen viel Glück, Fräulein Hilde«, sagte er leise. »Wenn Sie mir danken wollen, dann nur, wenn Sie wieder in Berlin sind. Hoffentlich sehen wir uns noch einmal ...«, fügte er vorsichtig hinzu. Er dachte dabei an den Abbruch seiner Firma am gleichen Tag, an dem die neue Truppe Berlin verließ, und an die Verlegung nach Süddeutschland, das ein neues und völlig ahnungsloses Wirkungsgebiet war. Er dachte wohl auch an die fünfundsechzig Mädchen, die in allen Ländern jenseits des Ozeans in verfallenen Hütten oder großen, berüchtigten steinernen Häusern lebten und den Namen Pertussi mit dem Gedanken der schrecklichsten Rache aussprachen. Vom Fenster aus, hinter der Gardine im dunklen Zimmer stehend, sah er Hilde nach, wie sie über die Straße ging und sich der Menschenschlange anschloß, die auf den Omnibus wartete. Er sah ihre schlanke, biegsame Gestalt im ungewissen Licht der Straßenleuchten und Lichtreklamen, ihre geraden, langen Beine in den hochhackigen Schuhen und die helle Eidechsledertasche, die sie in der rechten Hand hin- und herpendeln ließ.

So etwas wie ein Gewissen regte sich in ihm. Er war einen Augenblick versucht, das Fenster aufzureißen und ihr nachzurufen: Bleiben Sie, Fräulein Sievert! Geben Sie alle Papiere zurück, oder besser – verbrennen Sie sie! Ich bin ja gar kein Theateragent ... ich bin ... ich bin ... Mein Gott, wie soll man das nennen?! Ich verkaufe Sie! Ja – verkauft werden Sie. In Algier werden Sie wie eine Ware ausgeladen und von dem Käufer übernommen werden. Von Omar Ben Slimane! Einem schmierigen, dreckigen, widerlichen Araber, der keine Achtung vor dem Menschen hat! Er wird Sie einfach aufladen und wegfahren in eine Oase, wo Sie unter den Scheiks verteilt werden. Alle Mädchen ... nicht Sie allein,

Fräulein Sievert! Wenn Sie ganz großes Glück haben, kauft Sie ein Scheik für seinen Harem ... geht es Ihnen schlecht, werden Sie in die verfallenen Tanzhäuser der Oasen kommen und müssen jeden Araber, Neger oder Berber unterhalten, der 200 oder 300 Francs auf den Tisch legt.

Und dafür wollten Sie mir danken ...?

Er trat vom Fenster zurück und zündete sich mit bebenden Fingern eine Zigarette an. Sein Gesicht war bleich und eingefallen.

2000 DM bekomme ich für jedes Mädchen. Das sind 26 000 DM für 13 Mädchen, die nächste Woche abgehen! Ein gutes Geschäft mit weißem Fleisch! Wenn man das Leben nur in Zahlen auffaßt, ist Reue ein großer Luxus.

Er blies den Rauch gegen die Decke und zog seinen Trenchcoat an. Es drängte ihn an die Luft ... in den sommerlichen, warmen Abend. Er mußte Menschen sehen, um zu vergessen ...

Für Hilde Sievert verflogen die Tage viel zu schnell. Als sie von Baron von Pertussi in einem Brief mit einem feudalen Kopf die Nachricht erhielt, daß sie aus Berlin hinausgeflogen würde und sich am 17. um $^1/_2$ 6 Uhr morgens auf dem Flugplatz Tempelhof reisefertig einzufinden habe, wurde sie völlig kopflos und saß mit verwuschelten Haaren in ihrer Mansarde auf dem Bett.

»Ich habe doch nichts fertig!« stöhnte sie und überblickte den Wirrwarr von Kleidern, Schuhen, Wäsche und all den Dingen, die man auf einer Reise mitnimmt. »Die Hälfte vergißt man ja doch.« Und dann packte sie ein, packte wieder aus, rief den Schriftsteller von nebenan zur Hilfe und ließ sich beraten, was man alles mitnimmt nach Nordafrika. Wenn auch diese Belehrungen rein theoretischer Natur waren, so halfen sie doch so viel, daß sich Hilde an ihren Stapel Afrikabücher erinnerte und eine ganze Nacht hindurch systematisch die Vorbereitungen beendete.

Noch einen Tag in Berlin!

Etwas krampfte ihr das Herz zusammen. War es Angst? Oder war es schon das Heimweh bei dem Gedanken, monatelang die Heimat nicht mehr zu sehen? Oder war es das Fernweh, das sie trieb, die Ungeduld, diesen einen Tag noch verleben zu müssen, ehe der silberne Vogel donnernd sich vom Rollfeld erhob und sie über das grüne Land nach Nordwesten trug.

Sie ging an diesem Vormittag noch einmal im Hause herum. Frau Brehmge hatte rötliche Augen und schloß sie in ihre vollen Arme. »Mein Kind«, sagte sie mit erstickter Stimme. »So allein nach Afrika ... Nein, das täte ich nicht. Bleiben Sie hier ... ich habe mich so an Sie gewöhnt ...«

Auch der Bankkassierer Wuttke, der seit drei Tagen einen erbitterten Kampf gegen die Lehrerswitwe führte, weil drei der siamesischen Katzen wieder an seinem Frühstück auf dem Balkon geknabbert hatten, zog sein Gesicht in bedenkliche Falten.

»Die Jugend wagt noch vieles«, sagte er würdig. »Aber wir Alten haben uns das Leben schon um die Nase blasen lassen. Seien Sie vorsichtig, mein Kind, daß Ihnen in Afrika nichts geschieht. Dort schützt Sie niemand als Sie sich selbst. Wie ist es denn schon hier in diesem schrecklichen Haus?« Er stöhnte und erregte sich dann an seinem Lieblingsthema. »Drei Katzen, drei von diesen siamesischen Viechern, fressen mir die ganze Wurst weg! Das sechstemal! Ich rauf zu der Frau! ›Sie!‹ habe ich gerufen. ›Schon wieder ist die Wurst weg! Wenn Ihre Katzen nichts zu fressen kriegen, brauche doch ich nicht der Ernährer zu sein!‹ Und wissen Sie, was mir die Person antwortet? ›Herr Wuttke‹, sagt sie, ›Herr Wuttke, von dem Achtel Wurst, das Sie essen, können meine Lieblinge bestimmt nicht leben! Außerdem mögen sie billige Blutwurst nicht ...‹ Das sagt sie mir! Billige Blutwurst. Ich bekomme 850 DM netto Gehalt! Ich kaufe nur beste Delikateßwurst! Aber die soll mich kennenlernen – die soll Wuttke kennenlernen! Ich werde jetzt klagen! Jawohl, das werde ich! Auf Hausfriedensbruch!« Er schnaufte stark und setzte sich erschüttert in seinen Lehnsessel.

Hilde verabschiedete sich freundlich und stieg weiter die Terppen hinauf. Auf dem Flur der zweiten Etage hörte sie wieder den Tenor üben ... er war etwas heiser, und es klang ziemlich blechern, als er den Freischütz sang. Trotzdem blieb sie stehen und lauschte ... es war alles so alltäglich, daß es schwer sein würde, dies zu vermissen. Frau Brehmge putzte mit einem Mop die gebohnerten Treppen und unterhielt sich laut mit der Lehrerswitwe, die ihren Standpunkt über die rohe Natur des Herrn Wuttke kundgab. Herr Pfeil kam die Treppe heruntergerannt, unter dem Arm einen Stapel Manuskripte. Der morgendliche Gang zu den Redaktionen begann. Er drückte Hilde beide Daumen und kniff ihr ein Auge zu. »Nochmals Hals- und Beinbruch, Fräulein Hilde. Wenn Sie zurückkommen, gehöre ich der Literatur an und stehe im Lexikon!« Sie lachten beide, und doch war bei Hilde ein gequälter Ton dazwischen. Den ganzen Tag bummelte sie dann durch Berlin. Es war erstaunlich, wie immer neu diese Stadt war. Sie war in Berlin geboren, sie ging täglich durch diese Straßen, und doch waren sie immer anders, wurde es eine Neuentdeckung der Stadt. An der Zonengrenze am Potsdamer Platz stand Hilde über eine Stunde und schaute hinüber in den sowjetischen Sektor.

Als ein Herr von ziemlich zweifelhafter Eleganz sie ansprach, wandte sie sich ab und ging zurück, trank in einem kleinen Café eine Tasse Kaffee und aß ein Stück Buttercremetorte, die stark nach Margarine schmeckte. Dann ging sie noch einmal die Läden ab, die sie mit ihren kleinen kunsthandwerklichen Arbeiten beliefert hatte ... dort lag im Fenster ein weißer Wollschal mit langen Fransen ... er war auf dem Handwebstuhl mühsam gearbeitet worden. Das kleine Aquarell in dem Laden auf der Joachimsthaler Straße war eine fortgeschrittenere Arbeit ... eine Partie vom Müggelsee, zart in den Farben, atmosphärisch aufgelöst, schwebend und leicht wie ein Sisley, eine Komposition von Form und Phantasie. Verwundert sah Hilde auf das Preisschild, das unter dem Bild stand.

420 DM.

Und 100 DM hatte sie dafür bekommen! Aber auch das berührte sie jetzt nicht mehr ... sie hatte mit dem früheren Leben bereits innerlich abgeschlossen, und wenn sie alle Stationen noch einmal durchging, so nur, um einen Blick in die Vergangenheit zu werfen und Mut zu schöpfen für die Zukunft.

Gegen Mittag kam sie müde nach Hause und legte sich nach dem Essen aufs Bett.

Noch einen halben Tag und eine Nacht!

Dann würden die vier stählernen Propeller des Flugzeuges sich erst langsam, dann immer schneller drehen, ein Zittern würde durch den glänzenden Leib fliegen ... am Eingang zur Kanzel würde das große Schild mit den Leuchtbuchstaben aufflammen: Nicht rauchen! Bitte anschnallen!, und dann würde die Erde sich bewegen, aus den kleinen, drehbaren Lüftungsdüsen oberhalb des Sitzes an der Flugzeugwand würde die Luft zischen und wohltuend die Hitze im Inneren ausgleichen ... Berlin lag dann unter ihr, das weite Häusermeer, die Havel, die Seen ... Felder glitten vorbei, Dörfer ... immer höher schraubte sich die Maschine ... die Wolken jagten in Fetzen an den runden dicken Fenstern vorbei, die Sonne blitzte auf dem metallenen Leib ... wie ein Vogel segelte man durch die Luft und blickte hinunter auf eine Welt, die aussah wie eine vorbeirollende Landkarte ...

Es mußte ein unvergeßliches Erlebnis sein ...

Der Abend kam.

Wieder flammte Berlin in Lichtern auf. Die sieben siamesischen Katzen der Lehrerswitwe begannen ihr Abendkonzert auf dem Hausdach neben dem Kamin. Bankkassierer Wuttke schimpfte und drohte, Herr Pfeil saß an der Schreibmaschine und klapperte neue Kurzgeschichten und Gedichte, Frau Brehmge spülte das Geschirr, und der Tenor war in der Oper und sang im Chor »Heil sei dem Tag, an dem du uns erschienen ...« Da mußte Hilde lachen, und die bedrückende Schwere des Abschieds fiel von ihr ab.

Ruhig, ohne Traum, verschlief sie die letzte Nacht.

Als der Wecker um vier Uhr rappelte, brauchte sie eine Zeit, um sich zurechtzufinden. Dann sah sie die gepackten Koffer an der Tür stehen und wußte, daß es kein Zurück mehr gab.

Um halb fünf Uhr schlich sie auf Zehenspitzen aus der Wohnung und aus dem Haus. Noch waren die Straßen wie ausgestorben. Die Häuser schliefen mit zugezogenen Fenstern.

Sie winkte ein einsam herumfahrendes Taxi heran und ließ sich hinaus nach Tempelhof bringen.

Auf dem matt in der Morgensonne glänzenden Rollfeld stand schon die silberne Maschine. Im Flughafenrestaurant saßen sieben von den dreizehn Mädchen und warteten. Sie scherzten mit amerikanischen Piloten, die von einem Nachteinsatz zurückgekehrt waren. Hilde wurde mit Hallo und Händeschütteln begrüßt und dann ausgefragt. Es waren hübsche junge Mädchen, einige zwar sehr stark geschminkt, aber das gehörte wohl zum Beruf einer Tänzerin.

»Laß uns erst drüben sein«, rief eines der Mädchen, eine auffallende Blondine, die sich einfach mit Evi vorstellte. »Wir werden den dicken Paschas schon die Taschen leermachen!«

Still saß Hilde in einer Ecke und blickte hinaus aus dem breiten Fenster auf die Startbahn.

Ein Tankwagen rollte heran ... lange Schläuche wurden in das Flugzeug gezerrt. Die Männer vom Wetterdienst sprachen mit den Piloten. Ein Steward brachte die Passagierlisten und verglich sich mit denen des Zolls. Um fünf Uhr traf Baron von Pertussi ein und begrüßte die Mädchen mit keckem

Wangentätscheln. Nur bei Hilde zögerte er einen Augenblick, dann gab er ihr die Hand.

»Vergessen Sie mich bitte in Afrika«, sagte er leise. »Das war es, was ich Ihnen noch sagen wollte.«

Hilde nickte – aber sie verstand ihn nicht.

Noch nicht ...

Um halb sechs Uhr hob sich das Flugzeug in die Luft und drehte eine Abschiedsrunde über dem Flugplatz.

Dann stieß es durch die Wolken nach Westen.

In der Funkkabine surrten die Apparate.

Alles in Ordnung. Kurs West-Nordwest.

Pertussi stand allein auf dem Rollfeld und blickte der entschwundenen Maschine nach. Seine Haare flatterten im Wind und flogen ihm über die Augen.

»Abschiednehmen ist schwer«, meinte ein vorbeigehender Steward.

Pertussi nickte. »Ja ... ja, gewiß ... Abschied ...«

Er wandte sich ab und ging langsam zu seinem Wagen zurück.

In Algier, am Pier des Hafenbeckens III, wartete in wenigen Tagen der Händler Omar Ben Slimane.

Der Mann, der mit weißen Mädchen handelte ...

Im Hafen von Bremen lag seit drei Tagen der 5000-t-Dampfer »Esmera«, ein Passagierschiff, das unter italienischer Flagge fuhr. In diesen drei Tagen war es beladen worden, vor allem mit Autos aus den Bremer Werken, und wartete nun auf die Passagiere.

Dr. Paul Handrick war unter den ersten, die das Fallreep hinaufgingen und ihre Schiffskarte mit dem Paß vorzeigten.

»Kabine 18«, sagte der Zweite Offizier höflich und grüßte. »Erster Stock, Signore.«

»Danke.«

Ein Steward nahm die Koffer ab, während ein Träger die beiden großen Kabinenkoffer auf das Schiff fuhr. Auf dem

Hinterdeck surrten noch die Kräne und luden Kisten in den Bauch der Ladebunker. Der Erste Ingenieur kommandierte mit lauter Stimme ... sein singendes Italienisch klang weit über das Schiff.

Dr. Handrick blickte zurück zum Kai. Die Kirchtürme Bremens hoben sich gegen den sonnigen Himmel wie Scherenschnitte ab. An den Nebenpiers wurden Lastschiffe und Tanker beladen. Ein Zollboot durchschnitt mit breiten Furchen das brackige Hafenwasser. Die schwarzrotgoldene Fahne am Bug knatterte im Zugwind. Irgendwo in dem Gewirr der Eisenkräne, Werften und Docks heulte eine schrille Sirene auf. »Suchen Sie etwas, Herr Doktor?« fragte ein Offizier mit breiten goldenen Armstreifen.

»Nein, danke. Sie sind der Kapitän?«

»Ja, Signore. Mario Bretazzi, Sie sind Arzt, Signore? Ich sah es aus den Listen.«

»Ja. Internist.«

»Darf ich Sie heute abend zu mir an den Tisch der Offiziersmesse bitten? Unser Schiffsarzt möchte Sie gerne kennenlernen. Ich fürchte, wir werden Sie während der Fahrt belästigen müssen.«

Dr. Handrick sah den Kapitän voll Interesse an. »Ist jemand von der Mannschaft krank?«

Mario Bretazzi lachte. »Ja ... der Arzt ...«

»Das ist gut!« Dr. Handrick gab dem Kapitän die Hand. Eine schmale, lange, weiße Hand, sehnig und trainiert. »Ich werde Ihrer Einladung gerne Folge leisten.«

»Danke, Herr Doktor.«

Dr. Handrick sah Bretazzi nach, wie er über den Gang der Ersten Klasse zum Fallreep ging. Ein großer, starker Mann, windgebräunt, mit einem schwarzen, schmalen Bart über der Lippe. Ein Norditaliener, dachte Handrick. Er könnte aus der Po-Ebene kommen oder aus Padua, Florenz, Verona. Dann wandte er sich ab und trat in seine Kabine. Der Steward hatte schon die Koffer an ihre Plätze gestellt und für ein kleines Kaffeegedeck gesorgt.

Mit einem zufriedenen Murmeln schälte sich Handrick aus seinem Staubmantel, legte den Rock ab, krempelte die Hemdsärmel hoch und wusch sich die Hände. Dann trank er im Stehen Kaffee und trat dann wieder hinaus, auf den Gang, lehnte sich gegen die Reling und beobachtete die Ankunft der anderen Passagiere.

Das bunte Leben einer Schiffsabfahrt umflutete ihn. Auf dem Sonnendeck begann die Bordkapelle zu spielen – italienische Märsche, Tanzmusik ... im Lärm des erwachenden Hafentages gingen die Töne fast unter. Am Fallreep verhandelte der Erste Offizier mit einer dicken Dame, die erregt schnaufte und mit den Armen um sich fuchtelte. Anscheinend war der Paß nicht ganz in Ordnung ... einer der deutschen Zollbeamten in der grünen Uniform wurde gerufen und nahm die Dame etwas beiseite, um den Weg für die nachdrängenden Passagiere frei zu machen.

Gegen neun Uhr morgens betrat ein Schwarm hübscher junger Mädchen den Dampfer. Sie kamen laut lachend und vergnügt auf den langen Gang und wurden von einem Matrosen auf das Oberdeck geführt. Dr. Handrick sah ihnen lächelnd nach, wie sie mit wippenden Röcken die steile Treppe emporkletterten und ihre Kletterkunststücke mit Kichern begleiteten. Dann hörte er über sich auf dem Deck das Trappeln der Schuhe. Der Zweite Offizier, der an ihm vorbeiging, sah sein Lächeln und nickte.

»Nette Käfer, was, Herr Doktor? Eine Girltruppe. Alles Berlinerinnen ...«

»So? Berlinerinnen?« Dr. Handrick ging den Gang entlang bis zu der Treppe, die zum Oberdeck führte. Von dort aus konnte er einen Teil der Zweiten und Touristenklasse des Schiffes überblicken und sah mit Erstaunen, wie eine der Tänzerinnen am Geländer zum Sonnendeck stand und unbeweglich hinüberblickte zu den Piers. Ihre Koffer standen neben ihr. Das schwarze Haar flatterte ihr um das Gesicht, das mit leiser Wehmut Abschied von der deutschen Heimat zu nehmen schien. Einen Augenblick zögerte Dr. Handrick, dann stieg er die Treppe zum Oberdeck empor und stellte sich neben das Mädchen. Es beachtete ihn nicht, es sah nicht einmal kurz zur Seite; regungslos stand es an der Reling, und sein Gesicht war blaß und mager.

»Haben Sie immer Heimweh, wenn Sie Deutschland verlassen?« fragte Dr. Handrick leise. Seine tiefe Stimme klang etwas heiser.

Das Mädchen sah kurz zur Seite und wandte sich dann wieder dem Kai zu.

»Es ist das erstemal, daß ich Deutschland verlasse«, antwortete sie leise. »Und da tut's eben noch weh ... so schön eine Reise nach Afrika ist.«

»Nach Afrika?« Dr. Handrick zog die dichten Augenbrauen hoch. »Ihre Truppe geht nach Tunis?«

»Nach Algier.«

»Eine wunderschöne Stadt. Ich kenne sie. Weiße Häuser, terrassenförmig auf einen roten Felsen hinaufgebaut. Und zu Füßen das blaue Mittelmeer. Es ist eine Großstadt ... fast so groß wie Berlin ...«

»Sie kennen Berlin?«

Handrick nickte. »Ich bin Berliner.«

»Wie schön!« Das Mädchen drehte sich um und sah Dr. Handrick mit einem offenen und freundlichen Blick an. »Und Sie fahren auch nach Afrika?«

»Ja. Und das Schicksal war gnädig: auch nach Algier!« Er verbeugte sich mit der Korrektheit eines Mannes, der es gewöhnt ist, nicht anders zu denken und zu handeln, als es die gesellschaftliche Form vorschreibt. »Paul Handrick.«

»Hilde Sievert.« Sie musterte ihn mit einem forschenden Blick. »Verzeihen Sie, Herr Handrick, aber ich bin schrecklich neugierig. Sie sind auch Künstler?«

»Leider nicht. Ich bin Arzt, Internist.«

»Ach.« Hilde Sievert beugte sich wieder über die Reling. Dr. Handrick blickte auf ihre Nackenlinie, wo sich die kleinen schwarzen Haare lustig kräuselten. Ein merkwürdiges Gefühl durchzog ihn ... nicht das Gefühl eines Begehrens, sondern in seinem Inneren entstand das seltene Gefühl eines Mitleids, das herausfordert, das drängt, jemanden zu beschützen, sich vor einen Menschen zu stellen und das unsichtbare Widerwärtige von ihm abzuwenden.

»Wo werden Sie in Algier wohnen, Fräulein Sievert?« fragte er.

Hilde zuckte die schmalen Schultern. »Das wissen wir noch nicht.«

»Und Sie bleiben in Algier?«

»Auch das ist uns unbekannt. Wir wurden jedenfalls nur für Algier verpflichtet.«

Dr. Handrick sah Hilde ein wenig erstaunt an. »Sie haben das alles nicht in Ihrem Kontrakt stehen?«

»Nein. In Algier erwartet uns der Manager, mit dem wir alles andere abschließen. In Berlin trat lediglich eine Vermittlungsstelle auf.«

»Merkwürdig.« Handrick lehnte sich mit dem Rücken gegen die Stangen der Reling und sah Hilde in das etwas blasse und erregte Gesicht. In ihren Augen stand die Traurigkeit des Abschieds. »Ich glaube, mein kleines Fräulein, ich werde mich etwas um Sie kümmern müssen. Nein –« er hob die Hand, als Hilde etwas erwidern wollte und lächelte sie ermunternd an –»sagen Sie bitte nichts. Sie sind Berlinerin ... da fühle ich mich verpflichtet, für Sie zu sorgen! Ich werde in Algier viel Zeit haben, viel mehr Zeit, als ich erst dachte. Man schickt mich von Hamburg hinüber, um einige Symptome einer in der Sahara festgestellten Blutkrankheit an Ort und Stelle zu untersuchen. Mancher deutsche Seemann hat sich schon in den afrikanischen Häfen mit dieser Krankheit infiziert. Sie ist ansteckend. Deshalb die Vorsicht in Hamburg. Sie sehen also –« er zog plötzlich seinen

Schlips gerade, weil ihm einfiel, daß er ihn nach dem Waschen nicht wieder korrekt umgebunden hatte – »ich habe Zeit, mich um eine Landsmännin zu kümmern, die sich allein unter lauter Spitzbuben und Bettlern, Räubern und Mädchenhändlern befindet...«

»Na... na...« Hilde lachte ein wenig. »So schlimm wird es in Afrika nicht sein...!«

Über eine Stunde saßen sie auf dem Sonnendeck und blickten auf das Treiben der Abfahrt. Ab und zu schielte Hilde zur Seite und sah Dr. Handrick an. Über sein braunes, großflächiges Gesicht wanderte die Sonne. Der Mund war schmal, die Haare etwas ergraut. Er trug einen hellgrauen Anzug und weiße Lederschuhe. Sein Hemd war ein wenig angeschmutzt und am Kragen durchgeschabt... sie mußte lächeln, als sie daran dachte, daß dies Merkmale eines Junggesellen sind, der keinen Blick für solche Kleinigkeiten besitzt, die jeder Frau sofort ins Auge fallen. Seine Hände umfaßten die Kaffeetasse, als müßten sie sich daran erwärmen. Dabei stach die Sonne schon sehr heiß für diesen Morgen auf das Deck, und die Stewards verteilten Sonnenschirme um die Tische. Die Ladung war im Schiff, die letzten Passagiere rannten über das Fallreep. Der Kapitän stand auf der Brüstung der Kommandobrücke und unterhielt sich mit dem Ersten Ingenieur, der von den Ladebunkern heraufgekommen war. Der Erste und Zweite Offizier verglichen noch einmal die Passagierlisten mit den eingesammelten Fahrkarten, ehe sie hinübergingen zum Schiffsbüro. Eine Sirene neben dem großen, breiten Schornstein heulte plötzlich auf und verwandelte den Hafen in einen einzigen schrillen Ton. Hilde zuckte unwillkürlich zusammen und wurde blaß.

»Verzeihen Sie«, sagte sie leise. »Ich habe Sirenen zu oft gehört... Es sind schlechte Erinnerungen. Ich war noch ein Kind, da ist es doppelt haften geblieben...«

Handrick legte seine Hand auf ihren Arm und nickte.

»Ich weiß. Denken Sie jetzt an nichts anderes als an

Afrika und die schöne Reise, die wir zusammen machen. Hinter Ihnen liegt die alte Welt ... sie ist es nicht wert, daß man ihr nachtrauert. Man soll der Vergangenheit nie Kränze wehmütig-sehnsüchtiger Erinnerungen knüpfen – nie, auch wenn sie wirklich schön war ... uns faßt die Gegenwart viel zu hart an, um zurückzublicken ... Es gibt nur ein Vorwärts, und das ist schwer genug. Das Unerreichte ist den Menschen immer das Schönste ... das sagte einmal ein großer Philosoph, der mit seinem Leben nie zufrieden war.«

Er zog sie auf die kleine Tanzfläche unter dem Sonnensegel und tanzte mit ihr, während die Schlepper den großen Dampfer aus dem Hafen zogen, die Menschen am Ufer winkten und Taschentücher schwenkten, die Sirenen aller Schiffe im Hafen zum Abschied heulten, und der Kapitän auf der Brücke grüßend die Hand an die Mütze legte.

Sie vertanzten die Abfahrt aus Deutschland, und es war gut so, denn Hilde Sievert stand später an der Reling und blickte auf den grauen Streifen Küste, der langsam in Meer und Himmel versank. Ein Gefühl der Angst krampfte ihr Herz zusammen ... unter ihr rollten die Wellen, die mächtige Schraube des Schiffes stieß Schaum bis an die erste Reihe der Bullaugen, hinter denen die Mannschaftsräume lagen. Ein Feuerschiff schwankte in der Dünung und grüßte hinüber.

»Ich danke Ihnen«, sagte Hilde leise und drückte Handricks Hand. »Ohne Sie hätte ich bestimmt geweint...«

Er nickte und legte den Arm um ihre Schulter. Bei der Berührung zuckte sie etwas zusammen, aber dann stand sie still und schaute hinaus in das von Sonne flimmernde Meer.

»Wann werde ich Deutschland wiedersehen?« sagte sie traurig.

»Daran dürfen Sie jetzt nicht denken!« Handrick hob strafend seinen Finger. »Freude auf das Kommende!«

Sie senkte den Kopf, ihr langes Haar fiel wie schützend

über ihr Gesicht. »Freude«, sagte sie nachdenklich. »Hoffentlich wird es eine Freude. Hoffentlich finde ich ihn ...«

Dr. Handrick biß die Lippen zusammen. Ein plötzlicher, dummer Schmerz breitete sich in ihm aus.

»Sie suchen einen Mann?« fragte er stockend.

»Ja. Er wurde in der Wüste vermißt.«

»Und Ihnen liegt viel an einem Wiedersehen?«

»Sehr viel.« Sie blickte Handrick mit großen, traurigen Augen an, und dieser Blick tat ihm weh, er spürte es wie einen Stich in der Brust. »Ich fahre doch seinetwegen nach Afrika ...«

Da schwieg er und lehnte sich neben ihr weit über die Reling. Er kam sich allein vor, so allein, wie er es vor der Abfahrt geahnt hatte. Er blickte auf das bewegte Wasser und blieb auch stumm, als Hilde einen Stuhl heranzog und sich neben ihn setzte. Die See kühlte etwas, die Sonne wurde durch die Feuchtigkeit der Luft gebrochen.

Ein Mann, dachte er. Natürlich, wie hätte es anders sein können. Es gibt Milliarden Männer auf der Erde, und es ist lächerlich, dumm und dreist, sich nach einer Stunde einzubilden, daß man der einzige Mann im Leben eines schönen Mädchens sein könnte.

Der Steward trat an Handrick heran und reichte ihm eine Speisekarte. Handrick dankte und steckte sie ungelesen in die Tasche.

»Sie sind plötzlich so still«, sagte Hilde und berührte sein Knie mit der Hand.

»Still? Ach ja ...« Er sah sie an, die großen, dunklen Augen und den schmalen, schönen Körper. »Wenn ich das Meer sehe, werde ich immer still. Das Meer macht schweigsam, weil der Mensch seine Größe fühlt. Die Gottheit des Meeres! Was sind wir dagegen? Treibholz des Schicksals ...«

»Eben sprachen Sie anders. Ich dachte, Sie wären ein fröhlicher Mensch ...«

Dr. Handrick drehte sich um ... in seiner Bewegung steckte etwas Eruptives. »Sie haben recht. Kommen Sie! Wir gehen an die Bar. Ich habe eben nur an etwas gedacht ... an einen Virus, der den Menschen plötzlich überfällt, ihn lähmt, ihm merkwürdige, erdennahe Träume vorgaukelt, und der ihn unterhöhlt und willensschwach macht und sehnsüchtig nach diesen Träumen.«

»Und daran dachten Sie?«

»Ja.« Sein Gesicht war verschlossen. »Nur daran. Aber es ist schon vorbei ... Kommen Sie.«

Langsam gingen sie, sich ab und zu beim Schlingern des Schiffes an der Reling festhaltend, das Sonnendeck entlang zu der breiten Treppe, die hinab zu den Salons führte. Dort kam ihnen grüßend Mario Bretazzi entgegen und sah ihnen erstaunt nach.

In der Bar quoll ihnen Gelächter entgegen. Hildes Kolleginnen, die Tanzgirls, hockten auf den hohen Stühlen und schlossen Bekanntschaft mit erlebnishungrigen Reisenden.

»Kehren wir wieder um«, sagte Dr. Handrick an der Tür, nachdem er den Raum mit einem langen Blick übersehen hatte. »Ich möchte allein sein ... allein mit Ihnen. Das klingt egoistisch ... und das mag es auch sein.« Er stockte. »Ich will Ihnen nur sagen, daß es mich sehr freut, die Reise mit Ihnen machen zu dürfen ...«

Hilde nickte verwirrt, sie gingen wieder hinauf auf das Deck, lehnten sich an die Reling und starrten ins Meer.

Es war, als verstärke das Rauschen des Meeres den Schlag ihres Herzens ...

Die Oase Oued Babar steht auf keiner Karte. Sie ist nur ein Brunnen, um den siebenundvierzig Dattelpalmen wachsen.

Sie ist ein lächerlicher, sinnloser Fleck in der Wüste, geboren durch die paar Tropfen Naß, die in kleinem Umkreis die Erde fruchtbar machen. Keine Straße führt zu Oued Babar, kaum eine Karawane kreuzt die Salzberge, die in ihrer Nähe liegen ... die Einsamkeit hockt in den Fächerblättern der Palmen, und nur an wenigen Stunden im Jahr sitzt ein Araber an der zerbröckelnden Brunnenmauer und schöpft aus dem sandigen Grund das warme Wasser.

Einmal aber, vielleicht seit Jahrhunderten das erstemal, wurde Oued Babar herausgehoben aus der Stille der Sahara.

Amar Ben Belkacem saß am Brunnenrand, die Djellabah etwas zurückgeschlagen, und blickte erstaunt auf einen dunklen Fleck, der sich näherte. Er wuchs aus der Wüste heraus, stieg aus dem gelben Sand wie eine Vision — ein Punkt, der in einer Wolke aus Staub Gestalt annahm, der ein Kamel wurde und Mensch in einem weißen Haikh.

Mit großen Schritten ging Amar ihm entgegen und legte grüßend die Hand an die Stirn. Das weiße Rennkamel kniete nieder, ein bißchen widerwillig, dann sprang der Reiter in den Sand und grüßte kurz zurück.

»Sind wir allein, Amar?« fragte er und sah sich schnell um. Die wenigen Palmen hemmten seinen Blick nicht ... weit und still und einsam lag die Wüste um sie.

»Ich halte mein Versprechen, Leutnant Grandtours.« Er sah ihn groß an und schüttelte den Kopf. »Ich hatte Sie anders erwartet, nicht im Haikh. Von fern erkannte ich Sie nicht.«

Grandtours setzte sich auf den Brunnenrand und schlug die weißen Tücher zurück. Unter ihnen trug er die leichte Uniform der Legion, aber er war waffenlos. Die Revolvertasche war leer, nur ein kleiner Dolch hing an dem hellbraunen Gürtel.

»Ich habe Urlaub bekommen, Amar. Urlaub zur Regelung einer Familienangelegenheit. Du verstehst?«

»Vollkommen.«

»Da ich annahm, daß du mit dem Fremden ins Hoggar ziehst, war mir der Haikh lieber als die Uniform. Man ist unauffälliger. Wann erreichte dich mein Brief?«

»Gestern abend. Ein Reiter brachte ihn.«

Grandtours beugte sich etwas vor, sein braunes, schmales, ausgelaugtes Gesicht wurde rot. »Wo ist der Fremde? Wie heißt er?!«

»Dr. Hans Sievert.«

»Ein Deutscher?«

»Ja.«

»Und warum schleppt ihr ihn in der Wüste herum?«

Amar sah Grandtours mit kleinen Augen an, in denen plötzlich Haß und Wildheit aufflammten.

»Das weiß ich nicht!«

»Du lügst.«

Amar nickte. »Ja. Ich lüge, Leutnant Grandtours. Ich lüge heute genauso gut, wie Sie gelogen haben, als Sie mir das Mädchen wegnahmen! Ich hatte es ehrlich einem Sklavenhändler abgekauft, es war mein Eigentum! Nein, bitte – lassen Sie uns nicht darüber streiten, ob es mit der Moral eines Europäers zu vereinbaren ist, Menschen zu kaufen oder zu verkaufen. Wir leben in der Wüste ... und Sie haben unsere Gesetze zu respektieren, denn Sie sind nur ein Eindringling, den wir unserer Schwäche wegen erdulden müssen!«

Grandtours war aufgesprungen. Aber die Ruhe Amar Ben Belkacems hemmte ihn, weiter zu gehen als einen Schritt vom Brunnen weg. Er hatte seinen Haikh abgeworfen und stand nun in der Uniform der Legion vor dem Araber ... zwei Welten inmitten der Wüste, umrauscht von staubigen Palmen, umweht von pulverfeinem Sand.

Die Luft kochte. Ihr Flimmern blendete die Augen. Schrecklicher aber als der Sand und die Sonne war die Stille, diese Ruhe eines unmeßbaren Grabes, das Schweigen eines toten Landes. Grandtours sah Amar mit starren Augen an. In seinem Blick stand der Stolz des Europäers. Amar biß die schmalen Lippen zusammen und verschränkte die Arme über der knochigen Brust.

»Wir sind allein, Leutnant Grandtours. Ich kann Ihnen alles sagen, was ich sonst nicht zu sagen wagte. Und Sie werden es vergessen ... Sie werden den Tag in Oued Babar nicht in Ihrer Erinnerung führen ... denn es gibt kein Erinnern mehr, wenn ich den Brunnen und Sie verlasse ...«

»Das ist eine Drohung.« Grandtours griff an den Dolch. Eine plötzliche, lähmende Angst durchrann seinen Körper. Trotz der Hitze begann er zu frieren ... er erkannte den Blick Amars und wußte, daß es keinen Ausweg gab. Langsam ging er zum Brunnen zurück, die Augen immer auf Amar gerichtet, der ihm ebenso langsam folgte.

Gedanken durchrauschten ihn.

Sinnlose Gedanken.

Blöde Gedanken.

Er dachte an das Fort, an Hauptmann Prochaine, an ein Mädel in Marseille und an eine Winzerin in der Provence.

Juliette hieß sie.

Juliette. Blond war sie gewesen, ein bißchen zu schlank in den Hüften. Zum Teufel, und sie konnte küssen. Abends hatten sie in den Weingärten gesessen und in die Wolken geschaut.

Die Winzerin und der junge Kadett Grandtours.

Juchhei, lustig ist das Leben der Kadetten!

Kerls, sagte der Hauptmann in der Kadettenanstalt, wenn ihr in die Stadt geht und laßt die Mädels nicht in Ruhe, holt euch der Satan! Verstanden? Alles kehrt! Und achtet auf eure Uniformen, damit ihr den Mädels gefallt! Wer lacht da? Weggetreten!

Und dann Paris! Mein Himmel, Paris!

Wie hieß sie doch noch? Colu ... ein dummer Name, der Name einer Puppe, die immer mit dem Kopf nickt. Aber sie hieß so ... und sie war ein Luder mit dem Gesicht eines Engels.

In der Wüste habe ich einmal geträumt, daß mich ein Mädchen streichelt. Und als ich aufwachte, lag eine Schlange auf meiner Brust ... Grandtours starrte Amar an ... drei Schritte waren sie voneinander entfernt.

Drei Schritte, die alles bedeuteten in ihrem Leben.

»Du erbärmlicher Schuft!« sagte Grandtours leise. Man verstand es kaum ... aber Amar verstand es. Und das war genug.

Er schnellte vor, raubtierhaft, mit einem Satz, und griff nach Grandtours' Hals. Seine Finger umschlossen ihn, lange, krallenhafte Finger, und drückte den Kehlkopf in die Luftröhre.

Grandtours schloß die Augen. Er begriff nicht, was mit ihm geschah ... er rollte in den Sand und fühlte den Körper Amars über sich. Doch dann setzte der Atem aus ... er schlug um sich, trat gegen den Körper über sich ... die Finger lösten sich ... Da hieb er mit beiden Fäusten in das Gesicht, das sich ihm wie eine Maske näherte ... Er sprang auf und stürzte auf den Taumelnden und riß, ohne es zu wissen, seinen kleinen Dolch aus dem Gürtel. Ein Schlag warf ihn zurück, der Dolch fiel in den Sand und wurde in ihn hineingetreten wie ein glitzernder Wurm ... Uniformfetzen ... eine zerrissene Djellabah.

Zwei verzerrte Gesichter.

Und um sie Wüste ... Hitze ... Trostlosigkeit ... Kein Erbarmen ... »Ich habe sie geliebt«, stöhnte Amar. Er hielt wieder Grandtours' Hals umklammert, der ihn mit glasigen, weit aufgerissenen Augen anstarrte. »Ich habe sie gerettet, ich habe sie emporgehoben aus dem Dreck ... bis du kamst, der weiße, stolze Mann, der mich einen stinkenden Araber nannte und mit einem Tritt aus der Hütte jagte. Du ... du ...« Die Finger krallten sich in das Fleisch ... Blut troff unter den Nägeln in das zerrissene Hemd ...

Grandtours röchelte. Er trat um sich, stieß mit dem Kopf vor, ließ sich fallen und schlug die Arme in den über ihn rollenden Amar hinein. »Schwein!« stöhnte er. »Du Schwein! Du hundsgemeines Schwein ...«

Da ergriff ihn Amar, trug ihn über seinem Kopf zum

Brunnen ... der nackte Oberkörper in der zerfetzten Djellabah war ein einziger Muskel, ein bronzener Guß aus Kraft und Willen. Hoch hob er den Körper und warf ihn dann in den Brunnen, hinein in dieses tiefe Loch, wo am Boden das versandete Wasser träge aufquoll.

Schwer atmend, mit geschlossenen Augen, lehnte er dann am verfallenen Rand und stützte sich auf die gebleichten Steine.

Er lauschte.

Es war still. In der Tiefe des Brunnens lag Schweigen.

Da raffte er seine zerrissene Djellabah über der keuchenden Brust zusammen und ging langsam zu Grandtours' Kamel. Phlegmatisch lag es unter einer Palme und glotzte den Araber mit seinen großen, bösen Augen an.

Einen Augenblick zögerte Amar Ben Belkacem, als er das schöne, wertvolle Tier sah. Dann aber rannte er zurück, an dem Brunnen vorbei, zu einer der letzten Palmen, wo sein weißes Rennkamel vor einem trockenen Bündel Heu lag und kaute. Er riß aus der Satteltasche einen schweren Revolver und eilte mit ihm zu Grandtours' Tier zurück. Zögernd hob er die Hand ... dann schloß er die Augen und drückte ab. Peitschend ging der Schuß in der Hitze unter ... Amar drehte sich mit geschlossenen Augen um und bestieg sein eigenes Kamel.

Ohne sich umzublicken, verließ er Oued Babar.

Ein Araber kann kein Kamel töten ... muß er es, so ergreift es ihn mehr als sein eigener Tod.

Auf keiner Karte steht Oued Babar. Nur siebenundvierzig Palmen wachsen hier, und ein tiefer Brunnen liegt einsam unter gnadenloser Sonne. In einem Monat wird nahe bei ihm das gebleichte Skelett eines Kamels liegen.

Woher sie kommen, wie sie es riechen, – man weiß es nicht ... aber noch ehe am Horizont Amar Ben Belkacem in dem weiten Himmel untertauchte, kreisten Aasgeier über

Oued Babar und stießen krächzend auf das blutende Kamel nieder.

Die Wüste wird ewig schweigen...

Die Biskaya lag hinter ihnen. Jetzt fuhren sie an der Küste Spaniens entlang, an dieser rauhen Küste, wo die Berge steil in das schäumende Meer abfallen. Nach einem heißen Tag war eine warme Nacht gekommen ... wie ein riesiges schwimmendes Haus schäumte die »Esmera« durch den Atlantik, flammend aus Tausenden von Lichtern.

In Lissabon, bei einer Zwischenlandung zur Aufnahme von Frachtgut und neuem Dieselöl, kam eine junge Frau an Bord der »Esmera«. Sie war schlank, schwarzhaarig, stark geschminkt und von jenem prickelnden Charme südfranzösischer Provenienz, der es einem Manne schwermacht, nicht genauer hinzuschauen und von ihr heimlich zu träumen. In einem weiten, glockigen Crêpe-de-Chine-Kleid wippte sie über das Fallreep und gab dem Ersten Offizier, der sie begeistert grüßte, ihre Karte und den Paß ab.

»Kabine 17, Madame«, sagte er. Ein Steward sprang herbei, nahm die Koffer an sich und trabte den Gang der Ersten Klasse entlang. »Madame reisen allein?« fragte der junge Offizier unnötig.

»Ja.« Ihr Französisch klang hell und singend. Sie muß aus der Provence kommen, dachte der Schiffsoffizier. Aus den Weinbergen. Er blickte ihr nach, wie sie auf hochhackigen Schuhen aus weißem Leder den Gang entlangtrippelte. An der Kabinentür drehte sie sich noch einmal um und sah den Gang zurück, als suche sie etwas. Der Steward blieb wartend stehen.

»Ist ein Dr. Handrick an Bord?« fragte sie.

»Ich weiß es nicht, Madame. Ich werde sofort im Büro nachfragen.«

»Das wäre sehr freundlich. Falls Dr. Handrick schon an Bord ist, sagen Sie mir bitte Bescheid.« Ein dankender Blick unter langen, dunklen Wimpern ... der Steward rannte den Gang hinunter und ärgerte sich, daß er einen roten Kopf bekam, als ihn der Erste Offizier anschaute.

»Die hat uns an Bord noch gefehlt«, sagte er entschuldigend. Der junge Offizier antwortete darauf nicht.

Wenige Minuten später wußte Jacqueline Dumêle, daß Dr. Handrick an Bord war. Der Steward zeigte ihr diskret den großen, schlanken Mann, der an der oberen Reling mit einem schwarzhaarigen Mädchen stand. Jacqueline musterte ihn eingehend, setzte sich zunächst seitlich von ihm an das Schwimmbassin und rauchte eine türkische Zigarette. Er sieht gut aus, dachte sie. Gar nicht wie ein bekannter Forscher. Ich habe ihn mir klein und mit dicker Brille vorgestellt, Gelehrtentyp, leicht eingetrocknet. Aber das ist ein schöner Mann, ein Frauentyp, wenn man so sagen darf. Ich hatte wirklich Angst in Paris, als ich die Nachricht erhielt, ihn auf dem Schiff zu treffen.

Als das Mädchen – es war Hilde Sievert – Dr. Handrick verließ und hinabging zu ihren Tanz-Kameradinnen, erhob sich Jacqueline Dumêle und trat an Dr. Handrick heran. Sie hatte vorher in einem Taschenspiegel ihr Aussehen überprüft, die Lippen noch einmal nachgezogen, ein wenig Puder auf die Nase gelegt und hinter die Ohrläppchen einen Tropfen *Espège* getupft. Nun stand sie hinter ihm und fühlte, wie ihr Herz schlug.

»Dr. Handrick?« fragte sie leise.

Er fuhr herum und sah sie verblüfft an. Sein Blick umfaßte sie, und daß seine Augen leicht aufleuchteten, erfüllte sie mit tiefer Freude. »Madame?« sagte er erstaunt. »Wir kennen uns? Ich weiß wirklich nicht ...« Er hob mit einem jungenhaften Bedauern die Arme.

»Wir kennen uns nur dem Namen nach ... genauer gesagt: Ich kenne Sie! Ich bin Jacqueline Dumêle. Das ist für Sie kein Begriff ...«

»Ehrlich, Madame ... Leider nein.«

Sie lachte mit einer kleinen Koloratur.

»Ich glaube es Ihnen, Herr Doktor. Man zeigt in Paris ein großes Interesse an Ihrer Blutvirus-Forschung. Als Sie nun die Reise nach Afrika antraten, hatte man in Paris in der serologischen Abteilung der Sorbonne die Idee, mich ebenfalls loszuschicken, um mich mit Ihnen in Verbindung zu setzen. Das habe ich jetzt getan...«

»Ich wüßte mir keine charmantere Bekanntschaft.« Dr. Handrick verbeugte sich leicht. »Aber – offen gestanden – mir ist der tiefere Sinn Ihres Auftrages nicht ganz klar.«

»Ich soll Ihnen helfen ... das ist alles! Ich soll Ihre Forschungen unterstützen und für Frankreich das herausholen, was nützlich ist. Frankreich ist sehr an einer Eindämmung der Blutseuche interessiert. Deshalb bezahlt die Sorbonne auch meine Reise.« Sie lachte ein wenig zu keck. »Das heißt, wenn Sie mich nicht aus Ihrer Nähe verdammen! Ich bin ausgebildete Serologin ... Staatsexamen, alles ... nur meinen Doktor hab ich noch nicht machen können ... vor lauter Laborarbeit!«

»Also eine entzückende Kollegin. Darf ich Sie zu einer eiskalten Orangeade einladen...«

»Sie dürfen...«

Sie gingen zu der kleinen Bar am Swimming-pool und ließen sich einen Eisflip mischen. Der Mixer sah ihnen nach, als sie zu den Liegestühlen gingen und sich niederließen.

Dr. Handrick lächelte vor sich hin. Ein Raubtier, dachte er. Ein süßes Biest...

»Woran denken Sie, Doktor?« unterbrach ihre helle, singende Stimme seine Gedanken.

»An Afrika. Und an Sie, Madame. Sie werden die Strapazen kaum aushalten.«

»Ich bin zäh«, stellte sie fest.

Das glaube ich, dachte er vergnügt. Laut sagte er: »Wir werden sechzig Grad in der Sonne haben! Und wir werden die Wüste nicht scheuen dürfen, sondern müssen mitten durch sie hindurch. Algier wird – das ahne ich jetzt schon – nur eine Zwischenstation sein.«

»Ich habe keine Angst in Ihrer Nähe«, sagte sie diplomatisch. Dabei nippte sie an dem Flip und leckte die Feuchtigkeit mit ihrer kleinen, schnellen Zunge von den Lippen. Wie eine Schlange, durchfuhr es ihn. Wie anders, wie brav und verinnerlicht ist dagegen diese Hilde Sievert... Wie deutsch... Er ertappte sich dabei, Vergleiche zu stellen. Ärgerlich biß er sich auf die Lippen.

»Wie lange sind Sie Serologin?«

»Drei Jahre. Ich wurde es, weil ein Freund es auch war ... Der Freund ist dann bald gegangen ... aber ich bin es geblieben. Ich wollte eigentlich Kinderärztin werden ... ich liebe Kinder sehr.« Ihre Augen waren dunkel, als sie das sagte ... sie schaute Dr. Handrick an und ein sinnlicher Ton schwang in der Stimme. »Ich bin ganz froh, dem Pariser Klima entronnen zu sein und mit Ihnen durch die Wüste zu ziehen ... Ich liebe die Freiheit! Die Freiheit des Lebens und die Freiheit der Persönlichkeit!«

Sie stellte den Flip auf den kleinen Korbtisch und legte die Arme unter ihren Nacken. Ihre Brust spannte sich unter dem engen Oberteil des Seidenkleides.

»Man erwartet Sie in Algier, Madame Dumêle?«

»Ja. Aber nennen Sie mich ruhig Jacqueline ... ich bin Ihnen doch jetzt unterstellt! Sie sind mein Chef! Ich gehorche Ihnen bedingungslos ...«

Sie sagte den Satz ziemlich betont und fügte ein Lachen daran. Dr. Handrick zwang sich, intensiv an Hilde zu denken ... ein Zauber ging von dieser Frau aus, der rätselhaft und mächtig war.

Um Abstand zu gewinnen, erhob er sich plötzlich. Erstaunt sah sie zu ihm empor ... ihr dunklen Augen waren groß und glänzend.

»Was haben Sie, Doktor?«

»Ich habe vergessen, an einem Bericht zu arbeiten. Jeden

Tag muß ich eine Art Tagebuch führen, das später ausgewertet wird. Sie verzeihen, wenn ich mich zurückziehe. Wir sehen uns gegen Abend im Speiseraum ...«

Jacqueline nickte. »Schreiben Sie etwas Nettes von mir«, rief sie ihm nach. Ihr Lachen perlte über das Deck.

Ein Biest, dachte er, als er zur Kajüte ging. Sie wird die einzige Gefahr sein, die mir in der Wüste begegnet ...

Er suchte Hilde Sievert auf dem Zwischendeck ... die anderen Mädchen hatten sie nicht gesehen. Auch im Speisesaal, im Spielzimmer, in ihrer Kajüte und im Schreibzimmer war sie nicht ... da ging er unlustig in seine Kabine und setzte sich an den Klappschreibtisch. Er zwang sich, seine Gedanken zu ordnen, sie von der schönen Jacqueline Dumêle fortzuführen zu seiner Arbeit ... aber es gelang nur halb, und so schloß er seine Kladde schon nach kurzer Zeit und stieg wieder hinauf auf das Zwischendeck, um Hilde weiter zu suchen. Er mied die Nähe des Sonnendecks, um nicht wieder Jacqueline zu begegnen.

Unter der Kommandobrücke, an der Reling stehend und ins Meer schauend, traf er sie endlich. Er legte den Arm um ihre Schulter – sie zuckte leicht zusammen.

»Sie?«

»Warum sind Sie weggelaufen?«

»Sie waren sehr beschäftigt, Herr Doktor.«

»Eine Kollegin. Sie stieg in Lissabon zu und soll mich im Auftrag des serologischen Instituts in Paris begleiten. Das ist alles. Wir haben uns erst einmal miteinander bekannt gemacht.«

»Sie ist sehr hübsch!« Hilde sah auf das Meer hinaus. »Man scheint Ihnen die beste Kraft der Klinik mitgegeben zu haben ...«

»Sie glauben mir nicht, Hilde? Ich schwöre es Ihnen ... ich kenne Jacqueline Dumêle erst seit einer Stunde! Außerdem ist sie mir zu gewollt hübsch ... Ich liebe so etwas nicht! Ich schätze die wirkliche, von innen heraus kommende Schönheit des Menschen ...« Er drückte leicht ihre Schulter und war glücklich, daß sie ihm nicht auswich. »Kommen Sie«, sagte er, und die plötzliche Zärtlichkeit seiner Stimme trieb ihr die Röte in die Wangen. »Gehen wir nach hinten ans Heck. Dort hat man einen schönen Blick über das ganze Schiff ... und wir sind allein ...« Den Arm um ihre Schulter gelegt, gingen sie nach hinten.

Unter ihnen donnerte die riesige Schiffsschraube durch das Meer und hieb die Wellen zu weißem, schaumigem Gischt. Matrosen saßen auf den Ladeluken und rollten Tauwerk zusammen. In den großen Bunkern waren Arbeiter dabei, die eingeladenen Autos zu waschen. Mit großen Schrubbern voller Schaum und langen Schläuchen reinigten sie die Wagen. Es waren meist Mulatten oder Farbige ... sie grinsten, als die beiden zum Heck gingen.

Es war eine der warmen südlichen Nächte, die träumerisch machen und seltsam beschwingt.

Aus dem großen Speisesaal der »Esmera« drang Musik. Nur wenige der Liegestühle waren besetzt ... in Decken eingehüllt lagen hier die wenigen romantischen Gäste, die das Rauschen des Meeres und den Glanz des Mondes über den Wellen erleben wollten. Ab und zu huschte ein Steward durch die Gänge und Decks und brachte eisgekühlte Limonade, Eiskaffee oder einen Sodadrink zu den stillen Stühlen.

Nahe der Reling, neben dem kleinen Schwimmbad auf dem Oberdeck und neben den Bordspielplätzen, auf denen man am Tag Scheibenschießen und Kricket spielte, lagen in ihren Liegestühlen auch Hilde und Dr. Handrick. Neben ihnen, auf einem Klapptischchen, standen ein paar Gläser.

Hier oben war das Stampfen der starken Maschinen kaum noch hörbar. Die Musik aus dem Hauptdeck war wie ein Hauch. Nur das Meer quoll an der Bordwand hoch, und der Kiel durchschnitt knirschend die Wellen.

»Wann sind wir in Algier?« fragte sie und legte die

Hände hinter den Nacken. Die schwarzen Haare fielen über ihre Arme und berührten seine Hand, die neben ihrem Kopf lag.

»In vier Tagen.«

»Vier Tage noch ...« Sie sah in den Himmel, dessen Wolken durch den Mond wie eine golddurchwirkte Samtstickerei aussahen. »Das ist kurz ...«

Dr. Handrick beugte sich vor. Ihr Gesicht lag im Dunkel seines Schattens ... er konnte es kaum erkennen.

»Wir werden uns wiedersehen, Hilde«, sagte er leise und strich ihr über die Wangen. »Ich werde dich aus diesen Kabaretts herausholen, und wir fahren zusammen nach Europa zurück ...«

»Ohne Hans gefunden zu haben ...?«

Dr. Handrick sah auf seine Finger. Er wußte, es war schwer, unendlich schwer, was er sagen mußte, vielleicht war es brutal, aber was nützte es, sich vor dem zu verschließen, was unabwendbar war? Er stockte ein wenig, ehe er sprach, und seine Stimme war unsicher.

»Glaubst du, daß dein Bruder noch lebt, Hilde? Nein, bitte, sage jetzt nichts. Ich weiß, diese Hoffnung ist deine ganze Kraft, nach Afrika ins Ungewisse zu fahren. Vielleicht sollte man dich von diesem Abenteuer zurückreißen. Vielleicht wird alles umsonst sein ... Seit fünfzehn Jahren ist Hans verschwunden ... man sah ihn zuletzt in jener Nacht, bevor er aus dem Gefangenenlager in Tunis ausbrach und in der Wüste verschwand. Hilde, wir müssen ganz nüchtern denken, verstehst du, wir dürfen uns keine Illusionen machen, denn Träume sind tödlich in der Sahara! Hans flüchtete ... ohne Waffen, ohne Munition, ohne etwas zu essen, ohne Wasservorräte, nur mit seiner alten Uniform bekleidet, auf die in großen weißen Buchstaben PW gemalt worden war. Gleich am Morgen nach der Flucht wurde die Wüste systematisch abgesucht ... man setzte ein Kopfgeld aus, rief die Araber zu Hilfe, durchkämmte alle Oasen und Siedlungen bis fünfhundert Kilometer ins Innere der Sahara . . . und fand ihn doch nicht! Niemand hörte auch seitdem etwas von einem Weißen, der allein durch die Wüste zieht . . . bis auf die kleine Zeitungsnotiz, in der du deinen Bruder wiederzuerkennen glaubst . . .«

»Er ist es, Paul, bestimmt, er ist es!«

Hilde umklammerte seine Hände. Angst lag in ihrem Griff, ein stummer Schrei: Verlaß mich nicht! Nimm mir die Hoffnung nicht. Er lebt noch. Er *muß* leben . . .

Dr. Handrick sah zu Boden, wo sich die Decke um die Vorderbeine des Stuhles schlang.

»Es ist schwer, weiterzudenken«, sagte er leise. »Aber seien wir doch ehrlich, Hilde: in fünfzehn Jahren hätte er wenigstens einmal schreiben können. Vor allem jetzt, nachdem der Krieg lange zu Ende ist und man seinen Steckbrief einzog. Es gibt keinen Menschen, der sich in eine Freiheit rettet, um sie dann für ein ewiges Untertauchen zu verwenden. Er wollte frei sein, er wollte nach Deutschland . . . darum brach er aus! Aber er hat in den fünfzehn Jahren nie mehr an Deutschland gedacht . . . nicht denken können, weil . . . weil –«, er umfaßte Hilde und drückte sie an sich – »weil die Wüste stärker war als er.« Er streichelte ihre Haare und hob ihr Gesicht zu sich empor. »Laß uns zusammen zurückfahren, Hilde . . . nach Berlin oder nach Hamburg, wo ich lebe. Wir haben dort eine Heimat. Und wir werden glücklich sein. In Afrika rennst du einem Schatten nach . . . und du wirst ihn nicht erreichen, weil es dein eigener ist . . .«

»Und wenn er doch noch lebt?«

Schluchzen schüttelte ihren Körper. Dr. Handrick erhob sich, warf die Decke von sich und trat an die Reling. Mit zitternden Fingern brannte er sich eine Zigarette an und warf das Streichholz in die hochspritzenden Wellen.

»Dann werden wir ihn suchen. Das ist selbstverständlich.«

»Wir . . . hast du gesagt, Paul . . . ?«

Mit großen Augen starrte Hilde seinen Rücken an, der sich schwarz gegen den mondhellen Himmel abhob.

Er nickte. »Ja. Ich werde ihn mitsuchen. Ich lasse dich nicht allein in die Wüste gehen ...«

»Und deine Arbeit in Algier ... in den Oasen ... Man wird in Hamburg auf dich warten ...«

Dr. Handrick drehte sich um. Er stand Hilde gegenüber, und in seinem Gesicht war der Entschluß lesbar wie auf einer schwarzen Tafel.

»Ich werde nach Hamburg schreiben. Ich will versuchen, die Suche mit der Erforschung von Wüstenkrankheiten zu verbinden. Und wenn man es nicht einsieht in Hamburg, dann werde ich mich suspendieren lassen.«

»Paul! Das darfst du nicht!«

Er nickte, und gegen dieses Nicken gab es kein Wort, das stärker war. »Ich fahre das drittemal nach Algerien. Ich kenne die Gefahren der Sahara. Ich lasse dich einfach nicht allein!«

Er ergriff ihre Hände und zog sie an sich. Nahe standen sie sich gegenüber.

»Laß uns davon nicht reden, solange wir auf dem Schiff sind«, sagte er plötzlich.

Sie schüttelte den Kopf und legte ihn an seine Schulter.

»Was soll ich sagen, Paul?«

»Daß der Mond scheint ...«

»Nein ...«

»Daß das Meer rauscht ...«

»Nein ...«

»Daß die Wolken ziehen ...«

»Nein ...« Sie tastete nach seiner Hand. »Daß ich dich liebe ...«

Wie ein riesiges Haus durchbrach die »Esmera« den Atlantik. Ihre Fenster erleuchteten die Nacht.

Auf der Brücke stand Mario Bretazzi und gähnte.

Er fuhr die Strecke schon das siebenundfünfzigste Mal.

Es war langweilig.

An dem gleichen Tag, an dem Hilde Sievert und Dr. Paul Handrick auf der »Esmera« nach Algier fuhren, peitschte Amar Ben Belkacem die Wächter Dr. Sieverts aus. Wimmernd lagen sie im Sand, die Hände über den Köpfen, und ertrugen die Schläge der mit einem Stahldraht durchflochtenen schweren Kamelpeitsche.

Rennkamele mit bewaffneten Arabern durchstreiften die Sahara.

In den kleinen Wüstenoasen schrie der Muezzin vom Minarett der Moschee nicht mehr die Gebete und das Lob Allahs über die in der Sonne kochenden, niedrigen, ineinander geschachtelten Lehmhütten, sondern jammerte die Nachricht über die Palmen.

Nach einer Stunde trug man die Wächter blutend in die Zelte. Amars Gesicht war bleich wie der Sand, in dem er stand. Er legte die Hände auf die Brust und schloß die Augen.

Babaâdour Mohammed Ben Ramdan schrie in seinem Zelt und ballte die Fäuste in ohnmächtiger Wut.

In der Nacht, in der Amar Ben Belkacem ausritt, um in Oued Babar Leutnant Grandtours zu töten, war Dr. Sievert mit einem Rennkamel geflohen ...

ZWEITER TEIL

Algier.

Eine Riesenstadt, weiß in Terrassen einen roten Felsen emporgebaut, in einer weiten Bucht glänzt das tiefblaue Mittelmeer, wiegen sich die hohen Palmen und klettern die Olivenhaine an den Hängen empor. Wolkenkratzer und hochstöckige weiße lange Wohnbauten beherrschen die Europäerstadt. Der Boulevard de la République ist die Lebensader der Stadt ... hier liegen die Banken, die Verkehrsbüros, die großen Hotels Aletti und Oasis, die Préfecture und die Häuser der Handelsfirmen, denn hinter der Mauer der hochliegenden Straße beginnt der Hafen, einer der größten Häfen des Mittelmeeres, blendend weiß in der grellen Sonne, umspült von Fluten, in die man die Hand taucht, um zu sehen, ob es wirklich Wasser und keine königsblaue Tinte ist.

Den Berg hinauf aber, gleich hinter den breiten und engen Geschäftsstraßen, klettert die Kasbah, die uralte Eingeborenenstadt, die Stadt Algier, wie sie vor 300 Jahren bestand, als noch die Türken von ihrer Bergfestung über das Mittelmeer blickten und mit ihren Bronzekanonen den Hafen beherrschten. Eng sind hier die Gassen, überdacht, Höhlengänge, durch die nur ab und zu von einer Kreuzung Licht fällt ... Unrat liegt in Haufen herum, man gleitet auf den Abfällen aus, der gestampfte oder steinige Boden ist glitschig und überzogen von einer fauligen Nässe. In fleckigen Djellabahs huschen hier die Araber und Berber durch die Gänge, die Frauen in ihren Schleiern stehen an den Ständen, die halb auf die Gasse gebaut sind, und kaufen in geflochtenen Körben die flachen Mehlfladen oder das Hammelfleisch, auf dem sich am Tag knäuelweise und schwarz die Fliegen sammeln. Händler mit langen Ketten aus Jasminblüten steigen die Treppenstraßen hinab in die Außenviertel der Kasbah, um sie den wenigen Touristen anzubieten, die schaudernd einen Blick in diesen Sumpf Nordafrikas werfen. Blinde Kinder oder schrecklich anzusehende Krüppel sitzen bettelnd an den Ecken und murmeln ihre Bitte um Geld. Sie starren von Schmutz und legen sich müde auf die faulige Erde, wenn der Tag herum ist und das Betteln gerade für einen Fladen gereicht hat.

Die Luft ist dick, stickig, voll Verwesungsgeruch. Sie legt sich beklemmend auf das Herz, man hat das Gefühl, sich vor Ekel übergeben zu müssen ... Und dann taucht in diesem Schmutz, in diesem glucksenden Sumpf, ein Gesicht auf ... nur ein Paar Augen, schwarz, groß, sehnsüchtig, glitzernd voll Versprechen ... ein Paar Augen unter einem seidenen Schleier, der bis über die Nasenwurzel reicht ... Augen, die ein einziger Schrei nach Schönheit und Liebe sind ... eine schmale, kleine sylphidenhafte Gestalt huscht vorüber ... sie hält die Hände vor die Brust, Hände, die innen gelbrot sind, deren Nägel sie lackierte ... ein Haarbusch weht unter dem weißen Schleier ... auch er ist rot ... ein süßer Duft umgibt dich ... Henna, die Schminke der arabischen Frau ... Und man beginnt Afrika zu lieben, dieses schreckliche, dreckige, widerliche, fast verfaulende Afrika in den Höhlengängen der Kasbah ... Man hat die Augen gesehen, diese schwarzen, großen, wundervollen Augen ... und solange es solche Augen mit so viel Sehnsucht gibt, solange wird Afrika das ewig alte und ewig junge Land sein, das eine Zukunft hat wie kaum ein Erdteil unserer Welt ...

Das alles ist Algier.

Algier, die weiße Stadt am blauen Meer.

Die Stadt auf dem roten Felsen.

Die Stadt, die emporsteigt wie das Rund eines klassischen Amphitheaters.

Algier, der große Schwamm aller Rassen und Völker,

Schicksale und Hoffnungen. Der Hafen, die Stadt der Fremdenlegion, der geheime Platz arabischer Rebellen, die Stadt der Abenteurer und menschlichen Haifische.

Algier ... auch die Stadt Omar Ben Slimanes ... Mit lauten Sirenen lief die »Esmera« im Hafen Algier ein. An Pier III rannten die Arbeiter zu den Ankerplätzen, der Zoll fuhr dem Schiff in einem Motorboot entgegen, um während der Einfahrt schon die Papiere zu prüfen. An der langen Mauer des Boulevard de la République standen Araber und Inder, Berber und Mischlinge aller Rassen und beobachteten das Anlegemanöver. Die ersten Bettler hinkten und tasteten sich zum Hafen, Obsthändler und Teppichverkäufer, Postkartenjungen und Koffertäger drängten sich an der Stelle, wo das Fallreep der »Esmera« herunterfahren würde.

Omar Ben Slimane stand in der Masse der wartenden Leute und sah dem Schiff mit unbewegter Miene entgegen. Er trug einen europäischen Anzug, hellbeige, modern, vom besten Schneider Algiers gebaut. Sein braunes, rundes Gesicht war glattrasiert. Die schwarzen Haare klebten um den Kopf ... es roch in seiner Nähe nach Rosenpomade, die Omar besonders liebte. Nur der hellrote Fez, der auf dem gelackten Haar saß, erinnerte an den Moslem. Und vielleicht auch, wenn man genau hinblickte, die kleine goldene Kette, die sich um seinen Hals schlang und in dem Kragen des rohseidenen Hemdes verschwand. Am Ende dieser Kette hing auf der Brust ein kleiner, winziger Koran ... das Zeichen der Mekkapilger.

Am Eingang des Piers III stand ein großer, hellgrauer Dodge. Ein Chauffeur in weißem, seidenem Burnus und Turban wartete unbeweglich hinter dem weißen Steuer.

Ab und zu, während die »Esmera« in den Hafen geleitet wurde und die Begleitboote die Leinen abwarfen, griff Omar an die Brust und fühlte die dicken Papiere, die in seiner Innentasche steckten. Frachtpapiere über dreizehn Mädchen aus Deutschland, Belgien, Holland und Dänemark.

Als die hohe Bordwand der »Esmera« vor ihm auftauchte und an die Kaimauer schlurfte, kniff er einen Augenblick die Augen zusammen und musterte die Passagiere, die winkend und rufend an der Reling standen.

Das Geschrei der Händler übertönte die Bordkapelle, die zur Begrüßung einen Militärmarsch spielte. Kapitän Mario Bretazzi stand auf der Brücke und blickte über das Gewühl des Hafens. Auf seinen goldenen Armstreifen blitzte die Sonne. Der Erste und der Zweite Offizier standen auf dem Hauptdeck mit den Zollbeamten zusammen und verglichen die Paßlisten.

»Nun ist es soweit, Hilde«, sagte Dr. Handrick leise. Sie standen eng umschlungen auf ihrem Lieblingsplatz, an der Reling des weiten Sonnendecks, und blickten über die weiße Stadt am roten Felsen. »Du mußt mich sofort anrufen, hörst du, Algier 2 38 57, Hygienisches Institut. Wenn es möglich ist, komme ich sofort und spreche mit deinem Manager.«

Sie nickte und hatte seinen Arm mit beiden Händen umklammert. Wie ein Kind, das man von der Mutter reißen will, drängte sie sich an ihn. Unbeschreibliche Angst würgte ihr in der Kehle.

»Eine herrliche Stadt«, sagte sie tapfer, aber man hörte es am Klang ihrer Stimme, daß sie log.

Dr. Handrick nickte. Er blickte hinüber zu den weißen Häusern der Europäerstadt und den geschachtelten Hütten des Kasbah, dem Berg mit der Türkenfestung und dem riesigen Palast des Sultans.

»Wann wirst du in Algier tanzen?« Hilde zuckte mit den Schultern.

»Das alles weiß ich noch nicht. Das bestimmt allein der Manager.«

»Ein Europäer!«

»Auch das weiß ich nicht. Man sagte uns bloß: Ihr werdet abgeholt.«

»Darauf bin ich gespannt . . .« Sie küßten sich noch einmal

... ihre Augen waren voller Trauer, als er ihr über das Haar strich und sie zur Treppe brachte, die hinab auf das Hauptdeck führte. Dort standen die anderen zwölf Mädchen und warteten ungeduldig auf das Anlegen des Schiffes. »Ich bleibe in deiner Nähe«, sagte er, als sie den Fuß auf die erste eiserne Sprosse der Treppe setzte. »Du brauchst keine Angst zu haben. Afrika ist heute zivilisierter, als du denkst. Überall gibt es Menschen, die uns helfen werden. Nur Mut, Hilde ... nur Mut ...«

Sie nickte tapfer und kletterte die Treppe hinab. Still mischte sie sich unter die anderen Mädchen und sah hinab auf die wartende Menschenmenge und auf Omar Ben Slimane ...

Omar hatte die Bordwand mit den Blicken abgetastet. Er lächelte, in der Art wie sie nie begreifbar wird, ein Lächeln nach innen, ein Lächeln der Augen und der Lippen, während die Muskeln des Gesichts ruhig und unbeweglich bleiben. Er sah die 13 Mädchen an der Reling und blickte auf die große goldene Armbanduhr, die er um sein fettes Handgelenk trug.

Am Ende des Fallreeps, auf dem Boden Afrikas, umschwärmt von Händlern, Bettlern und Gepäckträgern, die Omar brutal und wortlos mit den Fäusten auseinanderstieß, begrüßte er die Mädchen in vier Sprachen und gab ihnen die Hand.

»Ich freue mich sehr«, sagte er. »Sie werden es schön haben in Afrika. Ein gutes Hotel, gute Gage, gute Engagements. Sie werden es nicht bereuen, nach Afrika gekommen zu sein.«

Er wollte sich abwenden und den Mädchen, den Weg weisend, vorangehen, als er von einem Arm zurückgehalten wurde, der sich quer vor seine Brust legte.

Erstaunt drehte sich Omar um und sah sich einem großen Europäer gegenüber. Einen Augenblick kniff er die Augen zusammen, aber dann sagte er sich, daß niemand wußte, was sein Beruf in Algier war, und deshalb keinerlei Gefahr von einem Weißen kommen konnte.

»Bitte?« sagte er steif.

»Wohin kommen die Mädchen?« fragte Dr. Handrick.

Omar lachte. Es war ein feindliches, gefährliches Lachen.

»Was geht Sie das an?«

»Sehr viel. Ich fühle mich für eines dieser Mädchen verantwortlich.«

»Das kann nicht der Fall sein.« Ben Slimane zog seine Bündel Papiere aus der Rocktasche und blätterte darin herum. »Aus Berlin wurde mir mitgeteilt, daß alle Mädchen ohne Anhang sind.«

»Das stimmt.«

»Also.« Omar schob Dr. Handrick zur Seite. »Stehen Sie mir bitte nicht im Weg. Meine Zeit ist mein Geld.«

»Das mag sein.« Dr. Handrick stellte sich ihm gegenüber. »Ich möchte nur wissen, wohin die Mädchen kommen. In welches Hotel? Dann bin ich zufrieden.«

Ben Slimane sah sich um. Der Pier III hatte sich schon merklich geleert – die meisten Reisenden eilten zu den Taxis, die auf der Hafenstraße warteten.

»Wenn Sie nicht aus dem Weg gehen, schaffe ich mir Platz«, sagte Slimane freundlich. »Ich schlage Sie einfach zu Boden.«

»Davor wird mich die Polizei schützen...«

»Polizei!« Omar winkte geringschätzig ab. »Sie sind hier in Algier, nicht in Europa, mein Herr. Ehe die Polizei kommt, liegen Sie schon im Hafenwasser, und keiner fragt mehr, wer Sie hineingeworfen hat. Ich habe innerhalb fünf Minuten 20 Zeugen, daß ich es nicht war!«

»Ach so!« Dr. Handrick ging aus dem Weg. Er sah zu Hilde hin, die ihm erstaunt zugehört hatte. Das kurze Gespräch wurde in elegantem Französisch geführt, und da Omar Ben Slimane lächelte, war anzunehmen, daß die Unterhaltung in freundschaftlichem Sinne geführt war. Handrick sah dies an dem Blick Hildes, und er verbiß sich die Wahrheit. Er nickte ihr zu und versuchte ebenfalls zu lächelnd.

»Wir sehen uns heute abend«, sagte er. Da er wußte, daß Omar auch die deutsche Sprache beherrschte, sagte er es deutlich und laut. »Und viel Erfolg unter diesem netten Manager.«

Omar verbeugte sich leicht, Hilde winkte ihm lächelnd zu. Sein Herz krampfte sich zusammen, als er sie so im Schwarm der anderen Mädchen weggehen sah, mit einem Araber, dessen Glattheit und Kaltblütigkeit ihn erschaudern ließen.

Er stand am Ausgang des Hafens, als der kleine Bus mit den 13 Mädchen an ihm vorbeifuhr.

Er winkte ihnen zu, bis sie um eine Ecke des Boulevard de la République seinen Blicken entschwanden.

Einen Augenblick stand er unschlüssig neben seinen Koffern, als wüßte er nicht, wohin er sich wenden sollte. Dann winkte er ein Taxi heran. Der arabische Chauffeur bremste mit lautem Quietschen.

»Institute de la santé«, sagte er und stieg rasch in den breiten Wagen.

»Très bien.« Der Fahrer tippte mit dem Finger an den Rand seines Fezes. Dann fuhr er an und raste über die breite Uferstraße, vorbei an den Luxusbauten, die grellweiß in der Sonne flimmerten.

Dr. Handrick saß unruhig auf den dicken Schaumgummipolstern. Er mußte an Hilde denken ... der Blick des feisten Arabers ging ihm nicht aus dem Sinn. In welchem Lokal sollten die Mädchen auftreten? Warum stand in den Verträgen nichts über Gage, Spielorte und andere Verpflichtungen? Warum weigerte sich der Araber, Auskunft über das Hotel zu geben, in dem die Mädchen wohnen würden?

Er beugte sich vor und blickte dem Fahrer über die Schulter.

»Kennen Sie einen Araber Omar?« fragte er.

»Omar?« Der Fahrer lachte. »In Algier gibt es 200 000 Omars!«

»Ein kleinerer, etwas dicklicher Araber.«

»Von den 200 000 sind 150 000 dick!«

»Er ist Theateragent. Leiter einer Tanzgruppe für die algerischen Bars und Varietés.«

»Omar? Völlig unbekannt. Wie heißt er denn weiter?«

»Das weiß ich eben nicht. Ich hörte nur, wie er sich Omar nannte.«

Der Fahrer zuckte mit den Schultern und schaltete in den nächsten Gang, weil er in eine der ansteigenden Straßen einbog, die sich den Berg hinaufschrauben, wo unter Palmen und riesigen Libanon-Zedern die Villen der reichen Europäer und Araber liegen. Vorbei an der langen Mauer des Residentenpalastes ging die Fahrt, das große Hotel St. George grüßte mit seinen Ölbäumen herüber ... dann senkte sich die Straße wieder und bog nach links ab.

»Wenn Sie den Nachnamen nicht wissen, werden Sie den Mann in Algier nie finden«, sagte der Fahrer nach einer Weile, als habe er so lange nach der Antwort gesucht.

Dr. Handrick lehnte sich zurück und wischte sich über die Stirn.

»Ich glaube, da geschieht eine große Schweinerei«, sagte er leise. Aber es war laut genug, daß es der Fahrer hörte.

Es ließ ihn gleichgültig, denn in Algier geschehen täglich so viele Schweinereien.

Dr. Handrick sah aus dem Fenster. Sie fuhren jetzt auf der oberen Straße ... Algier lag vor ihm, die weiße Stadt baute sich unter seinen Füßen den Berg hinauf ... es war, als kletterten die Häuser an den Felsen empor, als würden sie von den tiefer gelegenen emporgeschoben. Weit dehnte sich davor das Meer, blau wie der Himmel darüber, ein Blau im Blau, das am Horizont zwischen dem Gold der Sonne ineinander verschwamm.

»Halten Sie bitte.« Dr. Handrick beugte sich heraus und starrte auf das gewaltige Bild einer in Jahrhunderten gewachsenen Größe. Ein Gedanke kam ihm, ein dummer Gedanke beim Anblick dieser Stadt.

»Fahren Sie bitte zur Polizei«, sagte er plötzlich.

»Zur Polizei, Monsieur? Wegen dieses Omars?«

»Ja.«

Der Fahrer zuckte wieder mit den Schultern.

»Das ist sinnlos, Monsieur.«

»Wenn auch. Fahren Sie.«

»Bien.«

Der Wagen wendete und fuhr den Weg zurück, hinunter in die Stadt. Eine unbeschreibliche Sorge hatte Handrick ergriffen. Wenn Hilde nicht telefonieren kann? Wenn man es ihr verbietet oder sie daran hindert? Dann werde ich sie nie wieder sehen, dann wird sie in diesem riesigen Land verschwinden wie ihr Bruder, und keiner, wirklich keiner wird sie retten können. Ich hätte sie nicht gehen lassen sollen, ich hätte sie einfach mitnehmen sollen und diesem dicken Araber statt des Vertrages in das fette Gesicht schlagen müssen!

»Fahren Sie doch schneller!« schrie er plötzlich den Fahrer an.

Der Araber zuckte zusammen und trat auf das Gaspedal. Laut brummend schoß der Wagen vorwärts und raste durch die Straßen.

In den Türen der Eingeborenengeschäfte lagen die Araber und rauchten. Sie blickten dem Wagen nach, gleichgültig, müde und mit der Ruhe eines von Allah Gesegneten.

Aufkreischend hielt der Wagen vor der Polizeistation.

Dr. Handrick war blaß, als er das große Gebäude betrat ...

Das *Hôtel des Pyramides* ist kein Hotel ersten Ranges. Auch kein Haus zweiter oder dritter Klasse. Das Hotel des Pyramides ist ein Drecknest am Rande der Kasbah.

Es hat keine Zimmer, sondern enge Löcher, in denen die Tapeten in Streifen von den Wänden hängen. Die Fenster dieser Höhlen blicken in einen Innenhof, auf dem eine offene Kloake fürchterlich stinkt und ein Abfallhaufen Schwärme von Schmeißfliegen anzieht.

Das Restaurant, in dem schmutzige runde Tische ohne Decken stehen und Stühle, deren Sitze vielfach durchgebrochen sind, ist nur durch einen dunklen Gang zu erreichen, der an der großen und stinkenden Küche vorbeiführt, in deren Tür der Patron, der Wirt, auf einem Korbsessel sitzt und seine Gäste überwacht.

Omar Ben Slimane war nicht dabei, als die 13 Mädchen in das *Hôtel des Pyramides* geführt wurden. Er war mit seinem Dodge vorausgefahren und traf am Abend drei dicht in ihre Djellabah gehüllte Araber, die aus den Oasen Biskra, Bou Saâda und Touggourt in einer tagelangen Reise nach Algier gekommen waren. So hörte er auch nicht das Schimpfen und sah nicht das erste verzweifelte Weinen der Mädchen, als sie in ihren dumpfen, dunklen und schimmeligen Löchern hockten, das schmutzige Bett voll Ekel betrachteten und die Köpfe schluchzend in die Hände legten. Auch Hilde war maßlos entsetzt von dem Schmutz, in den man sie geführt hatte, und rannte sofort hinunter zu dem Wirt.

»Wo haben Sie das Telefon?« fragte sie. Der Wirt schüttelte den Kopf und machte die Bewegung des Nichtverstehens. »Telefon!« sagte Hilde langsam und laut und führte die Hand so an die Ohren, daß man deutlich ein Telefonieren herauslesen konnte. Der Patron grinste und schüttelte den Kopf. »Non«, sagte er vergnügt. »Nix Telefon.«

Aber als Hilde das Hotel verlassen wollte, stellte er sich ihr in den Weg und sagte drohend: »Bleiben! Nix gut weggehen! Auf Zimmär! Allez!«

Einen Augenblick blieb Hilde betroffen stehen, ehe sie begriff, was der dicke Wirt gesagt hatte. Dann riß sie sich los und wollte aus dem Haus rennen, aber der Wirt stürzte sich auf sie und drückte sie gegen die Wand.

»Auf Zimmär!« brüllte er. »Vite, vite ... ou ...« Er hob die Faust und schwang sie vor Hildes Gesicht hin und her. Dann faßte er sie an den Armen, riß sie mit sich fort, den dunklen Gang entlang, und schob sie die steile Treppe hinauf.

»Nix weggehen!« sagte er etwas leiser, um die anderen Mädchen nicht aufmerksam zu machen. »Omar böse ...«

Er drohte wieder und setzte sich mit seiner ganzen Fülle wie eine lebende Mauer auf die unterste Treppenstufe.

Unschlüssig stand Hilde auf der Treppe. Die Angst war verflogen, auch Tränen kamen ihr nicht mehr in die Augen ... nur Wut, sinnlose, ohnmächtige Wut hatte sie ergriffen. Sie starrte von der Treppe hinab auf den runden Turban des Wirtes und wünschte sich eine Stange oder einen Hammer, um diesen Kopf zu zertrümmern.

Der Wirt saß lächelnd auf den Stufen und betrachtete seine Hände. Vielleicht wartete er auf den Angriff. Er hob den Blick lauernd nach oben und hatte sich nach vorn geduckt.

Langsam wandte sich Hilde um und ging zögernd die Treppen hinauf. Sie sah, daß es sinnlos war, jetzt etwas zu unternehmen, was von Beginn an scheitern mußte. Plötzlich, völlig unverhofft, mußte der Angriff kommen, er mußte vorbei sein, ehe man sich gegen ihn wehren konnte. Aber noch während sie das dachte, glomm wieder die Wut in ihr empor, so drängend, daß sie noch einmal die schon emporgestiegenen drei Stufen hinabsprang und den Wirt mit aller Kraft in den Rücken trat.

Grunzend fiel er nach vorn und lag auf dem schmierigen Boden des Flures. Er richtete sich wortlos auf und drehte sich nicht einmal um ... doch in seinen Augen stand Haß, blanker Haß.

Langsam ging er den Flur entlang und setzte sich wieder

in seinen Korbsessel. Er hörte gespannt, wie Hilde die Treppe wieder emporstieg und auf dem oberen Flur die wackelige Tür ihres Zimmers quietschte. Dann war es still in dem *Hôtel des Pyramides* ... nur in dem stinkenden Hof rauften sich zwei Katzen um einen Fischkopf, der faulend auf dem Müll lag.

In ihrer Wohnhöhle stand Hilde an dem kleinen Fenster und blickte auf das viereckige Stück Himmel, das blau und voll Sonne über dem bröckelnden Lehmbau stand.

Wenn Paul das wüßte, dachte sie. Wenn er ahnte, wie ich hier lebe! Ich wäre nie nach Afrika gegangen, wenn ich das alles vorher gewußt hätte. Ob es der Baron von Pertussi in Berlin gewußt hat? Oder hatte man ihn mit Versprechungen genauso betrogen wie sie? Wie mochten die Lokale aussehen, in denen sie auftreten mußte, wenn dieses Hotel gut genug war, die Tanztruppe zu beherbergen?

Ein schwacher Trost war in ihr: Ich kann von den Lokalen aus anrufen, zwischen den Pausen der Auftritte. Dann wird Paul kommen und mich aus diesem Sumpf herausholen!

Wird er wirklich kommen, durchfuhr es sie plötzlich. War denn alles ernst, was auf der »Esmera« gesprochen wurde, oder war alles nur ein Reiseflirt gewesen, eine dumme Plauderei, um die Zeit der Überfahrt zu verkürzen? Hatte er sie schon vergessen, während er die Hand vom Winken sinken ließ und der Omnibus um die Ecke des Boulevard de la République bog? Dann war alles Warten vergeblich, dann gab es kein Zurück mehr, und sie mußte alles ertragen, was sie ahnungslos wie ihre zwölf Kolleginnen unterschrieben hatte.

Leise verließ sie das dumpfe, enge Zimmer und trat an die Treppe. Unten im Flur hörte sie den Patron mit einem anderen Araber sprechen ... es war nicht Omar, das hörte sie am Klang der Stimme. Durch die Türen der anderen Zimmer klang das Schluchzen der Mädchen. In dem größten Loch, in dem vier Mädchen wohnten, hörte man Fluchen und das verzweifelte Trommeln von Fäusten auf dem morschen Fensterbrett.

Hilde rannte in ihr Zimmer zurück und packte in großer Eile ihre Koffer aus. Sie setzte sich auf das schmierige Bett, legte einen Schreibblock auf die Knie und schrieb mit großen Buchstaben einen kurzen Brief.

»Rette mich! Man hält uns mit Gewalt hier fest. Hôtel des Pyramides. Der Wirt ist ein Ekel! Wenn Du kommst, mußt Du ihn überwältigen. Aber warte nicht länger ... ich kann es nicht mehr aushalten ... Hilde.«

Dann saß sie wieder am Fenster und starrte vor sich hin. Wie sollte der Brief jemals zu Paul Handrick kommen? Niemals würde der Wirt den Brief befördern. Und es gab keine andere Möglichkeit, einen Boten zu schicken.

Sie klebte das Kuvert zu und schrieb als Adresse: Dr. P. Handrick, Institute de la santé, Algier.

Dann breitete sie ihren Staubmantel auf dem Bett aus, legte ihn über die zerrissene und speckige Decke und streckte sich auf ihm aus. Und plötzlich brach es aus ihr heraus, sie wandte das Gesicht zu der Wand, von der die Tapete herabhing, und weinte ...

Wie lange sie gelegen hatte, wußte sie nicht. Als sie die Augen aufschlug, war es dunkel im Zimmer. Durch das offene Fenster quoll mit dem Gestank der Kloake der Abend. Von weither hörte sie eine helle Stimme schreien. Sie erinnerte sich der Reisebücher, daß in ihnen die Rede von dem Muezzin war, dem Allahrufer, der fünfmal am Tag die Gläubigen vom Minarett der Moschee zum Gebet ruft.

Lauschend richtete sie sich auf und trat dann ans Fenster. Der Hof lag in tiefen Schatten ... neben dem Abfallhaufen hockte ein kleiner Junge und durchsuchte die Küchenreste nach etwas Eßbarem. Wenn er ein Stück Brot fand oder einen unsauber abgenagten Knochen, steckte er sie sofort in den Mund und aß mit schmatzendem Behagen. Der Muezzin schrie noch immer ... seine Stimme tönte über das

Gewirr der Kasbah und pflanzte sich fort, als hätte sie die Gewalt eines Windes. Hilde beugte sich aus dem Fenster und winkte mit beiden Händen. »Psst!« rief sie. »Psst!« Der Junge neben dem Abfallhaufen blickte hoch und versteckte schnell ein Stück Brot. Dann grinste er und kam näher, stellte sich unter das Fenster und nickte. Hilde legte den Finger auf die Lippen ... der Junge nickte wieder und verstand das Zeichen. Er streckte seine Hand empor, den schmutzigen Handteller nach oben. Gib erst Geld!

Hilde griff in die Tasche und warf ihm ein 100-Franc-Stück zu. Dann reichte sie ihm den Brief hinab, zeigte auf die Adresse des Kuverts und machte die Bewegung des Laufens und Abgebens. Der Junge nickte und lächelte und streckte wieder seine Hand hin. Hilde gab ihm einen 500-Franc-Schein, den er schnell in seine Tasche steckte. Dann sah er sich sichernd wie ein Wild um, rannte mit langen Sprüngen durch den Hof und verschwand hinter einer kleinen Tür, die nach draußen auf die Straße führen mußte.

Aufatmend sah Hilde, wie sich die Tür hinter dem Rücken des Jungen schloß.

»Mein Gott«, sagte sie leise, »hilf ihm, daß er den Brief richtig abgibt ...« Sie war gerade ins Zimmer zurückgetreten und beugte sich über die Koffer, als der Wirt, ohne anzuklopfen, eintrat und eine brennende Öllampe auf den Tisch stellte. Er musterte Hilde mit dem Blick eines Roßkäufers und zeigte auf das Fenster.

»Nix gutt, aus Fenster«, sagte er lächelnd. »Nachts auf Hoff großes Hund.« Er machte die Bewegung des Beißens und hob die Faust. »Schlafen!« sagte er hart. Dann schob er sich wieder aus der Tür und drückte sie quietschend hinter sich zu.

Gegen zehn Uhr abends, als Hilde sich vergeblich zu zwingen versuchte, auf dem schmutzigen Bett zu schlafen, klopfte es kurz. Verwundert über diese Höflichkeit, sagte sie »ja?«, und Omar Ben Slimane trat ins Zimmer. Er sah sich nicht um, sondern ging zu dem einzigen Stuhl und setzte sich Hilde gegenüber, die auf dem Bett hockte.

»Sie haben den Wirt geschlagen?« fragte er ohne Einleitung.

»Ja. Er zwang mich die Treppe hinauf!«

»Auf meinen Wunsch! Sie dürfen das Hotel nicht allein verlassen...«

Hilde sprang vom Bett und baute sich vor Omar auf. Sie blickte in seine runden Augen, sah die dicken Lippen und das feiste Kinn, und Ekel übermannte sie.

»Ich bin keine Gefangene!« schrie sie. »Ich bin als freie Tänzerin engagiert worden!«

»In Berlin, Demoiselle.«

»Für Afrika!«

Omar winkte ab. »Ich weiß, ich weiß... das sagen alle, die ankommen! Man hat Ihnen die näheren Bedingungen nicht genannt. Ich habe Sie über eine Agentur engagiert, zu meiner freien Verfügung...«

Langsam wich Hilde vor Omar zurück. Plötzlich begann sie zu verstehen, und ein heilloses Grauen überwältigte sie.

»Dann sind wir alle... in Ihrer Hand?«

»Ja, Demoiselle. Es ist nützlich für alle Teile, wenn man sich darüber vollkommen im klaren ist. Selbstverständlich werden Sie tanzen... aber nicht in Algier. Auch in den Oasen der Sahara gibt es Männer, die eine weiße Frau begehren...«

»Das ist Mädchenhandel!« schrie Hilde entsetzt auf.

»Die Europäer gebrauchen immer solche harten Worte.« Omar schüttelte den Kopf. »Ich habe Sie nicht nur engagiert. Nach den Gesetzen des Landes sind Sie meine Sklaven. Ich habe Sie gekauft!«

»Eben sagten Sie: Engagiert!«

»Das war ein Sprachfehler. Ich habe Sie gekauft.«

»Von Baron von Pertussi?!«

»Ganz recht, Demoiselle. Er hat gut daran verdient.«

Hilde schwankte leicht und mußte sich Halt an der bröckelnden Wand suchen. »Ihr Bestien!« stammelte sie.

»Der eine verdient sein Vermögen mit Tomaten oder Bananen ... ich das meine mit schönen Mädchen! Wo ist da ein großer Unterschied? Handel ist Handel. Mohammed verbot ihn nicht. Er allein ist für uns maßgebend, nicht Ihre einengenden europäischen Gesetze. Jeder Handel hat Berechtigung auf der Erde ... womit man handelt, das ist völlig gleichgültig! Wenn man Kamele und Schafe verkauft ... warum nicht auch Menschen?« Omar blinzelte ihr zu, in seinem Gesicht stand Gemeinheit. »Ist er nicht auch ein Herdentier, der Mensch?« fragte er höhnisch.

»Was geschieht mit mir?« Hilde starrte den dicken Araber mit vor Angst geweiteten Augen an. »Werden Sie mich weiterverkaufen?«

»Aber nein. Das wäre kein Geschäft. Sie werden zunächst tanzen. Wo, das erfahren Sie noch. Auf keinen Fall aber in Algier. Das ist mir zu gefährlich. – Wer ist eigentlich der Mann, der mich am Hafen belästigte?« Omars Gesicht war voll lauernder Spannung. »Ihr Verlobter?«

»Ja.«

»Und was macht er in Algier?«

Hilde spürte die Gefahr, die für Handrick in der Beantwortung dieser Frage lag. Sie warf den Kopf zurück und sah Omar stolz an.

»Darauf erwarten Sie doch keine Antwort, Sie Scheusal?«

»Wie Sie wünschen, Demoiselle. Wir werden auch ohne Sie erfahren, wer er ist! Meine Agenten sind schon unterwegs, um ihn aufzuspüren ...«

»Und wenn ... wenn Sie ihn gefunden haben ...?«

Omar erhob sich. Er ging bis zur Tür, ehe er antwortete.

»Ich glaube, wir werden ihn nach dem Gesetz der Wüste behandeln. Er ist ein Weißer, und wir hassen jeden Weißen wie den Tod ...«

Er verließ das Zimmer und warf die Tür hinter sich zu.

Verzweifelt warf sich Hilde auf das Bett und verkrampfte die Finger in die Decken. Im Hof, vor den Fenstern, heulte der große Bluthund, der das Haus während der Nacht bewachte.

Soll das mein Leben sein? dachte sie. Freiwild für Araber und Berber, von Oase zu Oase geschleppt, tanzen und mißhandelt werden, eine Sklavin dieser erbarmungslosen Menschen, ohne Hoffnung, jemals die Freiheit wiederzusehen?

Ein wahnsinniger Gedanke kam ihr ... sie sprang auf und trat ans Fenster. Der Bluthund jaulte und stellte sich mit tropfenden Lefzen auf. Seine Augen funkelten in der Dunkelheit wie glühende Punkte. Als sie sich etwas vorbeugte, legte er die Vorderpfoten an die Hauswand. Er war jetzt still ... er lauschte, beobachtete die Frau am Fenster. Sein Atem hechelte ...

Wenn ich mich jetzt fallen lasse, mitten in dieses Maul hineinfallen lasse, ist alles vorbei ... Ein paar Sekunden Schmerz, dann bin ich zerrissen, und alles Leid hat aufgehört, bevor es noch angefangen hat. Sie sah in den Rachen des Hundes, der Schein ihrer Öllampe fiel auf seine Schnauze und ließ die langen, spitzen Zähne blinken. Dick hing die Zunge zwischen ihnen ... es war, als sei der Gaumen rot, gefärbt mit dem Blut schon Zerfleischter.

Doch ihr fehlte der Mut. Sie wandte sich ab und schloß das Fenster mit den zersprungenen Scheiben. Müde und hoffnungslos legte sie sich auf das Bett und deckte sich mit ihrem Staubmantel zu. Dann starrte sie an die Decke, an diese rohe, unverputzte Lehmdecke, durch die das Geflecht hindurchschien.

Unten im Flur jammerte aus einem Radio arabische Musik. In dem kleinen Gastzimmer spielten ein paar Händler an niedrigen Tischen, vor denen sie auf Bastmatten hockten, ihr Domino-Spiel. Der Patron saß unter ihnen und trank seinen Kaffee aus einem schmalen, hohen, dicken Glas.

Auf der Straße ging eine Patrouille der französischen Gendarmerie vorbei.

In der Kasbah keine Vorkommnisse, würde sie nach einer Stunde melden. Alles ruhig. Und man würde in das Dienstbuch eintragen: In der Kasbah, wie gestern, nichts Neues.

Die Mauern der Häuser in der Kasbah sind schmutzig und bröckelnd. Das Alter zerstört sie. Es sind Mauern ohne Fenster, mit einer Tür, die wie ein Loch ist. Und die Straßen stinken nach Kot und Fäulnis. Auch die Polizei ist froh, schnell ihre Runde beendet zu haben. Gerade des Nachts, wenn die Kasbah schläft.

Dann sind die Häuser schwarze Wände, tot und schweigend.

Und keiner weiß, was hinter diesen toten Wänden geschieht.

Auf der Polizeistation war man ratlos.

Nichts war bekannt davon, daß ein Transport deutscher und andersstaatlicher Mädchen nach Algier gekommen war, um hier als Tänzerinnen aufzutreten. Man zuckte mit den Schultern und sah Dr. Handrick mitleidig an.

»Afrika«, sagte der Kommissar und tippte mit seiner Gerte auf den Tisch. »Wir haben kolonisiert ... das Land, Monsieur ... nicht aber die Araber! Sie werden ewig unerreichbar sein. Wir haben keine Macht, Mademoiselle Sievert aus den Händen Omars zu befreien ... ganz davon abgesehen, daß wir diesen Omar nie finden werden.«

»Aber er muß doch als Theateragent eingetragen sein!« rief Dr. Handrick erregt. »Sie haben doch Meldelisten!«

Der Kommissar winkte sarkastisch ab. »Wir haben alles, Monsieur Docteur. Aber wir haben in der Liste keinen Omar. Das ist es eben...«

»Dann ist er ein Mädchenhändler!« schrie Handrick außer sich. Er umklammerte die Lehne des Stuhls. »Ich bitte Sie, Herr Kommissar, ich flehe Sie an: Befreien Sie die 13 Mädchen! Mädchenhandel unter den Augen der französischen Polizei! Sie müssen doch etwas tun!«

»Das werden wir auch. In Europa wäre es kein Problem, Monsieur. Aber in Afrika schwören sie tausend Meineide, um sich gegenseitig zu schützen. Und es gilt bei ihnen nicht als Sünde, denn wir sind ja in ihren Augen Ungläubige, die man belügen darf. Man dient Allah damit. Das ist die Mentalität, der wir nichts entgegenzusetzen haben als eben nur die Gewalt, wenn wir hundertprozentig im Recht sind. Aber das haben wir hier leider nicht ... wir haben absolut nichts als Ihre Meldung, daß man Ihre Braut unter Vorspiegelung einer Tanzverpflichtung zu verschleppen versucht! Auch nur versucht, Monsieur Docteur – denn noch ist sie ja in Algier ... irgendwo unter dieser Million Menschen, die hier lebt. Wir können nichts beweisen und nichts tun ... wir sind Träger einer Uniform, die mehr der Schönheit und der Staffage dient als dem Schutz des Bürgers von Algier!«

Dr. Handrick setzte sich schwer auf den Stuhl. Er machte den Eindruck eines Mannes, in dem etwas zerbrochen ist.

»Sie geben damit dreizehn Mädchen auf, Kommissar!« stöhnte er.

»Sie waren schon aufgegeben, als sie in Algier landeten.« Die Stimme des Beamten war ein wenig zerfahren, er sah selbst seine Machtlosigkeit und lehnte sich gegen den Gedanken auf, als Kolonialmacht sich vor dem Willen der Araber beugen zu müssen. »Sie hätten Ihre Braut gleich am Hafen mitnehmen sollen.« Er hob die Hand und winkte ab. »Ja, ich weiß. Dieser Omar drohte Ihnen. Das ist das andere Afrika, Monsieur Docteur. Und es gibt noch ein drittes Afrika: das vollkommen erbarmungslose. Was die Touristen sehen, ist immer nur das eine, das erste Afrika, das Afrika der Romane und des Films, das Land der Palmen, schönen Frauen und feurigen Wüstensöhne. Der Erdteil unverloschener Romantik. Das Land der träumenden Oasen!« Er lachte hart und abgehackt.

Eine Polizeipatrouille kam zurück und legte die Rapporte auf den Tisch. Der Kommissar warf einen Blick darauf und schob sie Dr. Handrick zu.

»Bitte, lesen Sie die Meldungen meiner tapferen Truppe«, sagte er mit einer Bitterkeit, die Handrick aufhorchen ließ. »In der Kasbah nichts Neues! Im Bezirk IV nichts Neues. Bezirk IV ist das Viertel der Dirnen ... da passiert immer etwas! Aber alles ist nicht so wichtig ... es ist einfach nichts Neues. Interessant wird es erst, wenn das Blut sichtbar über die Straße fließt! Aber das kommt selten vor, denn der Araber vermeidet es, Spuren zu hinterlassen ...«

In einem Nebenzimmer tickte ein Fernschreiber. Erstaunt lauschte der Kommissar hinüber. Als nach einer Weile der Funker hereinkam und die Meldung auf einem Zettel geschrieben in der Hand hielt, riß der Kommissar das Blatt an sich und überflog es kurz. »Na ja – da haben wir es wieder einmal«, sagte er laut und hieb auf den Tisch. »Meldung von Fort III der Legiongruppe Bir-Adjiba: *Der für zwei Tage beurlaubte Leutnant Emile Grandtours ist nicht ins Fort zurückgekehrt. Suchaktionen vergeblich. Fahndung für alle Dienststellen in Nordafrika, Steckbrief folgt. Meldung an Generalkommando Algier!*« Er sah Dr. Handrick an. »Auch das ist nichts Neues, Docteur. Ein Leutnant verschwindet für immer. Die Wüste ist groß und schweigsam. Sie deckt alles zu. Sie ist eine große Zauberin ... sie läßt Menschen einfach verschwinden ...« Der Kommissar warf das Blatt Papier auf den Tisch ... es flatterte zu Boden und blieb dort, weiß in der Sonne leuchtend, liegen. »Und da glauben Sie, mein Bester, ich wäre in der Lage, Ihre Demoiselle Sievert in Algier zu finden? Monsieur, ich bin Kavalier, und ich bedaure Sie und Ihren gerechten Schmerz ...«

Langsam verließ Dr. Handrick das große Gebäude der Polizei. Wie ein Schwerkranker stand er auf der Straße, bleich, wie von Fieber geschüttelt.

Wohin? dachte er. Wohin soll ich jetzt? In das Institut?

Jetzt Verbeugungen machen, mich vorstellen, den französischen Kollegen die Hände drücken und berichten über die Fortschritte der Inneren Medizin in Deutschland?! Jetzt ruhig in einem Korbsessel sitzen, unter dem sich drehenden Riesenpropeller des Ventilators, und Eiscocktails aus flachen Glasschalen trinken, während Hilde irgendwo in dieser Riesenstadt um Hilfe schreit?!

Der arabische Chauffeur des Taxis stand neben seinem Wagen und sah den Arzt groß an.

»Zum Institut?« fragte er. »Suchen Sie nicht diesen Omar, Monsieur ... Sie werden ihn nie finden ...«

Handrick stieg in den Wagen und ließ sich in die Polster fallen. »Fahren Sie mich irgendwohin! Nur nicht zum Institut de la santé! Fahren Sie mich in die Kasbah ...«

»In die Kasbah, Monsieur?« Der Fahrer drehte sich auf seinem Sitz herum. »Es wird bald Abend.«

»Trotzdem. Fahren Sie nur ...«

Unterhalb der alten Türkenfestung stieg er aus, und ging zu Fuß durch die stinkenden Gassen. Man sah ihm nach, ein Schwarm bettelnder Jungen und Mädchen hängte sich an ihn. In den Türen hockten die Araber und rauchten. Dicke Weiber mit Eimern standen an den Wasserzapfstellen und unterhielten sich mit weiten Armbewegungen.

In einem kleinen europäischen Café nahe der Moschee setzte sich Dr. Handrick an einen runden Tisch und trank einen Café au lait. Die Tagelöhner, die hier einen Apéritif tranken, sahen ihm erstaunt zu, wie er einen Stadtplan aus der Tasche zog und alle Hotels, die darauf verzeichnet waren, mit einem Rotstift ankreuzte.

Und wenn ich sie alle abgehe, dachte er dabei, wenn ich tagelang von Straße zu Straße gehe ... irgendwo muß sie sein! Irgendeiner muß die dreizehn Mädchen gesehen haben ... Man kann doch nicht einfach dreizehn Mädchen verschwinden lassen ...

Gegen elf Uhr abends traf er wieder in der Europäerstadt

ein, müde, erfolglos, verzweifelt. Er ließ sich zum Institut fahren und dem Leiter melden.

Dr. Bernard war ein großer, kräftiger Mann Mitte der Fünfzig. Sein weißes Haar umrahmte das braune Gesicht mit der hohen Stirn. Seine blauen Augen hatten noch nichts von ihrer Strahlkraft eingebüßt ... er kam Dr. Handrick mit ausgestreckten Armen entgegen und drückte ihm beide Hände.

»Lieber Kollege«, rief er. »Wir waren schon ganz verzweifelt. Wir suchten Sie überall. Auf dem Schiffsbüro sagte man uns, daß Sie schon am Vormittag an Land gekommen seien.«

»Das stimmt.« Dr. Handrick lehnte den Kognak ab, den Dr. Bernard aus einem Wandschrank nahm. »Ich habe mir Algier ansehen müssen ... Es ist eine lange Geschichte, Dr. Bernard.«

»Das glaube ich. Übrigens ... es ist ein Brief für Sie da ...«

»So?« Dr. Handrick winkte ab. »Ich habe jetzt wirklich keine Lust für Post aus Deutschland. Ich hatte ein tragisches Erlebnis ...«

»Erzählen!« Dr. Bernard setzte sich in einen Sessel. »In Algier ist alles tragisch.« Er lachte. »Was ich noch sagen wollte – der Brief ist nicht aus Deutschland. Ein geradezu einmalig dreckiger Araberjunge brachte ihn vor einer Stunde. Sie haben merkwürdige Bekannte in Algier.«

»Ein Araberjunge?!« Dr. Handrick hatte es herausgeschrien. Er war aufgesprungen und streckte beide Hände vor. »Wo ist der Brief?! Mein Gott, Dr. Bernard ... ein Brief von Hilde! Wo ist er?!«

Dr. Bernard schüttelte den Kopf, ging zu einem Schreibtisch und reichte ihm das Kuvert hinüber. »Cherchez la femme!« sagte er dabei. »Sie fangen gut in Algier an, bester Kollege ...«

Mit zitternden Händen schlitzte Dr. Handrick den Brief

auf. Er riß das Blatt heraus und las den Brief mit bebender Stimme vor.

»Rette mich. Man hält uns mit Gewalt hier fest. Hôtel des Pyramides. – Der Wirt ist ein Ekel! Wenn Du kommst, mußt Du ihn überwältigen. Aber warte nicht länger ... ich kann es nicht mehr aushalten ... Hilde.«

Dr. Bernard war blaß geworden und starrte Dr. Handrick an.

»Was soll das?« fragte er leise.

»Die Polizei! Schnell! Sofort die Polizei!« Dr. Handrick rannte zum Telefon. »Wo ist das Hôtel des Pyramides?«

»In der Kasbah!«

»Es geht um das Leben von dreizehn Mädchen!« schrie Handrick. »Wir müssen sofort die Polizei holen. Bestellen Sie bitte einen Wagen für uns! Es geht um Minuten ...«

Dr. Bernard rannte aus dem Zimmer und brüllte durch das Haus nach seinem arabischen Diener.

Eine Viertelstunde später hielten vier Wagen kreischend vor dem *Hôtel des Pyramides*.

Dr. Handrick war der erste, der heraussprang und in den finsteren Gang stürmte. Er traf auf den dicken Wirt, der keifend aus der Gaststube stürzte und sich mitten in den Gang stellte.

Handrick dachte an Hildes Brief und stieß dem Araber wortlos seine Faust mit aller Gewalt ins Gesicht. Stumm fiel der Wirt gegen die Lehmwand und wischte sich das aus dem Mund hervorstürzende Blut mit dem Rockärmel ab. Die Polizisten, die nachgerannt kamen, besetzten das Gastzimmer, wo die anwesenden Araber ruhig, als sei nichts geschehen, ihr Dominospiel weiterspielten. Sie blickten nicht einmal auf ... nachdenklich setzten sie die Steine, als ständen keine Gendarmen an den Wänden. Der Kommissar hatte unterdessen den Wirt gepackt und in die große Küche gestoßen.

»Wo sind die Mädchen, du Saukerl?!« schrie er und hielt dem Patron seine dicke Faust vor die verquollenen Augen.

»Heraus mit der Sprache! Sonst kracht's!«

»Schon weg!« Der Wirt krümmte sich an der Mauer und sah zu Dr. Handrick hin, der lauernd vor ihm stand. »Alle weg! Vor einer halben Stunde. Ganz plötzlich. Wurden abgeholt.«

»Das ist nicht wahr!« Dr. Handrick zog den Wirt zu sich heran. Er schüttelte ihn wild und stieß ihn dann wieder gegen die Wand. »Wer ist dieser Omar?!«

»Ich kenne ihn nicht«, jammerte der Wirt. »Er kam, bezahlte, brachte die Mädchen und holte sie wieder ab. Mehr weiß ich nicht...«

Mit großer Gebärde holte der Kommisssar aus und schlug den Patron zu Boden. Über den Ohnmächtigen hinweg stieg er aus der Küche und pfiff seine Polizisten zurück, die durch den Fuchsbau des Hotels gekrochen waren.

»Nichts«, sagte er achselzuckend. »Sie können den Patron totschlagen... er schweigt. Wie immer, Monsieur Docteur ... wir kennen es schon: zu spät!«

»Aber sie war hier!« schrie Dr. Handrick außer sich. Die Haare hingen ihm ins bleiche Gesicht – er machte den Eindruck eines Irrsinnigen. »Man hat jetzt eine Spur!«

»Eine Spur? Wo denn, Monsieur?«

»Sie war doch hier!« brüllte Handrick.

»War...« Der Kommissar sah seine Faust an, an der noch das Blut aus dem Gesicht des Patrons klebte. »Mein lieber Docteur... für ein ›War‹ gibt Ihnen in Afrika keiner einen Centime...«

Ich kann nicht mehr. Nein! Ich kann nicht mehr.

Ich bin am Ende meiner Kräfte... die Wüste saugt mich aus wie einen Schwamm, aus dem eine riesige Faust den letzten Tropfen preßt. Mein Kamel lahmt... es hinkt durch den Sand und schreit nach zehn Schritten wie ein Irrer. Und so geht es jetzt drei... nein, vier Tage lang... Ich habe keinen Zeitbegriff mehr, ich lebe nur noch in dem einen Gedanken: weiter ... weiter ... weg von den Oasen, hinein in die Unendlichkeit des Sandes ... Dieser Gedanke ist Kraft, ist himmlische Stärke, er beflügelt mich, kennt keine Grenzen ... weiter ... weiter ... irgendwo dort in der flimmernden Ferne ist die Freiheit!

Wie habe ich es bloß ausgehalten, vier Tage ununterbrochen durch die Sahara zu ziehen, diese Hitze zu ertragen ... ohne Wasser, ohne Essen ... Wenn ich jetzt über das Land blicke, ist es mir, als schwämme es vor meinen Augen, als liege es in einem weiten Meer, das sich leicht im Wind kräuselt ...

Manchmal ist der Mensch ein Wunder.

Ich bin geflohen ... ich habe es gewagt, aus dem Lager Amar Ben Belkacems zu flüchten, unter den Augen der Wächter, die vorn vor dem Eingang des Zeltes saßen, während ich hinten die Tücher mit einem Dolch aufschnitt und auf dem Bauch durch den Sand kroch.

Plötzlich war ich wieder stark, als ich die Freiheit um mich sah. Ich konnte mich auf den Wächter bei den Kamelen stürzen und ihn so lange würgen, bis er ohnmächtig war. Und ruhig – woher nahm ich bloß die Ruhe?! – suchte ich mir das beste Kamel aus ... ein hochbeiniges weißes Kamel mit einem dicken Höcker, gut genährt, voll Wasser gesogen. Mit ihm ritt ich aus dem Lager, eingehüllt in eine Djellabah, und keiner erkannte mich ... auch nicht der Hirte der Schafherde, dem ich begegnete und der mich ungehindert vorbeireiten ließ. Wer dachte denn daran, daß der Weiße entfliehen könnte?!

Es war eine günstige Nacht. Amar war aus dem Lager fortgeritten, um Leutnant Grandtours zu töten. Er sagte es, bevor er mich verließ. Siegessicher stand er in meinem Zelt, groß, hager, mit flammenden Augen, ein herrlicher Sohn der Wüste.

»Allah hat das Leben gerecht eingerichtet«, sagte er stolz. »Alle Rechnungen werden im Leben beglichen.«

»Sie werden den Leutnant also töten?« fragte ich leise.

»Ich werde ihn so behandeln, wie er mich behandelt hat. Stammt der Spruch nicht aus Ihrer Bibel: Auge um Auge, Zahn um Zahn?! Ich bin der Zahn, der ihn zerbeißen wird ...«

»Sie haben eine teuflische Art, Amar, alles, was uns angeht, in Ihre Mentalität umzubiegen«, sagte ich.

Er schwieg darauf und sah mich lange an. Ich glaube, er überlegte, ob er mich mitnehmen sollte zu dem Treffen. Ich hielt den Atem an ... wenn Leutnant Grandtours schneller als Amar war, bedeutete das meine Freiheit. Aber dann wandte er sich ab und verließ das Zelt. Ich folgte ihm und sah, daß eines seiner Reitkamele gesattelt vor dem Eingang kniete.

»Grüßen Sie mir Leutnant Grandtours«, sagte ich. »Ich warte darauf, daß er mich hier wegholt.«

Amar Ben Belkacem nickte. Sein hageres Gesicht mit den etwas schräg gestellten Augen wurde von einem wirklich inneren Lächeln überflogen. »Ich werde es ihm sagen. Alles, Herr Doktor. Ich kann es ihm sagen, weil Sie mir sicher sind ...«

Ja, das sagte er: Weil Sie mir sicher sind ... Und drei Stunden später hockte ich auf einem der Kamele und flüchtete in die Sahara.

Manchmal, auf der vier Tage langen Flucht, habe ich mir gedacht, ob es nicht besser sei, einfach liegenzubleiben und das Ende abzuwarten. Wohin sollte ich mich denn wenden? Überall streiften die Freunde Amars durch die Wüste, und ich hatte keine Gnade zu erwarten, wenn ich wieder in die Hände der fanatischen Nationalisten fiel. Ich weiß, daß jetzt in El Hamel Dr. Ahmed Djaballah sämtliche Nomaden der Wüste aufgerufen hat, mich zu suchen ... ich weiß, das Babaâdour Mohammed Ben Ramdan wieder für meinen sofortigen Tod eingetreten ist, um die Pläne, die in meinem Kopf liegen, für immer zu vernichten. Ich weiß auch, daß irgendwo in den Bergen des Hoggars der geheimnisvolle Führer dieser ganzen großen Bewegung Nordafrikas sich verborgen hält, der sagenhafte Sidi Mohammed Ben Scheik el Mokhtar, der Mann mit dem kurzen, schwarzen Bart und den blauen Augen ... den einzigen blauen Augen im Riesenraum der Sahara. Der Mann, den keiner kennt, nicht einmal Amar...

Was ist da ein kleiner, schwacher Mensch allein im gelben Sand der Sahara? Ein gejagter Mensch ohne Essen und Wasser, mit einem Kamel, das seit zwei Tagen lahmt und schreiend seinen Weg geht, weil die dicke Peitsche es unerbittlich antreibt!

Oh, mein Gott ... wenn es einmal regnen würde! Einmal nur ... nur eine Viertelstunde ... zwei Minuten nur ... ich bin ja so bescheiden geworden ... nur kurz, ganz kurz möchte ich einige Tropfen Nässe auf meinem Körper spüren, auf den Lippen, auf der Stirn, auf der Brust ... Ich würde jauchzen und im Regen herumtanzen wie ein Irrer, ich würde den Mund weit aufreißen und jeden Tropfen fangen, als sei ich ein Jongleur, der winzige Bälle nicht verfehlen darf ...

Aber Gott läßt nicht regnen ... er schickt nur die Sonne, die ich so hassen lernte, eine Sonne, die Glut auf die Erde schleudert, bis sie aufreißt und mit quellenden Wunden zum blaßblauen Himmel schreit. Die Steine werden bleich, der Sand glüht, die wenigen Gräser sind braun, versengt. Vereinzelt stehen die Tamarisken in den Senken, wo im Winter ein kleiner Bach fließt. In den Wadis, wo ein wenig Feuchtigkeit im Grund liegt, weil das Oberflächenwasser über einer Tonschicht stehen bleibt, wachsen Kräuter, Gräser und ginsterartige Büsche.

Man kommt auf wahnsinnige Gedanken, wenn man allein in der Wüste ist. Gestern bin ich abgestiegen und habe die Gräser durch meine Hände gleiten lassen. Namen fielen mir ein ... dumme, unwichtige Namen, die niemand kennt und niemand wissen will ... Dieses Gras hier ist eine Aristida pungens, dachte ich. Und dort, der Busch, heißt Retama raetam. Dumm, nicht wahr? Botanik in der Wüste! Aber das macht die Sonne, diese verfluchte Sonne ... sie läßt Gedanken und Erinnerungen blühen, die tief unten in der Hirnschale sitzen, kühl und gut aufbewahrt wie in einem Keller. Man kann sie raufholen und entkorken, diese Gedanken, man kann sie trinken, und sie schmecken herrlich, weil es die einzige Nahrung ist ... Cornulaca monacantha heißt ein Kraut in der Wüste ... hahaha ... Da gibt es im Süden ein Gras, das Halfagras, hart wie eine Messerschneide und auch so scharf. Stipa tenacissima! Ein herrlicher Name, nicht wahr?! Tenacissima! Das klingt wie der Text aus einem Meßbuch ... Judica me, Deus, et discerne causam meam de gente non sancta: ab homine iniquo et doloso erue me ... Ein herrlicher Spruch, oh, mein Gott: Schaff Recht mir, Gott, und führe meine Sache gegen ein unheiliges Volk: von frevelhaften, falschen Menschen rette mich ...

Ja, rette mich, mein Gott ...

Verlaß mich nicht ... Ich werde noch irrsinnig in dieser Hitze, diesem Staub, dieser Trostlosigkeit der Wüste ...

Die Zunge ist dick und aufgequollen vor Durst, der Magen krampft sich zusammen, vor den Augen steht flimmernd die Luft ... ich muß sie zusammenkneifen, um überhaupt sehen zu können ... Und das Gehirn, dieses ausgetrocknete, kochende, 1450 Gramm schwere Gehirn, denkt in Latein ...

Quia tu es, Deus, fortitudo mea ...

Gott, du bist meine Stärke ...

Nun bin ich weitergezogen ... ich habe nur kurz in einem Wadi gerastet und das Kamel untersucht. Sein Vorderhuf ist verletzt ... es muß auf einen spitzen Stein getreten sein. Das Bein schwillt an, und ich kann ausrechnen, wann es nicht mehr gehen kann und ich es liegenlassen muß ... das treue, tapfere Kamel, das mich Stunde um Stunde durch die Wüste trug.

Jetzt wird es kühler ... der Abend kommt schnell, und dann liegen wir in einer Dünensenke und frieren.

Drei Stunden bin ich jetzt zu Fuß gegangen, um das Kamel zu schonen. Was bin ich ohne dieses Tier in der Sahara? Ich darf es nicht verlieren, bevor ich nicht eine Oase erreicht habe. Es muß durchhalten, es muß so stark sein wie ich ...

Stark. – Ich schwankte durch die Wüste ... ein Betrunkener ... betrunken von der Sonne, der Hitze und dem Durst ... Aber ich schaffte es ... Meter um Meter ... durch den Sand, durch den spitzen Kies, durch Muschelfelder ... Einmal lag ein kleiner Salzsee vor mir ... ich glaube, es war der Schott el Glaouila ... dort habe ich eine Stunde gestanden und die salzigen Steine in der Hand gehalten.

Verrückte Vorstellungen überkamen mich. Wenn ich jetzt an solch einem Salzstein lecke, werde ich vor Durst verbrennen ... Verdursten ist der schrecklichste Tod ... ein Mensch, der verhungert, wird müde und apathisch ... aber ein Mensch, der verdurstet, wird irrsinnig ... Ich habe ja nur die eine Wahl: verhungern oder verdursten ...

Nun ist es Abend. Ich liege in einer Talsenke. Vor mir dehnt sich ein kleiner rauher Gebirgszug, nicht hoch, aber kahl wie der Mond. Felsen, rötlichgelb, bröckelnd, rissig, von der Sonne ausgelaugt. Hier will ich die Nacht überleben. Ich kann nicht schreiben: hier will ich schlafen ... es wäre eine Lüge. Überleben, das ist der richtige Ausdruck ...

Mein Kamel kniet an dem Felsen und leckt sich seinen Vorderhuf. Es muß sich dabei den Hals ausrenken, aber es leckt, und das tut ihm gut, denn es ist still und knurrt nicht mehr. Der Holzsattel mit dem kleinen, schmutzigen, zerfetzten Teppich liegt auf der Erde. Ich hocke daneben und schreibe, solange noch Licht über der Einöde ist. Wenn dann die Nacht kommt, die kalte Nacht, und die Millionen Sterne flammen auf wie Fackeln, werde ich zu meinem Kamel kriechen und mich eng an es schmiegen. Es wird mich wärmen, dieses stinkende, häßliche Tier, es wird das einzige Leben sein, das um mich ist.

Und was wird morgen sein?

Wieder Sonne.

Wieder Wüste.

Und Flucht ... immer wieder die Flucht.

Ein großer Gedanke, der treibt: Weiter! Weiter!

Und Hunger. Und Durst.

Durst ...

Ich darf nicht daran denken ... wenn ich mit der dicken Zunge über meine Lippen fahre, spüre ich, daß sie aufgesprungen und voll Sand sind. Es knirscht im Gaumen, wenn ich schlucke.

Aber ich bin frei!

Es wird dunkel, der Himmel ist grauschwarz.

Das Kamel stöhnt.

Nur Ruhe, mein Freund – ich lege mich neben dich. Kamerad der Einsamkeit ... wir gehen zusammen zugrunde ...

Mein Gott – schicke mir die Gnade des Schlafes ...

Sieben Stunden später.

Ein Verrückter steht auf einem Felsen ...

Ich jauchze, ich tanze um mein Kamel herum. Nein – warum soll ich es nicht sagen ... ich weine! Ich wundere mich, woher meine Augen aus dem ausgesaugten Körper das Wasser hernehmen, um Tränen zu schaffen ... Ich weine.

Vor mir, im Tal, am Rande der Felsen, liegt ein Brunnen!

Eine Oase!

Eine unbewohnte, kleine Oase, nur wenige Dattelpalmen und Tamarisken ... aber ein Brunnen ist da ... ich sehe ihn deutlich ... ein kleiner, ummauerter, runder Brunnen mit einem zerbeulten Blecheimer an einem zerschlissenen Tau!

Mein Kamel schreit ... es ist die Freude, ich sehe es an seinen Augen. Es schreit, daß mir das Blut in den Adern gerinnen könnte ... Schwankend geht es mir voraus, den Berg hinunter, es tappt mit seinem zerschundenen Fuß über die Steinsteppe – jetzt rennt es, den Kopf weit vorgestreckt, es rennt schreiend auf den Brunnen zu.

Wasser! Wasser!

Oh, mein Gott ... du lebst ... Du lebst wirklich ... Ich habe daran gezweifelt ... gestern, in der Nacht. Ich habe dich geleugnet, ich habe dich gelästert, dich und deinen Namen verdammt ... Ich habe nicht mehr an dich geglaubt ... ich war am Ende ... völlig.

Aber du lebst ... jetzt sehe ich es. Du bist der lebendige Gott ... Domine, exaudi orationem meam ...

Herr, erhöre mein Gebet ...

Ich weine. Weinend werde ich an den Brunnen gehen und trinken.

Trinken. Kann ich denn noch trinken? Was ist das, trinken?

Jetzt ... jetzt werde auch ich rennen.

Nie, nie war das Grün der Palmen so schön ...

Oued el Ham ist ein kleines Nest am Rande des Sahara-Atlas. Ein Wadi schenkt dem Ort das Leben, ein kleiner Fluß, der selbst im Hochsommer noch ein wenig Wasser führt und ein üppiges Blühen von Malven, Eukalyptus, Ölbäumen, Dattelpalmen, Bambus, Wacholder, Oliven und Mastix ermöglicht. Die weißen Stein- und Lehmhäuser ducken sich hinter hohen Mauern, die das Flußbett einrahmen und gleichzeitig regulieren. In den weiten Gärten sprießen Melonen und hängen Obstbäume schwer zur Erde.

Oued el Ham ist ein kleiner, glücklicher Ort. Hier leben über zweitausend Araber und Berber, Ouled Nails und nomadisierende Stämme. In den zwei Hotels sitzen am Abend die gutverdienenden Händler und schauen im großen Raum den Darbietungen der Tanzmädchen zu, die etwas außerhalb der Häuser in einem großen, weiträumigen Bau wohnen wie in einer Kaserne.

Eine Kaserne des Vergnügens und der käuflichen Liebe.

Ein großer, schlanker Araber mit dem klingenden Namen Fuad el Mongalla ibn Hadscheh, leitet die »Stätte des Glücks«, wie sie in der blumigen Sprache der Wüste heißt.

Hier leben siebzehn Mädchen aller Rassen, willenlos, geknechtet, verkauft und verloren.

Es war eine lange Fahrt, und meistens nur des Nachts, bis Hilde Sievert nach Oued el Ham kam, in Fuads Haus. Omar Ben Slimane brachte sie selbst in die Oase ... am Tage, während der Hinreise, verbarg er sie in den Atlasdörfern in schmutzigen, heißen Häusern oder sperrte sie in feuchte Keller, wo die Luft gesättigt war von faulender Hitze. Oft hörte Hilde in diesen Nächten und Tagen, wie vor dem Haus die Lastwagen der französischen Truppen vorbeifuhren, wie Omnibusse mit Reisenden hielten und an der Tankstelle gegenüber dem Haus, in dessen Keller sie saß, neues Benzin tankten. Dann standen die Touristen mit Fotoapparaten vor den Häusern und knipsten die Kamele, die fensterlosen Hauswände und die Araber, um die Bilder später in ihr Album zu kleben und zu zeigen: Das war Sidi Aissa, das Bouira, und das hier Ain Oussera. Hier haben wir gerastet, hier gab es eine eiskalte Coca-Cola, und dort ... meine liebe Frieda, dort haben wir sogar eine Flasche Bier bekommen, ein bißchen sauer und herb, aber es war Bier! Hat das gezischt! Wie Wasser auf einer glühenden Eisenplatte! Und in Palestro ... meine liebe Elfriede, du glaubst es nicht ... da war ein Araber, der konnte mit den Ohren wackeln wie ein Esel. Wir haben gebrüllt vor Lachen. O yes, Afrika ist very nice! Ein wonderful Land ...

Einmal hatte Hilde mit den Fäusten an die dicke Mauer des Kellers getrommelt und laut geschrien. »Hilfe! Hilfe! Rettet mich!« Und dann war Omar Ben Slimane gekommen, hatte sie zurückgerissen und ins Gesicht geschlagen.

Das war das schrecklichste ... der Araber schlug sie! Seine dicke, ewig schwitzige, riechende Hand klatschte ihr ins Gesicht, daß sie zurückfiel und sich den Kopf an einem Mauervorsprung aufschlug. Sie spürte den Schmerz nicht ... die Schande übermannte sie ...

Dann war sie eines Nachts in Oued el Ham. Fuad el Mongalla ibn Hadscheh sah sie lange an, während sie vor ihm stand und die Musterung mit der stummen Abwehr abgründigen Hasses ertrug.

Hier, in der kleinen, fruchtbaren Oase, spielte Omar Ben Slimane zum Abschied seinen großen Trumpf aus. Er saß auf einem der runden, ledernen, reich verzierten Sitzwürfel und rauchte eine starke türkische Zigarette. Seinen roten Fez hatte er etwas in den Nacken geschoben.

»Du bleibst jetzt hier«, sagte er zu Hilde und wies auf Fuad. »Das ist ab heute dein Herr. Er hat dich gekauft! Er kann mit dir tun, was er will. Und er wird dich töten, wenn du ungehorsam bist.«

»Das wäre die schnellste und beste Lösung.«

»Wie man es nimmt. Oder hoffst du noch immer auf deinen Freund? Heißt er nicht Dr. Paul Handrick?«

Aus Hildes Gesicht wich alle Farbe.

»Woher wissen Sie das . . .?« stammelte sie.

»Von meinen Agenten. Dr. Handrick aus Hamburg. Ich wußte es schon, als wir von Algier abfuhren. Er war übrigens eine halbe Stunde nach unserem Auszug im *Hôtel des Pyramides!*«

»Er hat mich gefunden?« fragte sie. Ein schwaches Lächeln überzog ihr blasses Gesicht. »Er wird mich weiter suchen . . .«

»Kaum.« Omar sah zu Fuad hinüber. »Wir werden alles tun, ihn aus Afrika zu entfernen. Zumindest wird er nicht in die Wüste kommen. Nicht weit, Demoiselle . . .« Er sprach dieses Demoiselle wie einen schmutzigen Witz aus . . . selbst Fuad empfand es und grinste Omar an. »Dr. Handrick befindet sich jetzt noch in Algier . . . aber er will in den nächsten Tagen nach Blida. Weiter wird er nicht kommen. Das versprechen wir Ihnen.«

»Und was soll ich hier in dieser Oase? Tanzen?«

»Auch.«

Hilde prallte zurück. »Was heißt ›auch‹?« Die plötzliche

Erkenntnis ihrer kommenden Pflichten, die Ungeheuerlichkeit, an die sie nie zu denken wagte, überfiel sie mit Gewalt. Sie stürzte nach vorn und riß den kleinen Omar von seinem Sitzwürfel hoch, packte ihn an den Rockaufschlägen und schlug dann mit der Faust in sein Gesicht. Noch ehe Fuad hinzuspringen konnte, war Omars Gesicht von Blut überströmt.

»Lieber sterben!« schrie Hilde dabei. »Tötet mich doch, bringt mich um ... sofort, auf der Stelle ... Ich wehre mich ... aber ich lasse mich nicht verkaufen, ich kämpfe um mein armseliges Leben! Ich werde nie, nie, nie in dieses Haus gehen! Nie, solange ich lebe ...« Sie trat den sie umklammernden Fuad gegen das Schienbein und warf sich dann wieder rasend auf den hinzukommenden Omar Ben Slimane, hieb ihre Hände mit gekrallten Fingern in sein Gesicht und zerkratzte ihm die Augen.

Der Araber schrie laut auf, er duckte sich und unterrannte das Mädchen, warf es zu Boden und wollte in sinnloser Wut auf ihr herumtrampeln, als Fuad ihn zur Seite stieß und Hilde von der Erde aufhob. Den wieder anstürmenden Omar, dessen Gesicht ein einziger Blutfleck war, aus dem die mordgierigen Augen hervorquollen, warf er mit einem Armschwung zur Seite und setzte Hilde auf einen der Sitzwürfel.

»Nix Angst«, sagte er gebrochen. »Fuad verstehen ...«

Omar Ben Slimane hockte in der Ecke des Zimmers und zitterte am ganzen Körper. Sein weißes Seidenhemd war befleckt, sein heller Anzug völlig verschmutzt ... schwer atmend kam er näher, geduckt, wie ein Tier, das anschleicht und jeden Augenblick zum Sprung vorschnellen kann.

Fuad kam ihm entgegen und blieb vor ihm stehen.

»Ich habe sie gekauft«, sagte er mit leiser Stimme, aber Omar blieb vor diesem Klang stehen und blickte zu Fuad mit zusammengekniffenen Augen auf. »Sie gehört mir. Du hast dein Geld. Nun geh!«

»Sie hat mich geschlagen! Eine Ungläubige einen Hadji.«

»Geh!«

»Allah wird dich und sie verfluchen! Sie ist ein Teufel! Töte sie, Fuad! Töte sie, oder sie wird dich töten!«

»Geh!«

Omar wandte sich ab. Er nahm seinen Fez und setzte ihn auf den schwarzen, pomadisierten Schädel. An der Tür drehte er sich noch einmal um. Haß sprühte aus seinen Augen.

»Du hast sie gekauft«, sagte er gefährlich leise. »Aber ich werde sie töten! Ich, Omar Ben Slimane! Sie hat mich geschlagen, dieses Aas ...«

Fuad stand groß im Raum. Er sagte nichts ... aber er hob den rechten Arm und bewegte ihn ruckartig nach vorn. Etwas Helles, Blitzendes zuckte durch die Luft und bohrte sich krachend neben dem Kopf Omars in das Holz der Tür. Blitzschnell hatte sich Slimane geduckt und blickte nun nach oben.

Ein langer, dünner Dolch zitterte im Holz.

Der goldene Griff hatte die Form einer Schlange. Aus Rubinen waren die Augen.

»Der nächste trifft«, sagte Fuad langsam.

Omar verstand und verließ das Haus. Er stieg draußen schnell in seinen Wagen und fuhr aus Oued el Ham hinaus auf die Straße, die seitlich von der großen Autopiste durch den Atlas führt.

Geduckt saß er hinter dem Steuer und starrte auf das helle Band des Weges. Neben ihm flogen die kahlen Felsen vorbei.

»Er wird es zahlen«, murmelte Omar vor sich hin. »Dr. Handrick wird es zahlen ... Damit treffe ich sie mehr, als wenn ich sie töte ...«

Er lächelte wieder, lächelte mit den aufgeschlagenen, dicken Lippen und fuhr zurück nach Algier.

Die Nacht war hell. Der Mond hing wie eine Scheibe über Steppe und Gebirge. Schakale heulten in der Ferne. An den Agavenhängen schimpften durch den Motorenlärm aufgescheuchte, schläfrige Affen. Eine Horde Nomaden saß noch vor den niedrigen, gestreiften Zelten und balgte einige Hammel ab. Die Lagerfeuer loderten hell.

An einem einsamen Brunnen im Atlas wusch sich Omar das Gesicht und die Hände. Dann fuhr er weiter. Eine Karawane, die nachts weiterzog, überholte er. Mit aufgeblendeten Scheinwerfern fuhr er in unverminderter Geschwindigkeit weiter und lachte, als die Araber wütend ihre Kamele und Esel von der Straße trieben, um sie nicht überfahren zu lassen.

Dr. Handrick, dachte er. Ich werde ihn hinten an den Wagen binden und durch die Wüste schleifen. Ich werde ihn stückweise diesem Satansweib schicken ... jeden Tag ein Paket ... Sie soll die Hölle sehen ... die Hölle ...

Und Allah wird beide Augen schließen müssen.

Über Oued el Ham wiegten sich die Palmen. Himmelhoch strebten die borkigen Stämme.

Hilde lag auf einem seidenbespannten Bett und starrte an die Decke des Zimmers. Fuad saß neben ihr auf einem Hocker und rauchte eine Zigarette.

»Du gehörst jetzt mir«, sagte er leise. »Und ich werde dich pflegen wie eine Rose ...« Er sah sie groß an. »Du bist schön ... Das schwarze Haar und die weiße Haut ... Vielleicht wirst du Afrika doch einmal lieben lernen. Afrika ist nicht Omar Ben Slimane. Omar ist ein Verdammter Allahs. Afrika aber ist das Land voller Wunder. Hier spricht der Mond und flüstert der Sand, singen die Palmen und läuten die Glocken der Blumen. Man muß es nur hören ...« Er beugte sich ein wenig vor und berührte mit den Fingerspitzen zaghaft Hildes Arm. Sie zuckte zusammen, und Fuad zog schnell die Hand zurück. »Ich bin sehr glücklich, daß du da bist«, sagte er zögernd. »Und du wirst immer bei mir bleiben ...«

An der Decke lief eine Spinne. Im Schein des Mondes sah sie aus wie Silber. Und Hilde weinte ...

Dr. Handrick saß seinem Chef, Dr. Bernard, gegenüber und hatte die Berichte aus Hamburg vor sich ausgebreitet. Eine starke Lampe warf einen grellen Schein über die Papiere.

Dr. Bernard, dem die Erregung der vergangenen Tage, die Suche nach Hilde Sievert durch alle Lokale und Hotels Algiers noch im Gesicht geschrieben stand, lehnte sich zurück und faltete die Hände über dem Bauch.

»Wir haben in den algerischen Gebieten, vor allem in den Wüstenregionen, keine Kontrolle des Gesundheitszustandes. Es soll vorkommen, daß in den Oasen sogar Lepra aufgetaucht ist, ohne daß man eine Möglichkeit hat, die Kranken zu isolieren. Von der Syphilis wollen wir überhaupt nicht reden ... es ist grauenhaft, wenn man sehen muß, daß drei Fünftel aller Kinder mit Lues zur Welt kommen, wie die Verkrüppelungen ansteigen, die Erblindungen, Verblödungen ... und wir haben keine Macht mehr über die Seuchen, weil Araber und Berber sich instinktiv gegen uns stellen ... gegen uns, den weißen Mann! Der Afrokommunismus – diese Idee von einem Afrika den Afrikanern – ist auch in Algerien das Nonplusultra aller Handlungen.« Er hob die Hände. »Wir sind da machtlos.«

»Sie müssen Untersuchungs- und Impfkolonnen einrichten, die systematisch die Wüste abtasten und die Kranken behandeln.«

Dr. Handrick beugte sich über eine große Karte, die neben den Papieren ausgebreitet auf dem Tisch lag. »Von den Oasen aus, den großen Plätzen wie Biskra, Bou Saâda, Touggourt, Guerrara, Ghardaîa und Laghouat, könnte man doch die Gebiete durchkämmen!«

Dr. Bernard sah Handrick mit einem mitleidigen Lächeln an. »Die Deutschen mit ihrem Organisationstick!« Er schüttelte den weißen Kopf. »Was man in Südamerika machen kann, sogar am Kongo oder in Ägypten, das kann man noch lange nicht in der Sahara! Sie können dreihundert Millionen Chinesen impfen oder zweihundert Millionen Inder ... aber nicht tausend Araber! Das ist ein anderes Volk, Herr Kollege – das sind Männer, die eine Berührung einer Christenhand an ihrer von Allah gesegneten Haut als tödliche Beleidigung ansehen. Wir haben Fanatiker vor uns, wie sie zur Zeit des Mahdis schon einmal Afrika in Schrecken setzten! Damals kämpften sie noch mit Vorderladern, Bogen und Speer ... heute haben sie Maschinengewehre, Kanonen und Raketengeschosse ... Made in UdSSR. Die Welt ist anders geworden ... unbesiegbarer.«

Dr. Handrick lehnte sich zurück und verfolgte mit dem Finger auf der Karte eine bestimmte Route.

»Ich werde morgen nach Bou Saâda fahren«, sagte er nachdenklich. »Vielleicht ist es möglich, von dort über Biskra in die Wüste vorzustoßen und in den Oasen zwischen Touggourt und Ghardaîa die Krankheiten zumindest statistisch festzuhalten, um später einen Ansatzpunkt zu haben.«

Dr. Bernard nickte vor sich hin. »Von mir aus. Ich halte das für Blödsinn. Aber ihr Deutschen müßt ja unbedingt etwas tun! Was nützen uns die Angaben, wenn wir die kranken Kerle nicht kriegen?! Wenn die Priester in den Moscheen gegen die Impfungen schimpfen, werden Sie keinen Moslem vor die Spritze bekommen! Sie injizieren einer Wüstenlaus eher Penicillin als einem Araber das Pockenserum!« Er schob Handrick eine Kiste Zigarren zu und schnitt sich selbst eine ab. »Fahren Sie morgen mit dem Wüstenbus der SATAG nach Bou Saâda. Sie werden allerhand zu sehen bekommen.«

Dr. Handrick hatte sich erhoben und war an das Fenster getreten. Sein Blick ging über die hohen Palmen des Gartens hinaus zu den Tausenden von Lichtern, die den Berg hinaufkletterten und in einem weiten Bogen um das Meer zogen.

»Werden Sie mich vermissen, wenn ich länger bleibe als eine Woche?« fragte er.

Dr. Bernard schaute ruckartig auf. In seinen Augen lag Verwunderung. »Was haben Sie vor, Herr Kollege?«

»Ich möchte weiter als bis Bou Saâda...«
»Hinein in die Sahara!«
»Ja.«

Dr. Bernard schüttelte den Kopf. »Denken Sie noch immer an das Mädchen, Doktor? Glauben Sie wirklich, daß man sie von Algier weg in eine Oase geschleppt hat? Und warum das? Mädchenhandel? Dummes Zeug, Herr Kollege! Das sind Märchen! Im zwanzigsten Jahrhundert gibt es so etwas nicht mehr! Der Sklavenhandel ist seit rund fünfzig Jahren tot!«

»Ich habe versprochen, ihr zu helfen«, sagte Dr. Handrick. Er drehte sich zu Dr. Bernard herum und kam langsam näher. »Sie hat mich um diese Hilfe gebeten. Sie haben ihren Notschrei selbst gelesen. Und ich liebe dieses Mädchen...«

Dr. Bernard sah auf seine Hände. Er spielte mit einem großen Onyxring und suchte sichtlich nach Worten, die ermahnend klingen sollten.

»Sie kennen das Mädchen – na, sagen wir – sechs Tage. Glauben Sie, daß es sich da lohnt, Ihr Leben aufs Spiel zu setzen? Sie sagen, Sie lieben das Mädchen... sind Sie sich darüber vollkommen im klaren?«

»Ja, Herr Kollege.«

Dr. Bernard trat an Handrick heran und drückte ihn in einen der Sessel. Er hielt ihm wieder die Kiste Zigarren hin. »Rauchen Sie erst einmal eine. Und einen Kognak müssen Sie auch noch kippen. Ich bin ein alter Mann, vielleicht sehe ich vieles mit den Augen der Abgeklärtheit und hätte in Ihrem Alter ebenso gehandelt. Um es rund heraus zu sagen –«, er sah dem Rauch seiner Zigarre nach, der träge an die Decke zog und dort von dem Ventilator auseinandergerissen wurde – »ich habe nichts dagegen, daß Sie in die Wüste ziehen. Sie müssen Ihre Aufgabe am besten überblicken können. Nur hätte ich eine Bitte, die sich mit Ihrem Auftrag aus Hamburg vereinbaren läßt und auch Ihre Anwesenheit in der

Sahara motiviert: Erforschen Sie in den abgelegenen Oasen die Amöbenruhr.«

Dr. Bernard ging an seinen Schreibtisch und warf ein dickes Aktenstück auf den Tisch vor Dr. Handrick.

»Hier, lesen Sie sich das einmal durch! Berichte der Militärärzte aus den Gebieten von Wadi Draa bis Bilma. In einem Jahr 4389 Ruhrerkrankungen, davon 4178 tödlich! Das sind fast siebenundneunzig Prozent! Ein Virus steht uns in der Wüste gegenüber, das wir nicht in die Hand bekommen! Eine Ruhr, die parallel mit einer Blutzersetzung geht! Eine verteufelte Krankheit!« Dr. Bernard lehnte sich mit dem Rücken gegen das große Fenster und stäubte die Asche seiner Zigarre vorsichtig in einen alten Blumentopf. »Die Symptome der Krankheit: Erst leichte Übelkeit, dann Erbrechen, dann Schüttelfrost, schließlich ein rabiater, nicht einzudämmender Durchfall, durchsetzt mit Darmblut. Am Ende Erschlaffung aller Muskeln und Sehnen, Zersetzung des Blutes und Exitus durch Herzschwäche. Grund: Trinken von abgestandenem, zum Teil auch versandetem Wasser! Wir haben alles versucht – Wasserstellen analysiert, das Blut von Gestorbenen in die Labors der Universitätsklinik von Paris geschickt ... der Befund: Virus X, nicht auflösbar in den bekannten Seren! Es ist eine ekelhafte Sache. Und dabei immer das gleiche Bild: die Araber und Berber, Ouled Nails, Tuaregs und Tibbus weigern sich, auch bei schlimmster Ruhr sich von einem weißen Arzt behandeln zu lassen. Sie haben ihre eigenen Hakims, die versuchen, mit pulverisierten Insekten und anderen Viechern der Krankheit Herr zu werden. Das ist natürlich Blödsinn!« Dr. Bernard schüttelte den Kopf, als könnte er selbst nicht begreifen, was er sagte. »Allein im vergangenen Monat wurden im Gebiet El Golea 469 Neuerkrankungen festgestellt. Man hat die Kranken, soweit man sie fassen konnte, in Isolierstationen gesammelt, wo sie qualvoll starben. Man weiß nicht einmal, ob die Krankheit von Mensch zu Mensch ansteckend ist oder sich nur durch den Genuß von Wasser oder verseuchten Lebensmitteln überträgt.«

Dr. Handrick blätterte in dem dicken Aktenstück und sah sich interessiert die Fotografien der Kranken und Gestorbenen an. »Und man hat keinerlei Gegenmittel?«

»Nein.« Dr. Bernard sagte es mit einem sauren Gesicht. Er schämte sich, es dem deutschen Arzt zu gestehen. »Auch Ihre deutschen Mittel von Bayer, Behring und Nordmark helfen nicht«, fügte er zur eigenen Beruhigung hinzu. »Alles versagt! Wir stehen vor einem Neuland ... und dabei ist es eine ordinäre Ruhr, die wir längst als überwunden betrachteten. Nur dieses Virus ist es, das uns in Verzweiflung bringt...«

»Und was unternimmt man dagegen?«

»Kaum etwas! Was denn auch?« Dr. Bernard tat ein wenig beleidigt. »Sie können fragen, Herr Kollege! Wir greifen sogar zu den alten Mitteln zurück, zu den guten Hausmitteln, die wir seit fünfzig Jahren als abgetan in die Ecke legten. Naphthalin und Salol. Klistiere bei Blutungen mit Eiswasser und Ergotin! Wir haben uns als exakte Mediziner sogar herabgelassen, zur Homöopathie zu greifen und haben versucht, der Ruhr mit Mercurius subl. corrosivus 4.–6. und Arsenicum album 4.–5. Herr zu werden. Auch Erigeron canad. wurde verwandt ... Mein Gott, Herr Kollege, was nutzt es, wenn wir die Ruhr bekämpfen, aber das zersetzende Virus nicht packen! Solange wir nicht mit allen hygienischen Mitteln vorgehen können, solange wir nicht den Araber daran gewöhnen, sich desinfizieren zu lassen, stehen wir auf verlorenem Posten!« Dr. Bernard sah Dr. Handrick lange an, ehe er weitersprach. »Wollen Sie versuchen, da etwas zu erreichen?«

Dr. Handrick nickte. »Ja«, sagte er fest. »Ich werde in die Wüste ziehen.« Er erhob sich und drückte die Zigarre aus. Sein Gesicht war fahl und krankhaft zusammengezogen.

»Vielleicht finde ich beides«, fügte er leise hinzu. »Das Virus und Hilde...«

Dr. Bernard biß die Zähne zusammen. Sag etwas Dummes, dachte er. Verdammt, sag doch etwas ganz Dummes. Und er meinte laut: »Das Virus wäre mir lieber, Herr Kollege...«

Dr. Handrick verstand ihn und lächelte ihm schwach zu.

»Ich will es versuchen, Dr. Bernard. Auch die Liebe ist eine Krankheit, die nicht heilbar ist...«

»Sie dummer Kerl«, sagte Dr. Bernard und wandte sich ab. »Machen Sie, daß Sie in die Sahara kommen!« Und als sich Handrick abwandte und das Zimmer verlassen wollte, fuhr er herum und brüllte: »Bleiben Sie! Marsch, Sie trinken jetzt mit mir einen Kognak! Sofort! Wenn ich nicht schon ein so alter Mann wäre, würde ich sagen: Seien Sie mein Freund! Himmel noch mal, hätte man Sie doch nie von Hamburg zu uns herübergeschickt...!«

Am Abend traf Dr. Handrick wieder mit Jacqueline Dumêle zusammen. Sie wohnte in Algier in dem feudalen Hotel St. George auf der Höhe der roten Sandsteinberge. Dr. Handrick sah sie wieder, als er hinüberging in das Forschungsinstitut, um sich die bisherigen Versuchsreihen der französischen Kollegen anzusehen.

Lächelnd, charmant wie immer, in einem sehr dünnen Nylonkleid kam sie ihm entgegen und hielt seine Hand eine Zeitlang fest, während sie mit ihm sprach. In ihren Augen glomm etwas von der Glut des Abends, der im Mittelmeer versank.

»Ich habe schon gehört, daß wir in die Wüste reisen«, sagte sie. »Zuerst nach Bou Saâda. Das soll eine wunderschöne Oase sein.«

Dr. Handrick schwieg. Er ging die Reagenzgläserreihen ab und las die Eintragungen in den Büchern. O. B. – ohne Befund! Das alte, verdammte Wort! Das Wort der Ohnmacht.

Jacqueline folgte ihm und musterte seine hohe Gestalt. Sie spürte ein Verlangen, diesen großen, blonden Mann von hinten zu umarmen, seinen Kopf herumzureißen und ihn zu küssen. Als sie die Hände aneinanderlegte, merkte sie, daß ihre Handflächen schwitzten.

»Wann fahren wir?« fragte sie, nur, um etwas zu sagen.
»Morgen nachmittag!«
»Soll ich Plätze bestellen?«
»Ich glaube, das macht schon Dr. Bernard.« Dr. Handrick drehte sich um. Wieder umfing ihn ihr Blick, der ihn so fordernd ergriff. »Ich habe einen anderen Vorschlag, Madame Dumêle.«
»Ich heiße Jacqueline . . .«
»Also dann Jacqueline . . .«
Sie lächelte. Ihre roten Lippen glänzten feucht. »Wie Sie das sagen, Doktor. So ganz anders als die französischen Männer. Sie singen es . . . Jacqueline . . . Es ist wie Musik aus Ihrem Mund. Ich werde es gerne hören.«

Dr. Handrick räusperte sich und drehte sich zu den Reagenzgläsern um. »Ich möchte, daß Sie nicht mit nach Bou Saâda fahren. Sie fahren gleich weiter nach Biskra. Ich werde in wenigen Tagen nachkommen. In Bou Saâda habe ich nur einige private Dinge zu regeln . . . ich streife es bloß.«

Jacqueline schloß ihre Augen zu einem schmalen Schlitz. Ihre Stimme wurde dunkler.

»Sie suchen das deutsche Mädchen?«
Er fuhr herum. »Was wissen Sie von ihr?«
»Nur das, was mir Dr. Bernard erzählte.« Sie versuchte, gleichgültig zu blicken, obwohl sie sich freute, daß die Deutsche in Algier verschwunden war. »Ich glaube, Sie rennen wirklich einem Phantom nach und übersehen die Schönheit der Gegenwart.« Sie trat nahe an ihn heran . . . er roch ihr *Espège* und kämpfte dagegen, es zu riechen.

»Warum muß es gerade diese Frau sein, Doktor?«
»Weil ich sie liebe, Jacqueline.«

»Sie kennen sie ja erst seit der Überfahrt.«
»Das genügt mir.«
»Die sagenhafte Liebe auf den ersten Blick, was?«
»Vielleicht.«

Die hübsche Französin schüttelte den Kopf. Sie legte ihre lange, schlanke Hand mit den rotlackierten Fingernägeln auf seinen Rockärmel. »Ein Mann wie Sie sollte eigentlich keiner einzigen Frau gehören ... Sie sind ein Mensch, dem die Welt offensteht – die Welt mit all ihren Schönheiten!«

Dr. Handrick preßte die Lippen aufeinander. Die Deutlichkeit ihrer Worte trieb ihn wieder in die Verlegenheit, in der er sich hilflos fühlte. »Sie fahren also nach Biskra, Jacqueline«, sagte er härter, als er wollte. »Dort melden Sie sich im Militärhospital und bereiten alles für unsere Versuchsreihe vor. Dr. Bernard wird Ihnen ein Schreiben an den Chefarzt mitgeben. Versuchen Sie, vor allem Blutmaterial zu bekommen, infiziertes Blut! Von mir aus können Sie auch schon beginnen, es mit den bisher bekannten Mitteln einzufärben...«

»Zu Befehl!« Jacqueline grüßte militärisch. »Haben der Herr Chef sonst noch Befehle?!« Dann ließ sie die Hand sinken, und ihre Stimme wurde wieder zärtlich. »Sie kennen doch Algier, Herr Doktor?«

»Ja.«

»Wie schön wäre es, wenn Sie es mir, die ich es gar nicht kenne, zeigen würden...«

»Die Abende sind nichts für hübsche Mädchen, Jacqueline...«

»Ach!« Sie lachte hell. »Sie haben also doch festgestellt, daß ich hübsch bin...«

»Das läßt sich beim besten Willen nicht übersehen.« Dr. Handrick wurde wieder verlegen. »Ich würde Ihnen raten, zu Bett zu gehen und Kraft für die Wüstenfahrt zu sammeln. Die Reise nach Biskra wird gut sechzehn Stunden dauern!«

»Im Bett ist es mir zu einsam.« Sie zog einen entzückenden Schmollmund. »Ich habe gehört, daß Algier bei Nacht wie ein Märchen sein soll. Zauberhaft, Doktor.«

»Es sind gefährliche Märchen, Jacqueline! In Algier kommt alles zusammen, was es in Afrika gibt: Bettler und Millionäre, Missionare und Mörder, Diebe, Räuber, biedere Kaufleute und schöne Tänzerinnen. In Algier wohnen Himmel und Hölle unter einem Dach...«

»Das klingt verlockend!« Jacquelines Augen sprühten. »Sie werden mich in die Hölle und in den Himmel führen, Doktor!«

Am Abend saßen sie dann in einem kleinen Restaurant am Boulevard de la République. Es war unter die Kolonnade eines Bankhauses gebaut und verfügte über eine geschützte Terrasse, von der aus man den regen Nachtverkehr auf der Hafenstraße betrachten konnte. Ein arabischer Kellner servierte Kaffee und Gebäck. Eine Drei-Mann-Kapelle spielte Jazz und Tangos. Eine junge, schmale Sängerin sang dazu durch ein Mikrofon. Auf der anderen Seite der Straße, an der großen Hafenmauer, lehnten die Araber und stierten hinüber auf die Terrasse des Cafés, auf das singende Mädchen und die Europäer in den Korbsesseln und Stühlen.

Andenkenhändler und Teppichverkäufer, Limonadenausrufer und Kartenverkäufer gingen von Café zu Café, von Bar zu Bar und boten mit einer nur im Orient möglichen Aufdringlichkeit ihre Ware an. Dr. Handrick kaufte für Jacqueline eine lange Jasminkette und hängte sie ihr um den Hals. Sie fiel mit betäubendem Duft über ihre Brust.

Sie ist wirklich hübsch, dachte Dr. Handrick. Sie hat eine Ausstrahlung auf die Männer, die an Hypnose grenzt. Wer sie ansieht, ist ihr verfallen. Ihre Lippen, ihre Augen, ihr schlanker, raubtierhafter Körper – alles ist Lockung an ihr.

Er trank seinen Kaffee und bestellte sich anschließend einen Apéritif und für Jacqueline einen Martini glace avec Soda.

»Ich weiß eigentlich gar nichts von Ihnen«, sagte er. »Sie kommen in Lissabon auf das Schiff, sprechen mich an, stellen sich als eine Kollegin vor, Dr. Bernard empfängt Sie wie Lady Astor, Sie wollen mit mir in die Wüste fahren, verstehen sogar etwas von schwierigen Experimenten und sitzen jetzt mit mir hier auf dem Boulevard de la République in Algier und trinken einen Martini! Wenn das nicht alles sehr romanhaft und unwirklich klingt, beginne ich die tollsten Romane als wahr anzusehen!«

»Vielleicht ist es ein Roman?« Jacqueline legte den schönen, schmalen Kopf etwas zur Seite. Ein paar Strähnen ihres schwarzen Haares fielen ihr über die Augen – sie ließ es geschehen und schob sie nicht zurück. Sie wußte, daß es abenteuerlich aussah. »Wie ich Ihnen schon sagte, habe ich es nicht ausgehalten in dem dumpfen sommerlichen Paris.« Sie sah Dr. Handrick forschend an. »Was wollen Sie von mir wissen, Doktor? Ob ich verlobt bin? Nein! Ob ich verliebt bin? Da muß ich Ihnen sagen: Ja! Aber seien Sie bitte nicht so indiskret, zu fragen in wen!«

»Wo sind Sie geboren?«

»Laut Paß in Nîmes! Mein Vater war dort Landarzt, meine Mutter Tänzerin. An der Riviera! Vater lernte sie in San Remo kennen und verliebte sich so in sie, daß er sie sogar heiratete! Gegen alle Erwartungen war die Ehe glücklich. Mutter lebt noch in Nîmes. Vater starb kurz nach dem Krieg. Neben einem älteren Bruder, der in der Bretagne Architekt ist, bin ich das einzige Kind. Verwöhnt, verhätschelt, immer gelobt, immer umschwärmt ... aber ich glaube, ich könnte auch in Elend und Dreck leben, wenn es an der Seite eines Mannes ist, den ich wirklich über alles liebe.« Sie lächelte ihn mit dunklen Augen an. »Noch etwas aus dem Fragebogen, Herr Doktor?«

»Ja. Wie alt sind Sie?«

»Siebenundzwanzig. Die Frage war indiskret, Doktor.«

»Aber nötig. Sie sehen jünger aus, Jacqueline. Manchmal

wie ein junges, unerfahrenes Mädchen, wenn Sie irgendwo träumend stehen – manchmal wie eine Bestie mit einem unerschöpflichen Repertoire von Verführungskünsten ...«

»Sie haben es gemerkt, Doktor?« Sie beugte sich vor – ihre Augen irritierten ihn. Ihr ausgeschnittenes Seidenkleid ließ den Ansatz ihrer Brust frei. Dr. Handrick rührte in seinem Glas und kam sich einsam und verlassen vor. Er wollte an Hilde denken – an dieses Mädchen aus der Heimat, das in den Händen gewissenloser Araber war. Aber er fühlte, wie Jacquelines Nähe ihn völlig verwirrte.

Nach dem kurzen Drink gingen sie noch auf der Küstenstraße spazieren, stiegen die belebten Hauptstraßen empor zu den roten Felsen und lehnten oben an der Mauer, über das nächtliche, in ein Lichtermeer getauchte Algier blickend. In den Hafen fuhren zwei neue Transportschiffe ein. Ihre Lichter und Scheinwerfer kreisten über dem dunklen, stillen Wasser. Der Horizont war fahl im Mondlicht. Wie eine unendliche Scheibe lag das Meer. Hinter ihnen, in den Gärten, dufteten die Mimosen, Jasmin und Malven.

Jacqueline legte den Arm um seine Schulter. Ihre Haare kitzelten seine linke Wange. »Wollen Sie nicht hier in dieser herrlichen Stadt bleiben, Doktor? Die Wüste stelle ich mir grausam vor. Schrecklich!« Sie kniff die Augen zusammen. »Oder gehen Sie nur in die Wüste wegen des deutschen Mädchens?«

»Auch, Jacqueline.«

»Sie werden den kürzeren ziehen! Sie kennen nicht die Grausamkeit der Araber.« Sie lachte gequält. »Ich kenne sie auch nicht – ich habe nur von ihr gelesen. Aber ich habe Angst ...«

»Dann bleiben Sie in Algier, Jacqueline. Ich fahre allein nach Biskra.«

Sie schüttelte den Kopf. »Ich habe keine Angst um mich – ich habe Angst um Sie, Doktor.«

Er spürte, wie ihr Arm leicht seine Schulter drückte. Ein

Zittern durchlief sie. Er fühlte es und war einen Augenblick versucht, sie zu küssen. Es war Wahnsinn, das zu tun. Er sah es ein, aber etwas in seinem Innern drängte ihn mit Macht dazu, sie in seine Arme zu nehmen. Er richtete sich auf und strich sich über die Augen. Vom Meer her wehte ein kühler Wind und rauschte in den Fächerkronen der Palmen. »Wollen wir gehen, Jacqueline?« fragte Dr. Handrick mit großer Beherrschung.

Sie nickte und hakte sich bei ihm unter.

»Es bleibt also dabei«, sagte er, nur um sich abzulenken. »Sie fahren nach Biskra, und ich mache einen Umweg über Bou Saâda. In wenigen Tagen komme ich nach Biskra nach. Bis dahin können Sie labortechnisch alles vorbereitet haben...«

Jacqueline drückte seinen Arm. »Sie sind ein schrecklich nüchterner Mensch, Doktor«, sagte sie. »An einem solchen Abend sprechen Sie von der Arbeit!«

Sie gingen langsam die Bergstraße hinab in die leuchtende Stadt, hinein in die laut sprechende, gestikulierende, schreiende Menschenmenge, die die Straßen füllte. Sie sprachen kein Wort mehr, aber sie spürten, wie ihr Inneres aufgerissen schien und frei war für eine Saat, die schneller wuchs als alles andere auf dieser Welt. Und deshalb schwiegen sie und gingen Arm in Arm durch die lauten Straßen.

An dem Nachmittag, an dem Dr. Handrick mit dem Wüstenbus der Verkehrsgesellschaft SATAG, die den ganzen Linienverkehr durch Algerien übernommen hat, hinein in den Atlas nach Bou Saâda am Rande der Sahara fuhr, erlebte in Fort III Hauptmann Prochaine die größte Überraschung seines Lebens.

Es klopfte an seine Tür, und als er sie öffnete, stand Leutnant Grandtours davor.

Er stand da, verkommen, zerrissen, mit einem Verband um die Stirn, schmutzig, eingefallen, ein Leichnam, der geht.

In seinen Augen lag etwas wie Wahnsinn, es flackerte in ihnen, als er die Hand hob und meldete: »Leutnant Grandtours vom Urlaub mit Verspätung zurück . . .«

Dann brach er zusammen – sackte in sich zusammen und fiel dem Hauptmann vor die Füße.

Prochaine fing ihn auf und brüllte durch das Fort.

»Sanitäter! Fourier! Alle Unteroffiziere zu mir! Alarm für alle! Antreten auf dem Hof! Feldmarschmäßig!«

Dann schleppte er Leutnant Grandtours in sein Zimmer, legte ihn auf sein Bett, wusch sein Gesicht, wickelte den Verband ab und reinigte die Kopfwunde mit Alkohol. Der Sanitäter stürzte ins Zimmer – er untersuchte die Wunde und zog sofort eine Tetanusspritze auf.

»Hat schon den Brand drin«, sagte er ernst. »Fast eine Woche nicht verbunden. Total versandet, die Wunde.«

»Quatsch nicht!« schrie Hauptmann Prochaine. »Sofort Funkspruch an die Division: Grandtours wieder da!« Der Fourier, der mit einer Flasche Kognak ins Zimmer stürzte, stellte sie auf den Tisch und rannte wieder hinaus zur Funkstation.

Vorsichtig reinigte der Sanitäter die Wunde. Er streute Penicillinpuder auf das brandige Fleisch. Grandtours zuckte in seiner Ohnmacht zusammen. Prochaine umfaßte ihn wie ein Kind und drückte den Kopf an sich.

»Ruhig, mein Junge«, sagte er mit bebender Stimme. »Es wird ja alles wieder gut. Tut ein bißchen weh, was? Nur ruhig – ich bin ja bei dir . . .«

Über den Hof des Forts klapperten die Mannschaften heran. Man trieb die Araber, die noch im Fort waren, durch das Tor hinaus in die Wüste. Hauptmann Prochaine legte Grandtours zurück in die Kissen. Er deckte ihn mit einer alten Felddecke zu und hockte sich daneben. Der Verwundete atmete schwach. Tief lagen die Augen in den blauen Höhlen. Die Lippen waren fahl – farblos fast – und aufgebissen.

Deutlich waren an seinem Hals noch die Würgstellen zu sehen; die Haut war dort blutunterlaufen.

Der Sergeant, der die Truppe auf dem Hof antreten ließ, kam in den Raum und meldete.

Prochaine blickte kurz auf. »Es ist gut. Ich komme gleich. Wer hat Leutnant Grandtours kommen sehen?«

»Niemand.« Der Sergeant sah verlegen zu Boden. »Wir haben ihn erst gesehen, als er vor Ihrer Tür stand.«

»Und die Wachen auf dem Turm? Schlafen die denn?«

Der Sergeant hob bedauernd den Arm. »Sie sagen, sie hätten nichts bemerkt. Nur die üblichen Araber. Vielleicht ist Leutnant Grandtours als Araber verkleidet ins Fort gekommen?«

Prochaine sah in das blasse Gesicht des Ohnmächtigen und nickte leicht. »Schon möglich. – Ist die Truppe marschbereit?«

»Jawohl, Herr Hauptmann.«

»Dann lassen Sie die Kompanien vor das Fort marschieren, die vier Feldgeschütze ziehen nach. Drei Jeeps und zwei Krads übernehmen den Vortrupp und die Meldung.«

»Jawohl, Hauptmann.«

Der Sergeant verließ den Raum. Prochaine beugte sich wieder über Grandtours und strich ihm die Haare aus der Stirn. »Jetzt werde ich dich rächen, mein Junge«, sagte er leise. Seine Stimme war brüchig vor Bewegung.

Er blickte aus dem Fenster hinaus in die Wüste. Die Luft flimmerte, aber die Sonne stand schon tiefer. Die Schatten wurden lang und dunkel. Bis zum Horizont dehnten sich die Dünen und die Büschelgrassteppe. In der Ferne hob sich eine Kamelkarawane gegen den Himmel ab, eine schwarze, sich bewegende Silhouette. Ein Schattentheater. Prochaine biß sich auf die Lippen. »Ich werde Amar treffen«, sagte er durch die Zähne. »Mein Junge – du kannst ruhig schlafen . . .«

Er ging mit festen Schritten aus dem Zimmer. Der Sanitäter löste ihn bei der Wache an Grandtours' Lager ab. Er hatte in der Zwischenzeit mit dem Stationsarzt in Bir-Adjiba telefoniert und die Zusage erhalten, daß in der Nacht ein Wagen aus dem Lazarett nach Fort III kommen würde.

Vor der dicken, weißen Mauer mit den Wachtürmen standen die Legionäre neben ihren Transportwagen und Pferden. Die Maschinenpistolen und Schnellfeuergewehre hingen ihnen vor der Brust, durchgeladen, schußbereit. Das Metall blinkte in der untergehenden Sonne.

»Leute«, sagte Hauptmann Prochaine laut. »Ihr wißt, was los ist! Es geht jetzt nicht mehr um Leutnant Grandtours. Es geht um das Ansehen Frankreichs, das wir hier auf verlorenem Posten erhalten müssen! Mehr habe ich nicht zu sagen!«

Auf ein Zeichen saßen die Legionäre auf. Die Pferde scheuten etwas, als die schweren Motoren der Mannschaftswagen aufheulten. Die Jeeps und die beiden Motorräder fuhren schon voraus in die Wüste.

Die Wachen auf den Türmen grüßten. In einer Staubwolke verschwand die Garnison des Forts III. Noch einmal blickte sich Hauptmann Prochaine in seinem Jeep um, ehe er der Truppe nachfuhr.

Das große Tor wurde geschlossen. Die Scheinwerfer auf den Türmen kreisten bereits durch die beginnende kurze Dämmerung.

Arabische Händler und Bettler wurden noch durch eine kleine Tür hereingelassen. In einem Seitengebäude übernachteten sie, nachdem man sie gründlich nach Waffen untersucht hatte.

Vor dem großen Tor saß im Staub der Wüste ein zerlumpter Bettler. Zitternd hielt er seine Hand den Händlern und Soldaten hin.

Als die Truppen abgezogen waren und gegen den Abendhimmel wie ein Heer Ameisen aussahen, blickte er ihnen lange nach.

Amar Ben Belkacem...

Die Wache ließ den Bettler für ein Nachtquartier hinein in das entleerte Fort ...

Drei Wochen war Hilde jetzt in Oued el Ham.

Sie war frei – freier jedenfalls als bei Omar Ben Slimane. Fuad el Mongalla ibn Hadscheh sprach wenig mit ihr – nur seine Blicke redeten, und Hilde wich ihnen aus.

Sie durfte sich frei in dem weiten Hof des Hauses bewegen, konnte die weiten Gärten betreten und durch einige Mauerlöcher hinab in das Wadi blicken, wo jetzt im Sommer ein reger Verkehr mit Kamelen und Eseln herrschte. Einmal sah sie auch Touristen aus Europa. In Tropenhelm und Shorts stiegen sie schwitzend über die Steine und fotografierten jedes Kamel und jede hohe Palme. Eine junge, blonde Frau in einem Seidenkleid stellte sich ihrer Mauer gegenüber an einen großen Stein und ließ sich von einem jungen verliebten Herrn fotografieren. Sie lachte dabei – und ihr Lachen klang hell und klar bis zu Hilde. Ein Lachen der Freiheit ... Da lehnte sie den Kopf an die rissige Mauer und weinte haltlos.

Ab und zu begleitete sie Fuad auf ihren Spaziergängen in den weiten Gärten. Er sprach wenig mit ihr, und wenn er sprach, verstand sie ihn nicht, nur am Klang seiner Stimme erkannte sie die Zärtlichkeit. Er stand dann neben ihr unter den haushohen Palmen und sah über die blühende Oase Oued el Ham. Manchmal schenkte er ihr an solchen stillen Tagen wertvollen, handgehämmerten und ziselierten Silberschmuck mit arabischen Sprüchen, die den Segen Allahs auf die Trägerin herabbeschworen. Oder er brachte Obst, ausgewählte Früchte, die es in El Ham nicht gab und die er mit einem Auto aus Algier oder von den Märkten in Bou Saâda und Biskra kommen ließ.

Mit den Bewohnern der »Häuser« kam Hilde nicht in Berührung. Sie wußte nicht einmal, welche Mädchen in ihnen vegetierten, ob es Eingeborene waren oder auch Europäerinnen, die Omar Ben Slimane genau wie sie an Fuad verkauft hatte. Sie fragte auch nicht – nicht, weil es ihr gleichgültig war, sondern aus Angst, ihre Frage könnte Fuad erzürnen und sie auch dorthin bringen, woran sie mit einem wilden Schauder dachte.

Einmal, es war an einem Abend – Hilde saß an der Mauer und hörte auf das Brüllen ankommender Kamele und Eselstreiber –, klang über den Garten von den »Häusern« her lautes, schrilles Geschrei. Das Klatschen einer Peitsche auf nackte Haut unterbrach es, um später um so schriller wieder aufzuquellen und die Stille des Gartens zu erfüllen. Es war eine helle, durchdringende Frauenstimme, die vor Schmerz schrie. Als das Klatschen der Peitsche aufhörte, sah Hilde eine Gestalt durch den Garten laufen, geduckt, schwankend, und hinter ihr einen Araber, der sie einholte, zu Boden riß und dann über die Schulter warf. Jammernd wurde sie fortgetragen – ihr Wehgeheul erstarb im Innern des Hauses.

Starr saß Hilde an der Mauer und starrte auf das gräßliche Schauspiel. Sie saß noch so, unbeweglich und keines Wortes fähig, als Fuad zu ihr trat und sich leicht verneigte. Er erkannte sofort ihr Entsetzen und nickte bedauernd.

»Wollte flüchten«, sagte er langsam und hob die Schultern. »Nix gut flüchten ...«

Hilde wandte sich ab und ließ Fuad stehen. Sie rannte durch den Garten auf ihr Zimmer und schloß sich ein. Dann lag sie auf dem breiten, weichen Diwan in den seidenen Kissen und starrte an die goldverzierte Decke und zu dem großen Balkon, der von weißen Säulen umrahmt wurde und mit einem rot bemalten Eisengitter in filigranhafter Schmiedearbeit vom Garten getrennt war.

Sie dachte an Dr. Handrick, und ohne es sich bewußt zu sein, lebte sie eigentlich nur in der Hoffnung weiter, daß er sie suchen und finden würde. Sie dachte viel an ihn in diesen einsamen und schweren Tagen, mehr als an ihren Bruder, und es wurde ihr gar nicht bewußt, daß sich in ihrem Inneren eine große Wandlung vollzogen hatte.

Der Bruder war plötzlich in eine unerreichbare Ferne gerückt. Warum hatte er fünfzehn Jahre nichts von sich hören lassen, wenn er wirklich lebte? Er hatte doch die Möglichkeit, zu schreiben ... Jahre, nachdem der Krieg beendet war. Darin hatten alle recht, die an Dr. Sieverts Leben zweifelten, das mochte ein Zeichen sein, daß er wirklich nicht mehr lebte, daß sie einem Phantom nachlief.

So drang der andere Gedanke, die Sehnsucht nach Dr. Handrick, eine Liebe, die Hilde bisher nie begriffen hatte, mächtiger in ihr Herz vor und ergriff vollkommen Besitz von ihrem Denken und Fühlen. Sie wurde zur allumfassenden Kraft in den Tagen der Gefangenschaft bei Fuad, einer Gefangenschaft, von der niemand wußte, wie lange sie dauern sollte und wie sie enden würde.

Der Araber schien das zu spüren. Er war von Omar Ben Slimane unterrichtet worden und beobachtete Hilde, ohne daß sie es merkte, jeden Tag, wenn sie im Garten spazieren ging. Mißtrauisch hockte er dann hinter Sträuchern oder Mauerresten eines vor langer Zeit ausgebrannten Hauses. Dieses Haus hatte seine besondere Geschichte. Hier hatte ein Legionär betrunken eine Zigarette auf den Teppich geworfen und verbrannte mit fünf Mädchen, weil man das Haus im Sommer wegen Wassermangels nicht löschen konnte. Seitdem wurde es von allen Leuten in der Oase gemieden. Man glaubte, die Geister der Verbrannten gingen noch in den Mauerresten um und verfluchten die Menschen, die sich in ihnen niederließen. Fuad ignorierte diese Legende.

Er saß unter dem Gestrüpp, das die Mauern überwucherte, und beobachtete Hilde. Warum er hier saß, wußte er selbst nicht. Er gab sich nie der Hoffnung hin, diese schöne weiße Frau zu besitzen – aber schon der Gedanke, daß sie in seinem Haus lebte, daß er, der früher bettelarme Araber, der später sein Geld mit leichten Mädchen verdient hatte und heute einer der reichsten Männer der Wüste war, eine weiße Frau im Hause festhielt, machte ihn stolz und glücklich. An Gewalt dachte er nicht – er wußte, daß durch Gewalt die zarte Frau nur zerbrechen würde, daß er sie verlor in dem gleichen Augenblick, in dem er sie gewaltsam besaß. So schwieg er, strich um sie herum wie ein treuer Hund und beargwöhnte ihre Handlungen und Gebärden, die er oft nicht verstand.

So sah er eines Tages mit Staunen, daß Hilde sich einen kleinen Pavian aus dem Affenhaus genommen hatte, das Fuad zur Erheiterung seiner Gäste in jedem seiner Häuser besaß. Sie ließ den Affen auf ihrem Schoß hocken, fütterte ihn mit Feigen und süßen dicken, blauen Trauben, kraulte ihm das Fell und spielte mit ihm im Garten an der Mauer, ihn an einer langen, silbernen Kette festhaltend.

Fuad saß hinter seinen verbrannten Mauern und sah ihr zu. Er wußte nicht, woher die plötzliche Liebe zu dem Pavian kam, ob es die Sehnsucht nach etwas Lebendem war, das anschmiegsam und treu und doch ungefährlich war – oder ob sie damit etwas bezweckte, dessen Sinn er nicht begreifen konnte.

Mißtrauisch holte er am Abend, als Hilde in ihrem Zimmer schlief, den kleinen Affen aus dem Käfig und betrachtete ihn genau. Er untersuchte das Fell, sprach mit ihm – aber es war ein Affe wie alle anderen; nichts Besonderes war an ihm. Da warf er ihn wieder in den Käfig zurück und ging zum Markt von Oued el Ham, wo die Handwerker ihre offenen Stände haben.

Zwei Tage später stand in Hildes Zimmer ein kunstvoller, hölzerner, großer Käfig mit einer Schaukel, einer kleinen Blockhütte, einem schönen Eßplatz und einer Wippe. In ihm hüpfte der Pavian herum und begrüßte seine Herrin mit Quieken und Kreischen.

Hilde bedankte sich stumm bei Fuad. Sie gab ihm die Hand. Er blickte auf ihre Handfläche und dann in ihre

Augen. Als sie ihm zunickte, ergriff er sie und beugte sich über sie. Aber er küßte sie nicht – er legte nur seine Stirn in ihre Hand und richtete sich dann schnell wieder auf.

Nur Sekunden dauerte diese sklavische Unterwürfigkeit. Mit hocherhobenem Haupt verließ er das Zimmer und schloß leise hinter sich die Tür.

An diesem Mittag erhielten die Mädchen der »Häuser« ein besonders gutes Essen und zwei Stunden Freizeit, die sie mit Fuads Dienern in den weiten Gärten verbringen konnten.

In diesen zwei Stunden durfte Hilde den Garten nicht betreten. Hinter dem roten Gitter ihres großen Balkons sitzend, starrte sie hinab auf die Mädchen, die durch die Blumenbeete gingen. Es waren Araberinnen, Ouled Nails, Berberinnen – aber auch zwei weiße Mädchen waren darunter: Eine große, schlanke Frau mit langen schwarzen Haaren, und eine kleinere, etwas rundliche rothaarige Frau, die traurig unter einer Palme saß und hinabsah in das ausgetrocknete Wadi.

Hilde wagte nicht, sich bemerkbar zu machen. Sie sah mit brennenden Augen auf dieses schreckliche Bild der Sklaverei, auf diese Entrechtung der Frau. Als nach den zwei Stunden die Wärter die Mädchen wieder in die Häuser trieben, trat sie vom Balkon zurück und lehnte den Kopf an die Gitter des Affenkäfigs. Zärtlich kam der kleine Pavian und rieb sein Maul an ihrem Oberarm.

»Du mußt gut achtgeben«, sagte sie leise. »Du mußt mein Freund sein – hörst du – du mußt mich retten...«

Der Pavian grunzte und hüpfte auf die Schaukel. Mit weitem Schwung pendelte er durch den großen Käfig und hielt sich mit beiden Händen an den Seilen fest. Sein Gesicht grinste... die weißen, starken Zähne bleckten.

Von diesem Tag an sah Fuad Hilde nur noch mit dem Affen im Garten und in ihrem Zimmer. Er war immer bei ihr... er folgte ihr jetzt auch ohne die silberne Kette, er ging neben ihr her wie ein Kind, auf den Hinterbeinen, eine

Hand in der ihren. Und wenn sie auf der steinernen Bank am Wadi saß und durch die Ritzen der hohen Mauer lugte, dann hockte er oben auf der Mauer und schimpfte mit den Händlern und Bettlern, die ihn neckten.

Abends aber, wenn Fuad schlief und in den »Häusern« das Gegröle betrunkener Legionäre oder das Kreischen der Mädchen über den stillen Garten flog, saß sie mit dem Affen, den sie »Bobo« nannte, in ihrem Zimmer und übte mit ihm. Sie schnallte ihm ein Halsband mit einer kleinen Kapsel um. Zuerst riß er sie immer ab und zerbiß sie, aber dann gewöhnte sich »Bobo« daran und ging mit der Kapsel unter dem Hals in seinem Käfig und im Zimmer spazieren. Bald beachtete er das Halsband gar nicht mehr und war so daran gewöhnt, daß ihm etwas zu fehlen schien, wenn er am Tag ohne die blinkende runde Kugel im Garten herumlief und mit Datteln nach seiner Herrin warf.

Vier Wochen, nachdem Bobo bei Hilde war und zahm und folgsam wie ein Hund, geschah es, daß der große Plan, den sie mit Bobo im Sinne hatte, plötzlich hinfällig wurde.

Es war ein Abend wie alle Abende in Oued el Ham. Die Dämmerung hing tief über der Oase, die Palmen ragten wie erloschene, schwarze, zerfetzte Fackeln in den Himmel. In den Ställen brüllten die Kamele, der Muezzin hatte zum letzten Abendgebet von dem Minarett der kleinen lehmgebauten Moschee gerufen.

Hilde saß wieder am Gitter ihres Balkons und blickte hinunter in den Garten. Bobo saß neben ihr. Da sah sie, wie der Affe unruhig wurde und mit bleckenden Zähnen in einen Winkel des Gartens stierte, der schon im Finsteren lag. Die Ruinen des ausgebrannten Hauses hoben sich nur noch schwach ab, und zwischen dem Dunkel des Grüns und den Mauern gewahrte sie plötzlich einen huschenden weißen Fleck, der lauschend stillstand und dann weiter durch den Garten schlich. Ein Mensch! Ein fremder Mensch in einer zerrissenen Djellabah, das Kopftuch tief in die Stirn gezogen. Er schwankte etwas und hielt sich nahe dem Balkon Hildes an einer Palme fest, die andere Hand auf das Herz gepreßt.

Bobo begann zu jaulen. Hilde hielt ihm die Schnauze zu und starrte auf den wankenden Mann. Er hatte sich jetzt aufgerichtet und sicherte witternd wie ein Wild. Dann hetzte er in langen Sprüngen zu dem ausgebrannten Haus und verschwand in dem wilden Gestrüpp neben den Kellerlöchern.

Ein großer, hagerer Mann, dessen Gesicht sie nicht erkennen konnte. Ängstlich schaute Hilde noch eine Weile aus dem Fenster, ehe sie zurücktrat in das Zimmer. Schlaflos lag sie dann die ganze Nacht auf dem Diwan, horchte in die Nacht hinaus, trat einmal in der Dunkelheit an den Balkon und versuchte durch die Nacht zu spähen.

Aber es war still im Garten. Nur in der Ferne, am Rande der Wüste, heulten die Schakale. Die Palmen rauschten im kalten Wind. Träge flog der Sand durch die Straßen von Oued el Ham.

Die Oase schlief. Auch in den »Häusern« war Stille. Die Araber waren gegangen. Legionäre aus den nahen Forts hatten heute keinen Ausgang. So war es still. Nur im Wadi war Leben. Hilde sah es trotz der Dunkelheit. Auf Kamelen ritten Araber in ihren weißen Djellabahs das Flußbett hinauf und hinunter, von der anderen Seite her hörte sie das dumpfe Tappen der Kamele und vereinzelte leise Rufe. Es war, als sei die Oase umstellt von einer Horde Krieger, die jetzt, in der Nacht, Oued el Ham von Haus zu Haus lautlos durchsuchte.

Die verbrannte Ruine lag völlig im Schatten der Palmen und Büsche. Ein schwarzer Fleck. Unheimlich. Voll Geheimnis. Umwoben von grausamen Sagen. Und in ihr lag ein Mensch, ein gehetzter, müder Mensch, blutend aus aufgerissenen Fußsohlen, abgemagert, an der Grenze seiner Kraft, eingehüllt in eine zerfetzte Djellabah, vom Staub der Wüste gepudert.

Er lag in dem feuchten, faulenden Keller der Ruine und lauschte. Auch er hörte die leisen Rufe der Araber.

Er umklammerte einen langen Dolch und wartete.

Aber seine Hand zitterte vor Schwäche und Kälte.

Ab und zu kroch er an den Eingang und preßte den Kopf auf die Erde. Das Ohr an den Boden gedrückt, hörte er das Getrappel der Kamele. Als sie sich entfernten, atmete er hörbar auf und kroch zurück in den Keller.

In einer Mauerecke wickelte er sich in die Djellabah und legte sich auf den Boden. Seine eingefallene Brust hob und senkte sich in erregtem Atmen.

Wie ein Haufen Abfall, wie ein Bündel dreckigen Stoffs lag er in den feuchten, ausgebrannten Ruinen.

Ein ängstlicher, gejagter Mensch.

Dr. Hans Sievert ...

Der Morgen dämmert.

Ich habe ein wenig geschlafen – nicht fest, denn ich kenne ihn ja nicht mehr – den Schlaf, den immer getreuen Freund. So nannte ihn Goethe im »Egmont«, so oder ähnlich – ich weiß es nicht mehr. Ich habe so lange nicht mehr geschlafen – immer hetzte ich durch die Wüste und wartete auf die Stimmen meiner Verfolger.

Welch ein Luxus ist der Schlaf ...!

Nun steigt der Morgen wieder auf. Oued el Ham heißt diese kleine Oase am Rande der Wüste. Ich kenne sie von früher her. Hier lebte ich einmal eine Woche und trank im Café Saharien einen Apéritif. Damals stand ein Monsieur Concors neben mir an der Theke und erzählte von den vielen Geheimnissen, denen er bei einem Zug durch die innere Sahara begegnet war. Wir staunten ihn an – den Weitgereisten. Und heute liege ich hier in einem stinkenden Keller und krieche in mich zusammen wie ein getretener Wurm.

Draußen warten die Araber in der Sonne. Ich weiß es ... harmlos, als Händler oder Bettler getarnt, lagern sie an den

Ecken der Straßen und Märkte und bewachen die Ausgänge der Oase. Niemand kann sie verlassen, ohne von ihnen gesehen zu werden. Auch mich würden sie sehen, noch bevor ich einen Legionär auf mich aufmerksam machen könnte. Sie würden mich aus dem Hinterhalt töten, während ich der Freiheit in die Arme laufe – der Freiheit des Todes ...!

Durch die Risse der Decke und die sie überwuchernden Büsche dringt der helle Tag in mein Loch. Würmer und Molche sitzen in den faulenden Ecken. Auch Spinnen gibt es hier wieder ... große Spinnen, deren Netze zauberhaft in den schräg einfallenden Strahlen schimmern. Diese Würmer und Spinnen sind nicht giftig, ich weiß es und kenne sie, aber sie ekeln mich so an, daß es mir in der Kehle würgt.

Ob ich hier sicher bin?

Ich glaube, niemand hat mich gesehen, wie ich in diesen Garten rannte und mich versteckte. Alle Häuser waren dunkel, die Läden geschlossen, und auch hinter dem großen vergitterten Balkon, von dem aus man den ganzen Garten überblicken müßte, war alles finster.

Welch ein Glück hatte ich mit diesem stillen Garten! Ich wußte nicht, wo ich mich in Oued el Ham verstecken sollte, nachdem die Leute Amar Ben Belkacems mich vor drei Tagen bei der kleinen Oase in Balah sahen und durch die Wüste bis an den Rand des Atlas hetzten. Es war eine wilde Jagd ... in der Nacht entkam ich ihnen immer wieder ... aber am Tage holten sie mich ein ... oft sah ich ihre Silhouetten auf den Sanddünen, während ich mit meinem wunden Kamel in einer Senke lag und sie vorbeiziehen ließ.

In diesen Tagen habe ich gelernt, ein Tier mehr zu lieben als einen Menschen. Was wäre ich ohne dieses treue Kamel gewesen, wie weit wäre ich gekommen, ohne auf seinem Rücken zu hocken und es trotz seiner geschundenen Beine durch die glutende Hitze zu treiben? Wir haben, aneinandergepreßt, die Wüstennächte erlebt, wir haben den Durst erlitten und den Hunger ertragen, wir haben geschrien, als wir

nach Tagen den ersten Brunnen sahen, und ich habe ihn mit
den Händen in drei Stunden ausgegraben und das versandete
Wasser mit dem Tier geteilt.

Und weiter ging es ... immer weiter in diese Unendlichkeit hinein ... in diesen kochenden Horizont, durch Luft, die
vor Hitze brodelte ... Nun liege ich hier, ausgelaugt und
müde, zerschlagen und unfähig, weiterzuflüchten. Wenn sie
jetzt kämen, mich zu holen, ich wehrte mich nicht. Ich könnte
es einfach nicht mehr ...

Eine kleine Pause. Ich hörte Tritte über mir und kroch
zum Ausgang des Kellers. Verdammt, es ist doch alles Unsinn, was ich vorhin schrieb ... man verkauft sein Leben so
teuer wie möglich ... Ich schlich auf allen vieren zum Ausgang und spähte hinaus. Ein großer Araber stand in der
Ruine und schien durch die Zweige der Büsche etwas zu
beobachten. Er war keiner der Leute Amars ... er trug nicht
die zweifarbige Djellabah der Nomaden, sondern einen langen, seidenen, goldbestickten Haikh und einen schönen,
niedrigen, modernen Fez aus glänzender Seide. Sicherlich ist
er der Besitzer des Gartens und des Hauses ... aber auch er
würde mich verraten, wenn er mich sähe.

Er wird bereits wissen, daß man einen wertvollen Weißen
sucht, den Mann, der Nordafrikas Landschaft verwandeln
kann ... Es ist ein Witz der Weltgeschichte, daß man ihn in
einem Loch mit Spinnen und Würmern finden kann.

Ich glaube, ich habe etwas Ruhe. Der Araber über mir hat
die Ruine verlassen. Ich habe mich auf die Seite gelegt und
vielleicht eine Stunde lang mit geschlossenen Augen geruht.
Das erfrischt und gibt neuen Mut ... man weiß in Indien,
warum der Yogi die Seligkeit des Lebens in der völligen
Selbstversenkung findet ... Es gibt so viele Geheimnisse in
unserem Körper.

Jetzt endlich habe ich auch Zeit, darüber nachzudenken,
wie alles werden soll. Hier in Oued el Ham muß die Flucht
zu Ende sein, hier muß ich aus dem Keller der Ruine hinaus

in die Freiheit, sonst sehe ich sie nie wieder! Es kann nicht so weitergehen, weil ich es einfach nicht mehr schaffe. Ich muß versuchen, an einem Abend aus diesem Garten auszubrechen und mich in den Schutz einer Legionärstruppe zu stellen, noch bevor Amars Leute die Möglichkeit haben, mich in der kurzen Spanne zwischen Garten und Truppe zu töten. Das ist ein großes Wagnis, es wird hier um Sekunden gehen ... aber es ist das einzige Wagnis, das mich ans Ziel bringt.

Jetzt, in der zeitlichen Geborgenheit, empfinde ich die Qual des Hungers. Ich kann mich nicht erinnern, wann ich die letzten Datteln und den letzten Fladen gegessen habe. Wie Fleisch schmeckt, habe ich längst verlernt. Gestern stand ich vor dem Entschluß, dem Hunger die Kraft zu brechen. Mein Kamel, mein bester, treuester Freund, ist gestorben. Ich weiß nicht, wie es kam ... plötzlich sank es in die Vorderbeine, kippte zur Seite und blieb liegen. Als ich mich erhob und den Sand abklopfte, atmete es nur noch schwach und sah mich aus großen, traurigen Augen an. Fast eine Stunde saß ich neben ihm und hielt seinen Kopf ... dann starb es still, unauffällig, wie es mich durch die Wüste trug ... es hörte einfach auf zu atmen, und die Augen brachen.

Ein Mensch ist schrecklich in der Not. Mein erster Gedanke war nicht Trauer, sondern die Sehnsucht nach Fleisch.

Fleisch in verschwenderischer Fülle.

Frisches Fleisch ... ich hätte es roh und blutig essen können ... so gierig war ich, so ausgehungert und ausgetrocknet. Kamelfleisch soll gut schmecken ... und Blut löscht den Durst ... es ist doch Flüssigkeit ... es rinnt über die Zunge, in den Gaumen ...

So stand ich vor dem treuen Tier, den Dolch in der Hand, und wollte es zerschneiden.

Ich wollte es – kannibalisch berauscht von dem Gedanken an Sattsein. Aber dann ließ ich es liegen, den Geiern und Schakalen zum Fraß, und zog zu Fuß weiter bis nach Oued el Ham. Es ist scheußlich, daß wir Menschen eine Seele haben.

Ich höre Schritte im Garten ... leichte Schritte ... sie klingen anders als die Schritte des seidenen Arabers.

Sie kommen zu meinem Versteck, halten an ... jetzt sind sie über mir ... kommen auf die verfallene, rissige Treppe des Kellers zu ... jetzt verhalten sie wieder ...

Mein Gott, das ist das Ende! Ich weiß es. Aber ich werde mit dem Dolch in der Hand sterben ... ich ergebe mich nicht ...

In den Büschen raschelt es ... und jetzt ... ich muß es schreiben ... auch wenn ich aufspringen müßte und vor Glück schreien ... sie kommen die Treppe heruntergeprasselt ... rollen vor meine Füße ... Äpfel, Birnen, Apfelsinen, dicke Melonen voll köstlichem Saft ...

Leben ... Leben fällt auf mich nieder! Rettung!

Ich bin die Treppe hinaufgestürzt, ich habe keine Vorsicht mehr gekannt, ich habe geschrien vor Glück und bin in die Sonne gerannt. Aber die Büsche der Ruine waren leer – nur zwischen den Palmen hörte ich Schritte, und dann sah ich eine Frau durch den Garten laufen ...

Ein Engel ... Jetzt weiß ich, daß ich endlich gerettet bin ...

Der Morgen war schön und sonnig wie alle Morgen in Oued el Ham. Die Sonne brach durch die gefiederten Blätter der Palmen in langen Streifen, die den grünen Boden mit goldenen Flecken übersprühten. Hilde war schon sehr früh in den Garten gegangen. Zum größten Staunen Fuads, der auf seinem Beobachtungsposten in der Ruine hockte, hatte sie Bobo nicht mitgenommen. Traurig hörte man sein Quieken aus dem Zimmer. Er staunte noch mehr, als sich Hilde von einem Küchenmädchen einen Korb voll Obst bringen ließ und sich an die Mauer auf ihren Lieblingsplatz setzte und zu essen begann.

Fuad schüttelte den Kopf und schlich zu seinem Haus zurück. Er wußte mit dieser neuen Beobachtung nichts anzufangen und ging an seine Morgenarbeit – die Abrechnung der einzelnen »Häuser« und die Korrespondenz mit seinen Außenstellen in Algier und Constantine.

Fast eine Stunde saß Hilde an der Mauer, aber sie schaute nicht mehr durch die Ritzen auf das Leben im Wadi, sondern beobachtete die ausgebrannte Ruine. Langsam aß sie einen Apfel ... über eine halbe Stunde aß sie an ihm ... dann stand sie auf und ging langsam durch den Garten auf das verfallene Haus zu. Ab und zu blieb sie stehen, ein Gefühl von Angst und nahender Gefahr überfiel sie ... aber dann ging sie weiter und stand lauernd am Eingang des ausgebrannten Hauses.

In den Ruinen war es still. Hoch wuchs das Unkraut auf dem mit der Asche gedüngten Boden. In der Mitte führte eine steile, halb mit Schutt angefüllte Treppe in den Keller.

Vielleicht helfe ich einem Dieb oder Mörder, dachte sie plötzlich. Vielleicht suchen sie ihn, weil er ein schweres Verbrechen begangen hat. Aber dann kam wilder, sinnloser Trotz in ihr auf ... War es nicht auch ein Verbrechen, sie hier festzuhalten, mit goldenen Ketten und in prunkvollen Räumen? Wer suchte sie, wer hatte Erbarmen mit ihrem Schicksal, wer half ihr aus der Not?!

Als sie das dachte, vergaß sie alle Vorsicht und trat an die Kellertreppe heran. Mit einem Schwung schüttete sie den vollen Obstkorb die Treppe hinab und flüchtete dann, als sie aus dem Inneren des Kellers einen lauten, hellen Schrei hörte, fast wie den Schrei eines Tieres. Wie gehetzt rannte sie durch den Garten ins Haus zurück, hinauf auf ihr Zimmer, ohne sich umzublicken. Neben dem Käfig Bobos sank sie auf den Diwan und schlug beide Hände vors Gesicht.

Sie wartete auf Fuad – aber er kam nicht. Nur das Mädchen aus der Küche holte den Korb ab und wunderte sich über das Verschwinden der vielen Früchte.

Am Mittag aß Hilde wenig. Die Aufregung schnürte ihr die Kehle zu. Sie nahm nur ein paar Bissen von den großen

Platten, die Fuad jeden Mittag auftragen ließ. Daß sie heute allein aß, empfand sie als Wohltat – Fuad war nach Biskra gefahren, um wichtige Geschäfte mit einer Außenhandelsfirma zu erledigen.

Nach dem Essen saß sie wieder am Balkongitter und beobachtete die Ruine. Sie konnte sie von diesem Platz genau überblicken ... still wie immer lag sie unter der Sonne, gemieden von allen. Einmal glaubte sie einen weißen Flecken zwischen dem Gestrüpp gesehen zu haben ... das Herz stand ihr vor Erwartung und Spannung still ... aber es war wohl doch nur eine Täuschung.

Da Fuad nicht in Oued el Ham war, wagte sie es, wieder in den Garten zu gehen und sich der Ruine zu nähern. Sie setzte sich auf einen der bewachsenen Steine und lehnte sich gegen die zerborstene Hauswand, als wollte sie sich sonnen. Im Rücken wußte sie den Kellereingang ... Im Keller rührte sich nichts. Der Flüchtling schien zu lauern ... er ahnte Gefahr und stand sprungbereit an der untersten Stufe.

Ich muß etwas tun, dachte sie. Ich muß ihm zeigen, daß ich kein Feind bin. Er soll Vertrauen haben ...

Da begann sie zu singen ... ein kleines, dummes, deutsches Kinderlied ... es kam ihr in den Sinn, so plötzlich, unerklärlich, warum es gerade dieses Lied war.

Und sie sang mit ihrer hellen, ein wenig kindlichen Stimme:

»Meine Mutter hat gepflanzet
Zuckererbsen in den Garten,
da kamen die Hühnlein und pickten sie auf.
Hühnlein, Hühnlein, weh, o weh,
wenn das Vater oder Mutter säh' ...«

Sie brach ab und lauschte.

Stille.

Im Wadi stritten sich plötzlich zwei Händler. Ihre gutturalen Stimmen erfüllten den Garten. Dann gingen sie weiter.

Und wieder Stille.

Der Mann im Keller schien zu denken. Er wagte es nicht, sich bemerkbar zu machen. Aber auch Hilde wagte nicht, sich umzudrehen und in den Kellereingang zu blicken.

So sah sie nicht, wie der Mann schon hinter ihr stand, als sie das kleine Kinderlied beendet hatte.

Dr. Sievert wollte etwas sagen, als das Gespräch der Händler begann. Da tauchte er wieder in seinem Kellerloch unter und wartete, ob die Stimmen näherkommen würden.

Als sie verstummten, rief er leise.

»Wer sind Sie?«

Hilde fuhr zusammen, als sie die deutschen Worte hörte, aber sie kam zu keiner Antwort. Einer der Wächter aus den »Häusern« trat in den Garten und ging auf die Ruine zu.

»Es kommt jemand!« sagte Hilde schnell. »Gehen Sie sofort hinab! Ich komme heute nacht wieder zur Ruine.«

Sie erhob sich und bückte sich, als pflücke sie Blumen. Im Arm sammelte sie die großen Blüten und richtete sich erstaunt auf, als der Wächter neben sie trat und ihr zusah.

Er sprach zu ihr – aber da es arabisch war, verstand sie ihn nicht. Sie schüttelte den Kopf und ging zur Mauer zurück.

An der untersten Stufe der Kellertreppe stand Dr. Sievert und lauschte hinauf. Er hörte den Diener sprechen, und er verstand genau, was er sagte. Es war eine Beleidigung, eine Anmaßung des Wächters, der sich kühn und stark fühlte, weil Fuad in Biskra war. Er sagte schmutzige Worte zu dem Mädchen, und Dr. Sievert biß sich auf die Lippen.

Wieder hockte er den ganzen Tag in seinem Keller und aß von den Früchten. Er fühlte, wie sein Körper das Essen aufsaugte wie ein Schwamm. Gegen Mittag schlief er sogar ein wenig, in der dunkelsten Ecke des Kellers zusammengerollt wie ein Igel. Als er erwachte, stand wieder der lange Araber in seinem seidenen Haikh in den Ruinen. Deutlich konnte er ihn durch die Ritzen des vorderen Gewölbes erkennen – so greifbar nahe, daß er fürchtete, man könnte seinen erregten Atem hören.

Am Nachmittag hörte er aus dem Wadi die Rufe seiner Verfolger. Sie suchten noch immer die Oase ab ... als Händler kamen sie in jedes Haus und durchstreiften jeden Garten. Selbst in der Moschee und ihren unterirdischen Gängen suchten sie, begleitet von den beiden Priestern und dem Muezzin, der die Öllampe hielt und leuchtete.

In diesen Stunden verließ Hilde nicht ihr Zimmer. Sie saß hinter dem roten Balkongitter und sah hinüber auf die Ruine. Bobo saß neben ihr auf einem Lederhocker und fletschte die Zähne. Einmal kam Fuad ins Zimmer und sprach mit ihr ... am Klang seiner Stimme hörte sie, daß er sie etwas fragte. Da schüttelte sie den Kopf und machte durch Zeichen deutlich, daß sie müde sei. Schnell verließ Fuad das Zimmer. Auch in die »Häuser« Mongallas kamen die Leute Amar Ben Belkacems. Sie fragten die Mädchen aus, durchsuchten die Keller und Dächer und standen dann unter Hildes Balkon. Fuad schien ihnen zu erklären, wer in diesem besonderen Haus wohnte ... sie starrten zu dem Balkon hinauf ... wilde Burschen mit kleinen, dunklen Bärten und braunen, kantigen Gesichtern, zerklüftet wie die Berge des Hoggars. Dann gingen sie weiter und durchsuchten den Garten.

Hilde klammerte sich an das Gitter und sah ihnen nach.

Bobo saß mit gesträubtem Fell neben ihr und greinte.

Jetzt kamen sie an die Ruine. Sie gingen um sie herum. Sie betrachteten die verbrannten Mauerreste und die dichten Gestrüppe.

Sie fühlte ihr Herz in der Kehle klopfen. Es war, als bekäme sie keinen Atem mehr, Erregung und Angst schnürten ihr die Kehle zu. Sie drückte das Gesicht an das Gitter und starrte auf die weißen Gestalten, die die Ruine umringten.

Laß es nicht zu, dachte sie zitternd. Mein Gott, laß es nicht zu ... Daß der Flüchtende deutsch sprach, hatte sie einen Augenblick sehr erschüttert. Wie kam es, daß hier in Oued el Ham ein Deutscher von Arabern gesucht wurde? Das war eine Frage, die sie nicht beantworten konnte. Vielleicht war er ein geflohener Fremdenlegionär? Es gab viele Deutsche in der Legion, Jungen, die in der Heimat hoffnungslos waren und das große Glück ihres Lebens im Abenteuer suchten. Nach wenigen Wochen schon waren sie innerlich zerstört, ausgebrannt wie die Wüste, in der sie dienten und in der sie starben.

Hilde schloß einen Augenblick die Augen. Die Erregung wuchs, sie hatte das Gefühl, schreien zu müssen, laut zu schreien, um sich von dem wahnsinnigen Druck im Innern zu befreien. Als sie die Augen wieder öffnete, verließen die Araber mit Fuad die Ruine und gingen zur Mauer am Wadi zurück.

Ein wilder Triumph erfüllte Hilde. Sie hätte jubeln können ... im ersten überquellenden Impuls umarmte sie Bobo und drückte ihn an sich. Der kleine Affe quiekte und flüchtete in eine Ecke des Zimmers, von wo er seine Herrin mit ängstlichen Augen anstarrte.

Durch eine kleine Tür in der Mauer, die immer mit schweren Eisenketten verriegelt war, verließen Fuad und die Araber Amars den Garten. Sie gingen durch das Wadi zur Hauptstraße und verschwanden aus Hildes Blicken.

In seinem Keller stand Dr. Sievert und lauschte nach oben auf die sich entfernenden Schritte. Deutlich hatte er die Worte verstanden, die seine Häscher sprachen. Fuad erzählte ihnen die Sage von der ausgebrannten Ruine. Hier verberge sich niemand, sagte er stolz. In Fuads Garten gäbe es keine Weißen!

Dr. Sievert verharrte leicht vorgebeugt und wartete auf die Antwort. Sie kam nicht ... nur die Schritte wurden leiser, bis sie ganz in der Ferne verklangen. Aufatmend setzte sich Dr. Sievert in seine muffige Ecke zurück und verscheuchte zwei Nattern, deren glatte Leiber über den Boden krochen.

Das ist der letzte Akt, dachte er und strich sich über die Stirn. Sie war voll Schweiß ... aber der Schweiß war kalt und klebrig. Ich habe doch Angst gehabt, gestand er sich. Ich habe gezittert, als ich ihre Stimmen hörte ... aber nun ist alles vorbei, nun werde ich Ruhe haben, viel Ruhe ...

Ich werde viel schlafen ... drei, vier Tage nur schlafen und essen und trinken ... Ich werde nichts sein als ein befreites Tier, das nach den Jahren der Gefangenschaft plötzlich in der weiten Wildbahn steht und nicht weiß, was es zuerst tun soll ... Es wird merkwürdig sein, nicht mehr einen Menschen hinter sich zu haben, der alle Handlungen bewacht, der keinen Blick von einem wendet, der einen überallhin begleitet, sogar zu den Orten der leiblichen Notdurft. Beschämend war das, entehrend, furchtbar ... Das alles ist nun vorbei, ist wieder eine der vielen Erinnerungen.

In den vergangenen Stunden hatte er mit einem Rätsel gerungen. Wer war das Mädchen, das deutsche Lieder sang und deutsch zu ihm sprach? Wie kam sie in dieses Haus? Warum schüttete sie ihm Obst in den Keller und verriet ihn nicht, obgleich sie ihn in der Nacht gesehen haben mußte? War es nicht ein Kinderlied, das sie sang? Ein altes Lied, das irgendwie in der Erinnerung haftete?

Meine Mutter hat gepflanzet

Zuckererbsen in den Garten ...

Zuckererbsen ... Berlin ... ein kleines Haus am Rande der Stadt, in der Nähe von Sakrow, ein Haus mit einem tiefgezogenen Strohdach ... Ein weiter Garten lag dahinter, und dort stand ein großer grauhaariger Mann und beschnitt die Blumenstöcke, während eine junge, hübsche, blonde Frau in den Beeten harkte. Zwei Kinder saßen auf der Wiese und spielten. Ein Junge ritt auf einem Pony mit gescheckstem Fell und blitzendem Zaumzeug wilde Ritte in einer Indianertracht, während ein Mädchen in einem Korbwagen saß und quiekend mit einer großen Rassel spielte.

Ja, das war damals ... wie lange ist es her ...! Hilde hieß das Mädchen, es war seine Schwester. Dann starb der Vater, man mußte das Haus verkaufen, Hans machte sein Abitur, studierte von Nachhilfegeldern und anderen Arbeiten in den Semesterferien, er promovierte und veröffentlichte schon als Student einige gute Erfindungen, die ihn unabhängig machten von der zermürbenden Jagd nach dem Geld.

Und hier, in Oued el Ham, in der Sahara, umgeben von Feinden, die ihn jagten, in dem Keller einer ausgebrannten Hausruine, hörte er wieder das kleine Kinderlied, das die Mutter sang, wenn die Kinder nicht einschlafen wollten. Sie saß dann auf einem Schemel am Bett und sang mit ihrer hellen, klaren Stimme die Lieder, bis die Augen zufielen und die Kinder ruhig und zufrieden schliefen ...

Er wischte sich über die Augen. Gedanken – nur Gedanken. Und es bleibt das Rätsel:

Wie kommt ein Mädchen in die Wüste, das deutsche Kinderlieder singt?

Dr. Sievert schlich die morsche Treppe hinauf und blieb lauschend stehen, ehe er hinaustrat in das Gestrüpp. Der Garten war verlassen. Von den »Häusern« herüber erscholl Gelächter ... ein Trupp Legionäre hatte bereits Ausgang und machte sich einen Spaß daraus, die Mädchen in der angrenzenden Bar betrunken zu machen.

Trotz der Stille wagte er es nicht, sein Versteck zu verlassen. Von irgendwoher hörte er einen Affen kreischen – aus der Richtung des Balkons, stellte er fest ... da duckte er sich und kroch durch das Gebüsch, blieb unter den Blättern liegen und spähte zum Haus.

Das dichte Gitterwerk versperrte den Blick – rot leuchtete es in der Sonne ... aber hinter den Gittern lag Dunkelheit.

Da kroch er wieder zurück und stieg in den Keller hinab.

Ich werde in der Nacht ausbrechen, überlegte er. Aber bevor ich zu den Legionären flüchte, will ich die Frau noch einmal sprechen und sie fragen, wer sie ist.

Eine Deutsche? In Oued el Ham? Woher kennt die das Lied meiner Mutter?

Er schloß die Augen und träumte sich zurück in die vergangenen Jahre. So schlief er wieder ein, übermannt von der Erschöpfung.

Sein Traum mußte schön sein, denn er lächelte im Schlaf.

Sein erdbraunes, ausgelaugtes Gesicht glänzte von innen heraus ...

Dr. Paul Handrick wohnte in der Oase Bou Saâda, der »Stätte des Glücks«, wie sie der Araber blumig nennt, in dem mit allem erdenklichen Luxus eingerichteten *Hôtel Transatlantique*. Am Ausgang der Oase lag es, ein weißer Riesenbau mit großer, kühler Halle, in der deren wertvolle Fliesen mit dicken handgeknüpften Teppichen bedeckt waren. Maurisches Gitterwerk bildete die Wände zu der großen Terrasse, hinter der ein großes Schwimmbad lag mit einem Sprungturm und Scheinwerfern, die über die Wasserfläche leuchteten und das Baden auch des Nachts erlaubten. Um das Schwimmbecken standen Korbmöbel unter großen, bunten Sonnenschirmen, während weißgekleidete arabische Kellner die Gäste bedienten und alle Wünsche mit der Geschwindigkeit eines Hexenmeisters erfüllten. Am Abend leuchteten dann die Laternen auf – die Terrassen mit ihren Palmen, Blumenkästen, Agaven und blühenden Büschen wurden ein Märchen ... in seidene Gewänder gehüllte Araberfürsten saßen dann an den weißgedeckten runden Tischen und tranken ihren alkoholfreien Flip, während die Europäer den schweren algerischen Wein, den Sidi Brahim, bevorzugten. Ein Palast in der Wüste. Denn hinter der Mauer des Hotels, dort, wo der Garten aufhörte, gleich hinter dem Schwimmbecken, beginnt die Wüste. Ein kleiner Palmengürtel trennt sie von der Oase – plötzlich ist sie da, die Sahara, man kommt aus einem Garten in eine heiße, feindliche Öde. Nur durch eine Mauer getrennt, liegt das Sandmeer der Sahara, ziehen die Nomaden mit ihren Kamelen, beginnt der Durst, die Hitze, die Unbarmherzigkeit Afrikas. Mitten hinein in den Sand hat man dieses Märchen aus weißen Steinen und Blumen gebaut, verschwenderisch mit einem Reichtum an Wasser ... es fließt aus jeder Leitung, aus jedem Kran dieses Hotels, in allen Zimmern ... kaltes, frisches, reines Wasser! Es schillert grün in dem weiten Schwimmbassin und dunkelblau in der Nacht, wenn die Scheinwerfer die Wasserfläche anstrahlen und die Gäste des Hotels sich wippend von den Sprungbrettern abschnellen.

Hier wohnte auch Dr. Handrick. Er hatte ein Zimmer zum Garten hinaus bekommen, mit einem Balkon über der herrlichen Terrasse. Von ihm aus konnte er die Oase überblicken ... er sah die Kuppeln und Minaretts der sieben großen Moscheen, die Palmenwälder, die flachen Hausdächer der Araberhäuser, die Wüste, an den Himmel stoßend, als sauge sie ihn auf, die Ausläufer des Atlasgebirges mit ihren runden, abgewetterten Kuppen und dem Terrassengestein.

Dr. Handrick hatte gleich am Tage seiner Ankunft ein langes und eindringliches Gespräch mit dem französischen Distriktkommissar, Monsieur Parthou. Er war ein kleiner, drahtiger Mann, muskulös, Mitte der Fünfzig, mit einem Adlerprofil und der Sicherheit eines Mannes, dem Afrika an Schrecken und Überraschungen nichts mehr zu bieten hat.

Er empfing Dr. Handrick in einer weißen Leinenjacke, Leinenshorts und einer Schirmmütze. In der Hand hielt er die unvermeidliche dünne Bambusgerte. Er gab Dr. Handrick die Hand und zog ihn in sein Zimmer, einen großen Raum, an dessen Decke sich surrend und pfeifend ein riesiger Flügelventilator drehte.

»Sie sind mir schon avisiert worden«, sagte er und bot aus einem Siphon eiskalte Orangeade an. Dr. Handrick nahm dankend das kalte Glas und trank es in einem Zug halb leer.

»Das tut gut«, sagte er. »Es ist eine wahnsinnige Hitze ...«

»Dreiundfünfzig Grad im Schatten!« Parthou nickte. »Sie haben sich für ihre sinnlose Reise die beste Zeit ausgesucht. Im Sommer bleibt selbst der abgebrühteste Nomade zu Hause, wenn er nicht gerade seiner Herde wegen weiter muß!« Er setzte sich und legte die Gerte auf den staubigen Tisch. »Damit sind wir gleich beim Thema, Doktor: Ihre Reise ist sinnlos.«

»Das sagte mir auch Dr. Bernard in Algier.«

»Ein sehr kluger Mann.« Parthou trank wieder einen Schluck und wischte den ausbrechenden Schweiß auf der Stirn mit seinem Handrücken ab, den er dann an seinen Shorts abtrocknete. »Er hätte Sie gar nicht losziehen lassen dürfen. Was wollen Sie eigentlich in der Wüste? Kranke untersuchen? Das ist doch großer Quatsch.«

Dr. Handrick lächelte. Er war auf den Widerstand der Behörden vorbereitet, Dr. Bernard hatte ihn gewarnt und ihm mit auf den Weg gegeben, daß seine Handlungen jenseits des Atlas völlig frei sein würden und außerhalb des Schutzes der französischen Kolonialregierung.

»Ihre Ansicht in allen Ehren«, erwiderte er. »Aber glauben Sie nicht auch, Monsieur Parthou, daß es eine große Portion Feigheit wäre, wegen des Widerstandes der Araber Nordafrika zu einem Seuchenherd werden zu lassen? Man muß die Menschen von der guten Seite unserer Aktionen überzeugen.«

»Überzeugen!« schrie Parthou entgeistert. »Sie überzeugen einen Sack Flöhe eher von dem Wert moderner Agrikultur als eine Horde Tuaregs von dem Sinn einer Schutzimpfung. Und außerdem: Sie sind in ihren Augen ein ›Ungläubiger‹. Das ist der Hauptgrund. Die Religion des Islams ist die untoleranteste von allen Religionen! Aber bitte –«, er zuckte mit den Schultern – »versuchen Sie es! Von mir aus. Lassen Sie sich von fanatischen Derwischen zusammenstechen! Und glauben Sie nicht, daß der Moslem keine Intelligenz besitzt. Sie haben europäisch ausgebildete Ärzte ... und auch die erreichen nichts! Als Moslems, Monsieur docteur! Und da kommen Sie, der Ungläubige ... Zum Brüllen!« Er lachte laut, aber der Ton war gequält.

»Man wird sie zwingen müssen.« Dr. Handrick breitete einen Bericht der Gesundheitsbehörde aus, den er aus seiner Aktentasche nahm. »Wie die Statistiken zeigen, hat die Krankheit, vor allem aber die merkwürdige Ruhr, seit drei Jahren einen rapiden Anstieg genommen. Wenn man Statistiken anfertigt, muß man ja auch Objekte zur Feststellung haben. Mit anderen Worten: Die Personen, die als erkrankt erkannt worden sind, sollte man isolieren und zum Ausgangspunkt einer großen Behandlungsaktion nehmen.«

»Der Theoretiker!« Parthou nahm den dicken Bericht der Gesundheitsbehörde und warf ihn einfach in eine Ecke des großen Zimmers. »Da gehört er hin, Monsieur docteur. Durch diese Schnüffler habe ich allein in meinem Bezirk von Bou Saâda bis Touggourt 17 Überfälle auf französische Truppen oder Kommissionen gehabt ... meistens harmlose Ingenieure, die in den Randgebieten des Atlas geologische Untersuchungen anstellten. Ich habe die Nase restlos voll! Und wenn Sie wirklich den Blödsinn machen und in die Wüste ziehen wollen ... in drei Teufels Namen, dann gehen Sie! Aber rechnen Sie nicht mit meiner Unterstützung. Ich weiß von nichts, und ich höre nichts. Und blind bin ich auch!«

»Das genügt.« Dr. Handrick lachte. »Mit solchen schweren Erkrankungen sollten Sie sich pensionieren lassen.«

Parthou nickte sarkastisch. »Sie haben Humor, junger Mann. Das gefällt mir. Damit kommen Sie auch in der Sahara weiter ... Ich selbst will nichts als meine Ruhe haben ... Sie werden das verstehen, wenn Sie wissen, daß ich seit zehn Jahren keine andere Sorge habe, als Araber und Berber stillzuhalten und aus Algerien soviel als möglich für Frankreich herauszuholen. Mit diesen Bemühungen lag ich dreimal im Lazarett, weil auch die Wüstensöhne gut schießen können ...« Er schob den Siphon hin und spritzte das Glas Dr. Handricks wieder voll. »So, und jetzt trinken wir noch einen.«

»Gern, Monsieur Parthou.« Dr. Handrick trank das Eisgetränk in langen Zügen. Eine köstliche Erfrischung in dieser Hitze, die auch der riesige Ventilator nicht verscheuchte, sondern nur durcheinanderwirbelte. »Was halten Sie eigentlich vom Mädchenhandel?«

»Mein Gott, jetzt kommt das auch noch!« Parthou hob klagend den Blick an die Decke. »Dr. Bernard schrieb mir schon von Ihrer Sucherei in Algiers Kasbah. Dummheit, Monsieur docteur.«

»Aber Fräulein Sievert schickte mir einen Hilfeschrei aus dem *Hôtel des Pyramides*. Und sie war weg, als wir eintrafen.«

»Katzenjammer – sonst nichts. Fremdes Land, fremde Menschen, keiner versteht einen, überall sieht man Gefahr ... das ist es. Aber das legt sich nach einigen Wochen. Man geht dann in diesem Land auf, man wird ein Teil von ihm – man würde sogar das Schwitzen vermissen, wie ich es tat, als ich auf dem Hochplateau von Chréa Ferien machte. Nach acht Tagen fuhr ich nach Bou Saâda zurück ... ich sehnte mich nach dieser verdammten Oase und dem Geruch von Schweiß, Staub, Hammelfleisch und Kaffee. Es mag sein, daß es schwindelhafte Theateragenten gibt wie diesen Omar ... aber daß Mädchen einfach verschwinden ... das hat uns noch keiner gemeldet.«

»Weil sie keine Verwandten haben, die sich nach ihnen erkundigen. Es sind alles alleinstehende Mädchen!«

»So?« Parthou blickte kurz auf. Dann sah er wieder auf seine Bambusgerte und nickte. »Na, denn – 13 ist eine Glückszahl ...«

Mit Monsieur Parthou war nicht zu diskutieren.

Nach zwei Stunden verabschiedete sich Dr. Handrick von ihm. Er hatte trotz des anfänglichen Widerstandes einiges erreicht. Er bekam eine Liste aller Wüstenforts mit den einzelnen Telefonnummern, eine genaue Plankarte der Gebiete bis hinunter nach Ghardaîa, einen Waffenschein für Handfeuerwaffen und für den Notfall einen Ausweis, der genügte, um militärische Unterstützung zu erlangen.

Ein Erfolg, auf den Dr. Handrick bei dem schwierigen Wesen Parthous sehr stolz war.

Einen ganzen Tag saß er dann im *Hôtel Transatlantique* in Bou Saâda vor der Karte und zeichnete mit Rotstift den Weg ein, den er nehmen wollte. Auch die Oase Oued el Ham lag an der Straße, El Hamel, die heilige Stadt, Biskra, Bir-Adjiba, Oued Baba ... mit dem Rotstift fuhr er den Weg ab, auf dem im gleichen Augenblick sich die Schicksale einiger Menschen erfüllten, ohne daß sie wußten, wie eng sie in diesen Stunden miteinander verkettet wurden.

Als er am nächsten Morgen den Bus nach Biskra bestieg, stand Monsieur Parthou neben dem Wagen und schüttelte den grauen Kopf.

»Sie wollen also wirklich?«

»Ja.«

»Haben Sie schon eine Lebensversicherung abgeschlossen?«

»Auch das«, lachte Dr. Handrick.

Parthou sah den Arzt lange an. »Mir ist nicht zum Lachen, docteur. Hier, das habe ich heute nacht mit dem Fernschreiber bekommen.« Er gab Handrick einen Zettel. »Ich habe die verdammte Meldung auswendig gelernt; ich kann's im Schlaf: *Meldung aus Fort III. Der Führer der arabischen Nationalisten, Amar Ben Belkacem, der vor wenigen Tagen den Leutnant der Legion, Emile Grandtours, schwer verletzte, wurde bei dem Versuch, den schwerverletzten Offizier im Inneren des Forts in der Verkleidung eines Bettlers zu ermorden, gestellt und auf der Flucht angeschossen. Im Dunkel der*

Nacht gelang es nicht, den Flüchtenden zu ergreifen. Die Truppe des Forts, die unter Hauptmann Prochaine auf einer Expedition war, verfehlte bei ihrer Rückkehr den gesuchten Araber. Es ergeht an alle Dienststellen die Aufforderung, beim Auftauchen Amar Ben Belkacems ohne Warnung sofort von der Waffe Gebrauch zu machen. Im Süden, in der Nähe des Hoggars, mehren sich die Anzeichen einer Ansammlung von aufständischen Truppen. Ich befehle höchste Wachsamkeit für alle Dienststellen. General Latour, Algier.«

Parthou blickte auf Dr. Handrick, der die Meldung ruhig durchlas. »Eine hundsgemeine Sauerei ist das!« brüllte er. »Und Sie wollen in diese Gebiete? Das ist doch Wahnsinn!«

»Aber mit Methode.« Handrick gab den Zettel an Parthou zurück. »Vielleicht braucht man dort bald einen Arzt. Ich gebe zu, es ist nicht ungefährlich, aber was im Leben ist gefahrlos?«

»Dann fahren Sie ab, Sie Dickkopf!« Parthou drehte sich um und stampfte über die staubige Straße davon. Aber in Rufweite blieb er noch einmal stehen und schrie zurück: »Wenn Sie aus diesem Dreck gesund zurückkommen, stifte ich eine Flasche Martell!«

Hauptmann Pierre Prochaine hockte am Bett Grandtours' und trank eine Flasche Coca-Cola nach der anderen. Er hatte seine Uniform ausgezogen und saß in kurzer Hose und einem offenen Polohemd neben dem Leutnant, der, durch Kissen gestützt, eine gezuckerte Melone aß. Der Hauptmann hielt einen großen Zettel in der Hand und las noch einmal die Zeilen, die der Funker in wenigen Minuten nach Algier telegrafieren sollte.

»Sie haben nichts vergessen, Grandtours?« fragte er und blickte auf. »Wir müssen alles melden, um eine Handhabe gegen diese Horden zu haben! Überlegen Sie noch einmal . . .«

Grandtours griff sich an den dick verbundenen Kopf und

lehnte sich etwas zurück. Seine Stimme war noch schwach, es machte ihm sichtlich Mühe, sich zu einem konzentrierten Satz durchzuringen. Die Melone legte er zur Seite, als schmecke sie ihm nicht mehr.

»Nichts«, sagte er. »Bitte, lesen Sie es noch einmal vor, Herr Hauptmann.«

»Aber bitte.« Prochaine beugte sich über den Zettel.

»*Meldung des Leutnants der Legion Emile Grandtours, Fort III bei Bir-Adjiba, Algerien, an Generalkommando in Algier.*

Bei einem zweitägigen Urlaub traf ich in der Oase Oued Baba den Arabercaid Amar Ben Belkacem, der vor zwei Jahren eine junge Österreicherin auf einem geheimen Sklavenmarkt kaufte und in seinen Harem einverleiben wollte. Damals befreite ich die Österreicherin und schaffte sie nach Algier, wo sie unter geheimnisvollen Umständen starb. Bei unserem Wiedertreffen brach die alte Feindschaft aus. Amar Ben Belkacem griff mich an, würgte mich und warf mich in den Brunnen, wo ich ertrinken sollte. Da aber um diese Jahreszeit der Grundwasserspiegel fast zwei Meter tiefer liegt, war der Brunnen so seicht, daß ich nur bis zur Brust im Wasser stand. Ich verhielt mich ruhig, bis Amar weggeritten war, dann versuchte ich, den Brunnenschacht emporzuklettern. Nach eineinhalb Tagen gelang es mir, mit einem Taschenmesser die Mauerfugen so zu vertiefen, daß ich Halt fand und aus dem Brunnen steigen konnte. Mein Kamel hatte Amar erschossen –.«

»So ein Schwein!« unterbrach Prochaine wütend. »Wir werden jetzt sechs Wochen lang Schießübungen mit allen Zügen machen – ein zweites Mal sollen die Kerle nicht danebenschießen!« Er nahm den Zettel wieder auf und las weiter:

»*... Durch den Verlust des Kamels war ich gezwungen, zu Fuß den Weg zum Fort zurückzulegen. In der Oase Ain Selah verschaffte ich mir Araberkleidung und wanderte* *vier Tage durch die Wüste. Am fünften Tag merkte ich, daß ich verfolgt wurde. Ich versteckte mich in den Felsen und Höhlen des niederen Atlas und wanderte nur des Nachts, bis ich nach acht Tagen das Fort erreichte. Dort wurde ich in das Lazarett eingeliefert.*

Am Abend des zweiten Tages meiner Rückkehr versuchte der als Bettler verkleidete und in das Fort eingedrungene Amar Ben Belkacem, mich im Lazarett durch einen Dolchstich zu ermorden. Ein Sanitäter sah den Schatten am Fenster und schlug Alarm. Auf der Flucht wurde Amar angeschossen – man fand eine Blutspur bis zu einem Platz, wo ein Kamel gewartet haben mußte. Der Boden war hier von Hufen zertreten. Seitdem fehlt von Amar jede Spur. Auch eine Suchaktion war ohne Erfolg. Man nimmt an, daß er sich entweder noch in dem Gebiet Planquadrat drei a sieben c aufhält oder – wie aus Äußerungen zu entnehmen war – mit seiner wartenden Horde weiter ins Hoggar gezogen ist, wo sich Truppenansammlungen aufhalten sollen mit großen, modernen Waffenlagern.
Fort III
Emile Grandtours,
Leutnant der Legion.«

Grandtours nickte. »Gut so«, sagte er mühsam. »Sie können es so nach Algier weitergeben, Herr Hauptmann.« Er sah Prochaine fragend an. »Ob ich nach der Genesung Urlaub bekomme?«

»Haben Sie die Nase noch immer nicht voll?« Prochaine schüttelte den Kopf. »Ich werde einen Teufel tun, aber nicht Ihren Urlaub befürworten! Und allein gehen Sie mir schon gar nicht mehr in die Wüste! Lassen Sie diese alte Geschichte ruhen, Grandtours.«

»Ich habe das Mädchen geliebt«, sagte er still. »Und er hat sie umgebracht.«

»Das können Sie nicht beweisen! Das ist eine vage Vermutung.«

Grandtours schüttelte den Kopf. Es schmerzte ihn, man sah es, weil er das Gesicht verzerrte. »Nein. Ich weiß es. So stirbt kein Mensch, der blühend und gesund war.« Er legte sich zurück und starrte an die getünchte weiße Decke, über die die Schatten des Fensterrahmens glitten. Sein Gesicht war fahl wie das eines Sterbenden. »Ich wünschte ...«, sagte er leise, »ich hätte dieses Afrika nie gesehen – Herr Hauptmann.«

»Das wünschte ich auch.« Prochaine erhob sich und steckte den Meldezettel ein. »Aber wer kann sich noch etwas wünschen, wenn er bei der Legion gelandet ist ...«

Die Nacht war schneller gekommen, als es Hilde erwartet hatte. Nach dem Essen, das sie wieder mit Fuad einnahm, bat sie ihn durch Zeichen, noch in den Garten gehen zu dürfen. Er nickte und bestimmte einen Wächter, sie von ferne zu beobachten.

Sorgsam hatte Hilde ihren Plan durchdacht. Sie ging nicht gleich zu der Ruine, sondern saß im Mondschein an der Mauer und bewunderte das zauberhafte Kunstwerk der Natur – die zarten gefächerten Blätter der Palmen, die im Mondlicht filigriertem Metall glichen. Erst nach einer halben Stunde ging sie zu dem ausgebrannten Haus und setzte sich auf den Stein vor dem Kellereingang.

Der arabische Wächter, der an den »Häusern« stand, kam näher. Sie sah seinen Schatten aus den Palmen treten und hielt den Atem an. »Bleiben Sie unten«, sagte sie, als sie hörte, wie sich im Keller etwas bewegte. »Der Wächter kommt.« Sie lehnte sich an die zerborstene Mauer und sah in den Himmel, als wolle sie die Sterne zählen.

Der Wächter trat zu ihr und blickte sie an. Es war der gleiche Araber, der auch am Morgen zu ihr gesprochen hatte. Er sah sie lange an und sagte dann etwas, was sie wieder nicht verstand. Aber sie zitterte, weil sie seinen Blick fürchtete und den Gedanken, er könnte sich zum Keller wenden. So blieb sie sitzen und starrte ihn an mit großen schimmernden Augen, die Lippen fest aufeinandergepreßt.

Der Wächter schwieg. Er beugte sich etwas vor, als wolle er ihr ins Gesicht blicken – doch dann schnellte er plötzlich raubtierartig auf, ergriff sie und riß sie von dem Stein hoch. Mit seiner rauhen Stimme sagte er wieder etwas, drückte seine große, nach Schweiß und Datteln riechende Hand gegen ihren vor Entsetzen weit geöffneten Mund und versuchten, sie nach hinten in das Gras zu drücken.

Sie wehrte sich, trat um sich, schlug mit beiden Fäusten auf den Kopf des Wächters – doch dieser lachte, sein weißes, großes Gebiß blinkte vor ihren Augen wie der Rachen eines Löwen. Sie fühlte, wie ihre Füße den Halt verloren, wie sie fallen würde – da sah sie einen Schatten aus den Büschen springen. Der Wächter warf die Arme hoch und taumelte. Ein heller Schrei durchschnitt die Stille der Nacht und gellte durch den Garten. Der Wächter fiel nach vorn auf den Boden und wand sich wimmernd in den zertretenen Blumen. Zwischen den Schulterblättern stak ein langer Dolch.

Dr. Sievert stand schweratmend vor Hilde, die leichenblaß an der Mauer lehnte. Sie starrte auf den sterbenden Wächter und dann auf den unbekannten Weißen, der sich schnell über den Sterbenden beugte und sich dann aufrichtete.

»Was haben Sie getan?« flüsterte sie entsetzt.

»Die Welt von einem Schuft befreit.« Dr. Sievert sah sich um. »Ich muß hier fort. Wenn ich Glück habe, komme ich bis zu der nächsten Wache. Gelingt es mir, dann hole ich Sie morgen hier heraus! Oder noch in dieser Nacht! Warten Sie auf mich ...«

In den »Häusern« flammten Lichter auf. In der Villa Fuads hörte man seine laute Stimme, die nach den Wachen schrie. Lampen geisterten durch die Nacht.

»Sie kommen«, stammelte Hilde. »Retten Sie sich! So laufen Sie doch...«

Dr. Sievert trat zu ihr und sah sie groß an. »Ich danke Ihnen«, sagte er leise. »Sie haben mir das Leben gerettet. Sie haben mir Kraft gegeben. Ich werde das nie vergessen.«

Er griff nach ihrer Schulter, zog die Zitternde an sich und küßte sie auf die trockenen Lippen. Dann hetzte er durch den Garten davon, seine zerfetzte Djellabah wehte ihm nach. Er erreichte die Mauer und schwang sich darüber, ehe die ersten Wächter die Ruine erreicht hatten. Seine Schritte verloren sich im Wadi.

Brüllend standen die Araber um die gekrümmte Leiche des Wächters. Sie drohten mit den Fäusten, fluchten und leuchteten mit Fackeln und Laternen den Garten ab.

Groß und schlank, in seinem seidenen Haikh, stand Fuad vor Hilde. Er blickte auf den Toten und dann auf sie. In seinen Augen stand eine stumme Frage.

»Ich habe es getan«, sagte Hilde leise und wies auf sich. »Ich!« Aber während sie es sagte, fühlte sie, wie ihr Körper alle Kraft verlor und die Erde näher kam. Ohnmächtig sank sie in die Arme Fuads, der sie stumm aus dem Garten in ihr Zimmer trug und auf den Diwan bettete, wo Bobo weinend hockte und seiner Herrin das Gesicht streichelte. Mit einem Tritt verscheuchte Fuad den Affen und saß dann neben Hilde auf einem ledernen Hocker, bis sie erwachte.

Im Garten suchten die Wächter jeden Busch, jede Mauer ab. Auch in den Keller krochen sie – aber sie fanden nur Würmer und Nattern – nicht einmal einen Kern der verzehrten Früchte.

»Sie hat es getan«, dachte Fuad, während er neben ihr hockte und ihr blasses, unglückliches Gesicht betrachtete. Hat sie es wirklich getan? Woher hatte sie den Dolch? Warum tat sie es?

Er dachte an die Worte Omar Ben Slimanes: »Töte sie, ehe es zu spät ist... Töte sie...« Er schloß die Augen und verkrampfte die Finger ineinander. Das Gesetz der Wüste fordert Blut für Blut. Das Gesetz: du hast zu rächen bis ins letzte Glied...

Er öffnete die Augen und blickte wieder auf das weiße Gesicht.

Und um seine Mundwinkel zuckte es, als verbeiße er mühsam ein Schluchzen...

Dr. Sievert war nicht weit geflüchtet.

Durch einen schmalen Eingang rannte er in das Innere einer Moschee. Er schlich durch die Gänge, vorbei an dem großen Betraum mit den Strohmatten und der Nische, die nach Mekka zeigt, den mit Glasperlen verzierten Lampen und dicken Säulen, die die gewölbte Lehmkuppel tragen, vorbei an dem Baderaum, wo die Gläubigen sich die Füße waschen, ehe sie mit bloßen Füßen gereinigt vor Allah treten und die Strohmatten mit der Stirn in sklavischer Unterwürfigkeit berühren. Es war still in der Moschee. Die Priester und Wächter schliefen. Er rannte weiter die verzweigten, tunnelähnlichen Gänge entlang, hetzte in Sprüngen an den Holztüren der in der Moschee wohnenden Priester vorbei, durchquerte den heiligen Bestattungsraum mit dem tragbaren Holzsarg und dem Klappdeckel, in dem die Toten auf den Friedhof getragen werden, wo man sie, in die Djellabah gehüllt, von dem Tragsarg in die Grube kippt.

Aufatmend erreichte er eine steile Treppe, an deren Ende er ein Stück sternenbesäten Himmels sah. Er jagte sie hinauf und warf sich auf dem Dach der Moschee neben der kleinen Kuppel mit dem eisernen Knopf auf die Lehmdecke und schloß die Augen. Sein Atem flog. Zittern durchrann seinen Körper. Kriechend schleppte er sich zur Mauer, die von einer hohen Palme überragt wurde, und wickelte sich hier in seine Djellabah.

So lag er über eine Stunde und lauschte.

Unter ihm, auf den Straßen, war es still. Nur einzelne

Schakale heulten in der Ferne, ein Hund schlug an, eine Katze schrie brünstig in langgezogenen Tönen.

Stille.

Die Palme rauschte leise auf. Dann wieder Stille.

Vom Dach der Moschee ging der Blick weit über die flachen Dächer der miteinander verbundenen Häuser. Nur ab und zu öffnete sich ein Einstieg in die Tunnelstraßen. In den kleinen Innenhöfen, zu denen die Fenster hinaus gingen, lagen die Leitern, über die am Tage die Frauen über die Dächer hinweg ihr Leben führten. Denn das Dach ist der einzige Ort, wo ihr Schleier fallen darf. Das Dach, der intimste Ort der arabischen Familie.

Dr. Sievert erholte sich nur langsam. Schwer atmend lag er an der Dachmauer und sah über die Dächer hin. Es war der einzige Weg, der ihm in die Freiheit blieb. Wenn der Morgen dämmerte, würde der Muezzin auf dem kleinen Minarett erscheinen und die Gläubigen zum ersten Gebet rufen. Und er mußte ihn sehen, den weißen Mann auf dem Dach des Hauses Allahs. Das aber war der Tod, ein Tod, vor dem ihn niemand retten konnte.

Nach drei Stunden schlich Dr. Sievert weiter. Er kletterte vom Dach der Moschee hinab auf das nächste Hausdach, ging auf Zehenspitzen an den Trennmauern entlang und überkletterte so Dach nach Dach, bis er vor der Häuserreihe der Hauptstraße stand. Dort ließ er sich an der Mauer herab und rannte mit langen Sprüngen die Straße hinunter. Aus einer Seitengasse bellte ein Schuß.

Amars Leute! Sie haben mich gesehen ... Er hetzte weiter, strauchelte und entging so dem zweiten Schuß, der neben seinem Kopf vorbeipfiff. Plötzlich schrie er auf. Er schrie, brüllte schrill in die Nacht hinaus. »Hilfe! Hilfe! Hilfe!«

Im Gebäude der Gendarmerie wurde es lebendig. Einige halbbekleidete Gestalten stürzten heraus ... Sie schossen über die Straße, an dem flüchtenden Mann vorbei, der die letzten Schritte taumelnd zurücklegte und dann, mehr fallend als gehend, das Haus erreichte. Dort brach er zusammen und wurde von zwei Gendarmen in den Wachraum getragen.

»Das hat uns noch gefehlt!« sagte der Sergeant der kleinen Station. »Ein Weißer! Kinder, das gibt einen Stunk...«

Am Morgen war der große Gebäudekomplex Fuad el Mongalla ibn Hadschehs von Gendarmerie und Militär umstellt. Im Wadi, auf der Straße, rund um den Palmengarten und vor den »Häusern« standen die Männer und beobachteten jede Bewegung innerhalb des Ringes. In den Straßen stauten sich die Araber – stumm, voll Abwehr, feindlich, haßerfüllt. In ihrer Stille lag die Unheimlichkeit der Wüste, die Unerbittlichkeit des glühenden Landes.

Dr. Sievert stand mit dem Sergeanten und einem Leutnant der Artillerie vor Fuad el Mongalla. Dieser saß auf einem Diwan und trank aus einem kleinen, hohen Glas seinen stark gesüßten, sirupdicken Kaffee.

»Ich weiß nicht, was die Herren wollen«, sagte er in vornehmem Französisch, dem man die Pariser Schule anmerkte. »Bei mir ist alles still!«

»Wo ist das weiße Mädchen?« Dr. Sievert schlug ihm das Glas aus der Hand. Klirrend zerbrach es auf dem dicken Teppich. Ein häßlicher brauner Fleck sog in das Gewebe. Erstaunt, mit hochgezogenen Augenbrauen, sah Fuad seinem Glas nach. Dann wandte er sich still an Dr. Sievert, beherrscht, als sei er gerade nicht tödlich beleidigt worden. »Welche weiße Frau?« fragte er kopfschüttelnd. »Ich bin Araber. Ich habe keine weiße Frau!«

»Sie wohnt in Ihrem Haus! In dem Zimmer mit dem Balkon zum Garten. Und wo ist der tote Wächter?«

»Ein toter Wächter?« Fuad lächelte – er lächelte das geheimnisvolle, von Dr. Sievert so gehaßte Lächeln der Araber.

»Wozu sollte ich Wächter haben, und warum sollen sie tot sein?«

Dr. Sievert ließ Fuad sitzen. Er rannte durch das Haus. Das Balkonzimmer war ausgeräumt. Dick lag Staub auf dem Fußboden, als sei es seit Jahren nicht bewohnt worden. Kahl, leer, wie gestorben war der Raum mit seinem roten Gitterwerk.

Im Garten war der Blutfleck entfernt. Das Gras war aufgerichtet. Sogar die Blumen waren begossen worden.

Dr. Sievert rannte zurück in den Raum, wo noch immer Fuad saß und eine neue Tasse Kaffee trank.

»Wo haben Sie sie hingebracht?« brüllte Dr. Sievert. »Ihr habt sie umgebracht!« Er wollte sich auf Fuad stürzen, aber der Leutnant hielt ihn fest.

»Ruhig«, sagte er. »Bleiben Sie ruhig, Doktor. So erreichen Sie bei einem Araber gar nichts. Sie kennen doch die Wüste. Wir werden ihn so fragen, wie er seine Feinde fragt . . .«

In den Augen Fuads glomm ein Feuer auf. Aber sein Gesicht war unbeweglich, als der Sergeant ihm die Handschellen um die Handgelenke legte.

»Sie tun mir Unrecht«, sagte Fuad einfach und stolz. »Und Unrecht ist die Mutter des Hasses . . .«

Mit erhobenem Haupt verließ er sein Haus und stieg in den Jeep, der vor der Tür wartete. Stumm fuhr er durch die Ansammlung der Araber. Sie verneigten sich wortlos und drehten sich um, als die Truppen geschlossen abzogen.

Allein mit dem Leutnant stand Dr. Sievert in dem leeren, staubigen Zimmer. Er sah sich um, trat an den Balkon und blickte von ihm in den Garten und auf die in der Sonne liegende Ruine.

»Hier hat sie gesessen und mich in der Nacht gesehen«, sagte er leise. »Sie hat mir das Leben gerettet, Leutnant. Ich weiß nicht, wie sie heißt, woher sie kommt, wer sie ist und was sie macht. Ich weiß nur eins: Sie war eine Deutsche. Sie war eine Weiße wie wir. Wir müssen sie finden, Leutnant.«

»Die Wüste ist groß, Herr Doktor.«

Dr. Sievert schüttelte den Kopf. »Es gibt keine Größe des Landes, wenn man einen Menschen sucht. Das habe ich in diesen fünfzehn Jahren gelernt.« Er drehte sich um und verließ stumm das Zimmer. Erst im Garten sprach er wieder. Er stand an der Mauer zum Wadi und blickte über die weißleuchtende Oase.

»Glauben Sie, daß man durch eine einzige Nacht mit einem Menschen, einem fremden Menschen, so tief verbunden sein kann wie mit seinem eigenen Ich?«

»Ja, Herr Doktor.«

»Es ist merkwürdig.« Dr. Sievert schüttelte den Kopf. »Ich werde mich innerlich von diesem Mädchen nie mehr trennen können. Und deshalb werde ich sie wiederfinden.« Er drehte sich um und sah zu der Ruine hinüber. »Ein Kinderlied sang sie, das einmal meine Mutter für uns sang. Es war in diesem Augenblick, als sie die Welt zurückgedreht worden. Es war wundervoll – ergreifend und erschütternd. Denn ...« – er sah den Leutnant groß an – »es war wirklich die Stimme meiner Mutter. Begreifen Sie das? Es war ihre Stimme!« Er wandte sich ab und sah wieder über die weiße Oase. »Ich kenne viele Geheimnisse der Wüste«, sagte er leise. »Aber das größte Geheimnis kommt immer vom Menschen.«

Still und wortlos verließ der Leutnant Dr. Sievert.

Als er an den Häusern zurückblickte, lehnte der Deutsche noch immer an der Mauer und schaute über die Oase hin.

Sein Gesicht lag im Schatten der Palmen – aber man ahnte, daß es feucht war.

DRITTER TEIL

Auf dem Marktplatz von Biskra lag ein Bettler.

Ein blinder, im Schatten der Hauswand eines Krämerladens hockender Bettler.

Einer von den Tausenden von Bettlern, wie sie die Oasen und Städte Nordafrikas bevölkern und eine Plage sind wie die Heuschrecken. Man beachtete ihn nicht; man ging an ihm vorüber, als sei er ein Stück der zerbröckelnden Mauer, an der er saß, einer der weißen, morschen Steine, die müde aus dem Gefüge des Hauses fielen. Basthändler und Steinsalzverkäufer, Limonadenausschreier, Marktfrauen, Fischhändler, Schuster, Weber, Bauern, Gaukler, Musikanten, Diebe, reiche Caids, europäische Touristen, farbige Polizisten und Legionäre gingen an ihm vorbei und hörten nicht auf den monotonen Singsang seiner Bettelstimme. Er saß da den ganzen Tag, eine handgeschnitzte hölzerne Schale mit wenigen Francs in der Hand, und wartete auf die Gnade Allahs, ob sie ihm am Abend wieder einen trockenen Mehlfladen als einziges Essen erlaubte.

Auch Dr. Handrick war ein paarmal an dem Bettler vorbeigegangen, ohne ihn zu bemerken. Seit fast einer Woche lebte er jetzt in Biskra und versuchte für seine Untersuchungsreihen Material zu bekommen. Was Monsieur Parthou ihm in Bou Saâda gesagt hatte, wurde in Biskra noch übertroffen. Er war der Feind der Araber, ein Ungläubiger, der einen Allah geweihten Körper berühren wollte. Wo er mit seinem Impfkasten auftauchte, verließ man fluchtartig die Häuser, rannte über die flachen, miteinander verbundenen Dächer und versteckte sich in dem undurchdringlichen Wirrwarr der Hütten und überdeckten Tunnelstraßen. Es blieb dann Dr. Handrick nichts übrig, als die von der Ruhr befallenen Häuser mit Hilfe von zwei Militärsanitätern gründlich zu desinfizieren. Aber was nutzte das, wenn die nach zwei Tagen vorsichtig zurückkehrende Familie sich um die Ansteckung nicht kümmerte und die Wäsche weiterhin tagelang herumliegen ließ, ehe sie in einer Seitengasse in einem großen, gemauerten Brunnen einfach ausgeschwenkt und dann in der Sonne getrocknet wurde.

An diesem Tage geschah etwas Merkwürdiges. Der Bettler saß nach dem Mittagsgebet still an seiner Hauswand. Die hölzerne Schale in seiner Hand zitterte, der Kopf schwankte hin und her, als höre er im Inneren eine Melodie, nach der er sich rhythmisch bewegte. Dann – nach einer Stunde – fiel der Bettler um. Er kippte einfach zur Seite in den Straßenstaub und lag dort wie ein hingeworfenes Bündel alter Kleider. Man hätte ihn auch dann nicht bemerkt, wenn er nicht auf das Gesicht gefallen wäre, denn viele Bettler liegen müde im Staub und schlafen im Schatten. So aber fiel er einem farbigen Polizisten auf, der seine Runde über den belebten Markt machte. Er trat an den Liegenden heran und stieß ihn mit der Fußspitze in die Seite.

»He, du Hundesohn«, sagte er schroff«, »steh auf! Du liegst in der Fahrbahn. Hörst du nicht? Steh auf, du dreckige Spinne, sonst hagelt's Schläge!«

Der Bettler rührte sich nicht. Er lag da, verkrümmt, die Augen geschlossen, mit fahler Haut, die Lippen verkniffen. Er schien ohne Besinnung zu sein. Nur sein Körper zuckte ab und zu und schien von innen heraus zu schmerzen.

Der farbige Polizist stand eine Weile vor dem Haufen Mensch und überlegte. Ihn einfach liegenlassen? Oder ihn mit einem Fußtritt weiter an die Mauer befördern? Es ist eine Plage, diese Bettelei, eine Plage, über die man nie Herr werden kann, weil dieses Land erbarmungslos ist und nichts kennt als arm oder reich.

Der farbige Polizist stand noch vor dem Bettler, als Dr.

Handrick über den Markt kam. Er trat, als er den Bettler liegen sah, heran und beugte sich über ihn. »Was ist mit ihm?« fragte er dabei.

»Der räudige Hund ist ohne Besinnung«, meinte der Polizist. »Man sollte dieses schmutzige Schwein einfach in die Ecke werfen.«

Handrick hockte sich vor den Liegenden und betastete vorsichtig seinen Körper. Plötzlich lief auch ein Zittern durch den Körper des Arztes. Erstaunt trat der Polizist näher.

»Ist etwas?« fragte er. »Kann ich Monsieur helfen?«

Handrick sprang auf – sein Gesicht war gerötet, der Schweiß lief ihm über die Augen.

»Holen Sie sofort einen Wagen«, rief er. »Der Mann muß sofort ins Militärhospital!«

»Ein dreckiger Bettler?« fragte der Polizist erstaunt und rührte sich nicht.

»Fragen Sie nicht – rennen Sie! Es ist etwas ganz Wichtiges! Sie bekommen einen Orden, wenn Sie schnell einen Wagen holen. Schnell, schnell!« Handrick beugte sich wieder über den Ohnmächtigen und drückte seinen Leib ein. Er nickte dabei und prüfte den Stand der Augäpfel, indem er die Lider hochzog. »Gott sei Dank«, sagte er dabei leise. »Vielleicht bekomme ich ihn durch...«

Der Polizist, überzeugt, daß die Weißen keine normalen Menschen seien, gab sich keine große Mühe, einen Wagen zu finden. Mit orientalischer Gelassenheit stellte er sich auf die Straße und hielt den ersten Wagen an, der über den Markt fuhr. Er riß die Tür auf, zerrte den schreienden und um sich schlagenden Fahrer vom Sitz, gab ihm eine kräftige Ohrfeige und setzte sich dann selbst hinter den Volant, steuerte den Wagen zu Dr. Handrick und meldete lachend: »Ein Wagen, Monsieur.«

Der Fahrer stand auf der Straße und brüllte. Er hob die Faust, alle Flüche der Wüste donnerten über den Polizisten. Aber niemand kümmerte sich darum, niemand blieb stehen oder sah der Szene zu. Bei Allah, ein Polizist nimmt einem das Auto weg! Allah wird den Hundesohn strafen. Allah ist groß!

Dr. Handrick faßte den Bettler vorsichtig an den Schultern und hob ihn auf. Er schleifte den leichten, fast verhungerten, nur aus Haut, Knochen und Sehnen bestehenden Mann in das Auto, legte ihn auf die Hinterbank und stieg dann zu dem Polizisten ein.

»Fahren Sie, so schnell Sie können«, rief er tief atmend.

Noch als sie um die Ecke des Marktes bogen, hörten sie das Geschrei des Fahrers.

Im Militärhospital von Biskra, einem weißen Riesenbau mit offenen Terrassen und großen Glaszimmern, summenden Ventilatoren und vor Sauberkeit blitzenden Gängen, staunte man nicht schlecht, als das klapprige Auto mit dem ohnmächtigen, schmutzigen Bettler zur Aufnahme rollte.

Chefarzt Dr. Veuille, im Range eines Majors, stand zufällig bei den Sanitätern des Aufnahmeraumes und sah die Liste der Neueingänge durch, als Dr. Handrick und der Polizist den Bettler hereintrugen.

»Mein Gott«, lachte Veuille, »jetzt sammelt der schon die Wanzen von der Straße! Bester Dr. Handrick, wo haben Sie denn den her?«

»Vom Markt«, sagte der Polizist beleidigt, denn er hielt es unter seiner Würde, einen Bettler zu tragen. »Er lag da, und ich wollte ihn gerade wegtreten, diese Mißgeburt, als der Monsieur kam. Was sollte ich tun?«

»Schon gut.« Veuille trat an den Bettler heran, den Handrick auf eine der herumstehenden Tragbahren gelegt hatte. »Diagnose?« fragte er.

Dr. Handrick wischte sich den Schweiß mit dem Handrücken ab. Er gab dem Polizisten einen 500-Franc-Schein. Entgeistert betrachtete dieser das kleine Vermögen, dann grüßte er stramm und rannte aus dem Hospital. Vielleicht überlegt sich der Weiße noch, was er mir gegeben hat, dachte er. Dann will er den Schein wiederhaben. Für einen Bettler 500 Francs – bei Allah und Mohammed, dafür sammle ich ihm jeden Tag hundert Bettler auf.

Veuille sah Dr. Handrick an. »Verhungert, Herr Kollege?«

»Nein! Ein ungeheurer Glücksfall: Es ist unsere Virus-Ruhr. Endlich habe ich einen Fall, der mir nicht davonlaufen kann.«

Veuille starrte den Bettler entgeistert an. Dann zeigte sich in ihm der Militärarzt. Er schrie durch die Gänge. Sanitäter kamen gerannt. »Fertigmachen!« brüllte Veuille. »Ein Zimmer Isolierstation frei! Verbandsraum III vorbereiten! In zehn Minuten beginnen wir.«

Durch das große Hospital lief eine Erregungswelle. Raum III, sonst für eitrige Wunden, wurde vorbereitet. Mit Windeseile sprach es sich herum: Der deutsche Arzt hat einen Virus-Ruhr-Fall eingeliefert! Der erste stationäre Fall von Biskra!

Dr. Handrick und Chefarzt Veuille wuschen sich bereits in den Desinfektionslösungen die Hände und ließen sich die dünnen, engen Gummihandschuhe von zwei OP-Schwestern überziehen. Im Verbandsraum III lag auf dem Tisch der Bettler – man hatte ihn ausgezogen und gewaschen, sein ausgemergelter Körper glänzte fahl unter den großen Lampen, die man trotz der Helligkeit des Tages eingeschaltet hatte. Die Flügelventilatoren surrten. Es roch nach Karbol und Schweiß. Neben dem Tisch lagen in einem weißemaillierten Kübel die Kleider des Bettlers.

Dr. Handrick und Dr. Veuille beugten sich über die staubigen Gewänder und zogen sie mit Zangen auseinander. Handrick beugte sich etwas vor und nickte.

»Darmschleim«, sagte er langsam. »Vermischt mit Blut. Lassen Sie sofort einen Abstrich machen und im Labor das Sekret analysieren. Ich glaube, daß wir in diesem Stadium noch einige Überraschungen erleben.«

Zwei Sanitäter trugen den Kübel weg. Dann gingen Handrick und Veuille an die Arbeit und untersuchten systematisch den Körper des Bettlers. Es war eine reine Routinearbeit, wie sie die Ärzte bei Hunderten Ruhrkranken vollzogen hatten, und doch war in ihren Handgriffen die große Spannung spürbar, mit der sie an diesen ausgelaugten, armen, zitternden Körper gingen.

Mit einem Klistier spülten sie den Darminhalt heraus und schickten ihn sofort den Kleidern nach ins Labor. Dann wurde der Bettler in das geräumte Zimmer der Isolierstation gerollt und in ein gummiüberzogenes Bett gelegt. Die Tür schloß Dr. Handrick persönlich ab und steckte den Schlüssel ein.

Im Labor standen sie dann um die Analyse herum und betrachteten durch die großen Mikroskope die einzelnen Bilder des Darmschleimes und des Blutes. Verzweifelt schraubte Dr. Veuille am Okular herum und richtete sich dann auf.

»Schweinerei!« sagte er grob. »Immer dasselbe. Typische Ruhr. Aber im Blut dieses verdammte Virus! Es zersetzt das Blut einfach! Es frißt es wie Blutkrebs. Den Bettler können Sie abschreiben, Dr. Handrick.«

Handrick nickte. »Ja.« Er sagte es langsam, gedehnt. »Er wird sterben. Aber sein Körper bleibt mir. Sein verseuchtes Blut! Er wird mir die Möglichkeit zu großen Versuchsreihen liefern. Wir können jetzt Affen und Hunde mit dem Blut infizieren und die Stadien der Krankheit genau erforschen.«

Dr. Veuille wiegte den großen Kopf und wusch sich die Hände bis zum Oberarm hinauf mit dickem Seifenschaum. Er schrubbte mit einer harten Bürste die Haut ab, als müsse er Aussatz schaben.

»Wenn man das draußen in der Öffentlichkeit erfährt, bester Herr Kollege, wird man Sie auf der Straße, am hellen Tag, unter aller Augen, ohne Warnung, einfach niederschießen. Der Mann ist zwar nur ein Bettler, den niemand beachtete, aber sobald wir, die Weißen, die von Allah Verfluchten, einen von Mohammeds Jüngern in den Fingern haben, wird der armseligste Bettler zum Märtyrer in den Augen dieser fanatischen Moslems.« Er legte die Bürste auf ein gläsernes Tablett und wusch sich den Schaum ab. »Ich warne Sie, Dr. Handrick. Ich bin hier im Hospital sicher. Aber Sie wollen ja weiter in die Wüste. Und die werden Sie nie sehen, wenn die Sache mit dem Bettler herauskommt.«

Dr. Handrick schüttelte den Kopf und zog seine weiße Jacke an. »Wie sollen unsere Versuche bekannt werden, Herr Kollege? Ihre Sanitäter werden schweigen.«

»Vergessen Sie nicht die arabischen Boys, die wir auf jeder Station haben! Die haben die Augen überall, die hören das Gras wachsen, wo gar keines ist.«

»Dann werden wir die Versuche innerhalb der Isolierstation machen und diese Station militärisch abriegeln. Nur gegen Ausweis zu betreten.« Dr. Handrick sah durch das Fenster des Waschraumes hinaus auf die in der glutenden Sonne liegende Straße. Sie war um diese heiße Mittagszeit wie ausgestorben – nur ein paar Lastesel mit dicken Steinen auf dem Rücken trappelten müde durch die flimmernde Luft. Ein schwitzender Neger mit nacktem, staubüberzogenem Oberkörper trieb sie mit einem langen Stock an. »Wir können es gut motivieren mit einem giftigen Versuch«, fuhr Dr. Handrick fort. »Und schweigen Sie bitte auch den Assistenzärzten gegenüber.«

»Wie Sie wollen«, knurrte Dr. Veuille. »Und die Leiche des Bettlers? Darauf kommt es den Arabern an.«

»Die Leiche können sie haben. Ich brauche nur das Blut. Vielleicht nehme ich auch noch die Därme heraus, um etwaige Veränderungen an ihnen feststellen zu können...«

»Man wird die Operationsnarbe sehen.« Dr. Veuille wiegte den Kopf. »Eine frische Wunde ist immer gefährlich. Man wird sagen, wir hätten einen Moslem mit unseren Skalpells getötet.«

»Aber das ist doch Unsinn!« Dr. Handrick lehnte sich aufgeregt an das Fenster und steckte sich eine Zigarette an.

»Nur aus einem religiösen Fanatismus heraus können sie doch nicht ihre Leute verenden lassen wie Tiere?«

»Sie können es, mein Bester – sie tun es sogar! Die Mentalität der Wüstensöhne ist uns völlig fremd und unbegreiflich. Lieber sterben – und wenn es unter den schrecklichsten Qualen ist – als sich von der Hand eines Ungläubigen berühren lassen. Wer es trotzdem zuläßt, aus Angst, sein Leben zu verlieren, der wird nach der Genesung sich hundertmal waschen und Allah um Verzeihung bitten und um seiner Seligkeit willen seine Retter verfluchen.« Dr. Veuille hob beide Arme. »Tun Sie in Gottes Namen, was Sie müssen, Herr Kollege. Ich sperre die Isolierstation, ich lasse von der Garnison eine Wache abkommandieren – mehr kann ich nicht für Sie tun. Ich werde auch kaum in der Lage sein, Ihnen tatkräftig bei den Versuchsreihen zu helfen. Ich bin wirklich überarbeitet.«

Dr. Handrick lächelte und nickte. »Selbstverständlich, Herr Kollege. Außerdem haben Sie die Absicht, noch vierzig Jahre lang zu leben.«

»Wenn möglich – bestimmt.« Veuille gab Handrick die Hand. »Ich sehe, wir verstehen uns blendend. Sie sind ein fabelhafter Bursche, Handrick. Und viel, viel Glück.«

Er wollte das Zimmer verlassen, aber an der Tür drehte er sich noch einmal um.

»Was brauchen Sie alles?« fragte er.

»40 Affen, 10 Hunde und 100 Ratten.«

»Kommen morgen. Sonst noch etwas?«

»Nein. Es sei denn, Sie könnten mir ein besonders gutes Mikroskop besorgen.«

»Ein deutsches Glas, was?«

»Ja.«

Dr. Veuille lachte. »Ihr seid schrecklich eingebildet, ihr Deutschen«, sagte er. Aber dann nickte er. »Will sehen, daß ich eins bekomme. Sie sind wirklich gut, die Dinger...«

Zehn Minuten später saß Dr. Handrick am Bett des ohnmächtigen Bettlers. Die Station war sofort gesperrt worden. In einem großen Ofen wurden die Kleider des Bettlers verbrannt. Handrick fühlte den Puls des Mannes. Er war schwach, knapp 53. Das Herz flatterte, als er das Stethoskop aufsetzte und die Brust abtastete. Eine Lautverschiebung an der linken Lunge ließ Handrick aufhorchen. Er klopfte die Brust und den Rücken ab und lokalisierte den Herd. Tbc! Eine durch Hunger und Unterernährung beschädigte Lunge. Wenn er mit der Ruhr durchkam, was nach menschlichem Ermessen nicht möglich war, würde er an der Schwindsucht sterben.

Lange betrachtete Handrick den nackten Mann auf dem Gummibett. Der Körper war knochig und sehnig, fahlbraun und von einer ledernen Haut überzogen. Das Gesicht glich einem Totenschädel, hoch stachen die Jochbeine und die Kinnlade aus der Fläche hervor. Die Augen waren eingesunken. An den dünnen Beinen sah er einige große Narben – verheilte Furunkel.

Wie alt mag er sein, dachte Dr. Handrick und stützte den Kopf in die Hände. Es ist nicht festzustellen – er sieht aus wie ein Greis, aber er kann jünger sein als ich. Wen kümmert es auch, wie alt er ist! Er sitzt tagaus, tagein an seiner Mauer auf dem Markt der Oase Biṣkra und hebt bettelnd seine hölzerne Schale jedem Vorübergehenden entgegen. Hat er Glück und weiße Touristen kommen nach Biskra, dann verdient er für eine Woche genug, denn der Weiße hat eine mitleidige Seele und weiß noch nicht, daß der Bettler nur einer der vielen Tausende ist, die überall in Afrika herumsitzen und ihre hölzerne Schale heben. Oft aber auch bekommt er nichts – dann wird er sich am Abend in eine Ecke zusammenrollen wie ein Hund und hungrig schlafen. Ein, zwei, drei Tage – vielleicht schenkt ihm ein Bauer eine Handvoll halbverfaulter Äpfel oder Oliven, die er dann herunterschlingt und Allah für seine Güte lobt. Und so wird es weitergehen ... jahrelang, ohne Hoffnung, daß er etwas anderes sein wird als ein getretener Bettler, ein Tier, das menschliche Züge hat und das Allah vergessen hat im Millionenheer der Armut.

Jetzt wird er sterben ... an der Ruhr, an Tbc, in Wahrheit aber an diesem Leben, an diesem Vegetieren im Staub der Straße von Biskra. Als sich der Bettler leise stöhnend bewegte, beugte sich Handrick vor und machte ihm eine Injektion mit Clauden. Der Darm sonderte wieder Blut und Schleim ab. Der Arzt fing es auf und sammelte das Sekret in einer großen Glasschale.

Er hatte in den Jahren seiner Tätigkeit verlernt, sich zu ekeln. Für ihn war es Wissenschaft, das Vordringen in unbekanntes Land gegen einen unbarmherzigen, tödlichen Feind. Er sah nur das Virus – diesen mikroskopisch kaum sichtbaren Erreger, zusammengeschlossen zu wimmelnden Kolonien ... ein Tod durch giftiges Leben ...

Dr. Veuille trat ins Zimmer und sah Handrick über den Bettler gebeugt stehen.

»Exitus?« fragte er leise.

»Noch nicht. Aber es dauert nicht mehr lange. Der Körper hat keine Widerstandskraft mehr.« Handrick blickte kurz auf. »Was halten Sie von einer Transfusion?«

»Wenig!« Veuille sah den Kollegen abweisend an. »Bei dem verseuchten Blut ...«

»Eben! Ich will sehen, ob es sich durch Frischblut regenerieren läßt.«

Veuille sah Hendrick mit großen, staunenden Augen an. »Und wer soll für solch einen dreckigen Bettler sein Blut hergeben? Einer unserer Jungs aus der Garnison? Niemals!«

»Es geht hier nicht um Rassen, es geht um einen Menschen, Herr Kollege!« sagte Dr. Handrick steif.

»Es wird unmöglich sein! Sie kennen nicht die Einstellung der Weißen zu den Farbigen und umgekehrt. Sie sind noch ein Greenhorn in unserem Land ...«

»Ihr Land ...« Dr. Handrick sah von dem sterbenden

Bettler zu Dr. Veuille. »Es wird nie Ihr Land werden, wenn Sie diese Seuche nicht bekämpfen! Ihre Truppen sind nicht dazu da, Menschen totzuschießen, sondern jetzt können sie einen edleren Dienst tun: Menschen retten! Auch das ist Kolonialpolitik! Und eine bessere!« Er setzte sich wieder neben den Bettler und steckte eine dickere Hohlnadel an eine Spritze, die er aus einem sterilen Kasten nahm. »Ich werde jetzt die Blutgruppe bestimmen lassen. In zwanzig Minuten ist alles klar für eine Transfusion. Die Blutgruppe gebe ich Ihnen sofort durch, wenn sie vorliegt. Ich erwarte, daß in zwanzig Minuten ein Blutspender vor der Tür steht.«

»Das gibt Schwierigkeiten mit dem Generalkommando in Algier!« schrie Dr. Veuille. »Ich werde eine Beschwerde einreichen.«

»Tun Sie das, Herr Kollege! Gewinnen Sie den Kampf um das Virus auf dem Papier! Ich stehe unterdessen in der Front der Sterbenden. Tun Sie alles ... aber in 20 Minuten ist ein Blutspender hier!«

Beleidigt, mit hochrotem Kopf, verließ Dr. Veuille das Zimmer der Isolierstation. Er rief sofort den Kommandeur der Garnison Biskra an und teilte ihm den wahnsinnigen Wunsch des deutschen Arztes mit. Der Kommandeur, Major Bolteau, hieb auf den Tisch und schrie: »Nie! Nie! Für einen dreckigen, arabischen Bettler? Der Mann ist verrückt! Ich weigere mich – hören Sie: Ich weigere mich!«

Vier Minuten später lag das Ergebnis der Blutgruppe vor. Gruppe 02. Dr. Veuille saß wieder am Telefon und sprach mit Major Bolteau. »Er hat ein Schreiben des Generals aus Algier bei sich! Er kann über alles verfügen, was er braucht! Auch über das Blut der Soldaten! Ja – er kann, Herr Major. Es tut mir leid ... ich brauche einen Mann mit Gruppe 02. Auch ich werde mich in Algier beschweren ... aber jetzt müssen wir erst den Mann haben ...«

20 Minuten später lag ein junger Legionär, ein Belgier, auf einem Feldbett neben dem röchelnden Bettler. Mit Hilfe

des stummen und verbissen vor sich hinsehenden Dr. Veuille verband Dr. Handrick die beiden Gummischläuche aus den Venen des Kranken und des Spenders. Dann sah er zu dem ärgerlichen Kollegen auf.

»Zuerst 300 ccm«, sagte er leise.

»Gut«, knurrte Dr. Veuille. »Und wieviel soll er bekommen?«

»Ich will nach und nach das ganze Blut erneuern.«

»Alle fünf Liter?«

»Ja.«

Dr. Veuille lachte wütend. »Mein Gott, Handrick«, sagte er verbissen, »wenn das mit Ihnen so weitergeht, machen Sie aus einem Neger noch einen reinrassigen Germanen...«

Langsam floß das Blut des jungen Legionärs in die Adern des arabischen Bettlers...

Jacqueline Dumêle hatte sich in Biskra schon gut eingelebt. Mit einer Energie und Ausdauer ohnegleichen hatte sie bei Dr. Veuille durchgesetzt, daß Dr. Handrick einen großen Raum als Labor für sich bekam, und dort saß sie nun glücklich und mit klopfendem Herzen, als der deutsche Arzt eintraf und von Dr. Veuille in das Zimmer geführt wurde.

»Daß Sie mir diese Katze als Vortrupp geschickt haben, vergesse ich Ihnen im Leben nicht«, sagte der Chefarzt zu Dr. Handrick. »Sie hat mein ganzes Lazarett auf den Kopf gestellt, um für Sie einen Arbeitsplatz zu bekommen! Und sie hat es erreicht, beim Satan noch mal! Kann man solch einer Frau etwas abschlagen?«

Er wies mit beiden Händen auf Jacqueline, die in einem weißen Kittel vor dem langen Tisch mit den Glaskolben saß und errötete. Sie wollte das nicht, sie kämpfte dagegen an ... aber der Anblick Dr. Handricks warf ihre innere Beherrschung um. Sie erhob sich und gab dem deutschen Arzt die Hand.

»Ich glaube, ich habe alles so gut gemacht, wie Sie es sich

erhofft haben«, sagte sie leise. »Ich habe alles herbeigeschafft – nur infiziertes Blut konnte ich nicht bekommen. Kein Menschenblut, wohlverstanden. Tierblut in Hülle und Fülle.«

Dr. Veuille schüttelte den Kopf. »Solche Worte aus dem Mund einer bezaubernden Frau! Es ist zum Jammern! Madame –«, er verbeugte sich galant – »Sie sollten mit diesen Lippen küssen, aber nicht von Blut sprechen . . .«

Das war die Ankunft Dr. Handricks in Biskra. Jacqueline zeigte ihm sein Zimmer, in dem er wohnen sollte . . . einen großen sonnendurchfluteten Raum mit Blendläden, um die Mittagshitze abzuhalten, einer Brauseanlage neben dem Bett in einer Nische, einem Balkon zum Garten der Klinik und einem breiten, fast französischen Bett. Das Mauerwerk der Balkontür war im orientalischen Baustil durchbrochen und reichlich verziert.

»Gegessen wird mit den anderen Ärzten im Kasino«, sagte Jacqueline und setzte sich auf die Bettkante. »Im übrigen ist Biskra ein Drecknest! Ich kann nicht verstehen, daß man aus Europa für einige tausend Mark herüberkommt, um diese Lehmhütten und Moscheen zu bewundern. Zauber der Wüste . . . in den ersten drei Tagen . . . nachher hängt es einem zum Halse heraus . . .« Sie strich die Haare aus der Stirn und lächelte. »Verzeihen Sie, Chef, daß ich so ausfällig redete. Aber manchmal kommt es über mich, und ich muß schimpfen wie eine Marktfrau auf dem Pariser Fischmarkt.« Sie erhob sich und war wieder ganz die charmante Dame. »Darf ich Ihnen helfen, sich einzurichten?« fragte sie. Als sie lachte, leuchteten ihre Zähne. »Ich habe noch nie Männersachen eingeräumt . . .«

Dr. Handrick stieß die Blendläden des Balkons auf . . . die Sonne flutete heiß ins Zimmer. Es dauerte eine Zeit, bis sich das Auge an die Blendung gewöhnt hatte . . . dann trat er hinaus und blickte über den Garten mit den schönen Palmen und Malvenbüschen, den Oliven und Mimosen. Gegenüber diesem Wohnflügel lag die Station der Poliklinik. Durch die großen Fenstertüren, die aufgeklappt waren, sah man die langen Schlangen der verletzten Araber und Berber und einige junge farbige Ärzte, die mit bloßem Oberkörper an den Verbandstischen standen und die in Gruppen Eintretenden untersuchten. Mütter mit Kindern, verschleiert und sehr scheu, hockten an den Wänden auf den Holzbänken und warteten darauf, daß der ältere arabische Arzt sie einzeln in ein geschlossenes Zimmer mit verhängten Fenstern rief, denn er war der einzige, der eine Moslemfrau unverschleiert sehen durfte.

Der Hakim ...

Dr. Handrick wandte sich ab. Jetzt erst schien er richtig zu merken, daß Jacqueline an seiner Seite stand. Groß blickte er in die dunklen Augen.

»Es ist schön, daß Sie bei mir sind, Jacqueline. Sie werden mir mehr abnehmen, als sie denken ... Nicht im Labor ... privat! Wir wollen Freunde sein ... ja?« Ein Zittern durchlief sie ... sie nickte leicht. »Wenn ich Kummer habe ... ich darf ihn bei Ihnen abladen! Sie sollen eine Art Beichtvater sein ...«

»Ja, Doktor.« Es würgte in ihrem Hals, als sie dieses Ja sagte. Freunde, dachte sie. Beichtvater. Und ich liebe ihn ... jetzt erst weiß ich richtig, daß ich ihn liebe! Ich muß ihn immer ansehen, dieses schmale, schöne Gesicht ... Ich habe Sehnsucht nach seinen Händen und nach dem Druck seiner Lippen. So weit ist es schon, daß ich von ihm träume. So ganz hat er Besitz von mir ergriffen. Er sieht in mir nur den Kameraden ... aber ich werde glücklich sein, überhaupt in seiner Nähe zu sein und ihn immer zu sehen ...

Von der Moschee begann der Muezzin zu rufen. Aus den Türen der Poliklinik liefen die Araber und verbeugten sich gen Osten, wo Mekka lag. Die Stimme des Allahrufers schallte weit über die Oase.

Dr. Handrick beobachtete ihn, wie er auf der Galerie des

Minaretts stand und mit an den Mund gelegten Händen schrill über die Dächer hinweg sang. Dabei pendelte sein Oberkörper im Rhythmus hin und her.

»Es ist Zeit zum Essen«, sagte Jacqueline hinter ihm. »Sie werden jetzt die Ärzte kennenlernen.«

Der erste Tag in Biskra, dem Ausfallstor in die Unendlichkeit der Sahara. Das Tor zur glühenden Hölle. Die Oase, die wie ein Paradies am Rande eines ausgeglühten Mondes liegt.

Dr. Handrick wandte sich ab und ging Jacqueline nach.

Das war der erste Tag. Nun lag der Bettler im Hospital und dämmerte vor sich hin, das Blut eines Belgiers in sich, nutzloses Blut, daß wußte Dr. Handrick im voraus, denn die Viren würden es verseuchen, schneller, als es sich im Körper regenerierte.

Jacqueline saß jetzt im Zimmer bei dem Bettler und bewachte ihn. Sie las dabei eine Zeitung aus Paris, die mit einem Lebensmitteltransport aus Algier nach Biskra gekommen war. Sie war zwei Tage alt und wurde von Marseille mit einer Maschine der Air France über das Mittelmeer geflogen, zusammen mit der täglichen Post und den Frachtgütern. Was sie las, kam ihr alles so nichtig und unwichtig vor. Die Wüste macht weitherzig, dachte sie. Die Größe des Landes zeigt uns klar, wie klein wir in Wahrheit sind. Das habe ich schon gespürt, als ich mit dem Wüstenbus nach Biskra fuhr, durch den Atlas und die Kabylei, durch die Kiessteppe, die Salzwüste der Schotts, die Sanddünen am Rande der Salzseen ... Die ersten Kamelherden in ihrer schweigenden Majestät nahmen mich gefangen ... ich starrte sie an und sah in ihnen die Ruhe und die Ewigkeit der Wüste. Wie nichtig ist es da, ob in Paris ein Kabinettsmitglied gegen Deutschland sprach und ein Milchauto bei Versailles umstürzte ... Der Minister wird gestürzt werden, das Milchauto wird verrosten ... alles wird einmal nicht mehr sein, nur eines wird bleiben ... die Wüste! Die Ewige! Die große Schweigende, wie der Araber sie nennt ... die Sahara ...

Der Bettler rührte sich. Sie legte die Zeitung weg und beobachtete ihn. Aber er erwachte nicht aus seiner Besinnungslosigkeit ... die Agonie hielt an. Jacqueline gab ihm eine Injektion mit Cardiazol ... da wurde er stiller, nur seine Haut zuckte, als spüre sie die wahnsinnigen Schmerzen.

»Alles klar, Jacqueline?«

»Ja, Doktor. Alles in Ordnung. Puls sehr schwach. Er wird nicht durchkommen.«

»Das fürchte ich auch, Jacqueline. Aber wir haben sein Blut! Das ist das Wertvollste! Ich bin mitten in einer großen Versuchsreihe. Die Viren sind deutlich sichtbar, aber sie reagieren auf kein Mittel. Sie schwimmen im Blutplasma herum, als fühlten sie sich dort sauwohl ...« Er lächelte entschuldigend über das letzte Wort und schloß wieder die Tür.

Jacqueline blickte die Türfüllung an. Sie träumte ...

Wenn es möglich wäre, daß er die Deutsche vergaß ... Sie würden nach Nîmes ziehen und dort die Praxis des Vaters wieder aufbauen ... sie würden in den Weinbergen liegen, die Sonne der Provence über sich, und wunschlos glücklich sein. Sie würde Kinder bekommen ... süße, blonde oder schwarzlockige Kinder ... die Welt wäre ein riesiger Garten der Freude ... Und er würde in Nîmes sein, am Krankenhaus operieren, in den Labors weiterforschen und einmal berühmt sein, ein großer Arzt, geehrt von allen ... ihr Mann!

Nur die Deutsche stand im Weg, diese kleine Tänzerin Hilde Sievert. Vielleicht sah er sie nie wieder, vielleicht tauchte sie in der Wüste unter, vergessen, zugeweht vom Sand der Sahara, in irgendeiner Oase lebend, fern aller Weißen ... Mit der Zeit würde die Erinnerung an sie sterben, denn es ging ja weiter, das Leben ... Dann würde das Bild der Deutschen immer mehr verblassen, bis es ganz fahl war und nur ein Schemen in der Erinnerung. Aber Jacqueline war immer um ihn, sie war das Leben, sie sprühte wie ein ewiger, unversiegbarer Brunnen ... sie sah er immer, ihre Augen, ihre Lippen, ihren schönen Körper ...

Vielleicht ... vielleicht ...

Sie starrte vor sich hin und lächelte vor Glück.

Sie wünschte, daß die Deutsche nie wieder auftauchte. Sie war in ihrer Liebe so grausam, ihr den Tod in der Wüste zu wünschen.

Jacqueline schloß die Augen und drückte die beiden geballten Hände aneinander. Ich liebe ihn, dachte sie. Mein Gott, ich liebe ihn wie ein Verdurstender das Wasser. Verzeih mir alles, was ich denke ... Ich liebe ihn doch ...

Auf dem Bett stöhnte der Bettler ...

Jetzt bin ich endlich frei!

Aber bin ich auch glücklich?

Wenn ich abends am Fenster sitze und über die Palmenhaine blicke, dann klingt in meinen Ohren noch dieses dumme kleine Kinderlied, das das unbekannte Mädchen vor der Ruine sang. Es hatte die Stimme meiner Mutter ... darüber komme ich nicht hinweg. Es peinigt mich, daß ich das Mädchen nicht wiedersah und nichts tun kann, um es zu suchen.

Der stolze Araber Fuad el Mongalla ibn Hadscheh schwieg. Er blieb stumm, obwohl man beim Verhör zu unerlaubten Mitteln griff und ihn mit Kamelpeitschen schlug, in die Platzwunden Salz streute und seine Fußsohlen in einen Haufen glühender Holzasche legte. Ich mußte mich abwenden, als die eingeborenen Polizisten nach diesem alten »Ritus des Verhörs« ihren Landsmann befragten ... aber er blieb stumm, er schrie nicht ein einziges Mal, er sah nur auf mich mit einem Blick, den ich schon bei Amar Ben Belkacem bemerkte und der mich ahnen ließ, wie tief die Rätsel der arabischen Seele sind.

Wir erfuhren nicht den Namen des Mädchens, nicht seine

Herkunft, nicht, wohin man sie gebracht hatte ... nur daß sie deutsch sprach, ist das einzige, was ich weiß. Und das erschüttert mich, das ruft mich auf, sie zu suchen.

Seit drei Tagen wohne ich jetzt in Bou Saâda. Man hat mich in das große *Hôtel Transatlantique* gesteckt, in diesen Märchenpalast aus Tausendundeiner Nacht. Den ganzen Tag liege ich auf der Terrasse oder sitze in den Korbsesseln unter den blühenden Büschen. Wenn es zu heiß wird, schwimme ich in dem herrlichen Bassin und lege mich dann unter die Zwergpalmen in die Sonne, während unter dem bunten Sonnenschirm der Siphon mit der eisgekühlten Grenadine steht.

Ich will es nicht gestehen – aber ich habe Angst vor den arabischen Kellnern. Zu sehr sitzt mir noch die Hetzjagd Amars im Nacken. Wenn sie mich bedienen in ihren weißen Jacken und den weißen, plissierten Pumphosen, auf dem gekräuselten Haar den niedrigen, hellroten Fez, dann glaube ich in ihren Blicken ein Lauern zu sehen. Aber ich kann mich täuschen, bestimmt täusche ich mich ... es ist eine Art Verfolgungswahn, an dem ich leide. Wie sagte doch Monsieur Parthou zu mir: Im *Transatlantique* sind Sie so sicher wie in einer Festung.« Ich will das glauben ... aber immer, wenn ich aus dem Schwimmbad steige und mich in die Sonne lege, taste ich die Umgebung nach versteckten Mördern ab.

Es ist schrecklich, wenn man weiß, wieviel wert man seinen Feinden ist ...

Seit Tagen habe ich keine Ruhe. Seit ich in Bou Saâda eingetroffen bin, jagen sich die Kommissionen und geben sich die Experten die Klinke in die Hand. Man hat erfahren, welche Pläne ich in den fünfzehn Jahren Wüstenleben gesammelt habe, und man versucht, mit allen Mitteln der Versprechung mich zur Preisgabe der geheimen Wasseradern zu bewegen.

Diese Hast macht mich kritisch und nachdenklich. Sollte Amar recht gehabt haben, als er zu mir sagte: »Mit dem

Blühen der Wüste schaffen Sie den Untergang des Afrikaners!«? Jetzt habe ich Zeit, über das alles nachzudenken.

In diesen Betrachtungen störte mich gestern Monsieur Parthou, der in mein Zimmer trat und sich ungeniert neben mir in den Korbsessel fallen ließ. Er trug eine weiße Seidenhose und einen weißen Tropenhelm aus leinenbezogenem Kork. Er bot mir eine echte Orientzigarette an und schaute dann wie ich über die Palmen zu den weißen Dächern und dem Beginn der Wüste.

»Wissen Sie, daß ein Landsmann von Ihnen vor kurzer Zeit in die Sahara gezogen ist? Auch ein Wissenschaftler. Ein Arzt. Ein Dr. Handrick aus Hamburg.«

»Mir unbekannt«, sagte ich ohne Interesse. Was geht mich ein Dr. Handrick aus Hamburg an, dachte ich. Es gibt viele deutsche Ärzte in Afrika, auch in der Fremdenlegion und sogar unter den Araberstämmen. Sie sind sehr beliebt, man vertraut ihnen, den Alemans, wie der Araber sie nennt. Aber dann sagte Monsieur Parthou etwas, was mich aus meinem Liegestuhl riß:

»Dieser Arzt sucht eine Frau! Ein deutsches Mädchen, das man in die Wüste verschleppt haben soll. So'n Blödsinn!«

»Was?!« schrie ich. »Er sucht sie auch?! Ich habe sie gesehen, ich habe sie gesprochen...«

Parthou sah mich entgeistert an, dann winkte er ab.

»Sie waren zu lange in der Sonne, Monsieur docteur«, sagte er grob. »Bitte, erholen Sie sich.«

»Aber nein! In Oued el Ham lebte sie im Hause eines reichen Arabers, Fuad el Mongalla ibn Hadscheh! Ich habe sie gesprochen! An dem Tag meiner Befreiung war sie plötzlich verschwunden!«

Parthou kratzte sich den Kopf und sah mich von der Seite an. »Dumme Sache«, meinte er langsam. »Das gibt einen gewaltigen Krach in Algier! Mädchenhandel in meinem Gebiet ... verfluchte Schweinerei! Sind Sie sicher, daß es das Mädchen war?«

»Aber ja! Sie sang sogar ein deutsches Kinderlied!« Ich beugte mich weit vor und sah Parthou fordernd an. »Was wissen Sie von dem Mädchen?« drängte ich ihn.

»Sehr wenig. Sie soll eine Tänzerin sein, die mit einer Truppe aus Deutschland kam, um in Afrika zu tanzen. Sicherlich waren Verträge und Versprechungen nur eine Tarnung für einen wohlorganisierten Mädchenhandel! Ein Omar soll an der Spitze der Bande stehen! Mein Gott, es gibt in Algier 100 000 Omars!« Parthou sah auf seine Zigarette und stäubte die Asche vorsichtig ab. »Dieser Dr. Handrick lernte sie auf der Überfahrt nach Algier kennen. Er hat sich in sie verknallt! Jetzt will er mit seinen Reihenversuchen über eine neue Ruhrart durch die Wüste ziehen und gleichzeitig das Mädchen suchen. Scheint ihm mit der Liebe tatsächlich ernst zu sein...«

Ich antwortete darauf nicht. Irgend etwas in meinem Inneren schmerzte mich. Zu dumm... es war ein Druck auf dem Herzen bei dem Bewußtsein, daß ein anderer Mann meine unbekannte Retterin liebte.

»Wo ist dieser Dr. Handrick jetzt?« fragte ich Monsieur Parthou. Der Gedanke, ihn zu besuchen, war mir plötzlich gekommen, spontan wie alles, was ich bisher im Leben getan hatte. Diese Spontaneität war mir immer verderblich geworden, sie führte mich in die Hände der arabischen Nationalisten und in das Martyrium der Amarschen Wüstenzüge ... aber sie hatte auch etwas Nützliches: sie brachte mich an das gesteckte Ziel.

Parthou hob die Schultern und warf seine Zigarette auf die Terrasse, wo sie ein kleiner, lachender Araberboy sofort wegfegte. »Was weiß ich. Ich warte nur auf die Meldung, daß man ihn in irgendeiner Oase erschlagen hat! Stellen Sie sich vor ... der Kerl will die Ruhrkranken mit modernen Antibiotika impfen! Einen Araber und impfen! Das ist heller Wahnsinn! Von Bou Saâda ist er nach Biskra gefahren ... von dort will er durch die Sahara bis Ghardaîa und Laghouat. Sogar bis El Golea und In Salah will er! Na – Gott hab ihn selig! Ich schließe beide Augen und sehe nichts. Aber wo er jetzt ist, das weiß ich nicht.« Er sah mich von der Seite an und brummte: »Sie wollen ihm doch wohl nicht nach, Monsieur docteur?«

»Ich habe es vor.«

»Dummheit! Auch wegen des Mädels? Herrgott, was sind die Kerle verrückt nach den Weibern!« Er stampfte mit beiden Füßen auf und sah mich wütend an. »Nichts da! Sie bleiben hier im *Transatlantique*, schwimmen im Bassin und sonnen sich! Sie futtern sich wieder hoch und ruhen sich aus. Und dann werden Sie nach Algier und nach Paris gebracht und Ihre verdammt sensationellen Pläne vorführen! Der Ritter der Ehrenlegion ist Ihnen sicher, wenn Sie die Wüste zu Ackerland machen! Der Nobelpreis! Und das Mädchen werden Sie vergessen.«

»Das glaube ich kaum«, sagte ich. Ich vermied es, mit Parthou weiter darüber zu sprechen. Er war einer der sturen, verknöcherten französischen Kolonialbeamten, wie man sie überall findet, ausgedörrt von der Sonne, angesteckt vom Fatalismus der Araber und mit der großen Sehnsucht im Herzen, die Jahre in den Kolonien möglichst ruhig zu verleben, um gesund und zufrieden ins Mutterland Frankreich zurückzukommen.

In diesen Tagen verließ ich nicht das Hotel. Aber ich stand oft an der Mauer, die den Hotelgarten von den Straßen der Eingeborenenstadt und dem Palmgürtel trennte, den Palmen, hinter denen gelb und feindlich die Sahara blendete.

Auf den Straßen saßen und lagen die Araber wie immer in den Türen und taten nichts. Sie rauchten, oder sie schwatzten miteinander, aber ich wußte, daß sich hinter ihrer Harmlosigkeit der große Stolz ihrer Freiheit verbarg, ein Haß auf den Europäer, der ihnen elektrisches Licht, Autos, Coca Cola, moderne Waffen und Hygiene brachte, aber ihnen dafür das Recht auf das Land nahm. In diesen Tagen der Stille hatte ich auch Zeit, mich mit meinen Plänen zu beschäftigen. Ich zeichnete auf einer Generalstabskarte die Punkte ein, wo sich ausbohrfähige Brunnen befanden. Zwischen 20 und 73 m Tiefe schwankten die Bohrtiefen, bis man auf das Grundwasser stieß, das über der Kreideschicht liegt, die sich durch die ganze Wüste in wechselnder Tiefe zieht. Manchmal sank das Bohrloch bis auf 300 m ab, aber dort, in den Einbrüchen der unterirdischen Schichten, lagen große Grundwasserseen, die ein unerschöpfliches Reservoir einer kanalähnlichen Bewässerungsanlage der Sahara werden konnten. Wenn es gelang, durch Pumpenstationen diese versteckten Wassermengen an die Oberfläche zu bringen und durch den Sand zu leiten, konnte die leblose Wüste in wenigen Jahren fruchtbares Ackerland sein ... eine Basis zur Ernährung der Welt, der Grundstock einer besseren Zeit ohne Sorge um das tägliche Brot!

Ich habe in diesen Tagen wie ein Besessener gearbeitet, bis mich erneut die spontanen Gedanken ergriffen. Wieder war es das Mädchen, und mit ihm verband sich der Wunsch, meine Tagebuchblätter, die ich auf dem Zug mit Amar Ben Belkacem an bestimmten Stellen hinterlassen hatte, wieder einzusammeln und dabei unter militärischem Schutz meine Forschungen zu intensivieren.

Ein Gedanke, der mich nicht wieder losließ.

Ich wurde unruhig, ungeduldig. Wie ein Fieber durchzog es mich ... Wirklich, ich habe das nie geglaubt und spüre es nun doch nach wenigen Tagen Ruhe: es gibt ein Wüstenfieber, eine Wüstensehnsucht ... Man muß wieder hinein in diese glühende Öde, in diesen pulverfeinen, heißen Sand, in das blendende Salzgestein und den spitzen Kies ... es treibt einen innerlich dazu ... man kann nicht anders ... man vergeht in diesem Luxus einer geheiligten Ordnung, die man ein »normales Leben« nennt. Ich sehne mich nach meinem Kamel und nach den sternenklaren Wüstennächten, in denen der Schakal heult und das Grunzen der Kamele einschläfert.

Niemand wird das verstehen, der nicht in der Wüste lebt, in dieser absoluten Freiheit, in dieser Weite, die ergreift und gefangennimmt.

Jetzt merke ich, wie unruhig mein Geist ist. Wie unbefriedigt trotz der fünfzehn Jahre, die hinter mir liegen. Bou Saâda kann mir nichts geben ... in Paris oder Berlin würde ich unglücklich sein inmitten der Steinbauten, dem rauschenden Verkehr und der Hohlheit der Pracht, die nur Fassade ist. Nein – ich möchte wieder zurück in die Sahara, umherziehen von Oase zu Oase und in das Geheimnis unter dem Sand blicken.

Wie habe ich einmal geschrieben? Ich hasse die Sonne, ich hasse die Wüste, ich hasse dieses Land, ich hasse alles, was Afrika heißt. Jetzt weiß ich, daß es eine Haßliebe ist, die gräßlichste und mächtigste Form der Liebe.

Morgen ist es endlich soweit.

Ich werde wieder in die Wüste ziehen.

Eine Gruppe Infanterie wird mich bis zu Fort III begleiten, von dort ziehe ich weiter mit den Legionären. Ich habe von Algier aus alle Unterstützung bekommen, man hat mir alles gegeben, was ich wollte ... man weiß, wieviel an meinen Plänen hängt ... Anscheinend haben die Experten, die mich tagelang besuchten, ein großes Gutachten eingereicht. Ich werde heute zum letztenmal in dem großen Bassin des Hotels schwimmen. Noch eine Nacht werde ich auf der Terrasse sitzen und mich von den weißgekleideten Arabern bedienen lassen.

Morgen aber werde ich wieder auf einem Kamel sitzen.

Ob ich diesen Dr. Handrick einmal treffe? Ich muß viel an ihn denken. An ihn und das unbekannte, schöne, deutsche Mädchen, das er liebt und das mich rettete. Vielleicht kreuzen sich unsere Wege einmal. Trotz der Weite des Landes, das dreimal größer ist als Deutschland, ist das kein großer Zufall, denn in den wenigen Städten und Oasen, die Mittelpunkt der Wüste sind, trifft sich alles.

Was werde ich tun, wenn ich Amar Ben Belkacem wiedersehe?

Er wird mich weitersuchen, er gibt nicht auf ... so gut kenne ich ihn. Ich weiß wirklich nicht, was ich tun werde, wenn ich ihn sehe.

Einmal wird und muß es zu einer Entscheidung kommen. Afrika hat aufgehört, ein Dornröschen zu sein. Es wird erwachen und blühen. Man kann den Lauf der Welt nicht zurückdrehen ... Amar wird das nicht begreifen ... er sieht nur sein Land und sein Volk, und er hat aus diesem Blickwinkel recht.

Ich freue mich auf die Wüste.

Nur eins möchte ich nach fünfzehn Jahren wieder einmal sehen, nur ganz kurz ... es ist meine ganze Sehnsucht gewesen in diesen langen Jahren ...

Regen!

Für eine Stunde klatschenden Regen würde ich nach Europa fahren! Aber das ist eine große Illusion, ein unerfüllbarer Wunsch.

Ich weiß jetzt, daß ich nirgendwo hingehöre als nur in die Wüste...

Die Wüste bei El Golea ist einsam.

Hier ist sie Sand. Nur Sand. Sonst nichts.

Kein Grasbüschel, kein Baum, nicht eine einzige Flechte. Auch wenn es einmal regnen sollte – der Sand wird naß und trocknet am nächsten Tag wieder zu einem goldgelben Pulver aus. Aber bei El Golea hat es seit drei Jahren nicht mehr geregnet.

Wer El Golea, die einsame Oase südlich des großen Ghardaîa verläßt, ist der verlorenste Mensch der Erde. Er kann nach Süden oder Osten, nach Westen oder Norden ziehen – überall ist nur Sand, überall nur Glut, überall nur Einsamkeit, überall kein Wasser.

Zwei, drei Tagereisen weit sind die Brunnen voneinander

entfernt. Oft sind sie 30 Meter tief, bedeckt mit einer dicken Sandschicht, die man freischaufeln muß. An ihren gemauerten Rändern liegen die Gerippe verdursteter Kamele und Esel. »Die Straße des Durstes« nennen die Araber diesen Weg ... die endlose Straße durch die Sahara, südlich von Ghardaîa.

An diesem Vormittag zog eine kleine Kamelkarawane langsam durch die brennende Sonne. Es waren nur sieben Reitkamele und zehn Lastkamele, auf deren Rücken die zusammengefalteten Zelte schaukelten, Wassersäcke und Jutebeutel mit getrocknetem Kamelmist, der in den Nächten das Material für die Feuer lieferte. Sie kam langsam voran, diese Karawane – müde waren die Tiere, abgemagert, zerschunden. Ihr Ziel waren die Ausläufer der »Straße der Palmen« bei In Salah, der paradiesische Fleck einer großen fruchtbaren Oasengruppe, fast in der Mitte der riesigen Sahara.

Seit Tagen war der Himmel fahlblau, stumpf. Er glänzte nicht mehr ... es war, als liege er hinter einem Vorhang, hinter feinmaschiger Gaze, die nur ein blasses Blau durchließ.

Der kleine, etwas dicke Araber, der an der Spitze der Karawane ritt, sah besorgt hinauf in den Himmel und schüttelte den Kopf. Dann blickte er zurück zu einem der Kamele, das auf seinem Höcker eine kleine, verhängte Sänfte trug, ein winziges Haus, das bei jedem Schritt hin- und herwippte. Es war ein großes, kräftiges Kamel ... mit gesenktem Hals trottete es durch den Sand und hob kaum den Kopf, wenn es von einem schnelleren Reitkamel überholt wurde.

In der Sänfte, auf einem kleinen Sitzblock, hockte Hilde Sievert und blickte durch die kleinen in den Bezug eingelassenen Fenster auf die sandige Weite.

Vieles und doch wenig war seit jener Nacht geschehen, in der der fremde Flüchtling den Wächter erstochen hatte. Als sie aus ihrer Ohnmacht erwachte, lag sie nicht mehr in ihrem Zimmer, sondern befand sich bereits in einer verhängten Limousine, die mit großer Geschwindigkeit durch die Nacht raste. Ein Araber, der neben ihr saß, legte den Finger auf die Lippen, als sie sich rührte, und deutete auf seinen Gürtel. Dort stak eine Pistole mit langem Lauf offen im Gürtel. Hilde schwieg, weil es sinnlos war, jetzt noch zu schreien oder sich zu wehren.

Auf dem freien Vordersitz neben dem Fahrer sah sie ihre Koffer stehen. Da wußte sie, daß sie Oued el Ham für immer verlassen hatte. Sie begann bei dieser Erkenntnis nicht zu weinen – sie biß die Lippen zusammen und starrte über den freien Sitz hinweg auf das im Scheinwerferlicht liegende helle Band der Straße. Neben ihr war flaches Land ... Kiessteppe, vereinzelte Felsen, ein paar Palmenhaine, Olivenkulturen ... Dann kam Sand ... er wurde zu Wolken unter den Rädern des Wagens, und sie wußte nun, daß die Fahrt nach Süden ging. In die Unendlichkeit.

Sie fuhren die ganze Nacht hindurch. Gegen Morgen hielten sie in einer unbewohnten Oase ... es war der Brunnen Oued Baba, wo Leutnant Grandtours auf Amar Ben Belkacem getroffen war. Hier hielt der Wagen und füllte aus dem Brunnen neues Wasser in den Kühler. Hilde durfte das Auto verlassen, saß auf dem Brunnenrand in der kalten Nacht und fror. Der stumme Araber neben ihr zog seine Djellabah aus und legte sie ihr über. Erstaunt blickte sie ihn an und nickte ihm dankend zu. Da sah er zur Seite und tat so, als habe er nichts gesehen. Das Heulen der Schakale klang schauerlich und erregend. Langgezogen war es, steigerte sich und zerbrach dann in einem Schrei.

Nach einer Stunde fuhren sie weiter ... immer weiter nach Süden. Gegen zehn Uhr morgens erreichten sie bei glühender Hitze die Oase El Sabrah, einen kleinen Ort um einen flachen Brunnen. Hier erwartete sie die Kamelkarawane, die mit ihr hinauszog in die Einsamkeit und Ungewißheit.

Am zweiten Tag der Kamelreise sah sie eine Militärpatrouille in der Ferne. Leutnant Grandtours fuhr mit drei Jeeps an der kleinen Karawane vorbei, nachdem er sich durch das Fernglas vergewissert hatte, daß es nicht ein Teil von Amars Karawane war. Damit verlor sie sein Interesse. Er ließ sie weiterziehen, ohne sich ihr zu nähern.

Mit brennenden Augen starrte Hilde zu den Staubwolken hinüber, hinter denen die drei kleinen Wagen verschwanden. Der Araber an ihrer Seite auf dem weißen Reitkamel lächelte ihr zu, als die Patrouille am Horizont verschwand. »Gutt so«, sagte er mit seiner gutturalen Stimme. »Militär dich nicht haben lebendig...«

Drei Tage – vier Tage – fünf Tage – sechs Tage – die Wüste nahm kein Ende. Die Hitze laugte die Körper aus. Es gab keinen Brunnen mehr... man trank das warme Wasser aus den ausgekratzten Ziegenbeuteln. Es schmeckte schal, bitter, morastig... aber es war Wasser. Pro Tag einen halben Liter. Gewaschen wurde sich nicht. Man rieb das Gesicht mit Sand ab... und es blieb ein Brei von Schweiß und Staub auf der Haut zurück wie eine dicke fettige Puderschicht.

Am siebenten Tag der Wanderung wurde der Himmel hellgrau und dunstig. Die Luft stand still. Sie flimmerte nicht mehr. Wie in einer Waschküche wurde sie fast undurchsichtig und voll Dunst.

Ein Schrecken schien die Araber erfaßt zu haben. Sie ließen die Kamele im Kreise niederknien. Dann schirrten sie sie ab... mitten in der Wüste, schutzlos vor der Sonne... deckten die Zelte über sich und die Tiere, zogen Hilde aus der Sänfte und drückten sie unter eine der dicken Decken eng neben das kniende Kamel.

»Scheheli!« schrien die Araber und fielen auf die Knie, das Gesicht nach Mekka. Ihr schreiendes Gebet zu Allah erfüllte die stille Wüste. Der Himmel wurde gelb... es war, als löse er sich in Streifen auf. Starr sah Hilde auf dieses Grauen, das die Natur gebar... sie sah, wie die Luft sich in Wirbeln auflöste und eine bis in den Himmel ragende Wolke aus Sand und Staub vom Horizont auf sie zukam ... rasend, mit einer unheimlichen Geschwindigkeit, begleitet von einem fernen und dann immer lauter werdenden Brausen. Kurz bevor der Sandsturm das kleine Häuflein Mensch und Tier erreicht hatte, wurde die Luft dünn ... Hilde lag unter einem Zelttuch, eng an das Kamel gepreßt, das den Kopf flach auf den Sand gelegt hatte, und rang nach Atem. Es war, als habe man sie plötzlich in einen luftleeren Raum gesetzt, als müsse sie ersticken ... sie warf die Arme empor und wollte schreien ... aber da kam es schon über sie ... ein Brausen, Heulen und Donnern, Sandmassen fielen auf sie nieder und drückten sie zu Boden, Staub drang in jede Ritze, verklebte ihr den Mund, die Augen, die Ohren. Sie kroch an das Kamel heran, zerrte von einem Wasserbeutel den Stöpsel ab und ließ Wasser über ihre Bluse laufen. Dann riß sie sich diese vom Körper und drückte den nassen Stoff gegen ihr Gesicht. Die Bluse wirkte wie ein Filter ... das Atmen wurde wieder leichter. Um sie war das Inferno des Schehelis. Als habe sich der Himmel geöffnet, als stürzten Sterne, zu Staub und Sand im atmosphärischen Sturz zermahlen, auf die aufbrechende Erde, als gäbe es keinen Himmel und keine Welten, kein Oben und Unten mehr, so umheulte der Wüstensturm die kleine Gruppe Menschen, die sich, an den Boden geschmiegt, nur notdürftig schützen konnte.

Innerhalb vier Minuten gab es kein Kamel, keinen Araber, keine Traglasten mehr ... ein Sandhaufen, der von Sekunde zu Sekunde wuchs, überdeckte Mensch und Tier. Ein Hügel, um den der Sturm weitertobte, an dem vorbei riesige Massen feinen Sandes über die fast ebene Wüste rasten. Hunderttausende Zentner Sand wälzten sich im Strudel des Sturmes über das Land, alles vernichtend und begrabend, was sich ihnen in den Weg stellte.

Unter ihrer Zeltdecke, eng an den bebenden Leib des Kamels gedrückt, lag Hilde. Sie hielt die nasse Bluse vor das

Gesicht, aber das Atmen wurde immer schwerer ... es war nur ein verzweifeltes Saugen von Sauerstoff, das ihr das Leben erhielt. Die Last des Sandes über ihr wurde immer schwerer und unerträglicher. Verschüttet, dachte sie. Nie werde ich hier wieder herauskommen. Und noch immer tobt der Sturm, wirft neue Massen Sand über den kleinen Hügel, unter dem dieses armselige, zitternde, ängstliche Häufchen Mensch und Tier liegt.

Sie versuchte sich zu drehen ... es gelang ihr nicht, die Decke sank ein, ein Zentnergewicht drückte sie in den Boden ... da ergriff sie eine panische Angst, sie drehte sich wild in ihrer Decke und schrie ... schrie ... aber die Laute gingen im Sturm unter, erstickten im Sand. Das Kamel neben ihr zitterte, wie ein Krampf ging es durch seinen Körper. Hilde verließ die Vernunft, sie wollte aufspringen und laufen ... einfach weglaufen ... wohin, das war gleichgültig ... überall war ja Sand, war Sturm, war Grauen und Untergang ... Nur laufen ... laufen ... aber nicht hier wehrlos herumliegen und ersticken. Sie wollte noch etwas sehen ... wollte den Tod sehen, ehe sie niederfiel und von dem wirbelnden Sand begraben wurde.

In ihrer wahnsinnigen Angst stemmte sie sich gegen die Wolldecke, auf der der Sandberg lag. Sie keuchte und stöhnte ... da bewegte sich etwas neben ihr. Ein kleiner Kopf tauchte auf, haarig, verschmutzt, die breite Unterlippe vorgeschoben, mit bleckenden Zähnen, eine harte, langfingerige Hand ergriff sie und suchte Schutz bei ihr. Ein kleiner, zitternder Körper kroch zu ihr heran und drückte sich fest an sie. Sie hörte ein leises Greinen, ein Jammern und Schmatzen. »Bobo«, sagte Hilde und drückte den Affen an sich. »Ich habe dich ganz vergessen ... Wo kommst du denn her? Bist du aus der Sänfte gesprungen ... Mein guter, kleiner Bobo ...«

Der Affe leckte ihr über das Gesicht. Sie empfand keinen Ekel ... es war Leben, atmendes Leben, das sie jetzt an sich drückte, und sie fühlte, wie der kleine Affenkörper ihr neuen Mut und klaren Verstand gab. Das Kamel lag ruhig ... war es schon erstickt? Auch das unheimliche Brausen hatte sich verloren ... nur der Sand rieselte noch wie ein Regen, der weiter niederfällt nach einer Welle von Blitz und Donner.

Fast eine Stunde lag Hilde neben dem Kamel unter der Decke. Dann kroch sie hervor, schob den Sand mit größter Mühe vor sich her, tauchte aus dem Berg von Staub und goldgelbem Pulver auf und sah sich allein in der Wüste stehen. Wo die anderen Kamele gelegen, die Araber Schutz gesucht hatten, war die Wüste hügelig geworden. Keine Sänfte, keine Lasten, kein Mensch mehr ... nur die Wüste, nur Sandhaufen, schweigend, von der Sonne angeglüht. Da nahm sie Bobo an der Hand und begann ihr Kamel auszugraben. Es hatte seinen Kopf unter die Zeltdecke gesteckt und kniete, die schwere Sandlast über sich, geduldig und ergeben, bis Hilde seinen Kopf gefunden hatte. Mit den Händen grub sie das Kamel aus, während Bobo mit seinen Füßen und beweglichen Fingern den Sand zur Seite schleuderte. Dabei jauchzte er, schrie vor Freude, als das Kamel endlich den Kopf hob und ihn groß, mit traurigen Augen anstarrte. Auch Hilde sank in die Knie und nahm den Kopf des Tieres in ihre Hände, streichelte die dicke, aufgeworfene Schnauze, unter der gelb und häßlich die krummen Zähne lagen. Dann zog sie unter der Decke den Wassersack hervor und schüttete dem Kamel einen Guß Wasser in die Nüstern und zwischen die Zähne. Gierig fuhr die rauhe Zunge darüber.

Noch einmal ging Hilde das kleine Lager ab.

Alles blieb still. Unter den Sandhaufen lagen Kamele und Araber. Sie waren erstickt. Begraben in wenigen Minuten –, unter einem hohen Sandhaufen ragten die Vorderhufe eines Kamels heraus ... der Fetzen einer weißen Djellabah lag neben einem anderen Hügel. Die Sonne brannte. Der Himmel war lichtblau ... so blau, als sei vor wenigen Minuten nicht der tödliche Sandsturm über das Land gefegt.

Ein Schauer rann Hilde über den Rücken, als sie die Stätte des Untergangs sah. Sie grub neben dem Kamel das Sattelzeug aus, klopfte den Sand aus dem Teppich und von den Wasserbeuteln, schirrte das Kamel, so gut sie es konnte, an und band den Holzsattel mit alten Stricken so fest um den Leib des Tieres, wie sie es mit ihren schwachen Kräften vermochte. Dann nahm sie Bobo auf den Arm, legte die nasse Bluse über ihren Kopf und setzte sich in den Sattel. Ächzend erhob sich das Kamel ... erst vorn halb, dann mit den Hinterbeinen ganz und zum Schluß mit den Vorderbeinen. Es brüllte laut und reckte sich, schüttelte den langen, gebogenen Hals und bleckte die Zähne.

Unschlüssig blickte sich Hilde um. Wo lag die nächste Oase? Wohin sollte sie sich wenden? Wo war Norden und wo Süden? Senkrecht stand die Sonne über ihr. Sie blickte noch einmal über das Todeslager und senkte den Kopf. Die große Angst der Hilflosigkeit ergriff sie, die Furcht vor dem Unbekannten.

Langsam, ohne daß sie es dazu getrieben hatte, begann das Kamel zu laufen. Es trottete weg, hinein in die Wüste. Die Zügel hingen schlaff über seinem Hals ... aber es lief, von einer unbekannten Macht getrieben, aus dem rätselhaften, wunderbaren Instinkt heraus fand es seinen Weg durch die unendliche Öde. Es fiel in einen zügigen Schaukelgang, dieses große, starke, gelbe Kamel, im zotteligen Fell noch die Klumpen des Sandes. Es hatte das Maul etwas geöffnet und schnaufte bei jedem Schritt ... aber es rannte ... rannte ohne Leitung und ohne Zügel hinein oder hinaus aus der Wüste ... wer wußte das in diesem Augenblick? Hilde hockte in dem hölzernen Sattel, Bobo vor sich auf dem hohen Sattelknopf, und ließ sich einfach tragen. Sie versuchte nicht, dem Kamel eine andere Richtung zu geben ... sie überließ sich dem gesunden Instinkt des Tieres.

Stundenlang schaukelte sie durch die glühende Sonne. Die Bluse über ihrem Kopf trocknete aus und wurde hart, da nestelte sie den Wassersack vom Sitz und befeuchtete sie wieder, schüttete auch Wasser über ihre bloßen Schultern und die schutzlose Brust, trank vorsichtig ein paar Schlucke und ließ Bobo an dem Mundstück saugen. Dann schüttete sie in die hohle Hand sechsmal Wasser und reichte es dem trottenden Kamel.

Als es Abend wurde – erstaunt sah Hilde an der untergehenden Sonne, daß das Kamel nicht nach Norden, sondern nach Südwesten lief –, hielt das Tier plötzlich an und ließ sich in die Knie sinken. Es schrie und sah sich nach Hilde um, die schwankend aus dem Sattel rutschte und sich müde an den Leib des Kamels lehnte. Später zog sie die Bluse an und untersuchte die Satteltaschen nach etwas Eßbarem. Sie fand einige trockene Weizenmehlfladen, die sie auseinanderbrach und mit Bobo und dem Kamel teilte. Sie selbst trank ein paar Schluck Wasser und setzte sich dann auf die Reitdecke.

Stumm und unbeweglich starrte sie auf die untergehende Sonne. Als sie am Horizont versank und der Himmel blutrot wurde, legte sie den Kopf auf die Arme und weinte.

Warum sie weinte, wußte sie nicht. Sie mußte einfach weinen ... etwas in ihr drängte dazu, es war eine Befreiung, als die Tränen über das staubige Gesicht rannen, eine große Erlösung, auf die sie die ganze Zeit gewartet hatte.

Ergriffen spürte sie, wie wertvoll Tränen sind. Sie wischte sich mit dem Handrücken über das Gesicht und bückte sich zu Bobo, der neben ihr saß und an dem Fladen knabberte. Das Kamel lag still und glotzte zu ihr hinüber.

»Jetzt sind wir drei ganz allein«, sagte Hilde leise und kraulte Bobo das schmutzige Fell. »Es gibt hier nichts als uns. Und wir werden nicht untergehen, was, Bobo? Wir werden uns durchbeißen ... wir drei müssen nur ganz fest zusammenhalten ...«

Bobo reagierte nicht ... er aß mit Hunger seinen trockenen Fladen und schielte dabei nach dem noch halbvollen

Wassersack. Das Kamel hatte die Augen geschlossen und ließ den häßlichen Kopf hin- und herpendeln.

Seufzend erhob sich Hilde und breitete neben dem Kamel die Decke aus. Die ersten Sterne flimmerten ... die Kälte der Wüstennacht brach herein.

Die Stille, die sie umgab, war vollkommen. Nicht einmal ein Schakal heulte, kein Aasgeier flatterte über sie hinweg ... hier gab es kein Leben mehr, nicht Tier, noch Mensch, noch Pflanze ... nur Sand und Stein, nur Hitze und Kälte, nur Einsamkeit und Schweigen.

Tiefes Schweigen. Das Schweigen des Todes ...

Mit Bobo rollte sich Hilde in die Decke und drückte sich an das Kamel in den Sand. Sie schloß die Augen und wußte nicht, wie schnell sie einschlief und tief atmend auf der Erde lag, das Gesicht den Sternen zugewandt.

Das Kamel legte den Kopf auf die Vorderbeine und grunzte leise. Es schielte zu dem Menschen und schob leicht die Nüstern empor.

Die Nacht wurde kalt. Wie Silber, in sanften Wellen geschmiedet, lag die Wüste unter dem Mond.

Sie war herrlich, von stiller, unangetasteter Majestät.

Bobo legte seinen Kopf auf Hildes Schulter und umarmte mit dem linken Arm ihren Hals ...

Auf dem Operationstisch des Verbandsraums III für eiterige Operationen lag der Bettler.

Er war vor vier Stunden gestorben, ohne die Besinnung wiedererlangt zu haben. Dr. Handrick und Dr. Veuille standen bei ihm und sahen in das starre, im Tode gelöste und fast zufriedene Gesicht.

»Tot wäre er nun«, sagte Veuille gemütlich und nestelte sich eine Zigarette aus der Tasche. Obgleich das Rauchen in den Verbandsräumen streng verboten war, zündete er sich eine an und gab Dr. Handrick das Päckchen. Dieser lehnte ab und stützte sich mit beiden Händen auf den Rand des Tisches. Unter seinen Fingern spürte er kalt die verchromte Stange.

»Er war nicht mehr zu retten«, sagte er langsam. »Ich habe an ihm die neuesten Mittel versucht und alles injiziert, was heute bei stärkster Ruhr angewandt wird. Aureomycin und Terramycin ... sie haben versagt!«

»Dazu war es viel zu spät. In diesem Stadium, wie Sie den Kerl zu uns schleppten, hilft nur noch die Letzte Ölung.«

Dr. Handrick überhörte diesen sarkastischen Satz und schüttelte den Kopf. »Er starb nicht allein an der Ruhr. Trotz Kochsalzinfusionen und Clauden hörten die Darmblutungen nicht auf. Cardiazol und Kampfer erwiesen sich als nicht stark genug, die auftretenden Kreislaufstörungen zu beheben. Auch die Bluttransfusionen waren sinnlos ...«

»Habe ich ja gleich gesagt ...« Veuille nickte voll Triumph. »Lieber Kollege, das gibt in Algier einen Anpfiff. Wertvolles Legionärsblut umsonst in den Adern eines Bettlers. Wenn Sie beim Militär wären, könnten Sie sich jetzt schon einen passenden Zylinder aussuchen.«

»Die Transfusionen waren nicht sinnlos der Ruhr wegen, sondern wegen einer mir bis heute noch unbekannten völligen Strukturveränderung des Blutes! Wir stehen einer ausgesprochenen Poikilocythämie gegenüber, einer Gestaltsveränderung der Blutkörperchen, die in diesem Falle – virenbedingt – zum unaufhaltsamen Tod führt!« Dr. Handrick wischte sich den Schweiß von der Stirn. »Feststeht vor allem, daß es sich bei dieser merkwürdigen Ruhr mit den rätselhaften Begleiterscheinungen um eine vollkommene Amöbenruhr handelt, der im Augenblick nur mit Bayer 205, dem Iatren, zu begegnen ist.«

»Die Ruhr.« Dr. Veuille nickte ernst. Er sah plötzlich, daß auf diesem Tisch nicht nur ein Bettler lag, ein wertloser Mensch, der, hätte ihn Dr. Handrick nicht in die Klinik gebracht, an seiner Mauerecke auf dem Markt von Biskra krepiert wäre und den man dann irgendwohin getragen und verscharrt hätte. Er sah plötzlich, daß dieser dreckige, tote Mensch vor ihm das Schicksal von Tausenden anderer Kranken in sich trug und der große deutsche Arzt neben ihm ihn teilnehmen ließ an einer Sternstunde der Medizin.

Veuille sah Dr. Handrick fragend an. »Iatren ist bei uns in Afrika noch nicht angewandt worden. Wir haben uns auf die Antibiotika beschränkt, vor allem auf das Aureomycin. Ich gebe zu – die Ergebnisse sind mager. Wenn bei der Amöbenruhr der Sterblichkeitsindex bei 28 Prozent liegt, so konnten wir bei der neuen Ruhr ruhig die Zahl hinaufschrauben auf 90 Prozent! Aber wir wollen es gerne mit dem Bayerschen Iatren versuchen. Nur – was tun wir gegen die Poikilocythämie?«

»Nichts«, sagte Dr. Handrick ernst.

»Nichts?«

»Ja! Denn wir können nichts tun, weil wir nicht wissen, wie wir an das Virus herankommen. Durch das Mikroskop ist es nicht sichtbar. Im Elektronenmikroskop sehen wir sie als kugelige, quaderförmige oder stäbchenartige Gebilde. Das ist alles! Was wissen wir denn von den Viren? So gut wie nichts. Es sind Nukleoproteide mit einem Molekulargewicht von 300 000 bis 23 Millionen. Ihre Vermehrung geschieht nur auf lebenden Zellen durch Anlagerung arteigener Stoffe aus den Stoffen des befallenen Organismus und einer dann folgenden Abstoßung eines neuen Tochtermoleküls. Und damit ist es aus! Wir können die Viruskrankheiten alle herzählen; aber an das Virus selbst kommen wir nicht heran. Was wir erreichten, sind nur Seren, billige Rekonvaleszentenseren. Unsere internistische Medizin hinkt noch etwas, Herr Kollege. Da haben es die Chirurgen leichter – was ihnen nicht paßt, das schneiden sie weg! Ihr Rüstzeug ist die Anatomie bis in den kleinsten Nerv – und Mut. Wir stehen vor dem geschlossenen Körper und seinen Hunderten Rätseln des Organismus, der Hormone, der Drüsen und der Zellen!« Er sah Veuille groß an, in seinen Augen lag Entschlossenheit. »Aber wir beugen uns nicht – wir kämpfen...«

»Gegen einen unbekannten Gegner!«

»Ja. Jeder neue Gegner in der Medizin tarnt sich vorzüglich. Aber mit Ausnahme von ganz wenigen Fällen ist der Arzt noch immer Sieger geblieben!«

Veuille warf die Zigarette in einen Abfallkasten und sah auf die Leiche des Bettlers. Mit dem Kopf nickte er in Richtung des Tisches.

»Und was soll mit dem da geschehen?«

»Wir geben ihn zur Beerdigung frei. Ich habe jetzt drei Liter Blut entnommen – das muß reichen, dem Virus auf die Spur zu kommen. Reicht es nicht, müssen wir warten, bis uns ein neuer Fall zur Verfügung steht.«

Veuille lächelte ein wenig verzerrt. »Ich glaube, darauf können wir jetzt lange warten. Sie glauben nicht, wie schnell es sich in Biskra herumgesprochen hat, daß Sie einen kranken Bettler von der Straße geklaut haben! Alle Kranken werden jetzt – wenn man Sie nur sieht – fluchtartig aus Ihrer Nähe verschwinden. Mit Gewalt ist gar nichts zu machen. Sie kennen ja die Instruktionen aus Algier: Ruhe bewahren, nicht provozieren – abwarten, wie sich die Dinge in Marokko und Tunis entwickeln.«

Dr. Handrick zog die Gummihandschuhe aus, die er bei der Arbeit an der Leiche übergestreift hatte, und warf sie in einen Kasten, der sofort verschlossen wurde. Sein Gesicht war sehr ernst, als er sich abwandte und zur Tür ging.

»Dann werde ich die Toten sammeln«, sagte er leise.

»Auch die wird man verstecken!«

Handrick hob die Schultern. »Das bleibt abzuwarten. Vielleicht wird auch der Araber anders denken, wenn er sieht, daß unsere Arbeit Rettung und Gesundheit für ihn bedeutet. Man hat ja nie versucht, den einfachen Mann aufzuklären. Man kam, impfte sie ohne zu fragen, nur weil ein Caid sich bereit erklärte, seine Leute impfen zu lassen. Warum das alles geschah, warum plötzlich ein weißer Mann erschien und viermal mit einem kleinen Messer in den Oberarm schnitt oder eine spitze Nadel in den Brustmuskel jagte – das erfuhren die Leute nie! Wundert es Sie da, daß sie uns hassen und uns aus dem Weg gehen?«

Veuille lachte laut! Sie sind wirklich der typische deutsche Idealist, Herr Kollege! Wollen Sie etwa populärmedizinische Vortragsreihen in der Wüste halten? Kleine Fortbildungslehren für Bettler, Diebe, Viehtreiber, Nichtstuer, Zuhälter, Gaukler und anderes Gesindel? Denn von ihnen kommt die Seuche. Der reiche Araber, der gepflegte Handelsmann, der Caid, der Ladenbesitzer, der Exporteur mit drei amerikanischen Wagen und siebzig Frauen, der Großgrundbesitzer – die haben ihre guten Ärzte, die können sie auch bezahlen und sich die Medikamente aus Europa per Flugzeug kommen lassen. Sie haben Bäder, kennen den Wert der Hygiene, halten sich peinlich sauber. Aber es ist nur eine Minderheit, mein Bester. Es ist die dünne Haut auf der abgekochten Milch. Die Masse, die Millionen in Nordafrika, die sind arm, dreckig, primitiv – ein Sumpf, den man nicht auspumpen kann, weil immer neuer Schlamm nachläuft!«

Dr. Handrick schob die Unterlippe ein wenig vor und verharrte an der Tür. Nachdenklich sah er seinen Kollegen an, so, als gestalte sich in seinem Gehirn ein neuer, großer Gedanke, dem nur noch die Worte fehlten, um deutlich zu werden.

»Dr. Veuille«, sagte er langsam. »Ich glaube, hier in Biskra komme ich nicht weiter. Sie haben in diesem Punkt wirklich recht – der Herd der Seuchen liegt in der Masse des Volkes, in den niedrigsten Schichten. Biskra ist mir deshalb zu städtisch – ich müßte mehr in den Süden.«

Veuille starrte Handrick entgeistert an. »Sie wollen in die Sahara ...« stotterte er. »In die verdammten, heißen, einsamen Oasen? Das ist doch Irrsinn!«

»Das gleiche hat mir Monsieur Parthou in Bou Saâda auch

gesagt. Aber wir haben doch die gleiche Ansicht, Dr. Veuille: Der Herd liegt im Elend der Ärmsten.« Er hob beide Arme. »Was bleibt mir übrig? Ich werde in den Süden müssen!«

»Mit dem ganzen Labor?«

»Mit dem Notdürftigsten, was man braucht. Einige Kisten Iatren, Terramycin, Aureomycin, Clauden, Sango Stop, Gelatine, Cardiazol, Coramin, Lobelin, den einfachsten Apparaten für Infusionen, auch intravenöser Art, einige Blutkonserven aller Blutgruppen – das ist alles! Vielleicht zwei Kamellasten –!«

Veuille blickte auf den gefliesten Boden, der zur Mitte, zu einem vergitterten Abflußloch, leicht abfiel. Er spürte, daß es ihm leid tat, Handrick bald nicht mehr um sich zu haben. Er sah plötzlich, daß dieser junge Arzt aus Deutschland viel, unendlich viel für Biskra und Algerien bedeutete, vielleicht für die ganze Medizin, die durch eine erfolgreiche Virusforschung ein neues Gesicht erhielt.

»Ich lasse Sie nicht gern fort, Dr. Handrick«, sagte er ehrlich. »Wir haben uns immer viel gestritten – täglich. Aber es geschah aus Prinzip – vielleicht auch aus Bequemlichkeit, das Altgewohnte nicht plötzlich umzustürzen und sich umstellen zu müssen. Der Gedanke, Sie im Süden zu wissen – allein, schutzlos, unerfahren –, denn im Süden hilft Ihnen keiner, da müssen Sie allein weiter, und wenn Sie es nicht mehr können, dann verrecken Sie elend – dieser Gedanke peinigt mich. – Handrick, Sie unterschätzen die Wüste!«

»Kaum! Ich war schon mehrmals in Algerien.«

»Algier!« Dr. Veuille machte eine verächtliche, wegwerfende Handbewegung. »Ob Sie über den Kurfürstendamm gehen, den Broadway, über den Jungfernstieg, durch die Londoner City oder über den Boulevard de la République in Algier – das ist alles gleich! Hochhäuser, Asphaltstraßen, Luxuswagen, Straßenbahnen, Omnibusse, schöne Frauen, Männer in Maßanzügen – was ist in Algier anders als in der anderen Welt? Die paar verschleierten Frauen oder die Feze und Turbane der Moslems? Lieber Kollege – Sie sehen auch Schleier und Tücher im Haar auf der Kö in Düsseldorf. Was Sie kennen, ist ein Pseudoafrika, genauso, wie man Neger im Zylinder sieht, wie sie sich hilflos vorkommen und selbst reichlich dumm. Das wahre Gesicht unseres Kontinents sehen Sie nur, wenn Sie mindestens 1000 km von aller europäischen Zivilisationssucht entfernt sind. Gerade da aber möchte ich Sie nicht sehen.«

»Aber dort ist der Herd der Virusruhr!«

»Allerdings«, gab Dr. Veuille zögernd zu.

»Also fahre ich hin.«

»Und wenn Sie umkommen? Was hat die Wissenschaft dann von Ihnen? Ein paar Knochen, wenn man Sie jemals finden sollte.« Es war Dr. Veuille ernst mit diesen Worten – man sah es ihm an. »Bleiben Sie in Biskra und verarbeiten Sie erst einmal die drei Liter Blut des Halunken.« Er blickte wieder hinüber zu dem toten Bettler, der lang und flach unter dem weißen Tuch lag, das Handrick über ihn gedeckt hatte. »Vielleicht haben Sie Glück mit Ihrem Iatren. Manchmal sind die besten Resultate die verblüffend einfachsten...«

»Manchmal!« Handrick schüttelte den Kopf. »Ihre Sorge ist rührend, Veuille, und Ihre Mühe anerkennenswert. Aber ich fahre! Ich habe mir das in den Kopf gesetzt... Sie wissen nicht, was das bedeutet! Ich war schon als Kind ein Dickkopf. Was ich wollte, das erreichte ich! Als Student war es genauso. Wir hatten einen Professor in Marburg, der uns die Zellpathologie noch nach dem Virchowschen Gesetz lehrte. Niemand wagte von uns jungen Füchsen, ihm zu widersprechen. Auch ich nicht. Aber in den Nächten saß ich und studierte bis zum Umfallen die andere, die moderne Richtung vom Zusammenwirken der Hormone als eine der Lebensgrundlagen des menschlichen Organismus. Und endlich, am Ende des Semesters, meldete ich mich mit einem fertigen, unanfechtbaren Referat und zerpflückte zum Entsetzen der anderen Kommilitonen die ganze mühsam uns eingetrichterte Lehre des alten Professors. Damals war ich stolz, daß er mir nicht widersprach und mir den Triumph der Stunde ließ. Er war der Klügere – das weiß ich jetzt. Aber in der Jugend ist man grausam und rücksichtslos. Ich wollte damit nur sagen: Ich hatte mir das in den Kopf gesetzt, und ich führte es aus, auf Kosten vieler schlafloser Nächte. Jetzt, bester Veuille, ist es nicht anders: Ich weiß, daß im Süden der Sahara der Ansatzpunkt des Hebels liegt, mit dem ich die Krankheit angehen kann – also werde ich unter allen Umständen fahren.«

An diesem Tage sprach man nicht mehr darüber. Dr. Veuille hatte Handrick zu sich in die Wohnung eingeladen. Es war eine weiße Villa mit mehreren flachen Dächern und verschachtelten Anbauten, Balkons, Terrassen, in einem großen Garten gelegen, eine kleine Traumvilla, in der es kühl und trotz der Weite der Zimmer gemütlich und einfach war. Sie saßen am Abend auf einer der Terrassen in tiefen Korbsesseln und tranken den starken Sidi Brahim, den ein kleiner, schwarzer Boy mit breitem Lächeln servierte. Veuille zeigte mit dem Daumen auf den Jungen und lachte.

»Dieses kleine schwarze Biest habe ich auf ähnliche Art bekommen wie Sie Ihren Bettler. Eines Tages kommt ein Araber und legt mir diesen Jungen auf den Tisch. Ich sehe ihn mir an und stelle fest: Typhus. Als ich mich nach der Untersuchung umwende, ist der Kerl weg. Einfach weg! Seitdem ist der Junge bei mir. Keiner weiß, wie er heißt – keiner weiß, wo er herkommt. Er hat anscheinend keine Eltern und auch keine Geschwister. Da habe ich ihn als Boy genommen.«

Dr. Handrick sah dem kleinen Jungen nach. Er ist ein Nubier, dachte er. Ein kaum mit Araberblut gemischter Nubier. Merkwürdig, wie er nach Algerien kommt...

»Und wie nennen Sie ihn?« fragte er.

Dr. Veuille lachte: »Kaspar Hauser.«

Handrick fiel in das Lachen ein und hob das Glas mit dem rosa Wein. »Sehr treffend. Worauf trinken wir, Herr Kollege?«

»Auf Ihre dumme Südreise! Und darauf, daß irgendein Araber Sie killt!«

»Das soll ein Wort sein!«

Über Biskra schallte die Stimme des Muezzin von dem Minarett der Moschee. Sie klang jammernd, singend, durchdringend, bis in die letzten Winkel der Oase.

Dr. Veuille schob die Tischlampe näher und beugte sich über eine kleine Karte, die er aus der Tasche zog und die das Gebiet um Ghardaîa zeigte. »Ein großer Seuchenherd ist die Brunnengruppe VI. So nennen wir die Straße von Ghardaîa nach El Golea, weil in Abständen von jeweils ein oder zwei Tagereisen mitten im Sand Bohrlöcher liegen, die brackiges Wasser führen. Von hier aus schleppen die Karawanen die Krankheit in die Oasen ein, wo sie nach einer Inkubationszeit von acht bis zehn Tagen unheilbar ausbricht.« Dr. Veuille nahm einen schnellen Schluck des herben Weines. »Wenn sie einmal in einer Oase ist, greift sie verheerend um sich. Die hohe Sterblichkeitsziffer kennen Sie ja. Wieviel Todesfälle es genau sind, weiß niemand, weil keiner sich der irrsinnigen Mühe unterzieht, die genaue Bevölkerungszahl der Wüste festzustellen und damit einen präzisen Überblick zu gewinnen. Es wäre auch unmöglich, weil die Sahara – bitte, lachen Sie nicht, Herr Kollege – ein sehr bewegtes Land mit einem großen Menschenverkehr ist. Man sieht das kaum in der riesigen Einöde – aber es ist wirklich so. Ganze Stämme wechseln die Wohnorte. Nomaden ziehen plötzlich vom Hoggar nach dem Norden, und Nordstämmen gefällt es im Süden besser. So sind sie immer unterwegs – im Laufe eines Jahres Tausende! Man weiß ja nicht einmal, ob diese neue Ruhrart nicht aus zwei Wurzeln besteht: das Virus aus unseren Wüstenbrunnen und die Amöbenruhr aus dem tropischen Afrika. Wir haben ja alle Völker in Nordafrika – sie kommen aus Zentralafrika, aus Ägypten, Tunesien, Marokko, Abessinien, den Nilquellen, dem Kongo und vom Niger. Wer weiß, ob nicht bei diesen Zügen auch die Amöbenruhr in verstärkter Form aus den Tropen in unsere subtropische Sphäre kommt? Das alles ist erst zu klären, ehe man an die Krankheit selbst heran kann.« Dr. Veuille hielt wie erschöpft ein und legte die Karte mit einer resignierenden Bewegung zur Seite. »Sie sehen, Handrick, eine Aufgabe, der ein einzelner Mann gar nicht gewachsen sein kann!«

Dr. Handrick blickte hinaus in den stillen Garten mit den hohen Dattelbäumen.

»Sie haben es schön hier, Veuille«, sagte Handrick ablenkend. »Es ist eines der schönsten Europäerhäuser, das ich kenne.«

»Mag sein.« Der Chefarzt schenkte Handrick das Glas wieder voll und brüllte dann nach dem Boy Kaspar Hauser, der grinsend aus der Tür stürzte. »Wo ist das Eis, du schwarzes Aas?« schrie Veuille. »Wenn nicht sofort das Eis auf dem Tisch steht, schneide ich dir das Herz heraus!«

Der Nubierjunge drehte sich auf dem Absatz seiner bemalten Pantoffeln herum und rannte in das Haus. Veuille lachte ihm nach und nickte Handrick zu. »Ein nettes Kerlchen. Sie müssen sich übrigens auch einen Boy zulegen. Ohne Boy in Afrika – das hieße, Selbstmord begehen! Kaspar Hauser hat bestimmt viele Freunde, die gern mit Ihnen ziehen. Ein paar Datteln am Tag, einen halben Liter Milch oder Wasser, zwei Mehlfladen und jede halbe Stunde drei Tritte in den Hintern, dann sind sie zufrieden.«

Dr. Handrick lächelte. Er erinnerte sich an die Zeit, als er das erstemal nach Algier kam, ein junger Arzt, kurz nach dem Krieg, von den Franzosen beargwöhnt und sichtlich geschnitten. Er stand allein auf dem Flugplatz Algiers, dem Maison blanche, und sah auf seine Koffer, die noch den Kreidestrich des Zolls aufwiesen. Niemand erwartete ihn, keiner der Kollegen aus dem Institut für Hygiene war zum

Empfang erschienen. Er kam sich vor wie ein Paria, ein Ausgestoßener, und wunderte sich, daß niemand ihn ergriff und wegschleppte auf eine Insel für Aussätzige. Damals stieg er in ein Taxi und ließ sich nach Algier fahren. Es war ein sonnenheller Nachmittag, große Schwüle lag über der weiten Bucht mit dem tintenblauen Meer, aus dem die weiße Stadt emporzusteigen schien. Er ließ sich Zeit, bummelte durch die Straßen, ziellos, denn er kannte die Stadt ja nicht. Er kam in die Kasbah und durchstreifte sie, allein, furchtlos, weil er nicht wußte, in welcher Gegend er sich befand. Er lehnte in der alten Türkenfestung oben auf dem roten Felsen an den gegossenen Bronzekanonen mit den großen, hölzernen Rädern und schaute über die grandiose Stadt. Hier oben, an den Rohren mit den alten Wappen und Gußzeichen, träumte er von dem Afrika seiner Phantasie, von den Palmengärten und dem Zauber des Orients. Die Geschichte Afrikas rollte an ihm vorbei – die Sultane und Fürsten der Araber, die Türkenkriege, und weit, weit zurück die Herrschaft Roms, die Kaiser Caracalla und Apulus, Augustus und Diokletian. Hier lebte der erste Bischof Afrikas, der heilige Augustinus, wurden die Christen ebenso von Berberlöwen zerfleischt wie in Rom, Neapel und Syrakus. Er hatte dann den Bann der Jahrhunderte von sich abgeschüttelt und war hinuntergegangen in diese herrliche Stadt, in diesen weißen Halbmond auf rotem Grund, um – Ironie seines Schicksals nannte er es – drei Monate nichts zu sehen als moderne Laboratorien mit großen Glaswänden, die hinausgingen auf einen fast europäischen Garten mit Gartenmöbeln aus amerikanischem Schaumgummi! Das war seine erste Berührung mit Afrika, dem Land seiner Sehnsucht – sie hatte ihn gefährlich ernüchtert, so tiefgründig, daß ihm sogar heute noch die Erzählungen Dr. Veuilles über die Gefahren der Wüste nur ein Lächeln abnötigten. Er erinnerte sich, daß Afrika, wie er es kannte, seinen Erwartungen stets widersprochen hatte.

»Wann wollen Sie reisen?« unterbrach Dr. Veuille seine Gedanken. Er schrak auf.

»Wann ich fahre? Am liebsten morgen. Aber wir müssen noch die nötigen Iatren-Mengen abwarten. Vielleicht also in einer Woche ... Ich fahre mit dem Bus bis Touggourt und ziehe von dort mit einer Karawane nach Ghardaîa.«

»Reiten?«

»Ja.«

»Prost, Mahlzeit!« Dr. Veuille trank sein Glas leer. »Ein Holzsattel, 60 Grad Hitze, kein Wasser, Sand, der durch jede Naht, jede Ritze dringt, ein störrisches Kamel, das ab und zu beißt – bester Kollege, nehmen Sie drei Pfund Vaseline für ihren Hintern mit...«

In diesen Tagen der Vorbereitung des Rittes durch die Wüste hatte Dr. Handrick eine Auseinandersetzung mit Jacqueline Dumêle. Sie war nicht heftig, denn sowohl Dr. Handrick wie Jacqueline bemühten sich, höflich zu sein, obwohl alles in ihnen nach einem Ausbruch drängte, der alles bisher Angestaute freimachen sollte. Daß sie es nicht taten, war ein Fehler, und so standen sie sich nach der Aussprache mit Dr. Veuille gegenüber, zwei Menschen, die das Schicksal zueinander trieb und die doch nicht zusammenbleiben durften.

Jacqueline hatte seit jenem Tag, an dem Dr. Handrick in Biskra eintraf und sie auf dem Balkon seines Zimmers bat, seine Kameradin zu sein, alles getan, um das Leben des Arztes so sorglos wie möglich zu gestalten. Trotz der vielen Arbeit in den heißen Labors, bei der der Schweiß in Strömen über den Körper rann und die Sehnsucht nach frischer Luft und Kühlung alle anderen Gedanken überdeckte, trotz aller Mühen im Hospital und der Nachtwachen an infizierten Tieren – vor allem Affen – schafften es der Wille und die stille Liebe Jacquelines, Dr. Handrick mit Kleinigkeiten unauffällig zu umwerben.

Einmal war es die Erfüllung eines flüchtig geäußerten

Wunsches – ein Siphon mit Sodapatrone. Am Nachmittag später stand er auf seinem Tisch. Jacqueline hatte ihn besorgt – woher, das verriet sie nicht, aber sie war glücklich, als Dr. Handrick ihr aus Dank die Hand küßte. Ein anderes Mal war es die Herbeischaffung neuer Glaskolben, weil ein arabischer Gehilfe eine ganze Reihe durch eine ungeschickte Bewegung beim Säubern des Tisches zu Boden warf. Selbst eine kleine Kamelkarawane stellte Jacqueline zusammen, als Dr. Handrick drei Tage lang zwischen Biskra und Touggourt in der Wüste die Nomaden aufsuchte und sie auf Regierungsbefehl untersuchte. Sie lebte mit ihm Zelt an Zelt. Sie kochte in der Wüste auf einem Benzinkocher sein Essen – Hammelfleisch mit Oliven, Bohnen und Süßkartoffeln und Couscous mit Pfeffersoße. Sie zuckerte die großen Melonen und buk kleine Torten aus gehacktem Rindfleisch mit Eischeiben und Gelatine. Sie war immer um ihn, umsorgte ihn, war nie müde und immer dort, wo er sie gerade brauchte.

Sie wurde ihm unentbehrlich.

Jacqueline spürte es, und eine tiefe Freude glomm in ihr empor. Ihre ganze Liebe legte sie in ihre Handlungen, als sie sah, wie Dr. Handrick durch die Selbstverständlichkeit ihrer Gegenwart innerlich an sie gefesselt wurde, so daß er sie wie keinen anderen Menschen vermissen würde, wenn sie plötzlich ging.

Die Deutsche ... Sie lächelte. Sie war weit weg, verschollen, untergegangen in Afrika, aufgesogen von dem unersättlichen Schwamm der Wüste. Sie kam nie wieder, war ein kurzer Silberstreifen am Lebenshimmel Dr. Handricks gewesen, der vorbeigezogen war und nie wieder leuchten würde. Wer wußte, wo diese kleine Tänzerin jetzt war? Wer konnte sie in diesem Land finden?

Wie hieß sie doch noch? Hilde Sievert ... Wer ist Hilde Sievert? Nichts gegen Jacqueline Dumêle ...

An dem Abend, an dem er nach Hause in das Lazarett

kam und sich zu ihr an den runden Korbtisch auf dem Balkon setzte, sich aus dem Siphon ein Glas Orangeade spritzte und durstig hinunterschüttete, an diesem Abend, umgaukelt von dem Gewimmer der Spielleute auf dem Markt und dem Geschrei der Eselstreiber, die aus den Gärten die Früchte für den morgigen Tag herbeischleppten, zerbrach in Jacqueline eine kleine Welt.

Dr. Handrick sah hinaus auf den Hospitalgarten und atmete tief auf. »Ich fahre morgen durch die Wüste bis Ghardaîa und von dort zurück nach Laghouat.«

»Ghardaîa liegt mitten in der Sahara, 700 km weit im Sand.«

»Ich weiß! Dort irgendwo muß eine Brutstätte der Krankheit sein! Sobald wir genug Iatren haben, geht es los. Von Touggourt mit Kamelen.«

Jacqueline nickte. Sie griff nach hinten und nahm von einem Tisch Papier und Bleistift. »Was brauchen wir alles zur Ausrüstung?« fragte sie.

»Wir?« Dr. Handrick schien aus tiefen Gedanken zu erwachen. »Ich reite allein, Jacqueline.«

Ihre Augen wurden groß und starr.

»Allein?«

»Es ist für Sie viel zu gefährlich. In der Wüste herrschen jetzt sechzig Grad Hitze. Das halten Sie nicht aus. Sie werden über Bou Saâda zurückreisen, von dort mit einem Bus nach Lagouat fahren und mich dort erwarten.« Er versuchte zu scherzen. »Sie sind immer mein Vorpostengefecht. Es ist so schön, die Festung schon halb erobert zu wissen, wenn ich eintreffe...«

»Ich bleibe nicht hier, und ich fahre auch nicht zurück«, sagte sie trotzig und warf die Locken aus der Stirn. »Ich reite mit Ihnen durch die Wüste! Wer soll Ihnen denn kochen?«

Dr. Handrick lächelte. »Ich werde mit den Arabern essen.«

»Ranzige Butter, Olivenöl und angegangenes Hammelfleisch? Das überleben Sie nicht.«

»Der Mensch überlebt vieles. Aber für Sie wäre es unmöglich.«

»Ich bin kein weichliches Püppchen«, sagte sie erregt.

»Das haben Sie mir genug bewiesen, Jacqueline.« Er legte die Hand auf ihren Arm und fühlte, wie sie zitterte. »Sie sind die beste Kameradin, die sich ein Mann wünschen kann. Sie sind mehr wert als alle Worte, die Sie loben könnten. Gerade deshalb möchte ich Sie nicht verlieren und in der Wüste begraben. Ich werde Sie in Laghouat sehr brauchen! Ich gebe auch zu, daß ich Sie in der Wüste vermissen werde.«

»Dann reite ich mit . . .«

»Nein! Sie müssen zurück!« Er blickte zu Boden. »Ich habe Angst um Sie, Jacqueline.«

Sie errötete. Glück strömte zu ihrem Herzen. »Sie haben Angst um mich?« wiederholte sie leise.

Er nickte. »Ja. Ich könnte mir meine Arbeit hier ohne Sie gar nicht mehr vorstellen.«

Sie spürte, wie sie schneller atmete. »Auch ich könnte ohne Sie nicht mehr sein«, sagte sie stockend. »Lassen Sie mich mit Ihnen gehen – bitte – bitte . . .«

Er fuhr erschreckt hoch. Aus ihren Augen schrie die Liebe. Er sah es, spürte ihr Drängen, und auch in ihm brach eine Welle hervor und begann seine Vernunft zu zerstören. Er ergriff Jacquelines Hände und zog sie an sich.

»Ich kann Sie nicht mitnehmen . . . Sie kennen die Wüste nicht. Sie ist schön und schrecklich. Sei vernünftig, Mädchen! Unser Leben soll weitergehen als bis nach Ghardaîa . . .«

»Unser Leben?« Jacqueline schloß die Augen. Dann beugte sie sich vor und spitzte die Lippen. Er sah sie an – diese schönen, roten, wundervoll geschwungenen Lippen in dem braunen, schmalen, glücklichen Gesicht. Aber er küßte sie nicht – er streichelte Jacqueline nur über die Haare und erhob sich.

»Ich gehe noch einmal ins Labor«, sagte er stockend. »Und Sie gehen schlafen, Jacqueline.«

Als er die Tür hinter sich zuzog, hieb sie mit der kleinen Faust auf den Tisch und schluchzte. Sie zerriß das Taschentuch, das sie sich zwischen die Zähne stopfte, um nicht zu schreien. Dann warf sie sich auf Handricks Bett und trommelte mit den Fäusten in die Kissen. Er hat mich nicht geküßt, schrie es in ihr. Er hat meine Lippen übersehen! ... Oh, wie könnte ich ihn hassen – wenn ich ihn nicht so lieben würde ... Ich könnte ihn den Arabern ausliefern! Ich könnte für 1000 Francs Mörder kaufen, die ihn in der Wüste umbringen und verscharren! Ich könnte ihn vergiften! Hunderte Gifte stehen in den Schränken herum! Aber ich liebe ihn, ich liebe ihn ...

Erst spät in der Nacht beruhigte sie sich, sie ging hinaus in den Krankenhausgarten und wanderte die Wege an den blühenden, betäubend duftenden Büschen hinunter. Immer rund herum – fast eine Stunde. Ein junger Assistenzarzt, der Nachtwache hatte, begegnete ihr und sprach sie an. Er war ein junger Araber – sie ließ ihn stehen und wanderte weiter durch den Garten.

In Laghouat sehe ich ihn wieder, dachte sie. Und in Laghouat werde ich ihn zu einer Entscheidung treiben! Er liebt mich – ich fühle es doch ... Er hat Angst um mich ... Er sehnt sich nach meiner Nähe – aber er wehrt sich dagegen, weil er an die Deutsche glaubt, an dieses verdammte Mädchen aus Berlin. An diese verfluchte Deutsche ...

Ein Anruf riß sie herum. Auf dem Balkon seines Zimmers stand Dr. Handrick.

»Jacqueline!« rief er. »Was machen Sie denn noch im Garten?«

»Ich hatte ein Rendezvous!« antwortete sie bissig. »Stört Sie das, Doktor?«

Die Tür am Balkon klappte zu. Keine Antwort. Jacqueline

biß sich auf die Lippen. Das war Dummheit, durchfuhr es sie. Eine riesengroße Dummheit.

Sie begann sich selbst zu hassen ...

Vier Tage später stand Veuille am Autocar und drückte Handrick die Hand. »Gehen Sie in Touggourt zu Dr. Bath«, sagte er. »Er ist der Kollege im Militärhospital. Er wird Ihnen weiterhelfen. Und schreiben Sie mir einmal aus der Wüste. Es gibt immer Karawanen oder Militärkolonnen, die Post mitnehmen. Vor allem, wenn Sie etwas Positives gefunden haben! Vielleicht können wir hier in Biskra in der Klinik im großen die Versuche schon unternehmen. Sie haben dann fertige Versuchsreihen, wenn Sie aus dem Süden zurückkommen.«

»Das wäre sehr schön, Veuille.« Dr. Handrick drückte dem rauhen Kollegen die Hand. Alles in diesem Land war irgendwie abrupt, verschlossen, grundsätzlich verändert – auch die Menschen. Sie paßten sich der Landschaft an, gingen auf in diesem Schwamm Afrika, der alles in sich hineinsaugte, was mit ihm in Berührung kam.

Dann fuhr der Bus langsam an und rollte über den Markt von Biskra. Blinde Musikanten, umlagert von Kindern und in Djellabahs gehüllten Männern, spielten ihre eintönigen Weisen. Einer von ihnen klopfte die Handtrommel, während der andere auf einer Geige mit zwei Saiten und einem primitiven Bogen aus einer biegsamen Gerte, bespannt mit Roßhaaren, jammernde Melodien fiedelte. Ihre Schuhe hatten sie ausgezogen und vor sich hingestellt, um in ihnen den kärglichen Lohn zu sammeln, den man ihnen zuwarf.

Vorbei an den Grabmälern reicher Caids, deren weiße Kuppeln inmitten des ummauerten Grabmals weit ins Land leuchteten, vorbei an den Riesenpalmen in der Nähe der Brunnen, blühenden Hecken und engen, fruchtbaren Gärten fuhr der Bus aus Biskra hinaus in die Steinsteppe, die unmerklich, fast gleitend, in die Sandwüste überging, in dieses riesige Bett eines prähistorischen Weltmeeres ...

Wieder drang Staub durch die offenen Fenster in den Wagen und vermengte sich mit dem Schweiß, der über das Gesicht lief. Aber jetzt war es Dr. Handrick gewöhnt. Er wischte nicht mehr über die Augen und vermengte Schweiß und Sand zu einem zähen Brei. Er saß, etwas zurückgelehnt, in den harten Lederpolstern und studierte zum ungezählten Male die ersten Versuche, die er mit dem Blut des Bettlers unternommen hatte.

Es war eine traurige, eine entmutigende Lektüre.

Hinter jedem Abschnitt standen zwei Worte, die sich mahnend im Kopfe Handricks festsetzten.

Ohne Befund!

Mißlungen.

Noch war der Tod stärker als er ...

Die Sterne sind kalt in der Wüste.

Himmel, Wolken, Luft und Wind – alle sind kalt. Nur der Sand ist warm, aber nur ein wenig, denn die kleinen, abgeschliffenen Körner halten die Hitze nicht. Wie ein kahler, abgedeckter Tisch ist dann die Wüste, ein Tisch mit einer verschobenen, faltigen Tischdecke, auf der noch einige Krümel der Mahlzeit liegen. Man kann sich in diese Wüste legen und sterben, und man merkt es nicht einmal. Man kann sich in die Falten der Sanddünen legen und die Augen schließen, man fühlt, wie der ausgedörrte Körper sich ausdehnt und sich nach Ruhe sehnt – nach großer, großer Ruhe. Man spürt es, wie die Kräfte in den Sand hineinrinnen und dort versickern, als seien sie ein paar Tropfen Wasser, die aus einer umgestürzten Flasche laufen. Der Himmel ist unendlich, der Horizont, der Sand und auch die Tiefe der Sahara – alles ist groß, weit und unfaßbar.

Das Kamel lag im Sand und rührte sich nicht. Es lag nicht auf den Beinen, sondern auf der Seite, lang hingestreckt, die dicke, wulstige Schnauze im Sand, die Augen geschlossen, zusammengekniffen. Wenn man es ansah, konnte man denken, es habe das Gesicht verkrümmt ... Neben dem Kamel, Bobo in den Armen, lag Hilde auf dem Reitteppich. Es war ein Liegen für die Ewigkeit ... Sie hatte die Decke über sich gebreitet und die Hände gefaltet. Bobos Kopf lag an ihrem Hals. Er schmiegte sich eng an sie und sah sie mit großen, fragenden, traurigen Augen an.

Vier Tage ... dachte Hilde und starrte hinauf in die kalten Sterne, deren Pracht sie erschreckte. So nahe bin ich schon dem Himmel, daß die Sterne heller leuchten? Sie kommen mir entgegen – sie holen mich von dieser Erde ab ... Oh, diese kalte Nacht nach vier entsetzlichen, heißen Tagen. Vier Tage ... und kein Wasser mehr, nur noch ein paar Datteln und vier Weizenfladen. Bobo schreit am Tag vor Hunger und Durst und schlägt wie wahnsinnig auf das trottende Kamel ein. Hat es sich verirrt? Verließ es der Instinkt? Wo führt es mich hin?

Um mich herum ist das ewige Schweigen.

Sie war in diesen Tagen ohne Unterbrechung geritten. Mit Schrecken erkannte sie, daß die Wüste nicht aufhörte, daß der Wasservorrat in den beiden Ziegenlederbeuteln nachließ und einmal der Tag kommen mußte, an dem sie verdurstend vom Kamel in den Sand stürzte. In den Nächten stellte sie sich in den kalten Wind, mit weit offenem Mund und bloßem Oberkörper, um die Kälte in sich aufzusaugen und damit den Durst zu bekämpfen. Aber wenn der Tag kam, die Sonne hinter dem Horizont emporrannte – es war wirklich ein Rennen ohne große Dämmerung –, dann fiel die Hitze wieder über sie und trieb sie sechzehn Stunden vor sich her. Mit dicker Zunge und aufgesprungenen Lippen saß sie auf dem schwankenden Tier und stierte mit gläsernen Augen auf die Sandwellen, die unter ihr vorbeischaukelten.

Sie hatte viel Zeit, in diesen Stunden der Qual zu denken. Die Hoffnung, jemals wieder aus dieser Öde herauszukommen war gering! Das wußte sie jetzt. Aber sie zögerte den Tod hinaus, sie kämpfte mit ihm, verbissen, mit dem Trotz, sich nicht wehrlos aufzugeben.

Am vierten Abend sank sie vom Kamel und rollte in den Sand. Sie wollte weinen – aber selbst Tränen hatte sie nicht mehr. Tränen sind Flüssigkeit ...

In dieser Nacht hatte sie dann alles geordnet. Sie hatte auf einen Zettel ihren Namen und ihre Adresse geschrieben – mit einer Dattel, die sie beleckte und mit deren klebrigem Saft sie auf das Papier schrieb. Dann hatte sie sich auf den Teppich gelegt, die Decke über sich gebreitet und gebetet ... leise, in sich hinein, in dem Wissen, daß es die letzten Worte waren.

Als der Tag kam, lag sie noch immer neben dem Kamel ... auf dem Rücken, mit geschlossenen Augen. Die Sonne brannte – sie wehrte sich nicht mehr dagegen. Sie hatte keine Kraft mehr, aufzustehen. Der Sand ... er war glühend unter ihr, obgleich er nicht heißer war als der Sand um sie herum. Bobo jammerte leise – sie drückte ihn wieder an sich und streichelte ihn mit geschlossenen Augen.

»Ruhig, mein Kleiner«, sagte sie leise. Das Sprechen fiel ihr schwer ... wie glühendes Blei lag ihr die Zunge im Gaumen, füllte die Mundhöhle aus und hemmte das Sprechen. »Nur noch ein paar Stunden – dann ist alles vorbei ...«

Gegen Mittag wurde das Kamel unruhig und starrte zu Hilde hin. Es räkelte sich, schob sich auf die Beine und erhob sich dann. Groß, unwirklich, urweltlich stand es neben Hilde, den Kopf in einem Strahlenkranz der Sonne. Wie ein Symbol stand es in der einsamen, glühenden Wüste. Die Nüstern blähten sich, die häßlichen, gelben, langen Zähne leuchteten. So stand es fast eine Stunde ... dann ging es langsam fort ... ganz langsam, als erwarte es noch einen Zuruf, einen Befehl des kleinen Menschen, der dort im Sand lag und sterben wollte. Auf Rufweite blieb es noch einmal stehen und sah sich um ... dann ging es weiter, schneller, immer schneller, kleine Staubwolken quollen unter seinen Hufen auf. Wie ein Punkt war es noch, ein dunkler Punkt im Gelb des Sandes, bis er unterging in der fernen Vermählung von Himmel und Wüste.

Um den zurückgebliebenen Menschen war das vollkommene Schweigen.

So vollkommen, daß man das Schweigen hörte, und daß Hilde die Hände vor die Ohren preßte und schrie:

»Aufhören! Aufhören!«

Ihre Stimme ging unter, als schreie sie gegen ein Tuch aus Samt ... Am Nachmittag kam ein leichter Wind aus dem Süden, heiß und trocken. Er trieb den feinen Sand vor sich her in langen Streifen. Langsam bildete sich ein Hügel auf Hildes ausgestrecktem Körper. Sie sandete zu, verschwand unter der Decke aus rieselnden Körnern. Sie wehrte sich nicht dagegen ... sie lag still und umarmte den flatternden Bobo, der durstig über seine Schnauze leckte und nicht mehr schreien konnte. Nur ein Wimmern kam aus seinem Maul.

Als der Wind sich legte, war der Ruheplatz wieder glatt. Der Sand hatte die Zeugen der Rast verschluckt ... den Sattel und die Ziegenbeutel mit den wenigen Tropfen Wasser, die Taschen und die Schlafdecke, das Zaumzeug und das andere Gepäck. Und dann kam wieder die Nacht, kalt und sternenklar.

Ein Schluchzen schüttelte Hildes Körper. Mit diesem Schluchzen schlief sie ein. Sie wußte, es war die letzte Nacht. Es würde keine zweite mehr geben.

Ergeben in das Schicksal, das sie erwartete, schlief sie. Sie sah nicht mehr, wie Lichter durch die Nacht zogen ... nicht das Licht der Sterne, sondern Lichter in der Wüste ... wie sie näherkamen, Gestalt wurden und emporwuchsen zu einer kleinen Karawane, die schweigend durch die Nacht trottete, voraus ein Kamel mit einer großen Fackel.

Verblüfft blieb der Berber Khennef Said vor der schlafenden Gestalt im Wüstensand stehen und starrte von seinem

Kamel auf sie herab. Bobo drängte sich ängstlich an Hilde –, er sah auf die brennende Fackel und fürchtete sich.

Khennef hob die Hand und ließ sein Tier niederknien. Dann sprang er aus dem Sattel und ging schnell zu der Schlafenden. Er scharrte den Sand von der Decke und beugte sich über ihr Gesicht, so tief, daß er ihren schwachen Atem vernahm. Ein Diener, ein großer, bulliger Neger, lief mit einem Beutel Wasser heran und kniete neben Hilde nieder, hob ihren Kopf und träufelte das kalte Naß über ihr Gesicht und zwischen ihre aufgesprungenen Lippen. Sie schluckte, unbewußt, im ohnmächtigen Schlaf, mehr als Reflex ... aber das Wasser durchrann sie und gab ihr Leben und Kraft.

Khennef Said hatte sich neben Hilde auf den Boden gesetzt. Er war ein großer, etwas dürrer Mann mit einem scharfen Gesicht, schwarzen Augen und einem graudurchsetzten Bart, der mit einem wirren Schnurrbart zusammenwuchs. Seine dicke Djellabah war weiß und gepflegt, mit einer goldenen Litze und einer Brokatkordel verziert. Um seinen Hals schaukelte an einer schmalen Kette das kleine Koranbuch mit dem goldenen Einband, das Zeichen der Mekkapilger. Sein Gesicht war durch eine breite Narbe, die sich vom linken Auge über die Stirn zog, etwas entstellt, doch verwüstete sie nicht den Gesamteindruck eines Menschen, der voll Willen und Klugheit war.

Bobo kratzte und biß, als der Neger ihn von Hildes Brust nehmen wollte ... er spuckte und fletschte mit den Zähnen, bis man ihn bei ihr ließ und die Schlafende, mit Bobo im Arm, zu dem großen Kamel trug. Hier legte sie Khennef Said vor sich in den Sattel, deckte sie mit der Decke zu und ließ den Körper an seiner Brust ruhen. Dann gab er das Zeichen zum Aufbruch und reichte die Fackel dem riesigen Neger, der jetzt den Weg vorausritt.

Hilde lächelte im Schlaf. Sie spürte das Schaukeln. Ich schwebe, dachte sie ... wirklich, ich schwebe hinauf zu den Sternen. Der Wind trägt mich. Ich bin wie eine Feder.

Schwerelos schwimme ich im Raum ... Hinauf, dem Himmel entgegen geht der Flug ... Und so träumte sie von der Ewigkeit und der Schönheit Gottes und wurde ins Leben zurückgetragen, das sie in Gedanken bereits verlassen hatte.

Von dem Schaukeln des Kamels erwachte auch sie.

Die Sonne stieg gerade empor ... die Wüste wurde hell und feindlich. Da sah sie die schwarzen Augen Khennefs über sich, den Bart und die goldene Litze der Djellabah. Sie schloß die Augen wieder und ließ sich weitertragen, dankbar der Gnade, weiterzuleben, und ängstlich vor dem Ungewissen, das nach diesem Erwachen folgen würde ...

Der Neger ritt noch immer voraus. Er sang.

Langgezogen quoll seine tiefe Stimme aus der breiten Brust. Ein schwermütiges Lied war es, ein Gesang aus den Wäldern des riesigen Kongos. Ein Lied, das durch den Urwald klingt, hinweg über die Graskrale und den festgestampften Dorfplatz.

Jetzt sang er es in der Wüste, der große Neger ... er schwitzte dabei, wie fettiges Ebenholz glänzte seine Haut ... und seine Stimme trieb die Karawane weiter ...

Großer Fluß, o großer Geist,
große Wälder, große Angst, –
Owiboro möchte schlafen,
aber er hört Paico schrein.
Paico, Paico, große Katze
hat dich in den Wald geholt –
Morgen nehm ich Speer und Pfeile,
großer Geist, du führst mich hin.
Singen, singen, singen muß ich,
Owiboro hat so Angst,
und er möcht' so gerne schlafen,
aber große Katze wacht ...

Khennef Said winkte. Der Neger schwieg. Hilde war erwacht.

»Ich danke Ihnen«, sagte Hilde leise und sah Khennef in

die Augen. Der Berber nickte und stützte sie, als das Kamel in dem heißen Sand niederkniete ...

Es ist stinklangweilig.

Sechsmal habe ich mir von Hauptmann Prochaine die tolle Geschichte von Amar Ben Belkacem und Leutnant Grandtours angehört ... dann habe ich beim siebentenmal eine Flasche Whisky genommen und sie dem Hauptmann an den Mund gesetzt. Das überzeugte ihn ... er schwieg von da an und erzählte nur noch ziemlich deutliche Schwänke aus seinen Kasernenjahren.

Seit zehn Tagen bin ich in Fort III, mitten in der Wüste. Ein Konvoi Soldaten, der 17 Legionäre, die nach Rabat und Marrakesch in Urlaub fuhren, ablösen sollte, begleitete mich von Bou Saâda über Djelfa und Laghouat nach Fort III, wo mich Hauptmann Prochaine mit Hallo empfing und mir sagte, daß er glücklich sei, den »Geist der Wüste« zu sehen, nach dem er und vier seiner Vorgänger in drei Jahren vergeblich geforscht hatten. Man hatte mich also doch bemerkt und mich gesucht, und es zeugt von dem großen Mut, der Kaltblütigkeit und dem wilden Geist Amars, daß er mich immer wieder durch die Gebiete führte, die so gefährlich für ihn waren. Warum er das tat ... ich weiß es nicht. Vielleicht hatte ihm der geheimnisvolle, blauäugige Sidi Mohammed Ben Scheik el Mokhtar verboten, mich in die Nähe der geheimen Lager der Nationalisten zu führen. So zog Amar mit mir ruhelos in der Wüste herum, immer die Gefahr im Nacken, von den Truppen entdeckt zu werden.

Fort III ist ein elendes Nest. Wenn hier nicht Leutnant Grandtours von Amar im Lazarett überfallen worden wäre, spräche niemand von diesem gebleichten, dreckigen Lehmhaufen. Auch die Legionäre empfinden das ... sie sind fahlgelb wie die Wüste, träge, unlustig und voll Sehnsucht nach Leben. Ich sah es deutlich, als die 17 Glücklichen sich verabschiedeten und mit dem Mannschaftswagen zurück nach Laghouat fuhren. Da stand das ganze Fort draußen auf dem Platz und winkte ihnen nach, und einer von ihnen, ein Deutscher aus Stuttgart, sagte leise zu mir: »Mensch, wenn ich dabei wäre ... in drei Wochen wäre ich wieder in Deutschland ...«

Deutschland. Seit fünfzehn Jahren hörte ich diesen Namen wieder. Es ist ein merkwürdiger Klang ... Deutschland! Ein wenig hart für das Ohr, dem er unbekannt ist ... knapp, befehlend, wie auf einem Kasernenhof. Deutschland! Und doch schwingt in diesem Namen der Klang der Sehnsucht. Als ich ihn plötzlich nach fünfzehn Jahren aus einem deutschen Mund wieder hörte, krampfte sich mir das Herz zusammen. Ich ballte die Fäuste, um nicht plötzlich, aus einem Impuls, aus einem ungeheuren Drang heraus laut Deutschland zu schreien. Richtig zu brüllen, um dieses Wort wieder von meinen Lippen zu hören.

Hauptmann Prochaine nickte nur, als ich ihm das sagte. »Wenn ich an Orléans denke, an Paris oder an Lyon ... mon Dieu ... dann könnte ich heulen«, sagte er mir und trank wieder seinen schrecklich scharfen Anisschnaps, von dem er behauptete, daß dieser, versetzt mit Perrier, ein vorzügliches Mittel gegen den Durst und die Hitze sei. Nach sechs Tagen sah ich selbst ein, daß Schnaps wirklich der einzige Trost gegen die Langeweile in Fort III war, eine Langeweile, die nerventötend war und körperlich zermürbend.

Am nächsten Tag endlich traf aus Algier die Erlaubnis ein, mit einer Gruppe von 25 Mann und zwei Jeeps die Gebiete bis El Goléa geologisch zu untersuchen und auch gegen den Widerstand der Araber Probebohrungen vorzunehmen, die meine Annahme bestätigen sollten, daß sich unter der Oberfläche der Sahara und über einer undurchlässigen Kreideschicht große Süßwasserseen gebildet hatten, die durch Grundflüsse immer wieder gespeist wurden.

Leutnant Grandtours leitete die kleine Expedition. Ich konnte mir keinen besseren Begleiter wünschen ... er kannte das Gebiet wie seine Heimat, und das unerbittliche Feuer der Rache, das in ihm schwelte, machte ihn ausdauernd und unempfindlich gegen viele äußere Einflüsse, denen wir sonst erliegen.

Auf fünf gleichlautenden Karten wurde unser Weg genau eingezeichnet. Es durfte keine Abweichung geben, denn in Bou Saâda, Laghouat, Algier und Ghardaîa bekamen die Kommandanten der dort stationierten Truppen die Karte, um beim Ausbleiben unserer Funkverbindung sofort die Suche zu übernehmen.

Einen Tag vor unserer Abreise kam ein kleiner Junge zu mir und bettelte. Er war ein nettes Kerlchen, mittelgroß, kräftig, eine Mischung zwischen Berber und Tuareg, und mit einem Blick, der mich erstaunte. Er trat zu mir ins Zimmer, das zu ebener Erde zum Hof des Forts hin lag, und reckte seine schmale, schmutzige Hand vor mein Gesicht.

»Mister give me a penny.«

Im ersten Augenblick lachte ich ... doch dann sah ich ihn verblüfft an und zog ihn zu mir hin.

»Wo kommst du her?« fragte ich ihn auf arabisch. Er starrte mich an, wand sich aus meinem Griff und legte die Hand auf seinen Mund. »Du sprichst wie wir?« stotterte er. »Ich dachte, du bist ein Amerikaner.«

»Woher kennst du denn die Amerikaner?«

Er grinste und nestelte aus einem langen Hemd, das er als einziges Kleidungsstück trug, ein kleines Amulett hervor. Es war ein Anhänger aus den six-pence-Läden New Yorks, eine billige Imitation aus verschossenem Dublee, geformt wie eine Rose und mit einem kleinen Scharnier. In diesen Amuletten konnte man kleine Bilder tragen oder sonstige Dinge, die im Aberglauben der Menschen Schutz vor Gefahr bieten. Ich nahm dem Jungen die kleine, billige Rose vom Hals und öffnete sie. Im Innern war ein Bildchen, vergilbt, schmutzig und unklar durch den eingedrungenen Flugsand. Eine junge Frau mit einem amerikanischen Einheits-Puppen-Gesicht dank eines viel besuchten Schönheitsinstitutes sah mich an, und das Lächeln um ihre geschminkten Lippen war so unecht wie das ganze Amulett.

»Woher hast du das?« fragte ich ihn scharf.

Der Junge schrak zusammen und hob beide Hände. »Die Frau hat es nicht gemerkt ...« sagte er leise.

»Gestohlen?«

»Es gefiel mir so ... Und es glitzerte in der Sonne ... Es war, als ob ich eine zweite Sonne in der Hand habe. Da habe ich es ihr in der Nacht weggenommen.«

»Und die Frau hat es nie gesucht?«

»Doch.« Der Junge grinste wieder. »Ich habe geholfen, es zu suchen. Aber wir haben es nicht gefunden ...«

Der Bengel gefiel mir. Er besaß die Frechheit, mit der allein man in der Wüste weiterkommt. Ich gab ihm deshalb einen 100-Franc-Schein und hielt ihn am Hemdausschnitt fest.

»Wie heißt du denn?«

»Ferral, Herr.«

»Ferral? Das klingt ägyptisch.«

»Meine Mutter war aus dem Nilland. Mein Vater starb in Berrian.«

»Und wovon lebst du jetzt? Vom Stehlen?«

»Nicht allein, Herr.« Er blickte mich aus seinen runden, großen Augen wie ein Tier an. »Ich bettle viel. Und ich kann auch arbeiten ... wenn ich will.«

»Wenn du willst. Und du willst jetzt, Ferral?«

»Vielleicht, Herr.«

»Dann komm und fahr mit mir in die Wüste.«

»Als Ihr Boy?«

Ich schüttelte erstaunt den Kopf. »Woher weißt du, was ein Boy ist?«

»Aber Herr.« Ferral sah mich mißbilligend an. »Ich war doch der Boy der Frau, von der ich das Amulett habe ...«

Na ja ... das kann ja gut werden ...

Von dieser Stunde an wich Ferral nicht von meiner Seite. Er schlief neben mir, er aß in Sichtweite, er folgte mir wie ein Hund ... und er stahl alles, was er bekommen konnte und ihm für mich nützlich erschien, brachte es abends, unter seinem dreckigen Hemd verborgen, das er nie auszog, in mein Zelt und breitete es auf meiner Matte aus ... kandierte Datteln und eine Dose Corned beef, eine Flasche Gin und drei Schachteln Coca-Cola-Schokolade ... Keine zehn Minuten später hörte ich Tumult bei den Truppen, die mich begleiteten ... man suchte Gin, Datteln, eine Büchse Beef und Schokolade ... Ferral grinste mich an und legte den Finger auf den Mund.

»Schnell essen, Herr«, sagte er dabei. »Morgen hole ich mehr ...«

Man mag es mir verzeihen ... vor allem Leutnant Grandtours, wenn er diese Zeilen liest ... ich unternahm nichts dagegen. Nicht etwa, weil mir dieses Wesen Ferrals gefiel, sondern weil es sinnlos war, ihn davon zu überzeugen, daß Diebstahl etwas sehr Verwerfliches ist. Seine Mentalität war primitiv ... ich stehle für meinen Herrn, damit er es gut hat. Alles andere interessierte ihn nicht. Und weil er für seinen Herrn und nicht für sich selbst stahl, war alles gut, was er tat. Ich konnte ihn ausschimpfen, ihn bedrohen, ihm Schläge geben ... nach einer Stunde schlich er wieder zu mir und drückte mir irgend etwas in die Hand, was mir bestimmt sehr nützlich war, was man aber vielleicht 20 Meter weiter unter Schreien und Verwünschungen suchte. Vor allem Leutnant Grandtours' Gepäck war eine Fundgrube für Ferral. Der Gin und das Corned beef kamen aus diesem Sack. Eines Tages brachte er mir eine kleine Silberplatte ... ich suchte so etwas, um ein Gerät damit besonders hochempfindlich zu machen ... Stolz legte er mir die kleine Silberplatte vor und lächelte.

»Woher hast du denn das?« fragte ich, wirklich sehr verblüfft.

»Von Offizier! Hatte im Gepäck silbernen Ring. Habe ihn im Feuer weich gemacht und mit einem Stein plattgeschlagen...«

Lieber Leutnant Grandtours ... ich weiß, Sie suchen heute noch Ihren silbernen Siegelring. Er war ein Andenken an eine junge Liebe aus Ihrer Kadettenzeit. Sie erzählten mir einmal davon ... Verzeihen Sie mir, daß ich bis heute nichts von dem Schicksal ihres Ringes sagte ... ich brauchte das Silber damals sehr dringend, und Ferral ... glauben Sie mir, er war ein Teufelsjunge.

Am vierten Tag unserer Bohrreise entdeckte Ferral einen flachen Sandhaufen. Es war ein Haufen wie viele in der Sahara, eine kleine Verwehung, vom Wind in Wellen gelegt wie das Haar einer blonden Frau. Wir hatten in der Nähe einen kleinen Bohrversuch gemacht ... das schnell gebaute Stahlrohrgerüst stand noch im Sand, der Hohlbohrer stak noch in der Erde ... 40 Meter tief und fand Grundwasser ... wieder ein roter Kreis auf meiner selbstgefertigten Karte ... als Ferral mit großen Schritten zu mir kam und mich wortlos mit sich zog in die Wüste. Vor einer flachen Mulde blieb er stehen und zeigte auf diesen Haufen Sand, der wie eine leicht geschwungene Düne aussah.

»Arme Männer«, sagte Ferral und senkte den Kopf. »Scheheli, Herr...«

Ungläubig trat ich an die Düne heran und blickte mich um. Kaum noch erkennbar sah ich wirklich einige gebleichte Stoffetzen im Sand liegen ... das Stück eines Kamelzaumzeuges, den Knauf einer Peitsche ... wenige Lederstücke, durch die Hitze vertrocknet und bizarr gebogen.

Ein Grab!

Ein Mausoleum der Natur.

Vorsichtig grub ich an einer Stelle mit dem kleinen Handspaten nach ... der lockere Sand rollte immer wieder nach, aber es gelang mir, ein Loch in die Düne zu schaufeln. Ferral stand still daneben ... er rührte sich nicht ... ob aus Angst vor den Geistern der Toten oder aus Scheu, die Ruhe eines Toten zu stören ... ich weiß es nicht. Als ich auf eine Djellabah stieß, verneigte er sich gegen Mekka und betete murmelnd zu Allah.

Ich grub den Toten nicht aus ... ich schaufelte ihn wieder zu und stieß beim Werfen des Sandes auf ein Armband. Erschrocken bückte ich mich und nahm es auf ... ein goldenes, schmales Frauenarmband mit dem Gütestempel 585 ... glatt, ein wenig gewölbt ... mit einer kleinen Sicherheitskette am Steckverschluß. Und in diesem Armreifen stand B. K. Berlin ...

Berlin.

Es durchfuhr mich wie ein elektrischer Schlag.

Wenn hier ein Armband lag, wo war dann die Frau, die es getragen hatte? Berlin ... sie mußte also Deutsche sein ... eine Deutsche ... Ein wahnsinniger Gedanke durchfuhr mich. Ich dachte an meine Retterin in Oued el Ham – sie war plötzlich aus dem Hause Fuads verschwunden, niemand wußte, wo man sie hingebracht hatte ... sie sprach deutsch zu mir ... und hier, in der Wüste bei El Goléa, finde ich ein Armband aus Berlin ...

»Ferral!« schrie ich. »Alle Soldaten sollen kommen! Schnell! Mit Schaufeln! Unter diesem Sand liegt ein wertvoller Toter!«

Der Junge rührte sich nicht. Er starrte auf den Sandhügel und sah dann mich an.

»Ist es ein Weißer?«

»Ja. So lauf doch ...«

»Nein. Allah hat ihn bestraft ...«

Ich war erstarrt. Ich begriff den Sinn der Worte erst später, aber dann faßte ich Ferral an der Schulter und riß ihn zu mir her.

»Es ist eine weiße Frau! Auch ich bin weiß ...«

»Ja, Herr. Du auch. Aber du warst immer gut zu uns ...«

Dieser Satz erschütterte mich. Ich war gut zu ihnen ...

und zog durch die Wüste, durch ihr Land, um es fruchtbar zu machen für europäische Siedler...

Es war mir nicht möglich, Ferral zu bestrafen.

Aber er half auch nicht mit.

Mit Schippen und improvisierten Schiebern wurden die kleinen Sanddünen weggeräumt.

Alles gruben wir aus. Alles.

Und das Grauen schüttelte uns...

Kamele, den Kopf tief in den Sand gesteckt und von dem Sturm begraben.

Eng an sie gedrückt, in die Djellabahs eingewickelt, die zum weißen Sarg wurden, die Araber.

Erstickt. Überweht von dem feinen Sand des Schehelis.

Und mitten unter ihnen eine Frauensänfte.

Ich glaube, ich habe mich irrsinnig benommen. Ich bin zu ihr hingestürzt, habe den Vorhang aufgerissen und auf die sandigen Kissen geblickt. Die Sänfte war leer, keine der Leichen war eine Frau... sie fehlte in dem großen Grab, als habe der Sturm sie mitgerissen und an anderer Stelle in der Schweigsamkeit der Sahara verscharrt.

Leutnant Grandtours untersuchte die Leichen und richtete sich nach einer Weile auf. »Ein fremder Stamm«, sagte er ernst. »Er muß tief aus dem Süden kommen. In den Taschen auf der Brust tragen sie einen schwarzen Gesichtsschleier und ein Säckchen mit zerriebenen und pulverisierten Schlangen gegen Skorpion- und Schlangenbisse. Bei uns gibt es kaum Giftschlangen, ab und zu mal eine giftige Wüstenspinne... sie kommen bestimmt aus dem Süden...«

»Und wie kommt das deutsche Mädchen aus Oued el Ham zu diesen Fremden?«

Grandtours zuckte mit den Schultern und nahm das Armband in die Hand. Er betrachtete es genau und gab es mir dann zurück. »Woher wissen Sie, ob sie es war? Vielleicht haben die Kerle den Reifen gestohlen und der Frau geschenkt, die hier in der Sänfte saß und jetzt ohne Spur verschwunden ist. Es erscheint mir unmöglich, daß dieses Mädchen aus Oued el Ham innerhalb weniger Tage über 500 Kilometer südlicher wieder auftaucht. Das wäre ein Märchen ... Nummer Tausendundzwei aus Tausendundeiner Nacht!« Er lachte, und das machte mich wütend. Ich drehte mich weg und ging zu meinem Bohrloch zurück, den Soldaten die traurige Arbeit überlassend, die Männer einzugraben und die Kamele den Aasgeiern und Schakalen oder der alles austrocknenden Sonne zu überlassen.

Doch der Gedanke, daß das Mädchen in meiner Nähe war, verließ mich nicht. Auch heute glaube ich noch daran, wo ich wieder in Fort III bin und auch Hauptmann Prochaine mich auslacht. Ich bin zu oft ausgelacht worden, um mich darüber groß aufzuregen, und ich habe am Ende doch immer meine Meinung als richtig gesehen.

Aber was soll ich tun? Ich sitze hier in diesem dreckigen Fort und zeichne neue Karten ... Ich schwitze, ich saufe – man kann es nicht mehr trinken nennen – und ich vergehe vor Langeweile.

Drei Stunden brauchte ich, um mich zu fassen.

Leutnant Grandtours kam zu mir und gab mir wortlos einen Zettel. Es war ein Brief, ein kleines Stück von einem Brief, herausgerissen, vergilbt von der Sonne, Bruchteile von Sätzen. Aber es war ein Schlag, von dem ich mich erst nach Stunden erholte.

In einer geraden, klaren Handschrift, mit Blei geschrieben, stand auf dem Zettel:

»*Ich habe keine Hoffnung, Dich jemals wiederzusehen, Paul ... Vier Tage sind wir unterwegs ... Khennef sagt, daß morgen ... Wenn ich sterbe, dann denke daran, was ich Dir ... Such ihn für mich, Du kennst die Wüste dann, ich weiß, daß er lebt ... Ich habe solchen Durst ...*«

Ich starrte auf die abgerissenen Zeilen, meine Hand zitterte. Grandtours stand neben mir und legte mir die Hand auf die Schulter.

»Sie hatten recht, Doktor«, sagte er leise. »Sie war es wirklich. Wenn sie noch in unserem Bezirk ist, werden wir sie finden ... Sie kann nicht weit gekommen sein, wenn sie vor dem Scheheli flüchtete ...«

Ich nickte. Ich glaube, ich habe gestöhnt ... ach, ich weiß nicht mehr, was ich sagte, was ich tat, was alles in diesen Stunden geschah ... Wir werden sie finden ...

Irgendwo in der Wüste.

Sie kann ja nicht weit gekommen sein ... wie recht hatte Grandtours ... wie grausam recht ...

Ich hasse die Wüste wirklich ...

Der Berg Hedjerin ist einer der hohen Gipfel des riesigen Gebirges, das mitten in der Sahara liegt ... das Hoggar-Bergland. 2070 Meter erhebt sich der klotzige Kegel in den glutenden Himmel, umflattert von einigen weißen Wolken, die an seinen Graten zu zerschellen scheinen. Urweltlich, einsam, ohne Leben, nur nackte, graue Felsen ... das ist das Hoggar, ein Gebirge, das zu den gewaltigsten Naturdenkmälern unserer Erde gehört. Es gibt nur wenige Weiße, die durch die vielen Schluchten zogen, die das Wadi Indegan kennen, dieses riesige Flußbett ohne Wasser, breiter als der Rhein, oder die zerklüfteten, abrupten, den Schluchten der amerikanischen Cañons vergleichbaren Wadis Ilaman und Tarbumut. Der Mississippi ist ein grandioser, gewaltiger Fluß, aber das Wadi Terharthart vom Berge Kokai bis zum 1933 Meter hohen Tasabat ist größer und atemberaubender, ein Strom ohne Wasser, eingesägt in Hunderte von Metern hohe, steile Felswände. Hier wächst kein Baum, kein Strauch, kein Grashalm, nichts. Hier gibt es nur Steine und Sonne und das Schweigen einer Natur, die keinen anderen Laut duldet als das ekelhafte Krächzen von Aasgeiern, die sich elend von dem Aas der wenigen Tiere nähren.

In diesem Gebirge ohne Gnade, in den Bergen des Todes, am Fuße des Hedjerin lag, in den Felsen gehauen, ein Haus.

Ein flacher, langgestreckter, niedriger Bau, umgeben von einer dicken Steinmauer, grau wie die Berge, leblos, ohne Fenster. Nie sah man einen Menschen vor der Mauer ... fast konnte man denken, es sei gar kein Haus, sondern ein merkwürdig gebildeter Felsen, ein Vorsprung in das Wadi, ein billiger, von keinem belachter Scherz der Natur.

Aber es war ein Haus, denn manchmal, an dunklen Abenden und Nächten, geisterte ein schwacher Lichtstrahl durch das trockene Flußbett und traf die kahle Wand der Berge. Ab und zu sah man dann auch Menschen in dieser Einöde ... Männer in langen, schwarzen Burnussen, den Turban tief in die Stirn gewickelt, braun, verwittert wie die Steine, die sie umgaben.

Im Inneren des Hauses saß an diesem Abend auf einer einfachen Matte in dem sonst leeren Raum vor einer blakenden Öllampe ein großer, schlanker Araber. Sein seidener Haikh hüllte den Körper in vielen Falten ein, unter dem weißen Turban blickten zwei scharfe Augen auf die wenigen Männer, die ihm gegenübersaßen und still rauchten.

Zwei blaue Augen waren es ... eine Absurdität der Sahara. Es waren berühmte Augen, die nie ein Europäer gesehen hatte. Augen, die sagenhaft geworden waren in den Jahren ihres Wirkens.

Sidi Mohammed Ben Scheik el Mokhtar legte seine Zigarette in eine silberne Schale und strich sich über die hohe Stirn. Amar Ben Belkacem, einen durchbluteten Verband um die nackte Schulter, hockte in einem Winkel des Raumes, während Babaâdour Mohammed Ben Ramdan und Dr. Ahmed Djaballah im runden Schein der Lampe saßen. Sidi Mohammed sah sich im Kreise um und schüttelte den Kopf.

»Niemand hat etwas zu sagen?« fragte er mit seiner weichen, dunklen Stimme. Mit ihr veredelten sich die scharfen und krächzenden Laute der arabischen Sprache ... sie wurde abgerundet, melodisch.

Babaâdour nickte langsam.

»Was sollen wir sagen, Sidi? Dr. Sievert ist für uns verloren...«

»Und mit ihm unser Land?« Ein Zucken ging durch die Körper der Sitzenden, als dieser Satz, leise wie zuvor, leidenschaftslos den dämmerigen, kahlen Raum durchklang.

Amar hieb mit der Faust auf den Boden. »Wir werden ihn wiederbekommen. Seit drei Wochen suchen ihn meine Späher.«

»Dann müssen sie blind sein, Amar.« Sidi Mohammed lächelte, als Amars Kopf erschrocken emporzuckte. »Dr. Sievert befindet sich in Fort III – seit zwei Wochen! Er war mit Leutnant Grandtours in der Wüste und vermaß neue Brunnen! Er arbeitet wie ein Besessener ... es wird in drei Jahren keine Wüste mehr geben, wenn es so weitergeht! Die Brunnen, die er anbohren will, haben bereits die Zahl 60 erreicht!«

»60 Brunnen im Bereich Ghardaîa – El Goléa? Das ist doch nicht wahr?!« Dr. Djaballah nestelte aus seiner Djellabah eine Karte hervor und drückte die kleinen dicken Finger auf das knisternde Papier. »Wir haben in diesen Gebieten nur 34 Brunnen verzeichnet. Aber auch diese genügen schon, um das Land fruchtbar zu machen. 60 Brunnen ... das bedeutet einen Garten!«

»Er kann mehr als die Wissenschaftler von El Hamel«, meinte Sidi und sah Dr. Djaballah an, der den Kopf senkte. »Er ist uns allen voraus! Wir müssen uns darüber klar sein, Freunde, daß mit der Bewässerung der Sahara unser Kampf um die Freiheit Afrikas endgültig verloren ist! Die Wüste wird europäisches Ernährungszentrum ... was das bedeutet, wißt ihr! Und was soll ich tun?«

Babaâdour warf seine Zigarette fort, sie schmeckte ihm nicht mehr. Er stand auf und wanderte im Zimmer ruhelos hin und her. Sein großer Schatten wanderte an den Wänden mit.

»Wir müssen Dr. Sievert töten!« Er sah Amar an. »Ich habe es immer gesagt. Nur der Tote schweigt!«

»Er soll aber reden.« Sidi Mohammed sah die Karte an, die Dr. Djaballah vor sich liegen hatte. Er fuhr mit beiden Händen über das Blatt und schien in Gedanken versunken zu sein. »Wenn er schweigt, sind wir nur auf die Pläne unserer Wissenschaftler angewiesen. Aber diese sind dünn ... unvollständig ... Das Hoggar soll ein blühendes Land werden, aber es gibt eben überhaupt keinen Plan von unserer Seite ...«

Dr. Djaballah fuhr auf. »Weil wir nicht mehr können, als wir schon tun!«

»Weil ihr nicht mehr könnt!« Sidi Mohammed fuhr mit der Hand durch die Luft, und Dr. Djaballah schwieg wütend. »Er muß also reden ... reden für uns ...«

»Das wird er nie!« Amar kam aus seiner Ecke heraus. Sein blutiger Verband hinderte alle Bewegungen ... er verzog das Gesicht, als er sich aufrichtete und dabei den linken Arm an der Mauer stützte. »Dr. Sievert stirbt lieber, als daß er uns seine Pläne gibt!«

»Er selbst ... vielleicht!« Sidi Mohammed sah Amar fragend an. »Aber ob er es nicht tut für seine Schwester ...?«

Babaâdour fuhr herum. Er war stehengeblieben und spreizte die Hände, als wolle er jemand erwürgen. »Er hat eine Schwester?« fragte er leise.

»Ja. Sie ist hier in Afrika. Sie wollte ihn suchen und traf auf Omar Ben Slimane. Er verkaufte sie an Fuad in Oued el Ham, der sie weiterschickte. Durch einen Scheheli ging die Karawane verloren ... nur sie flüchtete und wurde verdurstend von dem Berber Khennef Said mitgenommen. Jetzt ist sie im Hause Khennefs in der Nähe von Laghouat.«

Dr. Djaballah kräuselte die Lippen. Er sah Sidi mit zur Seite geneigtem Kopf an. »Du willst das Mädchen zu dir nehmen, Sidi Mohammed?«

»Ja.«

»Um mit ihr Dr. Sievert zu zwingen?«
»Ja.«
»Das ist gemein.«
Sidi Mohammed schloß die Augen. Er wich dem Blick Dr. Djaballahs aus und lehnte sich an die Wand zurück. »Gemein ist alles, was in unserer Lage zum Erfolg führt! Wir kennen nur ein Entweder – Oder! Sind wir das Entweder – haben wir gesiegt. Sind wir das Oder ... ich wage das nicht zu denken, Freunde. Das Mädchen allein ist die starke Waffe, die auch einen Dr. Sievert zu uns zwingt!«

»Und wenn er trotzdem nicht kommt?!« Es war Amar, der das fragte. Sidi hob beide Hände.

»Freunde, warum sich Gedanken machen über Dinge, die nicht zu übersehen sind? Wir werden das Mädchen schnell holen und hierherbringen müssen ...«

Dr. Djaballah sprang erregt auf. Sein Gesicht war gerötet und verzerrt. »Ohne mich!« schrie er. »Ich bin Wissenschaftler ... ich kämpfe mit den Waffen des Geistes, nicht mit denen der Gemeinheit! Ich distanziere mich! Ich fahre nach El Hamel zurück und werde dem Marabut berichten ...«

»... daß Dr. Ahmed Djaballah ein Feigling ist«, unterbrach ihn Sidi Mohammed langsam und versonnen. »Ich nehme es dir nicht übel ...«

Djaballah sah den blauäugigen Araber unter zusammengekniffenen Lidern an. »Nenne es Feigheit, Sidi. Deine Methoden sind überlebt. Druck erzeugt Gegendruck ... und der Weiße ist uns überlegen an Waffen und Menschen! Wir haben keine Chancen mehr, so frei zu sein wie vor 300 Jahren! Wir müssen einen Kompromiß schließen ... Freiheit unter europäischer Mitarbeit ... das ist bitter, aber nicht zu ändern. Die Politik der Zukunft ist nicht der Nationalismus, sondern die globale Freundschaft und Ergänzung aller Völker untereinander!«

»Allah wird dich strafen«, sagte Sidi in die Stille, die den Worten Djaballahs folgte.

»Auch Allah wird das einsehen. Es ist sein Wille, daß Frieden herrscht. Der Marabut verflucht keinen, weil er nicht an Allah glaubt. Auch die Weißen haben einen Gott. Einen falschen ... aber sie haben einen! Warum soll deshalb nicht Frieden sein? Was du machen willst, ist grausam, Sidi. Du willst einen Mann durch die Schwester als Geisel zwingen ... das ist gemein und erbärmlich!« Er ging zur Tür und blickte auf die anderen im Raum, die ihm stumm nachschauten. »Ich werde das Mädchen warnen«, sagte er fest. »Und ich werde es tun im Namen des Marabut, der auch von dir Gehorsam verlangt, Sidi Mohammed. Allah sei mit euch!«

Er verließ das einsame Steinhaus und stand dann in der kalten Nacht. Er fror. Fester wickelte er sich in seine Djellabah und stampfte einen kleinen Weg hinauf, der rund um einen Felsen zu einer großen Wohnhöhle führte.

Er blickte noch einmal zurück ins Tal und sah das Haus unter sich liegen. Durch einige Ritzen der Mauer drang schwacher Lichtschein. Der Mond über dem Gebirge war verhangen. Wolkenfetzen jagten nach Norden. Die Sterne waren merkwürdig blaß.

Versonnen ging Dr. Djaballah weiter.

Er kam nie in El Hamel an, um dem Marabut Bericht zu erstatten. Die Berge des Hoggar schwiegen. Die tiefen Wadis, die rauhen Steine, der blasse Himmel.

Niemand hat ihn mehr gesehen.

Amar nicht und nicht Babaâdour.

Und Sidi Mohammed schwieg, als der Marabut ihn fragte.

Nur seine blauen Augen waren verhangen, glanzlos, gefährlich.

Die einzigen blauen Augen der Wüste ...

In dieser gleichen Nacht geschah etwas, woran niemand gedacht hatte. In Khennef Saids langgestrecktem Bauernhof bei Laghouat, hinter den hohen Schilfpalisaden, den Holzstapeln, Maisstrohschobern und Schuppen, hinter Graswällen und unter flachen, ungepflegten Dächern, lag auch der große, vergitterte Raum, in dem Hilde Sievert lebte. Man hatte sie nach siebentägigem Ritt in dieses Zimmer eingeschlossen, das sie nur in der Begleitung eines alten Dieners verlassen durfte, um in dem umgrenzten Gartenraum spazierenzugehen.

Khennef Said sah sie seit dem Tage ihrer Ankunft in dem Gehöft nicht mehr. Er sprach nicht mit ihr, noch sagte er ihr, was sie zu erwarten hatte und warum er sie hier festhielt, statt sie zu den Europäern ins nahe Laghouat zu entlassen. Diese Ungewißheit zerrte an ihren Nerven ... sie saß wie bei Fuad am vergitterten Fenster und starrte hinaus in die Sonne und in den blühenden Garten, Bobo neben sich auf einem Hocker, und weinte.

Sie kam sich vor wie ein wertvolles Tier, das man verkauft, bei der Flucht jagt und wieder einfängt und hinter goldene Gitter sperrt, wo es zur Freude des Besitzers lebt und sein Leid zur Lust der Betrachter trägt.

Der alte Diener, ein verletzter Bauer, so nahm sie an, weil er sein rechtes Bein lahm hinter sich herzog, gab auf ihre Fragen keine Antwort. Er mußte die französische Sprache kennen, denn sie hörte ihn einmal mit einem Mischling außerhalb der Gartenmauer aus spitzem Schilf sprechen ... aber wenn er zu ihr kam, spielte er den Stummen und Tauben und tat seine Arbeit leise, schnell und gewissenhaft.

Auch den riesenhaften Neger sah sie wieder, der so gut singen konnte. Er hackte an einem Morgen Holz im inneren Hof und grüßte sie mit Nicken und breitem Grinsen, als sie ihm durch die Gitter zuwinkte, näherzukommen. Doch er kam nicht.

Der alte Bauer brachte auch das Essen ... es war einfach, aber reichlich, vor allem viel Obst bekam sie, und damit fütterte sie Bobo. Zu trinken erhielt sie Wasser und ab und zu etwas Limonade, die in einer kleinen Kanne, warm und klebrig, vor sie hineingestellt wurde. Als sie den Alten bat,

etwas zu lesen zu bringen, schien er es nicht zu verstehen
... aber am nächsten Morgen lag neben dem Essen auch eine
Zeitung auf dem hölzernen Tablett ... eine zwar alte, zehn
Wochen zurückliegende Ausgabe der *Temps Algérien*, aber
sie genügte, um Hilde mehrere Tage zu unterhalten. Sie las
jede Zeile, lernte die Leitartikel auswendig, löste die Rätsel
und beantwortete Anzeigen. So vertrieb sie die Langeweile
und erhielt sich frisch und interessiert an den Dingen, die
um sie herum geschahen.

Der Hof gliederte sich in viele Schuppen und Ställe und
ein Wohnhaus, in dem neben Khennef noch drei Frauen
wohnten. Sie sah sie einmal alle drei zusammen über den
Hof gehen, tief verschleiert, dick und mit watschelndem
Gang. Und da war im Fenster ein Eisengitter, das ein wenig
zur Seite gebogen war, so daß der Zwischenraum größer
wurde und gerade so weit auseinanderklaffte, daß Bobo seinen geschmeidigen Körper hindurchpressen konnte.

Ein paarmal aber nur, in der Nacht, ließ sie ihn durch-
schlüpfen und rief ihn leise wieder zurück. In der fünften
Nacht aber schrieb sie mit einem dünnen, verkohlten Holz-
stift, den sie beim Spaziergang im Garten fand, auf eine
Ecke der Zeitung:

»*Rettet mich! Ich bin bei Laghouat, bei dem Berber Khennef Said. Ich bin eine Deutsche und wurde an die Araber
verkauft! Rettet mich sofort ...!*«

Dann steckte sie den Zettel, vielfach zusammengefaltet, in
die silberne Büchse, die Bobo noch immer an dem Halsband
unter dem Kinn trug. Sie streichelte dabei sein Gesicht, die
Augen mit den dicken Wülsten, die breite Schnauze und
kraulte ihm das Fell über der Brust. In der Nacht drückte sie
ihn wieder durch die Gitterstäbe in den Garten und zeigte
auf die Schilfwand. »Lauf!« sagte sie leise. »Lauf, Bobo! Allez ...«

Bobo sah sie lange an. Er saß auf der Erde vor dem Fenster und rang die kleinen Hände. Dann schnellte er weg, er-

klomm die Palisaden und hockte sich hier auf den Zaun. Noch einmal blickte er zurück zu dem Fenster, hinter dem seine Herrin stand. Er greinte leise und legte die Hand über die Nase. Jammern schüttelte seinen kleinen Körper. Doch gehorsam ließ er sich fallen und hüpfte durch die kalte Nacht von dem Haus weg ... durch das hohe Gras und die Felssteine dem in der Ferne liegenden Massiv des Atlas entgegen.

Bevor das Haus in der Dunkelheit versank, sah er sich das letzte Mal um. Mit den Fäusten trommelte er auf seine Brust und schrie kläglich. Dann rannte er in langen Sätzen durch die Nacht davon.

Die Metallbüchse unter seinem Kinn klirrte leise ...

Dr. Paul Handrick saß vor einem langen Tisch mit Präparaten. In kleinen Glasschüsseln, in langen Reihenständern mit Reagenzgläsern, in Retorten und Erlemeierkolben lagen flache Schichten einer dunklen, roten Flüssigkeit.

Blut.

Das Militärkrankenhaus von Laghouat ist eines der modernsten Institute im ganzen Süden der Sahara. Weiß, einstöckig zieht es sich in langgestreckten Bauten mit großen Glasfenstern und nach innen gebauten Balkons auf einem Hügel hin, umgeben von einem üppigen Park und weiten Blumenhecken und Beeten. Eine gepflasterte Auffahrt führt zu dem großen Eingangstor, vor dem stets eine Wache steht und die Einlieferungen kontrolliert. Es ist eines der seltenen Krankenhäuser Nordafrikas, in das auch der Eingeborene geht, weil es getrennte Stationen, besonders in der Inneren und Infektions-Abteilung, mit einheimischen Ärzten gibt, junge, kluge, in Europa studierte Araber oder Ägypter, die ihren ärztlichen Dienst als Assistenten gewissenhaft und mit den neuesten Methoden vertraut, versehen. Sie sitzen zwar in den freien Stunden mit den europäischen Ärzten in der Arztmesse und essen zusammen an einem großen Tisch unter Vorsitz des Chefs, Oberarzt Dr. van Behl, aber man spürt doch die unsichtbare Kluft, die zwischen den Ärzten herrscht.

In dieser Atmosphäre der kühlen Kollegialität fühlte sich Dr. Handrick nicht wohl. Er hatte mit drei arabischen Ärzten Fühlung genommen und ihnen von seinen Versuchen erzählt, und nun wiesen sie ihm trotz großer Bedenken Dr. van Behls laufend Ruhrfälle aus der eingeborenen Bevölkerung zu, überredeten ihre Landsleute, sich von dem weißen Hakim untersuchen und behandeln zu lassen. Voll Interesse standen sie dann neben Handrick an den Betten und beobachteten jeden Handgriff und jede Rezeptierung, standen bei ihm im Labor und drehten an dem Tubus der Mikroskope, wenn das verseuchte Blut im Lichtkreis erschien.

In einer von dem großen Bau abgetrennten Isolierstation hatte Dr. Handrick 14 Ruhrfälle liegen. Die mit einem Militärflugzeug innerhalb drei Tagen aus Europa herangeschafften drei Kisten Bayer 205-Iatren standen in einem besonderen Raum, zu dem nur Dr. Handrick einen Schlüssel besaß. Er hatte das Schloß auswechseln lassen und überwachte an Hand einer Liste, die er immer bei sich trug, die Ausgabe der einzelnen Ampullen.

10 der 14 Fälle waren hoffnungslos. Sie wurden eingeliefert, als die Krankheit das Blut bereits so weit zersetzt hatte, daß ein Aufhalten der Krankheit und eine langsame Regeneration des Blutes unmöglich war. So blieben diese Sterbenden, deren Tod qualvoll war, nur in der Klinik, um mit ihrem Blut den Weg in das Dunkel der Seuche zu weisen, einen Weg, der Dr. Handrick völlig unklar war und an dessen Auffinden er von Tag zu Tag mehr zweifelte.

Die Sonne spielte durch die großen Fenster und beleuchtete die Schalen mit Blut.

Es sah schwarz aus, sobald es geronnen war, dunkelrot, fast fettig, wenn es durch einen Antigerinnungsstoff für die Versuche haltbar gemacht worden war. Eine lange Reihe verschlossener Glasschalen mit wenigen Tropfen Blut auf einer hellen Nährlösung stand in einem durchsichtigen Brutschrank und wurde unter ständiger Körpertemperatur gehalten. In einem kleinen Plexiglaseimer, auf dem rot leuchtend ein großer Totenkopf gemalt war, lag inmitten von zerbrochenen Objektträgern, Watte und Zellwolle, der Abfall der negativ behandelten Blutkuchen.

Dr. Handrick wischte sich mit dem Handrücken über die Augen und stützte dann den Kopf auf die Hände.

Ein junger Arzt, braun, mit einem schmalen, asketischen Gesicht, der hinter ihm stand, legte ihm die Hand auf die Schulter.

»Nicht mutlos werden«, sagte er in einem gutturalen Französisch, das allen Arabern eigen ist. »Auch Oasen entstehen nicht in einem oder zwei Jahren ...«

Dr. Handrick nickte.

»Zwei Nächte und drei Tage sitze ich jetzt hier ...« meinte er schwach. »Und ich kann es nicht glauben, ich will es nicht einsehen: Das Iatren versagt!«

»Es ist ein Mittel gegen die Amöbenruhr. Hier haben wir Blutviren! Dagegen gibt es kein Mittel.«

»Das Iatren wird vom Blut einfach unwirksam gemacht! Begreifen Sie das, junger Kollege? Iatren, das Bayer 205, das bisher unfehlbare Mittel gegen Ruhr ... es ist nicht anders als Wasser, wenn es mit dem verseuchten Blut in Berührung kommt! Es ist, als ob sich die Viren ein Vergnügen daraus machen, Iatren ccm-weise zu trinken! Das ist entsetzlich!«

»Sollte das nicht ein Weg sein, Dr. Handrick?«

»Ein Weg?« Handrick drehte sich erstaunt um und sah den jungen Araber groß an. »Wie wollen Sie einen Weg sehen, wenn alles verbaut ist?«

Der Araber stützte sich auf den Tisch und blickte über die vielen Präparate. Seine Augen waren etwas eingesunken, sein braunes, scharfes Gesicht lag im hellen Sonnenlicht und wirkte dadurch wie eine angestrahlte Bronzeplastik.

»Wenn die Viren das Iatren ablehnen, dann müßte ein Stoff wirksam sein, der dem Iatren gegenüber polarisierend ist.«

»Das ist logisch.« Dr. Handrick nahm eines der Reagenzgläser aus dem Ständer und hielt es gegen das Licht. Die rote Flüssigkeit leuchtete hell. »Hier ist das Blut von Versuchspatient sieben.«

»Omar Rabahn, Berrian, Beruf Süßwarenbäcker«, sagte der junge Arzt.

»Ganz richtig. Eingeliefert vor sieben Tagen. Durch Iatrenbehandlung von der Amöbenruhr befreit, aber seit vier Tagen hoffnungslos durch Blutzersetzung. Versuch 48 mit Serum 15 war o. B.! Serum 15 ist aus dem Blut von Rekonvaleszenten gewonnen, von Patienten, die nach der Ruhr auch von der Zersetzung geheilt wurden. Denn das ist das Geheimnisvollste ... im Anfangsstadium der Zersetzung ist der Kranke durch Transfusionen bis zu drei Litern noch zu retten ... es handelt sich also nicht um ein Virus, das sich in den Organen festsetzt und bei der vierundzwanzigstündigen Bluterneuerung von der Zentrale aus vorgeht, sondern es schwimmt mit ... es springt gewissermaßen von dem sterbenden Blutkörperchen zu dem neugebildeten über und infiziert so das neue Blut, immer weiter sich vermehrend, bis eines Tages alle Bluterneuerung schon im Anfangsstadium der Infusion von den Viren befallen wird und es gar kein frisches Blut mehr gibt. Die Folge – exitus!« Dr. Handrick gab dem arabischen Arzt das Reagenzglas und wischte sich den Schweiß von der Stirn. Trotz der Ventilatoren war es heiß und drückend in dem gläsernen Raum. Es war, als seien die Fenster ein Brennglas, das die Strahlen der Sonne auf die beiden Menschen konzentrierte. »Dieses Blut wurde mit dem Rekonvaleszentenserum behandelt, also mit geretteten Patienten. Der Erfolg – wie gesagt – o. B.«

»Sie haben das Virus nie gesehen?«

»Nein. Nur im Elektronenmikroskop wäre es möglich.

Möglich, sage ich, denn es ist nicht sicher, wie groß die Viren sind. Es kann sein, daß sie uns völlig unsichtbar sind ...« Dr. Handrick schob ein Reagenzglas resignierend in den Ständer zurück. »Wenn man bedenkt ... ein Tod, den man nicht sehen kann! Ein winziges Lebewesen, das einen riesenhaften Menschen fällen kann wie einen morschen Baum! Es ist ein verdammtes Gefühl ... das Gefühl der ärztlichen Unsicherheit ...« Er erhob sich und knöpfte seinen weißen Mantel auf. »Schluß für heute. Ich kann nicht mehr. Ich muß an die Luft. Selbst wenn sie kocht, ist sie noch besser als diese süßliche Blutdumpfheit! Kommen Sie mit?«

Der Araber schüttelte den Kopf. »Nein. Wenn Sie erlauben, Dr. Handrick, nehme ich Ihren Platz ein. Ich möchte dort weitermachen, wo Sie aufhörten. Vielleicht kann ich Ihnen damit helfen. Sie haben doch einen genauen Plan Ihrer Versuchsreihen.«

»Ja. Sie liegen dort ... in dem Heft. Aber ich sage es Ihnen gleich: es ist eine sinnlose Arbeit! Ich habe den Kampf innerlich aufgegeben ... wenn ich weitermache, dann nur, um meine Berechtigung in Afrika nachzuweisen und ...« Er stockte und dachte an Hilde. »Viel Glück, Herr Kollege«, sagte er schroff und verließ eilig den Raum.

Der Araber sah ihm nach. In seinen Augen lag Mitleid. Er sah durch das Fenster, wie Handrick über die Rasenstreifen des Vorgartens ging und hinübereilte zu dem Gebäude des Haupthospitals.

Dann setzte er sich still und vorsichtig auf den Stuhl Handricks, schob das Mikroskop wieder zu sich und richtete den Spiegel gegen die Sonne. Hell erschien der Lichtkreis unter der Einbuchtung des Objektträgers. Das winzige Blutkörnchen war durchleuchtet. Langsam beugte sich der Araber über das Okular und stellte die Schärfe ein. Seine dunklen Finger lagen regungslos um das helle Messing des Apparates.

Die Zeit verging, der Eimer füllte sich, der Brutschrank

wurde leerer – auf dem Papier der Versuchsreihen reihten sich die Nummern und die Ergebnisse der Untersuchungen.

Und hinter jeder Nummer stand nüchtern, langweilig und knapp – o. B.!

Als über die Straße der Ruf des Muezzin gellte, die Bogenlaternen aufflammten und das Hospital wie ein riesiges, erleuchtetes Schiff auf dem Berge schwamm, saß der Araber noch immer am Tisch und drehte am Tubus des Mikroskopes.

Er saß dort die ganze Nacht über.

Er saß auch noch am Morgen.

Als gegen acht Uhr Dr. Handrick im Labor erschien, beugte sich der Araber wieder über ein Gefäß mit Blutkuchen. Sein Gesicht war zerknittert.

»Sie sind noch hier?!« rief Handrick entgeistert. »Haben Sie die ganze Nacht durch ... Herr Kollege, das war nicht abgemacht ...«

Er trat näher und sah mit Erstaunen die gefüllten Seiten des Versuchs-Protokollbuches. Der Araber lächelte schwach und legte eine kleine, mit Blut bestrichene Glasplatte auf den Tisch zurück.

»Ich konnte nicht anders, Dr. Handrick. Es ließ mich nicht mehr los. Ich mußte weitermachen. Es ist mir wie ein Befehl Allahs!«

»Und was haben Sie erreicht?«

Der Araber sah zu Boden. Seine Augen waren geschlossen.

»O. B.«, sagte er leise.

»Ich dachte es mir ...«

»Ich glaube jetzt selbst nicht mehr an eine Lösung. Wir werden das Virus in die Krankheiten einstufen müssen, an denen die Medizin bis heute noch versagt! Multiple Sklerose, Krebs, Leukämie ... wir stehen davor und sehen zu, wie die Kranken uns anflehen und qualvoll ihren Leiden erliegen. Unsere Wissenschaft wird nie ein Ende finden, weil die Natur immer neue Feinde in den menschlichen Körper wirft.«

Dr. Handrick legte den Arm um die schmalen Schultern des Arztes. Es war eine rührende Geste des Verstehens und der Freundschaft, und der Moslem ließ es geschehen, daß ein Ungläubiger ihn umarmte. »Alle Forscher, ob groß oder klein, berühmt oder anonym, standen bei ihrer Arbeit an einer Grenze, hinter der sie kein Land mehr ahnten. Und dann war plötzlich doch eine Lücke da ... sie schlüpften durch das trennende Dickicht und sahen sich in einer neuen, wunderbaren Welt! Sie haben ihre Nerven dabei gelassen, ihre Gesundheit, manchmal sogar ihr Leben ... aber darum geht es ja nicht. Wir *müssen*. Das ist das einzige Wort, das uns als Arzt zusteht! Wir *müssen* helfen!« Er sah den Araber an. »Haben Sie Angst vor der Zukunft, Herr Kollege?«

»Nein, Dr. Handrick.«

»Wollen Sie mir helfen?«

»Wenn ich es darf?«

»Warum fragen Sie? Nehmen Sie sich ein Mikroskop und setzen Sie sich neben mich.« Er schob sich einen Stuhl heran und hockte sich darauf, nahm das Kontrollbuch und las die nächtlichen Versuche durch. »Also bis Nr. 309 sind Sie gekommen? Sehr ordentlich! Beginnen Sie mit der Reihe 400 bis 450! Ich mache die 400 voll!« Dr. Handrick ging zum Brutkasten und entnahm ihm zwei Flachschüsseln mit Viruskulturen. Er schob sie in einen Glaskasten, der an der Längsseite zwei mit Gummi abgedichtete Öffnungen hatte, durch die man die Arme stecken konnte. So arbeitete man mit den gefährlichen Viren, ohne selbst mit ihnen in Berührung zu kommen ... die Hände waren frei beweglich, aber Glas und Gummistulpen an den Löchern schlossen das Innere hermetisch ab. Handrick streifte seine Gummihandschuhe über und steckte dann die Arme durch die Glaslöcher. Mit feinen Pinzetten löste er Stücke des blutgetränkten Nährbodens und übertrug sie auf die Objektträger der Mikroskope.

Der junge arabische Arzt setzte sich still neben ihn.

Was ist eine durchwachte Nacht!

Der Tod von Tausenden lag in den Händen des deutschen Arztes. Gebannt schaute er auf die glitzernden Pinzetten und auf die schlanken Finger in den hellen Gummihandschuhen, die die kleinen Blutstücke lösten und übertrugen.

»Haben Sie die Mikroskope klar?« fragte Handrick gedämpft.

»Ja.«

»Mischen Sie drei Teile Terramycin mit fünf Teilen Aureomycin unter Zusatz von zwei Teilen Sulfonamide.«

»Warum Sulfonamide?« Der arabische Arzt schüttelte den Kopf. Dr. Handrick sah nicht auf ... er betrachtete seine Blutplättchen auf den Glasscheiben und wölbte etwas die Unterlippe vor.

»Wäre es nicht möglich, daß es sich bei dem unbekannten Erreger um Bakterien handelt, die man durch die Zerstörung des Bakterienvitamins unschädlich machen kann? Vielleicht war unser bisheriger Weg falsch? Versuchen wir es jetzt mit Paravitaminen.«

»Versuchen wir es.« Der junge Arzt nahm eines der Glasplättchen, die ihm Dr. Handrick reichte, und schob es auf den Objekttisch des Mikroskopes. Der Lichtspiegel warf den Blutfleck in die Linse.

Stille lag zwischen den beiden Ärzten.

Nur ab und zu klapperte ein Reagenzglas, klirrte ein Kolben, scharrte ein Fuß. Von der Straße drängte sich der Schrei eines Händlers durch die geschlossenen Fenster. Er verkaufte Nüsse und schrie sie mit greller Stimme aus.

Ein Bleistift knirschte über das Papier.

Immer und immer wieder.

Immer, wenn eine Hand, überspannt von einer dünnen Gummihaut, einer anderen Hand die kleinen, schmalen Glasscheiben gab.

Und er knirschte immer das gleiche Wort.

O. B. . . . Ohne Befund!
Stundenlang. Bis tief in den Mittag hinein.
Es fiel kein Wort zwischen den Ärzten . . . jeder von ihnen hatte Angst, etwas zu sagen, weil man aus der Stimme die Bitterkeit der Enttäuschung hören mußte.

An diesem Abend wartete Jacqueline Dumêle im Zimmer auf Dr. Handrick.

Als er zurückkam aus dem Labor, niedergeschlagen, traurig, fast verzweifelt über die Mißerfolge, die nicht mehr abrissen, kochte sie ihm eine Tasse Kaffee und servierte sie ihm auf der Veranda. Er sah in die blauschwarze Flüssigkeit und stützte den müden Kopf in die Hände.

»O. B.«, sagte er leise.

»Ich weiß es, Paul.«

Sie setzte sich auf die Lehne des Korbsessels und legte den Arm um seinen Hals. Ihr Kopf ruhte an seiner Wange. »Einmal wirst du es finden«, sagte sie voller Zuversicht.

Er hob resignierend die Schultern und trank in kleinen Zügen den Kaffee. »Es ist gut, daß du wenigstens da bist, Jacqueline«, sagte er leise und streichelte ihre Hand, die auf seiner Schulter lag.

Es hatte sich manches geändert in diesen Wochen.

Als Dr. Handrick nach seinem großen Wüstenzug in Laghouat eintraf, fand er – wie in Biskra – ein fertiges Labor vor, in dem Jacqueline saß und ihn jubelnd begrüßte. Chefarzt Dr. van Behl lächelte väterlich und klopfte Handrick auf die Schulter.

»Wenn Sie auf der ganzen Linie Pech hatten«, sagte er ehrlich, »zu diesem Mädchen beglückwünsche ich Sie . . .«

Es war ein billiger Trost für Handrick . . . in der Wüste war man feindlich gewesen und hatte die Kranken seinen Untersuchungen einfach entzogen . . . von Hilde Sievert hatte er nicht eine Spur entdeckt und sich damit abgefunden, sie nie wiederzusehen. Er schrieb sie ab, so schrecklich es war, er verwahrte ihr Bild als eine schöne Erinnerung und wandte sich dem Leben zu, das an seiner Seite vorwärtsschritt.

An einem Abend, an dem er unter einem Malvenstrauch saß und in den klaren Sternenhimmel sah, hatte er Jacqueline in seine Arme genommen und geküßt. Wortlos geküßt, ohne Erklärung, und sie ließ sich küssen, sie küßte ihn wieder mit der aufgespeicherten Glut ihrer Liebe und fragte nicht. Sie verstand ihn ... Enttäuschung und Flucht vor dem Gestern, Hoffnung und Frage lagen in seinem Kuß.

Mit diesem Abend war ihr Leben anders geworden. Sie fühlte sich mit ihm verbunden, sie nahm teil an allem, was ihn angriff und ausfüllte. Sie war immer um ihn, mehr noch als in Biskra ... und sie gliederte sich in sein Leben ein, als habe sie gar nichts anderes gekannt, als an seiner Seite zu sein.

Nur im stillen war die Angst um sie ... die Angst, Hilde Sievert könnte wieder auftauchen. Sie wußte, daß dann der Traum ihres Glückes zerbrach, daß alles, was sie für Handrick tat, umsonst gewesen war. Sie wußte, daß sie ihn nur äußerlich beherrschte.

Doch Jacqueline genügte das. Sie hielt es fest ... sie klammerte sich an die Liebe, die Handrick ihr gab, und trank seine Zärtlichkeit mit dem Durst eines Menschen, der weiß, daß dieser Brunnen einmal versiegen muß.

Dr. Handrick sah hinaus in den Garten und rührte in der Tasse Kaffee. Er war nervös, erschüttert über den Widerstand der Krankheit und bis zur Erschöpfung mutlos.

»Ich schaffe es nie«, sagte er leise. »Ich stehe vor einem Berg und habe nicht die Kraft, ihn zu erklettern, um hinabzublicken in das andere Tal, in dem vielleicht das Ziel liegt! Vielleicht, Jacqueline ... Es kann sein, daß nach dem Tal noch weitere, höhere Berge kommen! Aber irgendwo muß das Ziel doch liegen!«

Sie küßte seine Augen und streichelte seine Wangen. Ihre Stimme war voll Zärtlichkeit.

»Komm mit nach Frankreich«, sagte sie leise.

»Die Forschung abbrechen?«

»Ja. Wir werden in Nîmes leben, eine große Praxis haben und vergessen, daß wir einmal so ehrgeizig waren, einem Virus den Kampf anzusagen. Das Leben liegt vor uns ... warum wegen eines Mißerfolges verzweifeln? Ich liebe dich, Paul ... ist das nicht mehr wert als diese schreckliche Wüste?«

Er nickte und hielt ihre Hand fest. »Du hast recht, Jacqueline. Aber ich wäre ein Feigling, wenn ich jetzt aufgäbe...«

»Keiner würde es dir übelnehmen! Und für mich bist du immer der große Arzt. Mein großer, lieber Junge.« Sie küßte ihn wieder und lehnte den Kopf gegen seine Schulter. »Wir könnten so glücklich sein ohne dieses verdammte Afrika...«

Dr. Handrick nickte. »Wir werden es auch, Jacqueline. Aber erst müssen wir den Berg übersteigen.«

Sie schüttelte das Haupt und umfaßte seinen Kopf. »Komm, laß uns nach Frankreich zurückgehen«, sagte sie eindringlich. Ihr Atem flog ... in ihren Augen lag Angst vor dem Morgen. »Laß uns allein, ganz allein für uns glücklich sein. Sage in Deutschland, daß du das Klima hier nicht verträgst, daß du nicht mehr arbeiten könntest und dich selbständig machst, daß du frei sein willst, frei für mich...«

»Ich möchte es so gern, Jacqueline ...« Er schluckte. »Ich hasse dieses Afrika...«

Die Deutsche, dachte sie. Er denkt nur an die Deutsche und küßt mich! Nur darum haßt er das Land, weil es diese Hilde Sievert verschlungen hat. Nur deshalb ... Sie schloß die Augen und zwang sich, an nichts anderes mehr zu denken als an seine Hände, die sie umfaßt hielten. »Dann komm mit, Paul«, flüsterte sie.

Er sah an ihren Locken vorbei in die Nacht. In der Ferne lagen im Mondlicht die kahlen Gebirgsketten von Aflou.

»Ich will es versuchen«, sagte er leise. »Ich werde morgen nach Hamburg schreiben und darum bitten, mich von dem Auftrag zu entbinden ... Ich kann nicht mehr, Jacqueline. Ich sehne mich nach Ruhe ...«

»Wir werden sehr glücklich sein ...«

»Sehr, Jacqueline.«

»Wann willst du schreiben?« fragte sie.

»Morgen oder übermorgen ...« Er zögerte. »Ich will nur noch eine Versuchsreihe zu Ende führen.«

Sie lachte gequält. »Du kannst es nicht lassen«, sagte sie. »Ich werde dir dabei helfen, damit es schneller geht und wir eher fortkommen aus diesem Land ...«

Am Rande der Oase heulten die Schakale. Vom Sattelplatz der Karawanserei tönten noch die Rufe der Händler, die gerade angekommen waren und ihre Tiere abluden. Aus der Kaserne klang Gesang. Das Krankenhaus schlief in fahler Dunkelheit.

»Ich friere«, sagte Jacqueline und zog zitternd die Schultern zusammen.

Dr. Handrick umfaßte sie und führte sie von der Terrasse fort ins Haus. Und noch immer heulten die Schakale ...

Am Nachmittag hatte Chefarzt Dr. van Behl die dienstfreien Ärzte zu einer kleinen Jagd in den Ausläufer des Atlas eingeladen. Auch Dr. Handrick war dabei; er hatte das Labor abgeschlossen, nachdem der junge Araber erschöpft auf sein Zimmer geschwankt war.

Mit drei großen Dodges fuhren sie in das Gebirge und verteilten sich nach einem Plan van Behls über zahlreiche Schluchten. Mitgenommene Berber und Sanitäter sollten die Tiere mit Geschrei und Stockschlägen auf das Gestein vor sich hertreiben, in die Schluchten hinein, auf deren Hängen die Schützen saßen und das Wild wie auf einem Scheibenstand abschießen konnten.

Bevor sich die Ärzte mit ihren Büchsenträgern verteilten, versammelte sie Dr. van Behl noch einmal um sich.

»Sie dürfen alles schießen, meine Herren«, sagte er laut. »Sogar Affen, obwohl man es nicht gerne sieht. Aber nur eines dürfen Sie nicht schießen: Löwen! Ob wir hier welche haben, weiß ich nicht ... aber es soll im Atlas nur noch zweihundert Löwen geben, die unter Naturschutz stehen! Sollte wirklich ein Löwe, und sei er noch so schön, an Ihnen vorbeikommen, so verhalten Sie sich bitte still und lassen Sie ihn ziehen ... der Löwe ist noch eines der wenigen letzten Dinge, die von der romantischen Größe Nordafrikas zeugen. Lassen Sie uns dieses Afrika nicht völlig auf die Decke legen! Ich glaube, wir verstehen uns, meine Herren.«

Die Ärzte nickten und verteilten sich in den Schluchten. Dr. van Behl und Dr. Handrick bezogen einen gemeinsamen Platz in einem kleinen, dicht mit Agaven und wilden Oliven bewachsenen engen Hohlweg, setzten sich auf einen Geröllhaufen auf halber Höhe und beobachteten die Aufstellung der Treiber, die ein riesenhafter Araber anführte.

Dr. van Behl hob die Hand, nachdem er auf die Uhr geblickt hatte und annehmen konnte, daß jeder Jäger seinen Platz erreicht hatte. Mit grellem Geschrei liefen die Treiber los und hieben mit langen Stöcken auf die Felsen.

Über den Weg auf dem Grund der Schlucht rannte ein langgestreckter Körper mit weit gespreiztem Fell. Dr. van Behl lachte und zeigte mit dem Lauf seines Gewehres darauf. »Ein Stachelschwein. Na ja ... warten wir ruhig auf die Gazellen und Karakals. Ich sage Ihnen, bester Kollege: so ein Wüstenluchs ist eine gute Jagdbeute. Aber wenn wir ganz großes Glück haben, treffen wir auf einen Leoparden! Das wäre ein Festtag.«

Über die Agaven rannte eine Schar mähnenloser Affen. Ihre nackten, glatten Gesichter mit den großen Augen waren vor Angst verzerrt. Sie schwangen sich von Strauch zu Strauch und schrien in erbärmlicher Furcht.

»Magots«, sagte Dr. van Behl leise. »Nette Affen. Aber ein Affe am Spieß ... nee, mein Lieber. Das sieht aus wie ein kleiner gebratener Mensch! Es ist schrecklich. Nur starke und abgebrühte Nerven können davon essen. Ich kann's nicht! Und dort ... sehen Sie, Handrick ... dort auf der Höhe, in den Oliven, da steht ein Hamadrya, ein Prachtexemplar von einem Pavian! Wenn der runterkommt, draufgehalten! Ich lasse Ihnen den ersten Schuß.«

Sie saßen, ohne sich zu rühren, auf dem Steinhaufen hinter den schützenden, breiten stacheligen Blättern der Agaven.

Der Hamadrya blieb auf der Höhe ... er äugte zu den Treibern hinab und hatte die Hände auf seine Knie gelegt. So hockte er bewegungslos und schaute zu.

In einigen Nebentälern bellten die ersten Schüsse auf. Ein Karakal jagte vorbei, noch ehe Handrick und van Behl das Gewehr hochreißen konnten. Dafür begann im Nebental eine verschwenderische Schießerei ... ein Araber erschien atemlos auf der Höhe und brüllte herab: »Ein Leopard!« Dann verschwand er wieder, und das Schießen griff auf die anderen Schluchten über, vermischt mit dem grellen Geschrei der Treiber. Der Leopard flüchtete und rannte von Gewehr zu Gewehr, ohne getroffen zu werden.

Als sich der Lärm entfernte, stieg der Hamadrya langsam tiefer. Er sah sich nach allen Seiten um und hüpfte dann den Hang hinab, schwang sich gewandt von Strauch zu Strauch, und hockte sich sofort nieder, als in der Nebenschlucht ein Schuß aufbellte und unten auf dem Weg ein Schakal heulend vorbeirannte.

»Nicht schießen«, sagte Dr. van Behl leise. »Schakale und Hyänen sind unsere Müllabfuhr ... Aber dieser Pavian da ... das ist ein guter Brocken ...«

Dr. Handrick hatte sein Gewehr in Anschlag genommen.

Deutlich sah er den Hamadrya auf der Linie von Kimme und Korn. Aber er wartete noch ... er zog den Lauf mit, je weiter der Affe hinabstieg. Plötzlich trat er aus einem Olivenbusch und stand frei, deckungslos auf einem Felsvorsprung.

»Los!« raunte van Behl, und der Schuß zerriß die Stille des Tales. Der Affe machte einen hohen Luftsprung und griff mit beiden Händen an die Brust. Dann rannte er heulend davon und kletterte auf eine hohe Zeder, die auf dem Grund der Schlucht wuchs. Dort, auf einem dicken Ast, hockte er sich hin und starrte hinüber, woher der Schuß gekommen war. Dabei wimmerte er wie ein Kind, preßte beide Hände an sich, und Dr. Handrick sah, wie das Blut unter ihnen hervorlief. Entsetzt wandte er sich ab. »Ich kann das nicht sehen!« sagte er erschüttert. »Hätte ich das gewußt, ich würde nie geschossen haben.«

Der Hamadrya begann zu schwanken. Er umklammerte mit der rechten Hand einen Zweig und hielt sich fest. Dabei schrie er in einem fort und hob die Augen in den glutenden Himmel, als könne ihm von dort jemand helfen.

»Scheußlich«, sagte Dr. van Behl laut. Dann riß er sein Gewehr hoch und schoß.

Das Schreien erstarb. Noch einmal blickte der Pavian in den Himmel, groß, fragend, in den Augen ein maßloses Nichtverstehen ... dann fiel er wie ein Stein von der Zeder und schlug unten auf dem Felsboden auf.

Seine Augen brachen.

So starb Bobo, der treue ...

Langsam stiegen die beiden Ärzte in das Tal und gingen zu dem Hamadrya. Dann blieben sie verblüfft stehen und sahen sich an.

»Ein zahmer Affe, der ausgebrochen war! Das werden wir gleich haben.«

Dr. van Behl bückte sich und schraubte die kleine Metallhülse auf, die Bobo am Halsband unter dem Kinn trug. Handrick blieb stehen – es war ihm unmöglich, dem Affen näher zu kommen. Der Schrei, dieses Klagen lagen ihm noch immer im Ohr und ließen ihn zusammenschauern.

»Ein Zettel«, sagte van Behl erstaunt. »Das ist seltsam. Und eine Nachricht in deutscher Sprache . . .«

»In deutscher? Geben Sie her!« Handrick riß ihm den Zettel aus der Hand. Er las nur das letzte Wort und begann zu schwanken. »Hilde!« schrie er. »Dr. van Behl, er kommt von Hilde!!« Das Papier in seiner Hand zitterte. Er las den Text und begriff ihn erst voll, als er ihn Dr. van Behl langsam übersetzte.

»Rettet mich! Ich bin bei Laghouat, bei dem Berber Khennef Said. Ich bin eine Deutsche und wurde an die Araber verkauft! Rettet mich sofort! Hilde Sievert . . .«

Dr. Handrick lehnte sich gegen den Felsen und starrte den fassungslosen Chefarzt an. »Und ich habe den Affen erschossen! Ihren Boten! Mein Gott . . . mein Gott . . .«

»An die Araber verkauft . . .« sagte van Behl leise. »Das gibt es noch in Algerien? Wir müssen sofort die Garnison und Algier verständigen!«

»Wir werden sofort zu ihr fahren!« schrie Dr. Handrick. »Heute noch. Gleich! Khennef Said! Ganz in unserer Nähe! Los – wir haben nichts zu versäumen . . .«

Eine halbe Stunde später tickte der Telegraf nach Algier. In der Garnison Laghouat wurden drei Jeeps mit Soldaten beladen und zum Hospital gefahren. Dort wartete schon der Dodge Dr. van Behls. Er saß selbst am Steuer, neben ihm Dr. Handrick, ein Gewehr auf den Knien. In Fort III, zweihundertfünfzig Kilometer südlicher, schellte ebenfalls das Telefon. Hauptmann Prochaine nahm den Hörer ab und lauschte. Dann gellte die Alarmtrompete durch das Fort. Aus den Kasematten stürzten die Legionäre.

Der deutsche Konsul in Algier, Herbert von Eichhagen, begab sich nach dem Anruf des Generalresidenten sofort in den weißen Palast auf der Höhe Algiers und von dort eine Stunde später in rasender Fahrt zum Flugplatz Maison blanche, wo ihn ein Militärflugzeug erwartete. Er flog nach Laghouat.

Das Gebiet zwischen Bou Saâda, Biskra, Touggourt, Ghardaîa, El Goléa und Laghouat war in einem Ausnahmezustand.

Mädchenhandel in Algerien!

Durch den Abend rasten der Dodge und die drei Jeeps nach Süden.

»Rettet mich!«

Handrick war es, als habe er kein Herz mehr in der Brust, sondern einen riesigen Stein, der ihm den Atem nahm...

Ich weiß nicht, was mit mir ist!

Alles dreht sich um mich! Die Wüste ist eine riesige Scheibe, die vor meinen Augen rotiert ... ein gelber Ball, den man in die Luft warf und der nun, sich überschlagend, auf mich herunterfällt.

Der Himmel ist so weit, so voll unendlicher Bläue, daß ich die Augen schließen muß. Aber ich will nicht aufgeben, nein, ich will nicht zurück in dieses dreckige, langweilige, heiße Fort III! Ich will weiter, auch wenn mich Leutnant Grandtours anfleht, zurückzufahren! So liege ich auf einem der Rücksitze des letzten Jeeps und fahre durch den staubenden Sand. Manchmal schüttelt mich Frost ... Kälte bei sechzig Grad Hitze. Ich weiß dann, daß ich das Fieber habe, dieses ekelhafte, den Körper aushöhlende, schwächende Fieber.

Wie es kam ... ich weiß es nicht. Ich habe es gar nicht bemerkt ... Plötzlich sagte Hauptmann Prochaine bei einer Flasche Gin in seinem Zimmer zu mir: »Doktor, Sie sehen miserabel aus! Fehlt Ihnen etwas?« Damals scherzte ich noch und sagte: »Ja. Die Wüste!« Aber am nächsten Morgen war Blei in meinen Adern, ich konnte mich kaum aus dem Feldbett erheben und wankte zu Prochaine, der mit Grandtours über eine große Karte gebeugt stand. Er sah mich kurz an und meinte: »Grandtours ist der Ansicht, daß die unbekannte Europäerin, die den Sandsturm überlebt hat, sich in der Nähe befinden muß!«

Ich riß mich zusammen und nickte schwach.

»Ja. Irgendwo unter dem Sand. Ein kleiner Hügel! Ein schönes Grab! Lassen wir das, Hauptmann! Ich will nichts mehr davon hören...«

»Nanu?« Grandtours kam zur mir und faßte mich an den Arm. »Sie sind so erregt, Doktor? Was haben Sie?«

»Vielleicht den Wüstenkoller«, sagte ich schroff. Und dann sagte ich etwas ganz Dummes: »Geben Sie mir wieder zwanzig Mann und drei Wagen ... ich will weiter nach Bohrstellen suchen ...«

Da keiner antwortete, sank ich auf Prochaines Feldbett und starrte vor mich auf die Schattenbänder, die die Fensterkreuze auf den festgestampften Lehmboden warfen.

In diesem Augenblick kam ein Funker in den Raum und gab Prochaine einen Zettel. Grandtours warf einen Blick über seine Schulter auf die Meldung und fuhr mit einer mich erschreckenden Wildheit zu mir herum.

»Doktor!« schrie er. »Man hat das Mädchen!«

»Man ... hat ... sie ...« stammelte ich. Ich war zu sehr erschüttert, um laut zu sein. Aber dann durchdrang mich erst die volle Klarheit dieser Worte: Man hat das Mädchen! Es lebte also, es war nicht im Scheheli umgekommen wie die kleine Karawane, die ich ausgrub?! Ich sprang auf und riß Prochaine den Zettel aus der Hand, rannte mit ihm an das Fenster und las die verdammt nüchterne Sprache des Militärs:

»*Meldung aus Laghouat: Eine Weiße, ein deutsches Mädchen, wird in dem Hause des Berbers Khennef Said bei Laghouat gefangengehalten. Es wird vermutet, daß es ein Mädchen aus dem Transport junger Tänzerinnen ist, der für die Freudenhäuser der Araber von Europa über Algier ins Innere geschafft wurde. Da Verdacht des Mädchenhandels besteht und man mit der Flucht der Beteilig-*

ten rechnet, befehle ich Alarmstufe I für alle Garnisonen und Forts der Gebiete Planquadrat 3a–7c!

Forrestier, General. Algier.«

»Wir brechen sofort auf!« schrie ich und warf Prochaine das Blatt zu. »Es ist das Mädchen, das mich rettete! Grandtours! Wir fahren sofort!«

»Laghouat ist weit, Doktor!«

»Nichts auf der Welt ist weit, wenn man ein Ziel hat!«

»Es sind gute dreihundert Kilometer durch die Wüste!«

»Und wenn es dreitausend wären ... ich fahre!«

Ich muß in diesem Augenblick schrecklich ausgesehen haben, denn sie antworteten mir nicht, sondern starrten mich nur an. Die hohlen Augen, die fahlen Wangen, der ausgezehrte, in den Kleidern schlotternde Körper, den schon das Fieber schüttelte, die verkrampften Finger und der irre Blick – sie starrten sich an, und Grandtours verließ den Raum. Prochaine nahm den Zettel und legte ihn in das Meldebuch, ging dann zu seinem Wandschrank, nahm eine Flasche Absinth heraus und gab sie mir ohne Glas.

»Hier, trinken Sie mal, Doktor«, sagte er leise. »Das tut gut. Ich kann Sie verstehen ... es ist zuviel, was plötzlich auf Sie niederfällt. Aber seien Sie ruhig ... wir werden den Suchtruppen aus Laghouat entgegenkommen.«

»Und ich fahre mit!« rief ich.

»Natürlich fahren Sie mit. Wir ziehen in drei Stunden ab. Die Mannschaftswagen werden schon herausgefahren.«

Das Fieber durchjagte in diesen Stunden schon meinen Körper ... aber ich sagte nichts. Ich wußte, daß ich zu Hause gelassen würde, wenn Prochaine auch nur eine Ahnung hätte von der Krankheit, die in meinem Blut saß. So biß ich die Zähne aufeinander, stand draußen im Schatten des Daches vor der Tür und stützte mich an den gebleichten Stein. Ich sah den Vorbereitungen zu und sah sie doch nicht. Vor meinen Augen lag ein feiner Nebel, dünn, daß er noch Konturen durchließ, aber doch so dicht, daß es mir Mühe machte, Personen zu unterscheiden. Aber ich stand wenigstens, als Leutnant Grandtours die Clairons blasen ließ und die Truppe an Prochaine meldete.

»Sind Sie fertig?« fragte er mich. Ich nickte.

»Aber Sie haben doch nichts bei sich! Ihr Zelt! Wäsche zum Wechseln! Ihre Waffen!« Er sah mich groß an. »Ist Ihnen nicht gut, Doktor?«

»Doch, doch!« rief ich und rannte in mein Zimmer. Ich glaube, daß ich gut rannte, nicht schwankend, wenn ich auch das Gefühl hatte, zu wanken wie ein Betrunkener. Im Zimmer raffte ich alles zusammen und warf es Ferral zu, der in einer Ecke hockte und Datteln aß. »Nimm, du Rabenaas!« schrie ich. »Es geht los, die weiße Frau suchen!«

»Deine Frau, Herr?« fragte er und erhob sich.

»Wie?« Ich wußte darauf keine Antwort. Ich wurde verlegen. Ich warf ihm das zusammengefaltete Zelt zu und zeigte zur Tür. »Frag nicht, du schwarzer Satan! Los, bring das dem Leutnant!«

»Ja, Herr.«

Er rannte an mir vorbei und wirbelte über den Hof. Mit einem Blick hatte er gesehen, wo Grandtours' Wagen stand, warf das Zelt einfach hinein und rannte wieder zurück.

»Noch etwas, Herr?« fragte er.

»Ja. Nimm Wasser in den beiden Beuteln mit. Und verstecke sie irgendwo. Wenn wir in eine wasserarme Gegend kommen, wird das unsere Rettung sein.«

»Sofort, Herr.«

Als die Wagen anfuhren und ich hinter Grandtours in dem Jeep saß, kletterte Ferral von hinten auf den Wagen und klemmte sich auf die eingerollte Plane. Er grinste mich mit seinen weißen Zähnen an und nickte freudig.

»Hast du die Wassersäcke gut versteckt?« flüsterte ich ihm zu. Er nickte und zeigte nach vorn.

»Der Leutnant sitzt drauf!«

»Was?«

»Unter dem Sitz war ein hohler Raum. Da habe ich sie reingelegt. Sie hängen jetzt über den Achsen, Herr!«

Ich drehte mich um und lächelte. Guter Ferral, armer, elternloser Junge, du Produkt der Wüste – ich möchte dich einmal mitnehmen nach Europa. Aber ich glaube, dort fühlst du dich nicht wohl – dort fehlt dir die Freiheit, die Weite, der Atem der Sahara, der Sandwind und der Schrei des Kamels. Es wird dir dort alles fehlen, was dein Leben war. Auch ich habe Angst, wieder nach Europa zu gehen ... ich glaube, ich bin mehr ein Afrikaner geworden, als ich jemals ein Europäer war ... Die Wagen fuhren aus dem Fort. Prochaine stand im Staub, den unsere Räder aufwirbelten, und winkte uns nach. Seine Uniform, das goldbestickte Käppi, alles überzog sich mit dem mehligen Staub der Sahara. Ob ich ihn wiedersehe, den guten, korrekten, steifen Prochaine, der nur dann aus seiner Haut fährt, wenn er zwei Flaschen Anisschnaps getrunken hat und im Zustand halber Verblödung schmutzige Lieder aus seiner Kadettenzeit singt? Ob ich das dreckige, langweilige Fort III wiedersehe, diese hohe Mauer mit den Wachtürmen und den in der Nacht kreisenden Scheinwerfern neben den Maschinengewehren? Ob ich die Wüste jemals wiedersehe? Es waren merkwürdige Gedanken, als ich aus dem Fort fuhr, Gedanken, geboren aus dem kochenden Blut, das durch meine Adern jagte.

Schnell verschwamm das Fort in den Staubwolken. Die Dünen der Sahara und die Kiessteppen der Salzwüste umgaben uns. Ich hockte hinten im Wagen, hinter mir den singenden Ferral, und hatte den Kopf in die Hände vergraben.

Ich spürte, wie mein Körper meinem Willen entglitt.

Noch hatte ich die Kraft, mich zu halten. Noch zwang ich mich, aufrecht zu sitzen.

Aber es war ein Titanenkampf, ich fühlte, wie ich ihn von Minute zu Minute verlor. Nur weiter, dachte ich in diesen Augenblicken, nur viele Kilometer zwischen dich und das Fort bringen ... sonst schicken sie dich zurück, sonst ist alles verloren. Und du mußt mit, du mußt sie wiedersehen – das kleine, deutsche Mädchen, von dem Ferral fragte: »Ist es deine Frau, Herr?«

Die Wagen fuhren. Das Dröhnen des Motors schien meinen Kopf zu zersprengen. Ich hätte schreien können, so weh tat es. Aber ich biß in die Handballen und sagte nichts.

Weiter ... nur weiter!

Kilometer fressen ... ehe man merkt, daß ich ein todkranker Mann bin! Gott wird mir vergeben, daß ich mein Leben so wegwerfe ...

Man hat es bald gemerkt. Nicht Grandtours sah es, nicht die Legionäre, die vor und hinter mir fuhren, sondern der auf der Plane des Jeeps hockende und singende Ferral. Plötzlich unterbrach er seinen Gesang und beugte sich zu mir. Seine Augen waren dicht vor meinem Mund.

»Herr, was hast du?« fragte er leise.

Ich war bereits so vom Fieber durchrüttelt, daß ich nicht antwortete, sondern nur den Kopf schüttelte. Da schrie Ferral auf, ehe ich ihn daran hindern konnte. Leutnant Grandtours drehte sich herum.

»Still, du Mistvieh!« sagte er laut. Dann sah er auf mich und erkannte, warum Ferral geschrien hatte.

»Fieber, Doktor?«

»Ich glaube.«

»Schlimm?«

»Ziemlich.«

»Wir kehren sofort um!«

»Auf keinen Fall!« Ich richtete mich ächzend auf und hob beide Hände. »Denken Sie nicht an mich, Leutnant, denken Sie nur an das Mädchen! Ich bin unwichtig. Wenn ich irgendwo auf dem Weg krepiere, scharren Sie mich ein und fahren Sie weiter. Aber legen Sie Steine auf das Grab, Leutnant, damit mich die Biester, die Hyänen, nicht ausscharren. Ich möchte verfaulen, nicht gefressen werden ...«

»Reden Sie keinen Blödsinn, Doktor!« schrie mich Grandtours an. »Wir fahren zurück!«

»Nein! Wenn Sie wenden lassen, springe ich aus dem Wagen. Dann haben Sie freie Fahrt!«

»Sie sind verrückt, Sievert!«

»Ja! Ich bin verrückt! Nehmen Sie es zur Kenntnis und fahren Sie mit einem Irren weiter! Es geht um das Mädchen! Ich bin doch nur ein ausgebranntes Wrack, das darauf wartet, daß es auseinanderfällt.« Ich zeigte auf das Lenkrad. »Fahren Sie, Grandtours. Oder soll ich mich hinter das Steuer setzen?«

»Sie Idiot!« Grandtours drehte sich um und und schaltete den Gang wieder ein. Der Jeep fuhr an. Wieder umhüllte uns Staub. Er drang durch die geschlossenen Lippen, und ich mußte husten. Der Kopf schmerzte ... im Innern klopfte es, es war, als würde ich jeden Augenblick zerplatzen ... nicht leise auseinanderfallen wie eine morsche Hauswand, sondern laut mit einem Knall. Ich wartete auf diesen Knall ... aber er kam nicht, ich fiel bloß nach vorn auf die Lehne und umklammerte den Sitz, um nicht aus dem Wagen zu stürzen. Ferral saß jetzt auf meinem Sitz und hielt mich mit seinen dünnen, braunen, dreckigen Armen fest. Er sagte nichts mehr ... aber als ich einmal die Augen öffnete und seinen Blick sah, durchdrang mich der grenzenlose Schmerz eines vollkommen hilflosen, leidenden Geschöpfes.

Frost schüttelte mich wieder. Ich schloß die Augen.

Dann muß ich vor Erschöpfung geschlafen haben. Als ich wieder erwachte, lag ich auf dem Rücksitz des Wagens, den Kopf in Ferrals Schoß, und starrte in den verblassenden Himmel.

Der Abend kommt.

Schon der Abend?

Wie lange fahren wir jetzt?

Ich fühle mich etwas frischer, ich kann sogar im Liegen schreiben. Ferral schaut mir dabei zu. Es muß für ihn ein merkwürdiges und belustigendes Werk sein, denn sein Gesicht ist verzogen, und seine weißen Zähne leuchten zwischen den dicken roten Lippen. Stumm sieht er meinem Schreiben zu und scheint sich dabei vieles zu denken. Wie gern möchte ich in sein Gehirn sehen ... es muß interessant sein, was solch ein Eingeborenenjunge über uns denkt.

Der Schlaf hat mir wirklich gutgetan. Grandtours beugt sich über die Lehne und sieht mich an.

»Besser, Doktor?«

»Viel besser, Leutnant.«

»In der Nacht werden wir in Laghouat sein. Wir hatten vor drei Stunden eine Panne. Sie Glücklicher haben sie verschlafen. Ich habe geflucht wie nie in meinem Leben. Sie hätten was dazugelernt, Doktor.« Er lacht sein jungenhaftes Lachen.

Jetzt wird es dunkel. Die Anstrengung des Schreibens sticht wie mit Nadeln in meinem Kopf.

Ich muß Ferral die Blätter geben, damit er sie in meiner Tasche verwahrt.

Es ist, als sei das Firmament aufgerissen und blute aus riesigen Wunden. Die Wüste wird graubraun, schon sehe ich einige Büschel Gras, hart, gelblich – aber es ist Gras. Wir nähern uns der Steppe. Die Wagen fahren schneller ...

Ob wir das Mädchen finden? Das Mädchen, von dem Ferral fragte: »Ist es deine Frau, Herr ...«

Wenn ich nicht Fieber hätte, würde ich von diesem Gedanken träumen.

In der Nacht sah der Hof Khennef Saids wie ein dunkler Flecken aus. Wie ein Klecks auf einem einfarbigen Tuch. Die Berge am Horizont waren eine mächtige, schwarze Kulisse, eine Wand, die den Himmel von der Erde trennte.

Das Haus und die Scheunen waren still.

Still und dunkel.

Niemand kümmerte sich um die vier Wagen, die über die

breitgewalzte Straße herangebraust kamen und kurz vor dem Eingang hielten.

Das Klappern von Koppelzeug und Gewehren durchdrang die Stille der Nacht. Man hörte laufende Schritte, die sich nach allen Seiten entfernten. Dr. Handrick, der neben Dr. van Behl saß, war ebenfalls aus dem Wagen gesprungen und umklammerte seine große Parabellum. Er sah sich um und lief den beiden Offizieren nach, die sich zum großen Eingangstor gewandt hatten und mit den Fäusten an das Holz klopften. Vom Wagen I flammten jetzt große, drehbare Scheinwerfer auf und beleuchteten den ganzen Komplex des Hofes. Jetzt erst sah van Behl, daß das Anwesen umstellt war und niemand das Haus verlassen konnte. Dr. Handrick rüttelte an der Tür, als niemand öffnete. Dann trat er zurück und schoß dreimal auf das einfache Schloß.

Mit der Schulter rammte einer der Offiziere die Tür auf und stürmte in den großen Innenhof. Dort stand zitternd und mit erhobenen Armen der riesenhafte Neger an der Hauswand und starrte mit seinen großen Augen den Eindringenden ängstlich entgegen.

»Wo ist Khennef Said, du schwarzes Aas?« schrie einer der Offiziere und hielt seinen Revolver dem zitternden Neger auf die breite Brust.

»Fort!« stotterte dieser. »Fort. Vor drei Stunden. Mit weißem Mädchen!«

Dr. Handrick, der hinter dem Offizier stand, schloß einen Moment die Augen. Zu spät, dachte er erschüttert, schon wieder um wenige Stunden zu spät! Woher wissen diese Männer bloß, was wir planen und vorbereiten?

Er schob den Offizier zur Seite und drückte den Neger an die Wand. »Wohin?« schrie er ihn an.

»Nach El Hamel«, stotterte der Neger.

»El Hamel?« Dr. Handrick sah sich um. Einer der Offiziere nickte. Sein Gesicht war voll Sorge.

»Die heilige Stadt des Marabut. Sie liegt bei Bou Saâda,

auf einer Nebenstrecke nach Biskra. El Hamel ist das Mekka der Sahara – kein Europäer darf es bewohnen! Die Zaouia des Marabut, eine der schönsten Moscheen, ist der Mittelpunkt des Heiligtums.«

Dr. Handrick ließ den Arm sinken – er blickte den Offizier groß an. »Seien Sie ehrlich«, sagte er leise, »was ist mit Hilde Sievert, wenn sie wirklich nach El Hamel gebracht worden ist?«

Der Offizier zögerte. Er sah zu Boden und kniff die Augen zusammen. Endlich, nach langem Schweigen, antwortete er.

»Wenn sie wirklich in El Hamel ist, ist sie für uns verloren...«

»Was soll das heißen?« schrie Dr. Handrick.

»Wir dürfen die heilige Stadt nicht durchsuchen. Bei einem solchen Versuch würde die ganze Wüste gegen uns aufstehen! Alle Moslems Afrikas – begreifen Sie das, Doktor – alle Menschen Nordafrikas würden sich in einer einzigen Nacht erheben. Es gäbe den größten Volksaufstand seit Menschengedenken. Indochina wäre ein Spaziergang dagegen! Es würde ein neuer Brandherd entstehen, der niemals zu löschen wäre! Und alles nur, weil wir in El Hamel eindringen!«

»Aber das ist doch Irrsinn!« Dr. Handrick schrie... er ließ sich auch nicht von Dr. van Behl beruhigen, der ihm die Hand auf die Schulter legte. »Im 20. Jahrhundert ist es also möglich, einen Menschen zu entführen; man weiß, wo er gefangengehalten wird, man könnte ihn befreien, es wäre sogar eine Leichtigkeit... aber man tut es nicht, man darf es nicht aus religiösen Rücksichten! Das ist doch Mittelalter, finsterstes Mittelalter!«

»Das ist Afrika«, sagte van Behl leise.

»Dann gehe ich allein nach El Hamel«, brüllte Dr. Handrick. Er war außer sich; er war nicht mehr imstande, klar zu deken. Er steckte die Parabellum in die Tasche und wandte sich ab. Van Behl hielt ihn fest. »Wohin?«

»Nach El Hamel.«

»Das ist doch Irrsinn, Handrick!«

»Nicht irrsinniger, als diese Welt schon ist! Wenn das Militär zu feig ist, einen Menschen zu befreien, dann gehe ich allein!«

»Wir sind nicht zu feig.« Der Offizier schob das Käppi in den Nacken. »Es geht einfach nicht, weil 300 Millionen Moslems dann gegen uns sind. Begreifen Sie das – 300 Millionen! Der ganze Orient würde aufflammen, wenn es heißt: Die Ungläubigen stürmten die heilige Stadt El Hamel! Der Marabut würde die Wüste aufrufen zum heiligen Krieg. Wir verlören Nordafrika ... Ich glaube, der Einsatz ist zu groß: Afrika gegen ein einziges Mädchen ...«

Dr. Handrick preßte die Lippen aufeinander. »Das soll also heißen: Sie opfern das Mädchen dem Staatsinteresse! Sie verzichten auf einen Menschen! Sie geben ihn auf!«

»Ja.«

»Diese Ja werde ich nie vergessen«, sagte Handrick leise. »Dieses Ja werde ich mit mir tragen, solange ich lebe! Es ist das Ja der modernen Zeit, in der ein Mensch eine Null ist, wenn es um den Staat geht, aber eine verdammt wichtige Zahl, wenn es *für* den Staat geht! Ich möchte vor Ihnen ausspucken, Herr Hauptmann!«

Der Offizier hob beide Arme. »Ich kann es nicht ändern, Ich habe meine Befehle! Auch in Paris wird man es Ihnen sagen: Ein Mensch ist nichts im Vergleich zu den Tausenden von Toten, die seine Befreiung kosten würde. Es geht hier um die höhere Vernunft.«

»Nein! Es geht um ein Mädchen!« schrie Dr. Handrick, »Ich werde mich an meinen Konsul wenden.«

»Das steht Ihnen frei!«

Der Offizier wandte sich ab. Aus den Häusern rannten Soldaten und meldeten, daß die Wohnungen verlassen seien und nirgends eine Spur zu entdecken sei.

»Wir fahren zurück!« rief der Offizier. »Die Wachen werden eingezogen! Alles sammeln!«

Hell, blechern klangen die Clairons durch die sternklare Nacht.

Allein stand Dr. Handrick in dem Hof. Der Neger hatte sich in der Scheune verkrochen, Dr. van Behl wartete an der Tür auf Handrick. Er sah sich noch einmal um. In seinem Herzen lag die Kälte der Nacht. Es war, als sei sein Blut aus Eis.

Verloren! Ein Mensch darf nicht mehr frei sein, weil es Religion und Politik verbieten! Und es gibt keine Macht auf dieser Erde, die diesen Menschen retten könnte ... dieses zarte Mädchen in El Hamel, der heiligen Stadt des Marabut, der weißen Burg auf den Felsen der Sahara, dem Mekka der Wüste.

Die Vernunft gab dem Offizier recht, der draußen seine Soldaten sammelte. Um einen Menschen zu retten, würden ungezählte sterben müssen, würde Afrika ein Schlachtfeld werden wie Indochina oder Korea. Wegen eines Mädchens würden Tausende von Müttern weinen, Väter, Söhne, Brüder, Schwestern, Frauen und Kinder. Die Wüste würde bluten – wegen eines Mädchens ...

Mit gesenktem Kopf schlich Dr. Handrick aus dem Hof, vorbei an Dr. van Behl, der nicht wagte, ihn anzusprechen. Er ging zu dem Wagen, stieg ein und verbarg das Gesicht in den Händen. Leise setzte sich Dr. van Behl neben ihn und fuhr schnell von dem wieder in tiefer Dunkelheit liegenden Hof weg. Er lenkte den Wagen auf die Straße und raste durch die Nacht nach Laghouat.

Durch Handricks Körper ging ein Schütteln. Er legte die Hand auf den Arm van Behls.

»Begreifen Sie das alles?« stammelte er. »Ist das nicht alles ein Traum? Ein schrecklicher Traum? Kann man denn einfach einen Menschen aufgeben?«

»Man muß es ...«, sagte Dr. van Behl leise.

»Ich hasse dieses Afrika! Ich werde es bis an mein Ende mit Haß und Fluch verfolgen!«

Dr. van Behl nickte. Er legte den Arm um Handricks zuckende Schulter und drückte ihn an sich.

»Die Zeit wird alles vergessen lassen, Handrick. Stürzen Sie sich in die Arbeit ... suchen Sie Ihre Viren und Bazillen, vergessen Sie alles andere und denken Sie nur noch an Retorten und ruhrverseuchtes Blut. Das wird Sie heilen ...«

Dr. Handrick schwieg. Er schloß die Augen und lehnte sich zurück. Heilen, dachte er. Ich werde innerlich an diesem Stich verbluten, ich werde herzlos werden, hart und düster, ein Mensch ohne Lachen ... Kurz bevor der Offizier seine Truppen wieder aufsitzen ließ und die Wagen sich in Bewegung setzten, tauchte im Süden ein Scheinwerfer auf.

Hinter ihm folgten andere. Eine Reihe Motoren donnerte heran. Dann konnte man Jeeps und einen großen Raupentransporter sehen, die in einer Staubwolke näher kamen.

Leutnant Grandtours sprang als erster aus dem Wagen und stellte sich den beiden Offizieren vor. Er sah sich schnell um und überblickte die Lage.

»Nichts?« fragte er.

»Doch. Sie wurde nach El Hamel geschafft. Hoffnungslos.«

»Verfluchte Schweinerei!« schrie Grandtours.

»Wir können nichts machen. Sie wissen ja, Leutnant.«

»Ich weiß! Und ich weiß auch, wer dahintersteckt! Wir werden sie trotzdem bekommen!«

»Sie wollen El Hamel stürmen?« Entsetzen lag in den Augen der anderen Offiziere.

»Stürmen? Nein!« Grandtours wandte sich ab. »Gute Nacht, meine Herren.«

Er rannte zu dem Jeep zurück und sah zu, wie die anderen Wagen nach Laghouat abfuhren. Dann beugte er sich über Dr. Sievert, der ihn anstarrte.

»Wo ist sie?« fragte Sievert schwach.

»In El Hamel!«

»In der Stadt des Marabut.« Dr. Sievert sah Ferral an, der neben ihm hockte. »Kennst du El Hamel, Ferral?«

»Nein, Herr. Aber die Stadt ist heilig!«

»Sie liegt doch bei Bou Saâda, nicht wahr?«

»Ja.«

»Wieviel Kilometer sind es von hier?«

»260 Kilometer«, sagte Grandtours zögernd. »Der Weg geht über Aïn Rich.«

»260 Kilometer«, sagte Dr. Sievert schwach. »Das ist weit ... sehr weit für mich ...«

In dieser Nacht wurden vier Menschen vermißt.

Aus dem Hospital verschwand Dr. Handrick. Er war gegangen ohne Gepäck – nur einen kleinen Kasten Serum und Arztbestecke hatte er mitgenommen.

Nach Fort III wurde vom Funkwagen gemeldet, daß Leutnant Grandtours, Dr. Hans Sievert und der Boy Ferral nach einem kurzen Spaziergang in die Wüste nicht zurückgekehrt waren. Die sofort aufgenommene Suche war ergebnislos.

Hauptmann Proachine zögerte bis zum Morgen, ehe er die Meldung weitergab nach Algier. So haben sie einen Vorsprung, dachte er. Sie haben eine ganze Nacht für sich gewonnen ...

Als Jacqueline Dumêle von der plötzlichen Flucht Dr. Handricks hörte, brach sie zusammen und schrie über eine Stunde. Sie hatte sich nach den sich überstürzenden Ereignissen zu Bett gelegt und bis zu dem Augenblick still vor sich hingeweint, in dem einer der Unterärzte in ihr Zimmer rannte und rief:

»Dr. Handrick ist verschwunden!«

In diesem Augenblick wußte sie, daß sie das große Spiel um seine Liebe verloren hatte, daß die Deutsche, dieses verfluchte deutsche Mädchen, gesiegt hatte und daß sie jetzt einsam war inmitten der Wüstenberge und begraben unter den Trümmern ihrer seligen Träume von einer glücklichen Zukunft an Handricks Seite.

Erst allmählich beruhigte sie sich. Schluchzend lag sie auf dem zerwühlten Bett und starrte an die weißgetünchte Decke des Zimmers. Der Gedanke an Rache und Haß stieg in ihr hoch. Man müßte zu den Arabern gehen, dachte sie. Zu diesen Nationalisten, und ihnen bieten, was sie wollen, um Handrick zu töten. Ja – man sollte sich selbst einem der Caids opfern, um ihn mit der Leidenschaft zum Mord zu treiben. Wie ich ihn hasse, diesen blonden Deutschen. Wie herrlich wäre der Tod dieser Hilde Sievert. Ich könnte dabeistehen, wenn sie unter den Steinwürfen der Araber oder unter ihren Dolchen stürbe.

Haß! Haß!

Sie erhob sich und trat ans Fenster. Still lag die Wüste im Mondlicht. Ich werde sie aufhetzen gegen alle Weißen; ich werde sie verrückt machen mit meinem Körper, meinen Lippen, meinen Augen, bis sie heulend gegen die Forts stürmen und die Fackel des Aufruhrs über ganz Afrika tragen! Ich werde Rache nehmen an allen Männern ... an allen! Sie zitterte vor dem Grauen dieser Gedanken, und doch beruhigten sie ihr Gemüt. Sie sah, wie Dr. van Behl durch den Garten lief, und hörte ihn etwas rufen. Der deutsche Konsul, so klang es ... Sie lächelte bitter und zog sich an.

Noch einmal glitten die Stunden mit Handrick an ihr vorbei ... die Abende unter den Malvenbüschen, die Nächte in ihrem Zimmer, die Ritte durch die Wüste, die gemeinsame schwere Arbeit in den Labors von Biskra und Laghouat, sie dachte an die Wochen, in denen sie immer um ihn war und ihm unentbehrlich wurde ... bis sie wieder auftauchte, diese Deutsche, dieses stille, madonnenhafte Mädchen aus Berlin.

Sie lachte ihr Spiegelbild an. Alle Bitterkeit lag in diesem Lachen. Dann riß sie die Koffer aus dem Schrank und begann zu packen.

Dr. van Behl überraschte sie dabei. Er fragte nicht lange, er verstand sofort.

»Morgen früh geht eine Maschine nach Algier«, sagte er und blickte an die Decke. »Eine außerplanmäßige Maschine, mit der der deutsche Konsul geflogen ist. Sie könnten sie mitbenutzen.«

»Danke.« Sie warf die Locken in den Nacken. »Aber ich will nicht nach Algier – ich will in die Wüste.«

»Schon möglich.« Van Behl nickte. »Aber dahin können Sie nicht zu Fuß, Jacqueline. Es wird ab sofort kein Bus mehr fahren. Die Karawanen stehen unter Militärkontrolle. Es ist besser, Sie fliegen nach Algier und von dort nach Marseille. Dann sind Sie zu Hause, Jacqueline – und das Leben wird weitergehen.«

»Seien Sie still!« schrie sie hell. »Es soll nicht weitergehen – es soll zu Ende sein...«

»Wegen eines Mannes?« Dr. van Behl lächelte schmerzlich. »Das ist ein Mensch gar nicht wert. Sie nicht, ich nicht und Dr. Handrick auch nicht.« Er trat einen Schritt vor und riß Jacqueline herum. Ihre Augen schrien. »Sie haben doch gewußt, Jacqueline, daß alles nur eine Episode war – daß alles zusammenbrechen würde, wenn die Vergangenheit wieder Gegenwart wird! Oder glaubten Sie Handrick ganz fest zu haben?«

»Ja«, schrie sie.

»Dann ist es doppelt besser, wenn Sie zurück nach Europa fliegen. Europa läßt vergessen. In der Wüste vergehen Sie ... und das wäre schade um Sie, Jacqueline.«

»Gehen Sie zum Teufel mit Ihrem Mitleid!« Sie riß sich los und trat gegen die Koffer. Sie fielen um und verstreuten den Inhalt über den Boden. »Was wissen Sie, wie es in mir aussieht?«

Dr. van Behl verließ ohne Antwort das Zimmer; aber auf dem Gang gab er Anweisung, Jacqueline Dumêle in das Flugzeug nach Algier zu schaffen, wenn nötig mit Gewalt.

Ein arabischer Heilgehilfe bewachte die Tür.

Als der Morgen graute, saß Jacqueline auf ihren Koffern und weinte haltlos. Ihr Widerstand war gebrochen. Haß und Rache lösten sich auf in eine Flut von Tränen, die auch nicht versiegte, als Dr. van Behl sie zum Flugzeug abholte. Willenlos ließ sie die arabischen Boys gewähren, die die Koffer aufluden und die anderen Sachen hinab zu dem kleinen Wagen trugen, der vor der Tür des Lazarettes wartete.

Sie trat noch einmal auf den Balkon und sah hinunter auf den Garten, auf die Wege, die sie mit Handrick gegangen war, auf die weiße Holzbank, auf der sie gesessen und sich zum erstenmal geküßt hatten, auf die Korbsessel und den runden Tisch auf der Terrasse, wo sie immer Kaffee getrunken und die Pläne für den kommenden Tag durchgesprochen hatten. Sie sah noch eine einsame Tasse auf dem Tisch stehen – es war die letzte Tasse, aus der Handrick getrunken hatte, bevor er heimlich aus dem Lazarett verschwand. Sie trat an den Tisch und nahm die Tasse in die Hand. Lange sah sie das Porzellan an ... dann hob sie den Arm und schleuderte die Tasse weit hinaus in den Garten. Dort zerschellte sie auf dem Weg.

Nichts soll mehr an ihn erinnern, durchfuhr es sie. Nichts soll zurückbleiben als der Schmerz.

Mit gesenktem Kopf trat sie hinaus und setzte sich neben den Fahrer. Sie blickte nicht zurück, als der Wagen abfuhr. Sie sah nicht mehr Dr. van Behl winken. Sie starrte vor sich auf die staubende Straße und schloß dann die Augen.

Der Flugplatz von Laghouat, ein Militärflugplatz, war nicht weit. Die Maschine des deutschen Konsuls wartete schon.

Jacqueline Dumêle ging zurück in die große Welt, aus der sie gekommen war. Ein Stern, der kurz aufleuchtete und die Kraft in sich hatte, Schicksal zu werden, und der verblaßte, als der Schein einer großen Liebe über den Horizont stieg und alles andere überstrahlte.

Man hat nie wieder etwas von Jacqueline Dumêle gehört. Das Flugzeug trug sie hinaus in das Heer der Millionen Menschen, wo sie untertauchte – ein Sandkorn, das zwischen den anderen verrinnt...

In der Nacht aber, bevor sie abflog, glich das Lazarett einem Tollhaus. Dr. van Behl kabelte mit allen Dienststellen in der Wüste und mit seiner Vorgesetztenstelle.

Die Forts rückten aus.

In Laghouat informierte sich Konsul Herbert von Eichhagen über die Lage und flog zornentbrannt sofort nach Algier zurück. Er warf den Generalresidenten aus dem Bett und protestierte gegen die Aufgabe eines deutschen Mädchens aus Staatsrücksichten.

In der gleichen Nacht noch ging ein Telegramm nach Paris an das Außen- und Kolonialministerium. Mit ernsten Gesichtern wurde es gelesen, mit ernsten Mienen wurde die Antwort beraten und entworfen. Am Morgen hielt Baron von Eichhagen im deutschen Konsulat die Antwort in den Händen.

Um einen Generalaufstand der Mohammedaner zu vermeiden, müsse damit gerechnet werden, daß das deutsche Mädchen verloren sei. Es würde sich als unmöglich erweisen, El Hamel mit Gewalt zu durchsuchen. Die Freundschaft des Marabut und die Ruhe in Algerien könnten unter keinen Umständen angetastet werden. Man werde selbstverständlich sofort in El Hamel durch den General in Algier intervenieren und die Herausgabe des Mädchens verlangen; mehr aber könne man nicht tun. Für Druckmittel fehle jede Grundlage. Sie würden auch nichts helfen, sondern die Lage nur verschlechtern. Dies zu vermeiden aber sei seit Jahren das Ziel der französischen Kolonialpolitik. Dann wurde das Beileid der Regierung ausgesprochen. Unterschrift. Siegel. Aus! Die Antwort der Regierung fiel zusammen mit der Vermißtenmeldung der vier Personen.

Man schwieg erschrocken.

Man wartete ab.

Jeder ahnte, was das bedeutete. Die Alarmstufe I blieb für alle Truppen bestehen. Die Forts wurden nachts mit doppelten Wachen versehen, die Patrouillen verstärkt. Aus Marokko wurde ein Regiment nach Laghouat – Biskra – Ghardaîa – Aumale – Berrian verlegt.

Am Morgen glühte die Wüste wieder. Die Sonne versengte das Gras der Steppe, in den Bergen heulte der Schakal, in den Agaven spielten lärmend die Hamadryas.

Alles war wie vor drei, dreißig, dreihundert Jahren.

Die Wüste lebte, und die Wüste schwieg.

Auf gebleichten, schroffen, kahlen Felsen lag die weiße, heilige Stadt El Hamel.

Wüstensand umwehte sie.

Eine Gralsburg Allahs ...

Wer von der blühenden Oase Bou Saâda, der »Stätte des Glücks«, dieser wunderschönen Perle am Rande des Atlas, der Märchenstadt aus Tausendundeiner Nacht, hinausfährt nach Süden, auf der Straße nach Biskra, und dann nach etwa zehn Kilometern westlich abzweigt, der windet sich auf einer schmalen Straße durch die Kieswüste und später über den holprigen Boden der Steppe und der beginnenden Sahara einer fast flachen Ebene zu, die erst nach zwei Stunden leicht ansteigt, um dann plötzlich – wie alles in der Wüste plötzlich und unvermutet kommt – den Blick auf ein rauhes Felsmassiv frei zu geben, auf dem, ansteigend, wie an den Stein geklebt, die weißen, in der grellen Sonne blendenden Häuser einer Stadt stehen.

Schon von weitem sieht man die großen Gräberfelder vor der Stadt, die Tombeaux der Marabuts und Caids, der reichen Pilger und Wüstenfürsten. Zu Füßen der weißen Stadt liegen sie – Grab an Grab, beschwert mit zwei oder drei spitzen Steinen, die anzeigen, ob in der Erde ein Mann oder eine Frau liegt. Manchmal sind die Gräber eingefaßt, vom

Reichtum des Toten zeugend. Ein steiler Weg führt in Windungen die Felsen hinauf, bis er auf einem großen Platz vor einer hohen Hausmauer endet – einem Haus mit schießschartenähnlichen schmalen Fenstern ohne Glas, dicken Mauern aus gewachsenem Fels, herausgebrochen und durch die Sonne gebleicht.

Die Außenwand des riesigen Palastes des heiligen Marabut.

Neben ihm führt eine breite Straße ins Innere der Häuserreihen. Zwischen den flachen Dächern leuchten plötzlich sieben weiße Kuppeln auf. Ein Zauberbau, fast schwebend in der flimmernden, kochenden Luft, steht inmitten eines riesigen Platzes. Die Moschee von El Hamel. Das Heiligtum der Wüste. Die Zaouia des Marabut.

Über dem Gebetsraum im Innern, der im Hintergrund mit goldenen Gittern abgeteilt ist gegen einen kleinen, dunklen Raum, in dem auf wertvollen Teppichen der goldene Sarg des Marabut steht, über diesem großen, durch Säulen abgestützten Kuppelraum wölbt sich eine bezaubernde Glasglocke aus kunstvoll bemalten Scheiben, durch die die Sonne Afrikas, gebrochen und in Hunderten Farben spielend, auf die heiligen, geflochtenen Bastmatten scheint. Diese Bastmatten bedecken die ganze innere Fläche des Raumes. Sie dürfen nur mit nackten, gewaschenen Füßen betreten werden, denn wer die Matten betritt, steht vor Allah! Eine kleine Nische in der Mauer zeigt die Richtung Osten an ... Mekka, die Hochburg des Islams, zu der alle Gebete gehen und alle Sehnsüchte der armen Pilger, die nur bis El Hamel kommen.

Von den Säulen hängen Lampen in den Raum. Moderne Glühbirnen erhellen ihn, aber sie sind verhängt mit den jahrhundertealten Perlschnüren, die man in jeder Moschee wiederfindet. Sonst ist der Raum kahl; nur die Wände, die Säulen und die Zwischenstücke sind kunstvolle Bildhauerarbeit und verziert mit breiten Mosaiken, die sich von Wand zu Wand ziehen.

Hinter der Moschee beginnt der zweite Platz der rahmanischen Bruderschaft. Hier leben in einem langgestreckten, flachen Gebäude über 200 Klosterschüler, die im Schreiben, Lesen und Beten ausgebildet werden und den Priesternachwuchs Nordafrikas darstellen. Unter niedrigen Büschen sitzen sie in der Sonne und schreiben auf großen Pergamenttafeln die Suren des Korans ab, oder sie hocken in den großen Lehrhallen und lauschen den Worten der alten Priester, die in quadratischen Häusern rund um die Moschee auf den Felsen wohnen.

Noch nie ist es einem Weißen geglückt, in diese heiligen Bezirke einzudringen, noch nie gelangen ihm Fotos von den heiligen Stätten, den Schülern und den Priestern. Er hätte es mit dem Tode bezahlt, denn die Entweihung Allahs durch einen Ungläubigen ist nur mit Blut zu sühnen.

Vier Tage, nachdem eine kleine Autokolonne nach El Hamel kam und in der Nacht ein Araber und ein verschleiertes Mädchen durch die engen, fensterlosen Straßen huschten und in einem der wie verfallen aussehenden Häuser verschwanden, genau drei Tage später, nachdem die beiden Wagen wieder abfuhren und sich nach Süden, Biskra zu, wandten, erschienen im Tal bei den Gräberfeldern vier Pilger.

Sie kamen aus verschiedenen Richtungen.

Drei von ihnen näherten sich der heiligen Stadt von Süden, während ein einzelner, großer, braungebrannter und dunkelbärtiger Pilger allein von Südosten kam, einen langen Wanderstab in der Hand und den Rücken vor Müdigkeit gebeugt. Er war ein armer Mensch, dieser Pilger, denn Allah hatte ihm die Sprache genommen. Wenn man ihn ansprach, nickte er nur, zeigte auf seinen Mund, schüttelte den Kopf und reichte die schmutzige Hand zum Betteln hin. Man gab ihm wenig, aber man gab ihm doch – und so wanderte er weiter, El Hamel zu – von Bou Saâda her, durch Felsen und Kieswüste, durch Staub und trockene Hitze, die die Kehle ausdörrte.

Die drei anderen Pilger waren zwei Männer und ein kleiner Junge. Der eine der Pilger schien sehr alt zu sein; er wurde von den anderen gestützt und schleppte sich mit letzter Kraft bis zu den Gräbern. Dort sank er auf einen Stein und hob den Kopf.

Auf den Felsen, leuchtend in der Sonne, gewaltig, eine Festung Allahs, lag El Hamel.

Ein Anblick, überwältigend wie die Potala des Dalai Lama.

»El Hamel«, sagte Dr. Sievert leise. »Wir sind am Ziel, Leutnant Grandtours.«

Der Leutnant nickte. Er schob seinen schmutzigen Turban in den Nacken und trocknete sich mit der Handfläche den Schweiß ab. Ferral saß neben Sievert im Dreck und kaute an einer Erdnuß, die er irgendwo gestohlen hatte.

»Wir müssen warten, bis es Nacht ist. Das schwarze Aas« – er stieß Ferral an, der zurückgrinste – »kann unterdessen auskundschaften, wo sich das Mädchen befindet. Wir können ja nicht auf gut Glück alle Häuser durchkämmen. Wir müssen ein Ziel haben!«

»Ferral wird sie finden«, sagte Dr. Sievert schwach. Er stützte den Kopf in die Hände und schüttelte sich. »Dieses verdammte Fieber. Ich friere erbärmlich.«

»Es sind hier in der Sonne genau 57 Grad.«

Dr. Sievert sah zu Grandtours hinauf. »Ich gehe ein, Grandtours. Sehen Sie es jetzt? Ich schaffe es nicht mehr! Ich muß Ihnen den gefährlichen Teil der Aufgabe allein überlassen. Das ist gemein von mir, ich weiß es. Ich habe Sie erst zu diesem wahnsinnigen Abenteuer überredet, man wird Sie wegen Verlassens der Truppe und Vernachlässigung des Dienstes aus der Legion werfen und degradieren. Ich weiß das alles, aber ich werde es Ihnen nicht danken können. Das beschämt mich, Grandtours.«

Der junge Leutnant winkte ab und setzte sich neben Dr. Sievert auf die Steine. »Sie beschämen mich, Doktor. Was Sie von mir denken, stimmt nicht. Ich handele nur aus

Eigennutz. Ich hoffe, hier Amar Ben Belkacem zu treffen. Unser Haß ist so groß, daß er Kontinente überspannen könnte. Das ist alles, Doktor. Ihr Schicksal, Ihre Suche nach dem Mädchen – das ist für mich im Grunde genommen gleichgültig. Sie sind nur ein gutes Mittel zum Zweck.«

»Das sagen Sie bloß, um mich zu trösten.« Sievert richtete sich auf und blickte hinüber auf die weiße, die Felsen hinaufkletternde, mächtige Stadt. »Dort also lebt sie jetzt. Du wirst diese weiße Frau suchen, Ferral.«

»Ja, Herr.« Der Junge sah auf den Palast des Marabut und auf die Straße, die sich zu dem heiligen Platz wand. »Aber erst werde ich zu Allah beten, Herr.«

»Und wenn du sie siehst, was wirst du dann tun?«

»Ich werde ihr sagen, daß du da bist, Herr.«

»Sage ihr, daß wir in der Nacht kommen, um sie zu holen.«

»Ja, Herr.

»Und sieh dich um, wie sie lebt und wie man am besten in das Haus kommt. Du allein kannst uns jetzt nur helfen.«

»Ja, Herr.«

Dr. Sievert fuhr mit seinen dürren, gelblichen Händen durch das Lockenhaar des Jungen. Sein Arm zitterte dabei vor Schwäche. »Geh jetzt«, sagte er leise. »Und wenn du sie nicht findest, weiß ich, daß wir sie nie mehr sehen werden.«

Der andere einsame Pilger stand unterdessen in langer, fleckiger Djellabah am Eingang von El Hamel und feilschte mit einem Melonenhändler um den Preis. Beide gestikulierten und rauften sich die Bärte, aber dann kaufte Dr. Handrick eine halbe, mit Rohrzucker gesüßte Melone und ging langsam mit anderen Pilgern über die breite, ausgefahrene Straße in das Innere der Stadt. Er verneigte sich vor der riesigen Zaouia des Marabut und umging sie mit einer Gruppe Pilger in ehrfürchtiger Weise, dann aber verschwand er in den engen Straßen und rannte an den fensterlosen Hauswänden entlang. Bei einem kleinen Brunnen hielt er an, trank vorsichtig das Wasser, nachdem er kritisch den Geschmack überprüft hatte und heimlich eine Tablette gegen Ruhr genommen hatte. Um ihn herum spielten lärmend halbnackte Kinder und tauchten ab und zu den kahlgeschorenen Kopf in ein Bassin, das als Freibad für die Pilger diente und durch ein Rohr mit dem Brunnen verbunden war. Durch ein Loch im Bassin lief das überschüssige Wasser in einem überdeckten Gang in die Gärten des Marabut, wo es im Sandboden zwischen den Blütenstauden versickerte.

Handricks Plan war noch nicht gefaßt. Er war in El Hamel, und man erkannte ihn nicht – das war der erste große Schritt zu Hilde. Wie ein armer, dreckiger, müder Pilger hockte er im Schatten einer armseligen Palme auf einem Stein und kaute an seiner Melone. Der Saft troff ihm in den Bart und verfilzte ihn mit süßlicher Klebrigkeit. Er dachte, daß dies gut sei und ihn noch mehr in den Augen der Araber als ihresgleichen stempele.

Aber während er aß, gingen seine Blicke unruhig umher. Er tastete die Häuser ab, ja er winkte sogar einen der spielenden Jungen heran und fragte ihn nach einer weißen Frau. Der Junge lachte und schüttelte den Kopf. Da erhob er sich, schenkte die halbgegessene Melone einem kleinen, dünnen Mädchen, das abseits am Brunen saß und ihm mit hungrigen Augen zugesehen hatte. Langsam vor sich hinmurmelnd, als sage er die Suren des Korans auf und gehe durch die heilige Stadt, um Buße für eine schlechte Tat zu tun, strich er durch die Straßen El Hamels, kletterte die steilen Felsenwege hinauf, zerkratzte sich die Handflächen an den scharfen Kanten und überblickte dann von einem Plateau die unter ihm liegenden Dächer und Höfe der Stadt.

Neben ihm, um eine Felsnase kommend, stand plötzlich ein dunkelbrauner, lockenköpfiger Junge und blickte mit ihm über El Hamel. Er setzte sich auf die Steine und kaute an einer Erdnuß, während er von der Seite kritisch den Pilger betrachtete.

Nach einer ganzen Zeit des Schweigens drehte sich der Junge um.

»Allah grüße dich«, sagte er laut.

Dr. Handrick, der systematisch die Hausdächer mit den Blicken abtastete und auf jede Kleinigkeit achtete, die Hilde verraten könnte, zuckte erschrocken zusammen.

»Allah sei mit dir!« murmelte er.

»Du bist ein Pilger?«

»Ja.«

Der Junge musterte ihn. »Du kommst von weit her? Deine Sprache ist anders als unsere.«

»Ja.«

»Woher kommst du?«

»Aus dem Süden.«

»Aus Ghardaîa?«

»Weiter.« Dr. Handrick wandte sich ab. Lästiger Bursche, dachte er. Was will er von mir? Soll mein Abenteuer an der Neugier dieses Jungen scheitern? Er hörte, wie sich der Kleine erhob und zu ihm trat. An seiner Seite blieb Ferral stehen und blickte weiter über die Stadt.

»Suchst du jemanden?« fragte er.

»Nein.«

»Dann bewachst du jemanden?«

»Ja«, sagte Dr. Handrick sinnlos. Er wußte nicht, was dieses Ja bedeutete ... Ferral verzog seinen Mund zu einem Grinsen und wies auf ein Haus, das neben einem Treppenweg an einen Felsen gebaut war. »Du bewachst die weiße Frau dort in dem Haus.«

Dr. Handrick fühlte, wie er zusammenzuckte. Es war ein Schlag, der ihm den Atem raubte, der ihm einen Augenblick die Vernunft nahm. Er wollte den Jungen an der Schulter packen – aber Ferral, denkend, er wollte ihn der Frage wegen schlagen, entwich seinem Griff und rannte in großen Sprüngen den Berg hinab, wo er zwischen den Häusern verschwand.

Mit zitternden Händen wischte sich Dr. Handrick den Schweiß aus den Augen und trocknete sie dann an der Djellabah ab.

Das Bewußtsein, so nahe bei Hilde Sievert zu sein, so greifbar ihr Gefängnis vor sich zu sehen, erzeugte in ihm eine merkwürdige lähmende Unentschlossenheit. Er starrte auf das von Ferral bezeichnete Haus und stieg dann langsam den steilen Weg hinunter, bis er über das Dach und in den Hof von einer Felsnase aus sehen konnte.

In dem Haus rührte sich nichts. Klein, staubig, halb verfallen lag es unter der glühenden Sonne. Auf dem Dach lagen einige Stoffetzen, im Hof lehnte eine Leiter an der Wand. Die Tür ins Innere war aus dickem Holz und schwang in Angeln aus morschem Leder. Handricks Herz krampfte sich zusammen, wenn er daran dachte, daß in dieser Steinhöhle, in diesem dumpfen Loch, das Mädchen gefangen war, das er liebte.

Über eine Stunde saß er an der Felsnase und blickte auf das Dach. Er sah nicht den schwarzen Kopf Ferrals, der ihn von der anderen Seite des Felsens beobachtete. Als er sich erhob und die Straße hinunterging, an der Tür des Hauses stehenblieb und – Koransuren murmelnd – an der Tür horchte, rannte der Junge auf Seitenwegen zurück in die heiligen Bezirke und aus der Stadt hinaus zu den Grabstätten, wo noch immer die beiden Pilger im Schatten einiger Oliven saßen und auf ihn warteten.

Dr. Handrick zögerte, dann stieß er die Tür auf und betrat den Innenhof. Eine dicke Araberin kam ihm keifend entgegen und schrie ihm Verwünschungen ins Gesicht. Er hob bettelnd die Hand und murmelte den Singsang der Bettler, wie sie an den Märkten auf der Straße sitzen. Dabei senkte er das Gesicht, um seine blauen Augen nicht zu zeigen, die das einzige waren, das ihn verraten konnte.

Die Alte wandte sich um und schrie ein paar Worte. Ein großer, schlanker Araber in einem seidenen Haikh trat in den Hof und musterte den abgerissenen Pilger. Er trug den linken Arm in einer Binde und hatte an der Stirn ein breites Pflaster. Das ist er, durchfuhr es Dr. Handrick. Das muß er sein ... nach den Meldungen des Militärs gibt es gar kein Verwechseln ... Amar Ben Belkacem ... Ich habe nicht vergeblich gesucht.

»Allah sei mit dir und deinem Haus!« sagte Handrick leise. Dabei verbeugte er sich tief und blieb in dieser Haltung stehen. Der Araber antwortete nicht ... vor Handricks Füße flatterte ein Hundertfrancschein, eine Tür klappte, und er war allein in dem Hof. Schnell bückte er sich, hob beide Arme, als wolle er das Haus segnen, und verließ dann den Hof. Auf der Straße sah er sich genau um, damit er das Haus in dem Gewirr der Häuser wiederfand ... er merkte sich einige Merkwürdigkeiten ... ein verwachsene Palme hinter einer verfallenen Mauer, ein Felsengebilde, das wie ein Fuß aussah, ein Haus mit einem heruntergebrochenen Balkon, ein Dach, an dem eine lange Stange befestigt war ... er nahm diese Gegenstände in sich auf wie einen gütigen Wink des Himmels in größter Not. Er sehnte die Nacht herbei, diese kalte, sternenbestickte Wüstennacht, in der er am Ziel seines Wunsches stehen konnte oder am Anfang eines grausamen Endes in den Händen Amar Ben Belkacems. Es gab keine Gnade mehr, denn gnadenlos ist das Leben der Wüste. Gnadenlos ist die Sonne, ist der Sand, ist der Wind, ist das Tier, sind die Felsen, sind die Nächte und die Tage. Gnadenlos ist der Himmel wie die Erde, ist Nord, Süd, West und Ost in der Sahara ...

Gnadenlos vor allen anderen aber ist der Mensch.

Immer der Mensch!

Dr. Handrick saß drei Stunden im Schatten der großen Moschee. Einmal betrat er sie, wusch sich die Füße und stand auf den geweihten Bastmatten, warf sich nach Osten auf die Erde und berührte mit der Stirn den Boden. Dann betete er leise, wie die vielen anderen Pilger, die Suren des Korans ...

aber seine Blicke wanderten dabei unruhig in dem riesigen Gebetsraum umher und tasteten die Pilger ab. Ein großer, kräftiger Araber fiel ihm auf ... er lehnte an einer Säule und beobachtete die Betenden. Sein Gesicht war wetterhart und kantig, seine Djellabah schneeweiß und reich verziert. Unter dem Saum schauten die goldenen Spitzen von nach oben gebogenen Pantoffeln hervor. Seine Augen glitten über die Betenden ... Dr. Handrick schauderte zusammen ...

Blaue Augen.

Ein Araber mit blauen Augen.

Er hatte nie von Scheik el Mokhtar gehört, von dem unbekannten, geheimnisvollen Führer der arabischen Nationalisten in den rauhen Bergen des Hoggar. Aber diese blauen, stechenden Augen sagten ihm alles ... sie bedeuteten Gefahr. Instinktiv fühlte er, daß der stumme Mann an der vergoldeten Säule sein Feind war. Da beugte er sich wieder vor und betete nach Mekka, verließ dann den Raum, zog seine zerrissenen Schuhe an, die er bei einem Trödler auf dem Markt von Bou Saâda gekauft hatte, und verließ schnell die Moschee.

Scheik el Mokhtar beachtete den armen Pilger nicht ... er starrte auf einen Mann in der Mitte des Gebetsraumes, auf einen jungen, kräftigen, braunen, glattrasierten Mann, der wie die anderen seine Koransuren herunterleierte.

Die schmutzige Djellabah hüllte seine Gestalt ein. Auf dem Kopf saß der Turban, tief ins Gesicht gezogen. In dem ungewissen Licht, das durch die bunte Glaskuppel in den weiten Raum flutete, war er nicht anders als die anderen Pilger. Und doch hatte er etwas an sich, was Scheik Mokhtar auffiel. War es eine falsche Bewegung beim Gebet, war es sein gepflegtes Aussehen trotz des Staubes, der ihn überzog ... er starrte den Betenden an und ging ihm langsam nach, als er wie Dr. Handrick die Moschee verließ und durch die Straßen der Stadt ging. Ein kleiner Junge, ein Mischling, erwartete ihn draußen auf dem Platz und schloß sich ihm an.

Leutnant Grandtours blickte zu Ferral und lauschte dabei nach hinten auf die Schritte, die ihnen folgten.

»Hast du den großen Mann gesehen, der uns folgt?« fragte er.

»Ja. Er hat blaue Augen.«

»Es ist Scheik Mokhtar! Wir sind am Ziel, Ferral.«

»Mokhtar?« Erschrocken sah Ferral zu Grandtours auf. »Er ist der Teufel, Herr! Er hat allen Europäern den Tod geschworen. Hat er dich in der Moschee gesehen?«

»Ja.«

»Und er hat dich erkannt?«

»Ich glaube nicht. Aber er verfolgt uns.«

Ferral begann zu zittern. Grauenhafte Angst lag in seinen großen, kugeligen Augen. »Er wird uns töten, Herr. Dich, mich und den Doktor!« Er tastete nach Grandtours' Hand. »Komm, laß uns zu den Gräbern rennen. Dort kann er uns nicht töten. In den Gassen hört uns keiner, wenn er uns anfällt! Komm, Herr ...«

Sie gingen schnell über den heiligen Platz, um das Kloster der rahmanischen Bruderschaft herum, und wandten sich der breiten Straße zu, die den Berg hinabführte. Die Schritte hinter ihnen verloren sich ... Sie eilten zu den Gräberfeldern zurück und schlugen einen Bogen, um Dr. Sievert nicht zu verraten, der unter den Oliven lag und fror, geschüttelt von dem Fieber, das seinen Körper auslaugte.

Scheik el Mokhtar lehnte an der Mauer, die die Straße gegen den Abhang hin abschirmte, und sah den beiden nach. In seinen blauen Augen stand eine quälende Ungewißheit. Er wandte sich erst ab, als die beiden hinter den Scheunen des im Tal liegenden Gutes verschwanden.

Dr. Handrick saß außerhalb der Stadt unter einer breiten Zeder und aß aus einem Beutel einige Stücke kaltes Fleisch. Wenn Pilger vorbeikamen, senkte er den Kopf und schob bettelnd die Hand vor. Er hatte große Angst, daß man ihn als Europäer erkannte, und er kroch im Staub herum und erniedrigte sich zum Tier, um das Ziel seiner Liebe zu erreichen ...

Dr. Sievert sah Grandtours und Ferral entgegen, als sie atemlos bei ihm ankamen.

»Ihr habt sie gefunden?« fragte er schwach.

»Ja. Amar Ben Belkacem und Scheik el Mokhtar sind bei ihr.«

»Mein Gott.« Es war ein Schrei, der aus der Kehle des Fiebernden drang. »Warum muß ich jetzt krank sein?!«

»Sie wird streng bewacht. Ich habe mit einem der Wächter gesprochen. Er sagte, er käme aus dem Süden, Herr«, sagte Ferral.

»Wie sah er denn aus?«

»Groß, schlank. Mit einem dreckigen Bart, Herr.«

»Den müssen wir zuerst überwinden.« Grandtours setzte sich und sah hinüber zu der Stadt, die in der Luft zu schweben schien. Seine Augen waren wie Schlitze. »Wenn es doch bald Nacht wäre ...«, sagte er leise. »Wenn wir bloß nicht wieder zu spät kommen ...«

Und die Nacht kam.

Eine seltene, dunstige, dunkle Nacht.

Die Sterne waren blaß, wie hinter einem Gazeschleier. Der Mond war versteckt ... El Hamel lag als dunkler Fleck auf dem Felsen. Kein Licht drang durch die fahle Finsternis.

In den Bergen, am Rande der kleinen Oasen auf dem Wege zur heiligen Stadt, heulten die Hyänen und Schakale.

Dr. Handrick lag auf dem schmutzigen Dach des Hauses. Unter sich, durch die Decke, hörte er Stimmen aus dem Inneren des Hauses. Er hatte seinen weißen Leinenanzug an mit den dicken, braunen Schuhen. Um den Kopf trug er noch den Turban des Pilgers. Aus der Djellabah hatte er lange Streifen geschnitten, sie aneinandergeknotet und sich mit diesem improvisierten Seil von der Felsnase auf das Dach herabgelassen. Nun lag er still und flach auf dem Haus, während ein Wächter ahnungslos rund um das Gebäude ging und auf jeden Laut der Nacht achtete. Im Innenhof lehnte noch immer die Leiter. Es war leicht, sie hinabzusteigen und in das Haus zu stürmen ... aber dieser einfache Gedanke war sinnlos, weil er nicht wußte, wo man Hilde verborgen hielt ... im Haus oder in den feuchtwarmen Kellern. Auch war der Rückweg abgeschnitten, da der Wächter durch den Lärm im Inneren des Hauses aufmerksam werden mußte und andere Araber zu Hilfe holte.

So lag Dr. Handrick hilflos auf dem Dach, nur durch eine dünne Decke von Hilde getrennt, und überlegte, was er weiter unternehmen sollte. Er war kein Held, er haßte Gewalt, er wollte die Menschen schonen, wollte befreien, ohne zu töten, ... aber er war ein Verlorener von dem Augenblick an, in dem er der Grausamkeit Afrikas mit den Augen des gütigen und vergebenden Christen gegenübertrat.

In dieser dunklen und verhangenen Nacht drangen auch ein junger Araber und ein Mischlingsjunge in die heilige Stadt ein. Grandtours und Ferral wählten den alten Pilgerweg, der sich den Berg hinaufwindet und an der weißen Zaouia des Marabut mündet auf den weiten Platz der Gläubigen.

Grandtours hatte seine Pistole bei sich, ein langes Messer und einen dicken Strick, den er um seinen Leib gewickelt hatte. Beim Abschied von Dr. Sievert hatte ihm dieser die Hand gedrückt und ihm tief in die Augen geblickt.

»Wenn ich es nicht mehr kann ... Gott wird Ihnen danken, Grandtours«, sagte Dr. Sievert leise. »Er möge Sie beschützen.« Durch Ferrals Kraushaar fuhr er noch einmal mit seinen ausgezehrten Händen und lachte ihn mühsam an. »Mein Junge«, sage er fast zärtlich. »Allein um deinetwillen würde ich in Afrika bleiben.« Er sprach diese Worte deutsch, und Ferral lächelte zurück, seine weißen Zähne glänzten. Er breitete die Decke über seinen Herrn und rückte den Wassersack näher, damit sich Dr. Sievert nicht aufzurichten brauchte, wenn er Durst verspürte. Dann gingen sie ...

schnell, um den Abschied zu vermeiden ... sie tauchten in der Schwärze der Nacht unter ... nur ihre Schritte knirschten noch eine Weile auf dem groben Kies.

Dr. Sievert wartete eine Weile, bis das Geräusch der Schritte verklungen war. Dann richtete er sich auf, warf die Decke mühsam von sich und erhob sich, indem er sich an dem Stamm der Zeder hochzog. Schwer atmend stand er dann aufrecht und versuchte zu gehen. Es gelang ... ein Schwanken wie das eines Betrunkenen ... aber er ging! Jetzt schwitzte er in der kalten Wüstennacht, wie er vordem in der glühenden Sonne gefroren hatte, und dieses Schwitzen machte ihn kräftiger als das Frieren. Er nahm nichts mit ... mit bloßen Händen schwankte er durch die Gräber der Araber dem dunklen Klotz auf den Felsen entgegen, dem himmelragenden Bauwerk, in dem der Marabut wohnte. Er ging langsam, denn er wußte, daß auch Grandtours langsam ging, ... als er auf die Straße kam, sah er die Schatten des Leutnants und des Jungen vor sich, schemenhaft, dunstig wie eine Vision. Er schwankte diesen Schatten nach, und die Angst, sie zu verlieren, gab ihm immer neue Kraft und trieb ihn vorwärts.

Als er auf dem Platz stand, drückte er sich in die langen Schatten der Häuser und tastete sich den beiden nach ... als der Weg sich hob und die Stufengassen begannen, kroch er auf Händen und Füßen vorwärts und lag wartend im Staub, wenn Grandtours den Schritt verhielt und sich sichernd umblickte. Dann sah er sie vor einem Haus stehen und sich an die gegenüberliegende Mauer werfen. Da wußte er, daß es das Haus war, das er suchte, und kroch in einem Bogen um das Gebäude herum. Er erreichte die andere Seite und beobachtete, wie Grandtours auf dem Bauche zur Tür kroch und das Schloß untersuchte, während Ferral noch im Schatten der Mauer blieb.

Oben, auf dem Dach, lag Dr. Handrick und wagte nicht zu atmen. Er hörte unter sich, von der Straßenseite her, Geräusche und flüsternde Stimmen. Er konnte den Kopf nicht heben, um zu sehen, was da geschah ... er lauschte nur, ob es Hildes Stimme war, und biß die Zähne aufeinander.

Dr. Sievert hatte die Augen geschlossen und lag wie tot im Staub. Sein Körper zuckte. Schweiß rann über ihn, als läge er in einem Ofen. Aber dann hob er wieder den Kopf, getrieben von dem Gedanken, zu helfen, und sah Grandtours vorsichtig mit einem gebogenen Draht am Schloß der Haustür arbeiten. Ferral kniete neben ihm und hielt den Revolver des Leutnants. Aber er sah auch etwas anderes ... unbemerkt von den beiden, bog um die Gartenmauer der Wächter auf seiner einsamen Runde. Noch verdeckte die Mauerecke, an der Dr. Sievert lag, seinen Blick auf Grandtours ... aber nur noch wenige Schritte, und er mußte ihn sehen und das schlafende Haus alarmieren.

Sievert durchglühte die Kraft der Verzweiflung. Er spürte in sich ein Aufflammen, ein Lodern ... wie ein Tier schnellte er sich vom Boden ab und warf sich stumm auf den Wächter, als dieser um die Mauerecke bog. Seine Finger griffen nach dem Hals, noch ehe der Araber schreien konnte, stöhnend krallte er die Nägel in das Fleisch und stürzte mit seinem Opfer auf die Steine. Er schloß die Augen, er wollte nicht sehen, was er mit Schaudern fühlte ... aber er drückte, drückte und röchelte dabei vor Anstrengung.

Grandtours sah diesen stummen Kampf ... nur einen Augenblick zögerte er entsetzt, dann stieß er die Tür auf und stürzte in den Innenhof. Im gleichen Augenblick sprang Dr. Handrick vom Dach.

Grandtours erkannte nur das weiße Leinenzeug und wußte, daß der Mann kein Gegner war. Auch Dr. Handrick, der Djellabah und Turban sah, reagierte schnell, als er den Fremden auf die Tür stürmen sah, einen Revolver in der Hand. Er rannte nach ihm ins Haus und fand sich in einem kleinen, hellerleuchteten Zimmer, das verschwenderisch mit Teppichen ausgelegt war, dessen Wände mit Seide bespannt waren und an dessen Hinterwand ein großer Diwan und ein reichgedeckter, niedriger Tisch standen. Vor dem Tisch stand Amar Ben Belkacem, in der unverletzten Rechten ebenfalls eine kleine, weiße, am Griff mit Perlmutt besetzte Pistole.

Grandtours blieb stehen, als er Amar sah, und hob die Waffe.

»Wirf das lächerliche Ding weg, Amar!« schrie er. »Damit kannst du Frauen erschrecken.« Mit dem letzten Ton des Satzes drückte er ab, aber auch Amar schoß mit dem untrüglichen Instinkt der Naturmenschen für Gefahr. Groß sahen sich die beiden Gegner an ... es war ein langer, plötzlich verschleierter Blick ... dann sanken sie auf die dicken Teppiche, und die Waffen polterten aus ihren sterbenden Händen. Wie gelähmt stand Dr. Handrick vor den beiden Toten. Doch dann riß er sich herum und rannte durch die hintere Tür weiter ins Innere des Hauses. Er jagte die Kellertreppe hinab und schrie.

»Hilde!« brüllte er. »Hilde! Wo bist du?! Hilde?!« Eine alte, dicke Frau – dieselbe, die ihn am Vormittag im Hof verfluchte – trat ihm entgegen ... er schleuderte sie an die Wand, wo sie laut heulend hockenblieb. Vor einer Tür am Ende des Kellers blieb er stehen ... er hörte, wie jemand von innen an das Holz schlug. Eine Glückswelle spülte in ihm hoch ... er warf sich mit der Schulter gegen die Türfüllung, immer und immer wieder ... seine Schulter schwoll an, wurde blau ... er spürte es nicht ... Endlich brach die Tür ein, er stürzte in den Raum und krachte zu Boden. Aber noch im Fallen sah er Hilde, die zurückgewichen war. Ihr Schrei war das Letzte, was er hörte, dann umfing ihn das Dunkel der Bewußtlosigkeit.

Als er erwachte, lag er in Hildes Schoß, und sie wusch sein Gesicht. Sie waren noch im Keller, es mußte eine kurze Ohnmacht gewesen sein, denn im Hause war noch alles still. Er sah in ihre Augen und lächelte.

»Hilde«, sagte er leise. »Jetzt bin ich endlich da.«

»Ich hatte keine Hoffnung mehr.«

»Ich hatte es dir versprochen.« Er richtete sich auf. Im Kellerflur hörte er plötzlich wieder die Frau wimmern. Da erst erinnerte er sich der Gefahr, in der sie schwebten. Er sprang auf, riß Hilde an sich und rannte mit ihr aus dem Keller. In dem Vorderraum lagen Amar und Grandtours noch so verkrümmt, wie er sie verlassen hatte. Mit letzter Kraft, die er besaß, hob er Hilde über die Toten hinweg, während sie ihr Gesicht schluchzend an seinem Hals verbarg. Dann riß er die Tür auf und stolperte auf die Straße. Dort stand ein anderer Mann, an die Mauer gelehnt, gestützt auf einen Araberjungen.

»Sie haben das Mädchen?« keuchte er. »Wunderbar.« Er sah Handrick groß an. »Wer sind Sie?«

»Dr. Handrick...«

»Und Grandtours?«

»Der Mann, der in das Haus eindrang? Der ist erschossen!«

»Erschossen?«

»Von Amar Ben Belkacem. Aber auch Amar ist tot.«

Dr. Sievert bedeckte die Augen mit beiden Händen. Er wandte sich ab, so, als wolle er gehen, aber dann fuhr er plötzlich herum. Er sah Hilde groß an, und etwas wie Wehmut durchfuhr ihn. Dr. Handrick, dachte er. Natürlich, Dr. Handrick. Er liebt sie ja. Ich wußte es ja immer. Und ich lebte in der Illusion, sie auch zu lieben! Ich Narr! Aber sie ist frei, sie lebt ... ist das nicht genug, um glücklich zu sein? Ich werde wieder in die Wüste ziehen. Er wandte sich zu dem Haus, in dem Grandtours lag. Stumm senkte er den Kopf, schloß die Augen und faltete die Hände. Mein Gott, dachte er, danke ihm für alles, was er für uns getan hat. Er war ein guter Mensch, mein Gott...

Dann fuhr er herum und blickte Dr. Handrick und Hilde an.

»Fort von hier!« keuchte er. »Diese Ruhe ist nur noch

kurz! Scheik el Mokhtar ist hier ... Sie wissen nicht, wer er ist. Kommen Sie schnell! Wir haben drei Kamele außerhalb der Stadt in den Bergen stehen ...« Er stützte sich auf den Jungen, der bis jetzt stumm neben ihm gestanden hatte.

»Voran, Ferral!« schrie er. »Bring uns zurück ...«

Er schwankte voran ... Dr. Handrick, der Hilde umfangen hielt, kam an seine Seite und berührte seine glühende Hand.

»Mann! Sie haben ja Fieber!« rief er.

»Ja!«

»Sie gehören ins Bett!«

»Bett!« lachte Dr. Sievert. »Ins ewige Bett – ja. Aber erst bringe ich Sie in Sicherheit.«

»Wer sind Sie?« fragte Handrick im Laufen.

»Ein Mensch! Was interessiert Sie das? Laufen Sie schneller ... und auch Sie, mein Fräulein ... rennen Sie, so schnell Sie können ...«

Sie liefen durch die stillen Straßen der heiligen Stadt. Um den großen Platz vor der Moschee machten sie einen Umweg, denn in der Nacht lagerten hier die Pilger, die am Morgen in dem Heiligtum beten wollten. Erst am Fuß der Felsen, wo die Straße in den Weg nach Bou Saâda mündet, hielt Dr. Sievert an und lehnte sich röchelnd gegen eine Palme. Ferral hielt ihn aufrecht, während Dr. Handrick stumm nach dem Handgelenk griff und den Puls fühlte.

Das Blut jagte durch die Adern.

»Sie sind wahnsinnig, in diesem Zustand solche Anstrengungen auf sich zu nehmen!« schrie er. »In Bou Saâda kommen Sie sofort ins Krankenhaus.«

»Erst müssen wir in Bou Saâda sein ...« Dr. Sievert zeigte mit zitterndem Arm nach El Hamel. »Sehen Sie? Licht! Man sucht uns. Man wird uns hetzen wie Wild! Wir müssen zu den Kamelen! Fragen Sie nicht, Dr. Handrick ... es geht um das Leben des Mädchens!«

Er rannte voraus, so gut er konnte ... er stolperte, auf die Schulter von Ferral gestützt, den Steinweg hinauf bis zu einer Senke, in der, an einigen Zedern festgebunden, drei Kamele warteten.

»Sie nehmen das stärkste!« rief Dr. Sievert. »Der Junge und ich kommen schon weiter!« Er ließ sich auf den Holzsattel fallen, und das Tier schnellte empor. Krampfhaft hielt er sich an der vorderen Lehne fest und beugte sich weit über den vorgestreckten Hals des Kamels. »Nach Bou Saâda geht es durch diese Schlucht. Folgen Sie mir nur ... ich reite voraus ...«

Er trieb mit der Peitsche das Tier an und ließ es im Galopp aus der Schlucht rennen. Aber von dort sah er, wie aus den Bergen El Hamels eine lange Kette Reiter quoll und den Weg nach der Oase Bou Saâda abschnitt. Sie galoppierte schon über das große Grabfeld zu den Felsen, in deren Schatten die Flüchtenden standen.

»Sie werden uns einholen und dich töten!« schrie Hilde und zeigte auf die lange Reihe der rennenden Kamele.

»Zurück ... nach Biskra!« rief Dr. Sievert.

Er wendete und raste durch das Gestein nach Süden. Er ließ Ferral vorreiten, denn er war unfähig, noch sein Kamel zu lenken. Hin und her pendelnd hing er in dem breiten Holzsattel und hatte die Augen geschlossen. Das wilde Schaukeln zerstampfte die Nerven in seinem Kopf ... die Welt drehte sich um ihn, und jetzt fror er auch wieder. Mit klappernden Zähnen und zitternden Backenknochen ließ er sich von dem Tier in die Wüste tragen, die plötzlich, am Ausgang der Felsen, feindlich, endlos, gelbgrau in der Nacht vor ihnen lag.

Der Sand wirbelte auf. Staub bedeckte die Körper schon nach wenigen Minuten. Er behinderte das Atmen, reizte zum Husten, drang in Mund, Nase und Ohren.

Die Wüste öffnete sich vor ihnen. Gierig, schweigsam, ohne Ende für die kleinen Menschen ...

Die endlose Straße.

Der Weg des Durstes ...

Hinter ihnen hörten sie die Schreie der Verfolger ...

Was sind vier Tage?

Vier Tage im Leben sind nichts.

In vier Tagen kann man essen, trinken, schlafen, lieben, Schönes erleben, Schlechtes beweinen, Glück empfangen und Schmerz austeilen, man kann die Skala der Gefühle absingen wie die Sirenen beim Anblick des Odysseus, – und man kann schweigen wie die Wüste.

Man kann auch sterben.

Vor allem – sterben ...

Vier Tage in der glühenden Sonne südlich des Oued Djedi.

Ein Land der Hoffnungslosigkeit. Eine Straße des Erbarmungslosen. Eine Wüste, wüster als wüst ...

Und in ihr drei Kamele und vier kleine, verdurstende, schwache, am Ende ihrer Kräfte stehenden Menschen.

Die Sonne kennt kein Erbarmen. Der Sand nicht. Die Luft nicht. Der Himmel nicht. Und Gott nicht.

Nur das Schweigen ist da. Und dieses Schweigen ist ein großes Wort. Ein Wort, das den Menschen erschaudern läßt.

Ende ...

Dr. Handrick hatte Hilde vor sich im Sattel und stützte den schwachen Körper. Seine Lippen waren blutig, aufgesprungen, hart wie Pergament, das im Ofen gelegen hat. Die Augen glühten fiebrig ... aber er hielt noch die Zügel des Kamels und lenkte es in der Spur, die das Tier Dr. Sieverts hinterließ.

Dr. Sievert lag auf seinem Sattel und spürte nichts mehr. Der Durst verbrannte ihn von innen. Er blickte nicht mehr auf ... er konnte es nicht mehr sehen ... dieses endlose, gelbe, schreckliche Land. Er wußte nur, daß Ferral vor ihm ritt und daß er nicht eher aus dem Sattel kommen würde, als bis er tot herunterfiel. Und so ließ er sich tragen und sehnte sich nach dem Tod ...

Ferral war noch kleiner geworden, als er schon war ... es schien, als habe ihn die Sonne zusammengeschrumpft, wie es bei Feuerleichen ist, die klein werden wie ein Stück Holzkohle. Er hatte seit zwei Tagen ein hartes Palmblatt zwischen den Zähnen und kaute an ihm. Solange er kaute, spürte er keinen Durst, reizte er den Gaumen, den wenigen Speichel zu erzeugen, den der ausgetrocknete Körper noch hergab. Den halben Wassersack trug er bei sich und verteilte am Abend für jeden nur einen einzigen Schluck Wasser.

Noch dreihundert Kilometer bis Biskra.

Und keine Oase dazwischen.

Kein Brunnen.

Kein Wadi.

Nur Sand ... Sand ... Sand ...

Die Kamele schrien am Abend, wenn sie niederknieten, und am Morgen, wenn sie weiter mußten. Sie bockten, bissen um sich ... und standen dann schließlich doch auf und zogen weiter durch die Glut des Wüstensommers.

Am ersten Tag der Flucht hatte Dr. Sievert noch die Kraft besessen, in der kalten Nacht, während alles schlief, fünfhundert Meter weiter zu einem Flußbett zu kriechen, in dem seitlich unter Palmen eine Lache schmutzigen Wassers stand ... warm, voller Spinnen und Läuse. Dieses Wasser trank er heimlich, gierig, wie ein Tier schlürfend ... er verjagte die Spinnen und leckte mit der heißen Zunge über die feuchten Steine, und es war ihm, als durchränne das schmutzige Wasser ihn wie ein Elixier der Kraft. Dann war er zurückgekrochen und hatte in dieser Nacht tief geschlafen.

Jetzt, am vierten Tag, bemerkte er neue Schmerzen. Nicht mehr das Fieber durchrüttelte ihn, sondern ein bohrender Schmerz im Leib und im Darm ließ ihn auf dem Sattel zusammenkrümmen. Er biß sich auf die Lippen, aber er schwieg ... er ließ das Kamel weitertrotten und beantwortete Dr. Handricks Fragen mit einem Kopfschütteln.

Der Leib brannte. Die Kehle wurde rauh. Oft hatte er das Gefühl, sie erbrechen zu müssen. Dann sah er zurück und blickte auf das Mädchen, das mit geschlossenen Augen im Arme Dr. Handricks lag. Weiter, dachte er dann. Ich muß sie retten. Was wird, wenn ich und Ferral nicht mehr können ...?

Auch der vierte Tag ging vorbei.

Als der Abend kam, es kühler wurde, die Sonne am Horizont versandete, fiel Dr. Sievert aus dem Sattel und lag regungslos im Sand.

Dr. Handrick schwankte zu ihm, beugte sich über ihn und fühlte seinen Puls und seine Stirn. Entsetzt sah er in die Augen des Ohnmächtigen und schnallte von seinem Kamel die kleine Tasche los, die er immer bei sich getragen hatte. Er nahm eine kleine Spritze heraus, setzte die Nadel ein und staute das Blut im Arm Dr. Sieverts, indem er mit seinem Gürtel die Schlagader abband. Dann stieß er die Nadel in die Vene ... er mußte viermal stoßen, bis er die dicke, lederne Haut durchdrungen hatte ... und zog ein wenig Blut aus der Ader.

Dunkelrotes, fast schwarzes Blut.

Mit zitternden Fingern trug er die Spritze zu dem Kamel, tropfte ein bißchen auf ein Glas und schob es unter das kleine Taschenmikroskop. Er brauchte nicht lange zu suchen ... er erkannte es jetzt schon ... und seine Augen wurden weit vor Grauen.

Die Ruhr. Die Amöbenruhr!

Und das unbekannte Virus, das das Blut zersetzt!

Ferral kniete bei seinem Herrn und wusch ihm mit dem letzten Wasser aus dem Sack das Gesicht. Er stammelte arabische Kosenamen und küßte das verzerrte, menschenunähnlich gewordene Gesicht mit einer Liebe, die erschütterte.

Langsam trat Dr. Handrick zu dem Sterbenden und betrachtete ihn.

»Was hat er, Herr?« stammelte der Junge.

»Er wird sterben, Ferral ...«

»Und du kannst ihn nicht retten, Herr?«

»Nein!« schrie Dr. Handrick plötzlich hell. Die Erkenntnis seiner Ohnmacht trieb ihn zur Verzweiflung. Er mußte schreien, er mußte Luft bekommen. Er beugte sich zu Dr. Sievert und strich ihm über die eingefallenen Augen.

»Du bist doch ein Hakim, Herr«, sagte der Junge leise.

»Ich bin ein elender Versager«, schrie Dr. Handrick und schlug sich an die Stirn. »Ich bin ein Stümper, ein erbärmlicher, kleiner, dummer Nichtskönner!« Er kniete neben Dr. Sievert nieder und spritzte ihm Iatren ein ... immer wieder Iatren ... eine Spritze nach der anderen ... er verspritzte seinen ganzen Vorrat und warf dann die Spritze weit weg in den Sand. »Nie mehr!« schrie er dabei. »Nie mehr ...«

Dann saß er still bei dem Sterbenden. Auch Hilde saß daneben ... sie hatte bis jetzt unter einer Decke gelegen und geschlafen.

»Er stirbt ...« sagte sie leise.

»Ja, Hilde ...«

»An Durst?«

»Nein, an der verdammten unbekannten Ruhr ... Und ich kann ihm nicht helfen ...«

Die Nacht kam ... Ferral entzündete aus trockenem Kamelmist ein Feuer. Es beleuchtete den Sterbenden und den Arzt, der hilflos neben ihm saß, an seiner Seite das schluchzende Mädchen.

Dr. Sievert bäumte sich auf. Er sagte etwas ... es war Arabisch, und Ferral nickte, wandte sich gegen Mekka und betete leise die Suren des Todes. Dr. Handrick fühlte wieder den Puls ... er war kaum noch zu ertasten ... die Brust hob sich beim Atmen flach und mühsam ...

Noch einmal öffnete Dr. Sievert die Augen. Er suchte etwas, man sah es an dem Blick ... dann erkannte er Dr. Handrick und nickte. Es war ein Abschied, ein letztes stummes Wort ... dann zog ein Schleier über Dr. Sieverts Augen, der Schleier, hinter dem ein neues, weites, glücklicheres Land beginnt ...

Behutsam drückte Dr. Handrick ihm die Lider herab und faltete ihm die Hände auf der Brust. Dann stand er auf und holte seine Decke. Ein greller Schrei ließ ihn herumfahren.

Hilde lag über der Leiche und krallte beide Hände in die Brust des Toten. Da rannte er zurück und wollte sie zurückreißen, aber sie trat um sich und umfing den Toten mit der Kraft höchster Verzweiflung. Auf dem Boden, neben Dr. Sievert, lag ein Packen Papiere, die Hilde aus der Tasche genommen haben mußte. Ganz oben lag ein kleines Buch, ein einfaches Notizbuch, auf dessen erster Seite stand: *Eigentum von Dr. Hans Sievert* ...

Starr, unbeweglich stand Dr. Handrick, das Büchlein in der Hand. Hilde küßte das Gesicht des Toten ... sie tastete die Lippen mit den Fingern ab, die Augen, die Wangen, den Hals ... sie rief seinen Namen, und ihr »Hans! Hans!« klang schauerlich durch die stille Nacht der Wüste. Sie setzte sich, nahm den Kopf des Toten in den Schoß und streichelte ihn, immer und immer wieder ... da wandte er sich ab, ging zu seinem Kamel, legte sich hinter ihm in den Sand und drückte beide Hände gegen die Ohren, um dieses Jammern, dieses Schluchzen und diesen Ruf in das Nichts, dieses »Hans!« nicht mehr zu hören ...

Eine braune, kleine Hand weckte ihn aus seiner Erstarrung. Er blickte auf. Ferral stand vor ihm. In der Hand hielt er einen Becher ... in ihm schwappte eine Flüssigkeit.

»Trinken, Herr«, sagte der Junge.

»Was ist das?«

»Blut von Kamel! Wir brauchen das eine nicht mehr.«

Dr. Handrick richtete sich auf. »Und was macht die weiße Frau?«

»Sie hat auch Blut getrunken. Jetzt betet sie bei dem Herrn ...«

Handrick nahm den Becher und stürzte mit geschlossenen Augen das Blut herunter. Er spürte, wie die Flüssigkeit von seinem Körper aufgesogen wurde, wie sie ihn durchrann, trotz des Ekels, der seinen Hals verkrampfte.

»Noch einen, Herr?« fragte der Junge.

Und Handrick sagte schwach: »Ja, Ferral ...«

Am Morgen war das Grab fertig ... ein tiefes Loch im Sand der Sahara, in das man Dr. Sievert versenkte, eingehüllt in die dicke Decke. Dann warf Dr. Handrick das Grab zu, während Hilde sich abwandte und weinend zu den Tieren ging. Aus dem Holz des Sattels fertigte Handrick ein Kreuz und steckte es in den Wüstensand, beschwerte das Grab mit Steinen und senkte den Kopf.

Ferral, der kleine braune Junge, lag im Sand, das Gesicht nach Mekka, und betete zu Allah. Über seine schmutzigen Backen rollten die Tränen aus den geschlossenen Augen, und der kleine Körper wurde im Schluchzen hin- und hergeschüttelt. Da nahm ihn Dr. Handrick in den Arm und streichelte ihm den lockigen Kopf, führte ihn vom Grab weg und legte den Arm um die schmale Schulter.

»Jetzt hast du uns, Ferral«, sagte er leise, und er hörte, wie seine Stimme schwankte. »Jetzt will ich dein Herr sein ...«

Und wieder zogen die Kamele durch den Sand.

Die Sonne glühte.

Der Wind schwieg.

Die Luft kochte.

Die endlose Straße staubte unter dem Tritt der Tiere.

Die Straße, an der einsam ein Kreuz stand, gezimmert aus dem Sattel eines Kamels.

Ein Kreuz, das langsam zuwehte ...

Im Dezember 1959 entstand in den Labors einer chemischen Fabrik in Deutschland das neue Mittel gegen die Amöbenruhr und das blutzersetzende Virus.

Dr. Paul Handrick, der den ersten Versuch mit dem Serum machte, den 783. Versuch in einer langen Reihe, reichte die kleine Schale mit dem geretteten Blut an seine Frau Hilde weiter, die im weißen Kittel neben ihm an dem langen Labortisch stand.

»Geschafft«, sagte er leise. »Ich habe das Mittel gefunden.« Er legte die Spritze aus der Hand und ergriff beide Hände seiner Frau. »Ich werde es Sieverten nennen. Sieverten 783...«

Hilde nickte. Sie blickte durch das Fenster auf den verschneiten Garten der Fabrik und auf die Tannen, die sich unter der Last des Schnees zur Erde bogen.

»Ich habe gestern einen Brief aus Algier bekommen«, sagte sie stockend. »Die französische Regierung wird Hans' Pläne verwirklichen. Die Wüste soll furchtbar gemacht werden. Es wird in zwanzig oder dreißig Jahren keine endlose Straße mehr geben...«

Dr. Handrick schwieg. Er führte seine Frau aus dem gläsernen Raum und stieß die Tür seines Büros auf. Ein kleiner, dunkelbrauner Junge lachte ihnen entgegen... er hatte einen großen Schal um den Hals und eine wattierte Jacke an.

»Ich friere, Herr«, sagte Ferral. »Hier ist es ja noch kälter als nachts in der Wüste...«

Da lachten sie, und dieses Lachen war eine Befreiung. In diesem Lachen wußten sie, daß sie das Leben gewonnen hatten.

Sie zogen den kleinen schwarzen Ferral an sich und streichelten ihm über das krause Haar.

Seine weißen Zähne blitzten vor Freude.

Seit einigen Monaten durchziehen französische Wissenschaftler die Sahara, um nach den Plänen Dr. Sieverts Bohrungen vorzunehmen. In wenigen Wochen, nach langen klinischen Versuchen, wird das neue Mittel Sieverten 783 auf dem Weltmarkt erscheinen. Rettung für Hunderttausende.

Nur das kleine Holzkreuz an der endlosen Straße ist verschwunden. Keiner weiß, wo es geblieben ist.

Keiner? Wirklich keiner?

Wer fragt denn die Sonne, den Sand, die Luft und den Wind...?

Sie sind die stummen Wanderer auf der endlosen Straße...

Konsalik

Bisher sind in unserem Verlag erschienen:

- 11032 LIEBE AM DON
- 11046 BLUTHOCHZEIT IN PRAG
- 11066 HEISS WIE DER STEPPENWIND
- 11080 WER STIRBT SCHON GERNE UNTER PALMEN... Bd. 1: DER VATER
- 11089 Bd. 2: DER SOHN
- 11107 NATALIA, EIN MÄDCHEN AUS DER TAIGA
- 11113 LEILA, DIE SCHÖNE VOM NIL
- 11120 GELIEBTE KORSARIN
- 11130 LIEBE LÄSST ALLE BLUMEN BLÜHEN
- 11151 ES BLIEB NUR EIN ROTES SEGEL
- 12045 KOSAKENLIEBE
- 12053 WIR SIND NUR MENSCHEN
- 12057 LIEBE IN ST. PETERSBURG
- 12128 ICH BIN VERLIEBT IN DEINE STIMME
- 14007 ZWEI STUNDEN MITTAGSPAUSE
- 14009 NINOTSCHKA, DIE HERRIN DER TAIGA
- 14018 TRANSSIBIRIEN-EXPRESS
- 13025 DER LEIBARZT DER ZARIN
- 10048 DIE STRASSE OHNE ENDE
- 17036 DER TRÄUMER

BASTEI LÜBBE